Emile Zola

李青崖 译文集

饕餮的巴黎

Le Ventre de Paris

[法]左拉 著　李青崖 译　郑州大学出版社

图书在版编目(CIP)数据

饕餮的巴黎 /（法）左拉著；李青崖译. — 郑州：郑州大学出版社，2022.2

（名著名译典藏.李青崖译文集）

ISBN 978-7-5645-8122-0

Ⅰ.①饕… Ⅱ.①左…②李… Ⅲ.①长篇小说–法国–近代 Ⅳ.①I565.44

中国版本图书馆CIP数据核字（2021）第167059号

饕餮的巴黎
TAOTIE DE BALI

策划编辑	邰　毅	版式设计	九章文化
责任编辑	胡佩佩	责任监制	凌　青　李瑞卿
责任校对	孙　泓		

出版发行	郑州大学出版社（http://www.zzup.cn）
地　　址	郑州市大学路40号（450052）
出 版 人	孙保营
发行电话	0371-66966070
经　　销	全国新华书店
印　　刷	鸿博昊天科技有限公司
开　　本	880mm×1 230mm　1/32
印　　张	15
字　　数	327千字
版　　次	2022年2月第1版
印　　次	2022年2月第1次印刷
书　　号	ISBN 978-7-5645-8122-0　　定　价　78.00元

本书如有印装质量问题，请与本社联系调换。

出版说明

李青崖先生(1886—1969)是我国从法语原文翻译法国小说的第一人,毕生致力于法国文学的翻译和介绍,尤其是对莫泊桑作品的译介。1937年8月,日军侵入上海,李青崖的居所被炸,他在随学校迁移收拾行李时,"什么东西都可以不要,只有法文版《莫泊桑短篇小说全集》必须带走"(程勃然语),于是,他和家人带着沉重的莫氏全集,或肩挑,或手提,一路辗转,行程万里,最后抵达重庆。八旬高龄之际,李青崖还在昼夜埋头苦译莫氏作品。"四十余年的劳作,二十几位法国作家,四十多部作品,呕心沥血,精心结撰,只为了上不负原作者,下不负读者。"(郭宏安语)然而,由于时代变迁及现代汉语演变等因素,李青崖先生的译作逐渐被人淡忘,甚至我们的翻译史上也"没有留下太多位置给李青崖先生"(袁筱一语)。

有鉴于此,我们出版了这套《李青崖译文集》,既是为了追怀这位译界先驱,也是向这位曾为一代国人提供文学滋养的优秀翻译家致以敬意。

需要申明的是,书中的部分措辞具有某些时代特征,为尊重译者行文风格和译作的完整性,出版时,我们尽可能地保留了原貌。但另一方面,考虑到现代汉语的演变,为了方便读者阅读,在不改变原意的基础上,对脱离今天读者阅读习惯的部分用词酌情进行了调整,例如,将《三个火枪手》中的"娘娘"改为"王后",《饕餮的巴黎》中的动词"蹲"(rester)根据语境改为"待""处""留"等。

另外,原书一些地名、人名等专有名词,现今已有通用译法,为避免读者产生误解,编者按通用译名对其做了修改,例如,将"波华荔夫人"改为"包法利夫人",将法国地名"昂茹"改为"安茹",将"诸古律"改为"巧克力"。此类改动已整理成"新旧译名对照表"附于每书之后;至于译文中个别翻译不够准确处,编者邀请中国法国文学研究会前会长吴岳添先生做了校订,在此向吴岳添先生致以谢意。

最后,也向为本书作导读的郭宏安先生,作序的吴岳添、余中先、袁筱一诸先生致谢。

序一

翻译史欠青崖先生一声"辛苦"

算起来我和李青崖先生还有些渊源。他曾经任大夏大学的中文系主任,而大夏大学又是我的母校华东师范大学的前身,因而倘若先生不嫌弃晚辈生拉硬扯的攀附,我的师承里也应该有他的名字。只是李青崖先生一生辗转,相当一部分时间在家乡湖南度过,在上海虽然也很多年,却是早期受教于震旦,新中国成立后也是短暂在复旦大学任职,在大夏的时间并不长。

李青崖先生1886年生于湖南的书香世家,属于新旧文化冲突时期的一代,当然,和那个时代许多伟大的名字一样,他坚定地站在了新文学的一边。在上海考取公费留学生之后,赴比利时学习,学的是采矿,却爱上了法国文学,并且回国后不久就痴迷于法语文学的翻译,也足以证明他是赞同文学翻译之于"新"文学的重要性和必要性的,认为文学翻译的价值绝不亚于采矿。而青崖先生的确完全融入了那一代翻译家、作家或者文人的生活。前不久读到张伟先生整理的《傅彦长日记》,在寰球酒家、万国酒家,或者新雅酒家,都能看到青崖先生出没,而同时遇见的名流,还有鲁迅、林徽因、黎烈文等。

说李青崖先生今天已经是傅彦长所记名人中最"不名"的一位,或许有些夸张,但我们对他的记忆的确不多。青崖先生的译名,多半是停留在他对莫泊桑作品的译介上,因为他译得早,也因为他译得完整,以一己之力,把莫泊桑的全集都译了,可见得是真爱。在程勃然的《他与莫泊桑结下了不解之缘》一文中,作者也提到过,"1937年8月,日本侵略者入侵上海,李青崖在江湾的住所被炸,形势危急。他决定随复旦、大夏联大向内地转移。在收拾行李时,他对家人说,什么东西都可以不要,只有法文版《莫泊桑短篇小说全集》必须带走。他和家人带着沉重的莫氏全集,或肩挑,或手提,过江西,经长沙,走沅陵,迁贵阳,最后到达重庆,辗转六七年,行程万里"。那个时候的译者多半喜欢"译事专攻",例如李健吾先生译福楼拜,傅雷译巴尔扎克(当然是20世纪40年代以后),焦菊隐译左拉,译和研究相结合,都是一段佳话。李青崖青年时代在比利时就发现了莫泊桑,想必也觉得莫泊桑对自己的脾性。只是莫泊桑擅长短篇,对原作者本人来说算不得什么坏事,对译者来说却绝非幸事。译者还来不及找到风格,作者就已经戛然而止,倒是不可避免地,因为时代资料有限而留下了一些所谓硬伤,很容易遭到攻击。这大概也是我们的翻译史并没有留下太多位置给李青崖先生的原因之一。

另一个原因就更加不公平了。青崖先生1966年遭受冲击,正在校对的《莫泊桑全集》悉数被抄走,虽然在1976年(也有说是1979年)文稿被归还其家人,但是到底没有能够彻底完成校对。莫泊桑也因此错过了在中国最好的译介时刻。一直到80年代，中国赶着将20世纪的法国文学介绍给中国的读者，19世纪的经典已经不再能够满足大家彼时对新的文学形式的需求。莫泊桑固然在法国文学史上的地位难以撼动，另一个时代对于翻译却会别有选择。所以莫泊桑留给中国读者的印象，除了《羊脂球》、《项链》（青崖先生译作《首饰》）与《我的叔叔于勒》，竟然也就没有别的了。译者是这样的一种存在，如果原作者在目的语国家相对边缘的外国文学里不够显眼，原本隐身的译者就更加难以为大众读者记取。二来青崖先生的译文毕竟主体成文于20世纪二三十年代，虽为白话文，却与今天的语言趣味还是形成了距离。以至于后来中学语文教材里的选文，主要依据的还是晚些时候译成的赵少侯先生的译本。

而事实上，莫泊桑属于19世纪法国文学最后的辉煌。20世纪初，法国的文学伴随着世纪之交的思想革命，远播世界各地的，就是莫泊桑这一代。因此莫泊桑也是最早进入中国的法国作家之一。李青崖远非翻译莫泊桑的第一人。陈景韩、周瘦鹃，以及周作人、胡适、沈雁冰也都多多少少译过。但是这些译家大多从其他语言转译，早期的译文也多文白夹杂，产生的影响与其说是莫泊桑的，毋宁说是被陈独秀定义为"先进文学"的自然主义文学群体的。李青崖对莫泊桑的译介大部分出于文学的考虑，与先前各自立场出发的零星译介完全不同。从法语直译，用白话文译，以及系统地、有计划地译，这是李译与其他莫泊桑翻译的不同。略显可惜的只是李青崖和其他以写作为主业的译者不同，素来秉持译者克己的习惯,不要说研究,连序也少写。不介入读者的阅读,这是一个严肃的译者的使命自觉,并不代表译者是没有立场的。在《饕餮的巴黎》里,李青崖少见地写了一篇《题记在译文之前》,就很好地证明了译者严谨、踏实却又不乏立场的态度。他从小说的历史背景写到左拉的文学观和个人生活,再写到文本,并没有只是一味地跟随作者的观点,而是笔锋一转,犀利而温和地写道:

> 左拉诚然创立了自然主义的信条,可是他自己也未能始终遵守,他的作品里有时反而流露浪漫主义的气息,这是文学史家所公认的事实;不过他的浪漫笔调确乎是浪漫主义的上品而已!例如他在这本小说里对于视觉、听觉、嗅觉,乃至于触觉所下的种种描写即其明证。

但是青崖先生并没有因此就产生了"指点江山"的胸臆,立即点到为止,命令自己在"题记"中"打住",还是回到翻译上来,交代了自己在翻译中遇到的困难:"遇着蔬果虫鱼乃至食品以及种种实体物的名称,动辄必须翻阅好几种字典,有时甚或还须请教于《本草》和诸'《雅》'那类的书,因此所费的时间更大,以至于同人中的所谓国学大师之流,竟认为如是云云'毋乃大是玩物丧志的异事!'"——固然今天查证的手段已经较之一个世纪之前丰富便捷许多,而这不畏繁复、孜孜求证的精神,也仍然是翻译的最高境界吧。时移事易,在翻译的问题上,前辈之于后辈的意义,从来不是翻译的结果本身,而是翻译的过程中所体现出来的,永远不可能为更加精确、更加不知疲倦的人工智能替代的主体精神。

青崖先生译莫泊桑全集，命途多舛，成就也最高，但我们有理由充分认识到另一点：莫泊桑虽是李青崖翻译最重要的一部分，但远非这位法国文学译者的全部。如果说1991年湖南文艺出版社出版的李译《莫泊桑短篇小说全集》弥补了李青崖去世前的遗憾，那么郑州大学出版社此次出版的《李青崖译文集》则在很大程度上提醒我们，我们有可能未经考证就在常识上模模糊糊形成了一种偏差。李青崖译过福楼拜的《包法利夫人》，译过大仲马的《三个火枪手》，还译过左拉的《饕餮的巴黎》（多译作《巴黎的肚子》）。这些也都是自中国文学翻译揭开序幕以来就进入中国读者视野的法国文学作品。我们熟知的《包法利夫人》，就有作家、翻译家，同时也是福楼拜最好的研究者之一李健吾的译本——当代的还有周克希的译本；而早于李译《三个火枪手》的，也还有伍光建的《侠隐记》，这些都是翻译史上了不起的名字。即便如此，对比着读青崖先生和他们的译本，仍然不失兴味，例如《包法利夫人》开头平淡无奇的第一节：

> 校长带着一个未穿制服的新学生和一个搬着书桌的校丁走入自修室时，我们正在温课，那些打盹的都醒了，并且逐个都站了起来，仿佛都在他们的工作中受了惊似的。（李青崖译）

> 我们正上自习，校长进来了，后面跟着一个没有穿

制服的新生和一个端着一张大书桌的校工。正在睡觉的学生惊醒了,个个起立,像是用功被打断了的样子。(李健吾译)

我们在自修室上课,校长进来了,后面跟着个没穿制服的新生,还有个校工端着张大课桌。打瞌睡的同学惊醒过来,全班起立,仿佛刚才大家都只顾用功似的。(周克希译)

更加欧化的句子与小说在文白夹杂时期的用词,这好像是青崖先生翻译的特点,也是他最不讨巧的地方。然而放诸漫长的翻译史中,难道这不正是对翻译的使命和目的语语言文化变迁的最忠实的记录吗?我们的译者,提供的正是在翻译的时候还没有清楚显现的语言的可能性,包括词语的、句法的。从这个意义上说,翻译史欠青崖先生的一声"辛苦",由《李青崖译文集》来道出,合适且必要。

袁筱一
2021年10月于上海

序二

读李青崖，了解莫泊桑、左拉和其他

莫泊桑，我上大学之前就读，记得他写有三百多篇短篇小说，后来上"法国文学史"的课，才知道他是世界级的短篇小说大师。

李青崖，我当知青的时候就知道，当年在众多知青中偷偷传阅的那本《莫泊桑中短篇小说选集》便是他的译笔，可惜的是，当时只读了一卷，而且开头的几页也缺损了，不知书名和作者、译者名。后来才知是李青崖译的莫泊桑，应是上册，因为有《戴家楼》和《我的茹尔叔》。是上海的新文艺出版社20世纪50年代的版本。

莫泊桑的小说，在写作技巧上极有特色，结构严谨、文字简约、风格清新。他的短篇（包括长篇）小说，对普通小人物的性格刻画和思想揭示都栩栩如生。初出茅庐之际就一鸣惊人的《羊脂球》便是最佳例证，这大概跟他早年听取现实主义大师福楼拜的谆谆教导大有关系。

我上大学时法语精读课就选有莫泊桑的作品，如《我的茹尔叔》《项链》等，为更好地理解法语原文，也为做翻译练习，便从图书馆找来李青崖的译本，字字句句地对照了好几大段，受益匪浅。我注意到了他译本中的"翻译腔"，但基本上认可，只为其中的"忠实转达"的精神。

多年后，我自己也翻译了两个莫泊桑的短篇小说《郊游》和《羊脂球》，分别收在了《法国自然主义作品选》（天津人民出版社1987年版）和《梅塘之夜》（译林出版社2020年版）中。翻译和校改工作中，深感李青崖译本对我的影响之大。

如今，李青崖的莫泊桑译本，市面上基本看不到了，但莫泊桑作品的其他译本却多得很，印象中，郝运、赵少侯、张英伦、王振孙等人的译本流传得更广，这大概跟出版社的运作有关吧。

除了莫泊桑，李青崖还翻译过大仲马、福楼拜、左拉、法朗士等人的作品，我虽没有读过，但都是知晓的。他们都是19世纪的作家，其写作风格多为写实主义，甚至是自然主义，当然也有一些浪漫主义的味道。这大概跟李青崖先生当时的"接受环境"有关，那时应是20世纪20—30年代，中国社会内忧外患，面临军阀混战的祸害以及日本侵略的威胁，中国读者需要了解和阅读以批判社会为特色的这一类文学，需要知道像莫泊桑的这些描写普法战争期间普通法国人生活状态的作品，需要以这样充满真诚的人性之味的进步作品来激励自己，奋起自救。

当然，如今，这一类文学作品的价值依然存在，因为它们已经成为经典，而经典是需要一读再读的。

余中先

2021年10月

序三

我国从法语原文翻译法国小说的第一人

1899年，林纾（1852—1924）翻译了小仲马的小说《茶花女》，开创了我国译介法国小说的先河。从五四运动时期到20世纪40年代，法国著名的小说大多被译成了中文，同时涌现了一大批优秀的翻译家，其中李青崖先生（1886—1969）堪称这支翻译队伍的先驱和佼佼者。

在老一辈翻译家之中，林纾翻译了欧美和日本等国的170多种小说，伍光建以翻译国外的政治著作为主，翻译小说也不分国别。不少翻译家另有专业，例如穆木天（1900—1971）是诗人，李健吾（1906—1982）是剧作家和文学评论家，傅雷（1908—1966）起初主要从事艺术作品的翻译和评论。李青崖1907年在复旦公学（后改名为复旦大学）肄业后赴比利时列日大学学习，1912年毕业回国后在多所高校任教，早在1923年就翻译了莫泊桑的短篇小说。他精通法文，无须从英文或日文转译，因而相比之下，他无疑是我国从法语原文翻译法国小说的第一人。

李青崖原名李允，湖南湘阴人，他毕生以翻译莫泊桑的小说为主，翻译生涯长达四十余年，晚年直至"文革"前夕仍致力于翻译和修订《莫泊桑全集》。他翻译的其他法国小说也均属一流,例如福楼拜的《波华荔夫人传》(《包法利夫人》)、左拉的《饕餮的巴黎》、法朗士的《波纳尔之罪》,以及伏尔泰和都德的短篇小说。《莫泊桑长篇小说全集》因"文革"动乱无法出版,直到1996年才由湖南文艺出版社陆续出齐。

社会在前进,语言也在不断演变,每隔二三十年就会有新的译本问世。时至今日,李青崖翻译的作品自然有了许多新的译本。我恰巧也翻译过莫泊桑的《羊脂球》和法朗士的《波纳尔的罪行》,对照之下,发现他的译文确有一些词语已经过时,例如他用"伊"字来指女性,刘半农发明的"她"字是后来才通用的;还有"波那巴尔忒党"应为"波拿巴党","鲁意十四"应为"路易十四","国立通儒院"应为"法兰西学院",女性名字"兑来司"应为"泰莱丝"等。这是当时译名尚未统一的反映,是时代在译文中留下的痕迹。

李青崖的译文尽管有这些局限,但是力求"信、达、雅",这从字里行间不难看得出来。例如《羊脂球》里的"寒气一天比一天来得重了,严酷地削着鼻子和耳朵",《波纳尔之罪》里的"那妻子从我们看来,带着一个很肮脏的雌儿的神气,一个随人指使的雌儿的神气"。其中的"削"和"雌儿",令人体味到"吟安一个字,捻断数茎须"的苦心,而《羊脂球》里的"那张满是小窟窿的破了相的脸儿似乎是战争种种破坏力的一幅小影",则尤为生动传神。为了完全忠实于原文,他为费解或冷僻的词语加了详尽的注释,以有助于读者的理解。因而从总体上来说,他的译文至今读来依然明晰流畅。

李青崖曾一度担任长沙湖南省立第一师范教员,为赴法预备班的蔡和森、蔡畅和李富春等革命前辈讲授法语。抗日战争期间他随复旦大学师生内迁,在《贵州晨报》上宣传抗战。在战火纷飞的年代里,李青崖等前辈在顺应革命潮流的同时,在翻译事业上始终坚持不懈,取得了极为丰硕的成果,充分显示了顽强的斗志和必胜的信心。此次,郑州大学出版社出版《李青崖译文集》,正是对李青崖先生的深切怀念,是对老一辈翻译家表示的崇高敬意。

吴岳添

2021 年 10 月 12 日

导读

李青崖的翻译

2021年9月某日,编辑李占芾先生给我打电话,要我为《李青崖译文集》写一篇文章,兹事体大,不敢贸然答应。我年轻的时候多少看过李先生的译著,但已年代久远,不复记得了,现在无论怎样写,都不是一件严肃的事。于是我说,我得先看看,哪怕只是浏览一下,才能做决定。他们很快给我寄来了七本书,先是电子版,后是纸本书,它们是:大仲马的《三个火枪手》、福楼拜的《包法利夫人》、左拉的《饕餮的巴黎》、莫泊桑的《人生》《俊友》《温泉》和《莫泊桑短篇小说选》。我恶补了一星期,虽然只是蜻蜓点水,随便看了几篇或几部分,加上残存的印象,终于明白了李青崖的翻译何以"过时",也多少窥见了郑州大学出版社重新出版李先生译作的心思,有感于现今读者的喜新厌旧和"忘恩负义",我决定写这篇文章。

李青崖先生,1886年出生于湖南湘阴,1969年逝世于上海。他于1907年肄业于复旦公学,1912年在比利时列日大学理工学院毕业,后转法国学习和研究法国文学,然后回国,组织长沙湖光文学社,出版半月刊《湖光》,与林语堂一起创办半月刊《论语》,还曾作为记者参加北伐,等等。他历任湖南高师、中国公学、震旦大学、大夏大学、南京中央大学等校教授,毕生致力于法国文学的翻译和介绍,从莫泊桑到罗朗·多热莱斯(Roland Dorgelès,1885—1973),尤其于莫泊桑最为倾心致力,用功极勤,几乎翻译了他的全部文学作品。多热莱斯是法国的一位当代作家,1973年去世,中国的读者恐怕根本不了解这个人的作品。即便像我这样对法国文学史有一定了解的外国文学研究者,也是通过李先生的译笔才知道他的名字,遑论他的作品了。一个人毕生从事一个国家的文学翻译,是一件不容易的事;一个人毕生只对一个作家付出大部分心力,例如莫泊桑,更是一件不容易的事。四十余年的劳作,二十几位法国作家,四十多部作品,呕心沥血,精心结撰,只为了上不负原作者,下不负读者。粗粗算来,可谓一年一本书。

除了莫泊桑,他还翻译过一批通俗小说,但是大部乃是经典作品,其中包括大仲马的《三个火枪手》、福楼拜的《包法利夫人》、法朗士的《波纳尔之罪》、左拉的《饕餮的巴黎》等。他翻译的莫泊桑中短篇小说得到中国读者的热烈欢迎,广泛流行,并且对中国的文学创作产生了良好而广泛的影响。但是,进入20世纪80年代之后,人们对李先生的译本谈论得少了,李青崖这个名字竟然也星星点点地消失不见了。总之,莫泊桑的作品还有人读,但是李青崖先生的译本却被束之高阁,少有人读了,也就是说,不流行了。

已故施康强先生大学时代是我的学长,读研究生时是我的同窗,他在1992年写过一篇文章,叫作《译本的"行"否及其文体》,距今快三十年了,当时李先生的译本已经"不行"了,如今就更"不行"了。施康强先生说:"此行字,作'风行''流行'讲,见《儒林外史》第二十回……","译本的'行'与'不行',不尽取决于原著的价值与译文的质量。"此言深获我心,"不尽"二字一方面暗示了译文"行"与"不行"的背景,另一方面它又指明了译文的"行"与"不行"的原因。文章讨论的主要是李青崖先生的译文,是译文的文体之"行"与"不行"。李先生的译文之所以"不行",原因非止一端,然究其大者,不外文体而已。文章说,"从原文读莫泊桑,对他的叙述风格有直接体会,觉得他像一条清澈的小溪,汩汩流来,娓娓道来,平易乃至滑易"。然而看看李青崖先生的译文,"那股水流好像不畅,文体上似乎隔了一层"。文体,问题就在这里!李先生的译文使用的是一种刚刚从文言脱胎出来的早期白话文,"这种纸上白话更多地不是脱胎于明清白话小说或提炼民间口语,而是因袭文言的某些表达手段或模仿西洋句法",他的译文"确实打着早期白话的印记",因此"翻译味道较浓,较重",不大符合当今读者的口味。

李先生的译本"行"了几十年,"自有其历史原因",读者无从诟病,但是,他的译文"却始终停留在那个时代",读者有权拒绝,因为别人的译本"更符合当代白话文的规范与行文习惯,应有更大的'可行性'"。不过,"新译本能不能取代旧译本,能'行'多少年,有待时间的检验"。新译本在文体上优于旧译本,也是相对而言。其原因,我没有施康强先生说得好,权且引用一段吧:"汉语还在发展。说不定21世纪的书面汉语对于当代书面汉语,犹如20世纪的法语对于19世纪末莫泊桑时代的法语,也会嫌其烂熟,改走生峭的一路(宋诗对于唐诗的反动,便是先例)。后之视今,亦犹今之视昔,焉知我们的孙辈不会觉得赵、郝、王三家合译的莫泊桑使用的是过气的'中期'白话,从而要求一种更能符合他们的阅读习惯的译本。"

施康强先生很客气,将"焉知"的事情打发到"我们的孙辈",我却在当前的变化中看到了"改走"的迹象,幸也不幸乎?在将来的发展中,我似乎看到了李青崖先生的译本可能起到的作用。施康强先生说:"说到文体风格,事情总有点玄。有一派翻译理论标举译文得原文神髓,臻于化境,简直就像原作者在用读者的母语写作似的。陈义太高,实际上很难办到。译者要模仿、复制原作者的风格,必须在他的母语中也有一种近似的风格可资借鉴才行。他总不能妙手空空,自铸伟词。"此言说得实在。李青崖先生的翻译只是老老实实地将法文换作读者的母语,不去追求什么"神髓""化境"之类"实际上很难办到"的东西。再说,"原作者用读者的母语写作"云云,实际上是否定了翻译的存在,这个问题很大,此处不谈。总之,李青崖先生的翻译是恪守本分的翻译,它之"不行"主要是时代和历史造成的,我希望不同的时代或者时代的变化能给它意想不到的命运,焉知再过多少年,李青崖先生一类的译品能够再度流行呢?

从根本上说,李青崖先生是个直译派。译界谈论翻译的大致有两种人:一种是翻译理论家,他们中参与翻译实践的不多;一种是翻译工作者,他们一般不长篇大论地谈翻译理论。前者虽然没有实践,却每每谈论翻译的可能性;后者虽然没有系统的理论,却有鲜活的经验和体会。前者分为许多派,如功能学派、语言学派、阐释学派、文化学派、结构学派、解构学派、女性主义、后殖民主义、苏东学派等几十家,他们提出的概念有的表现了人类认识的进步,有的则是别出心裁,另立旗帜,有的更类似野狐禅,我们只好报以同情的微笑;后者也分为若干倾向,例如直译或意译,异化或归化,理解或阐释,文字翻译或文学翻译,语言学派或文艺学派等,他们的经验或体会多半会促进翻译活动的进步,当然也有匪夷所思的成分。如同文学理论的功能不在指导创作或写作,而在指导文学研究、教学甚至阅读一样,翻译理论的功能也不在指导翻译实践,而在议论翻译活动,甚至与其他翻译理论进行争辩,等等。翻译理论对于翻译实践也许有长期的、隐秘的正反两面的作用,这大概是好的理论家往往不是好的翻译家的原因之一吧,反者亦如是。故翻译家应该关心翻译理论的演进,但是不可幻想有了理论的修养就能改善自己的工作。

翻译家必须以普通读者的态度接触原作者的作品,动笔翻译之后,才可以有批评家或学者的态度介入。普通读者,就是英国作家伍尔夫在《普通读者》一文中引述约翰逊博士所称之普通读者:"能与普通读者的意见不谋而合,在我是高兴的事;因为,在决定诗歌荣誉的权利时,尽管高雅的敏感和学术的教条也起着作用,但一般来说应该根据那未受文学偏见污损的普通读者的常识。"普通读者,就是不同于批评家和学者的读者,就是具有常识的读者。这样的读者在接触作品时，头脑是空白的，心胸是开阔的，眼界是没有边际的，作品的内容、形象、语词、符号遇见的是一个不设防的空地。接受、批判、阐释、选择等等，是动笔翻译以后的事，是译者脑袋里的事，而不是他写在纸上的事。如果一个译者在动笔之前脑袋里就装了"神似"或者"化境"之类的东西，多半不会有好的结果。这样看来，直译就是翻译这项活动的最基本的功夫，也就是说，是基础，无论意译，或美化，或神似，或化境，等等，都得从直译出发，直译好了，其他才可能好。李青崖先生的翻译大体上就是这样的直译。

人们往往有个误解，以为直译就是字（词）对字（词）的翻译，如法文说的"traduire mot à mot"，其实不是。英、法文这样相近的文字要做到字对字的翻译都不可能，何况法文、汉语这样相距遥远的文字，更是不可想象。所以，字对字的翻译不可能是直译的解释，而句对句的翻译是否可能呢？译词（字），译句，译段，还是译篇？各路译者，见解不同，争论频起，而这并不是翻译理论家关心的事。译词（字），有人称作"逐字译"，我以为早就销声匿迹了，不料20世纪80年代还有人郑重地谈起，不过现在的确是越来越少主张译词（字）了。易起争论的是译句、译段还是译篇，段和篇是部分和整体的区别，从翻译的角度看，区别不大，可以视为一体。那么，需要明确的就是，翻译应该以句为单位，还是以段、篇为单位。翻译以句子为单位，前人曾经说过，例如杨绛先生，但是怎样断句，怎样组合，却鲜有人给予明确的解说。义足为句，中外皆然，唯长短有别，顺序不同。翻译要以句子为单位，不能对意义有所增添、有所减少、有所遗漏、有所夸大或缩小。原文说什么，译文就说什么；原文怎么说，译文就怎么说。这样就能亦步亦趋，同进同退，译文紧贴着原文顺序而出。句子译好了，段落和篇章自然就好了。否则句子有所偏离，段落和篇章只能偏离越来越大，最后面目全非，正所谓差之毫厘，积寸累尺，就会谬之千里，可不慎乎！句对句，如杨绛所说，"一句挨一句翻"。我不主张意译，就是它容易为误译或胡译打开方便之门。李青崖先生的翻译基本上是译句，是"一句挨一句翻"，所以整篇就不差。

直译是翻译的传统，人类翻译活动的开始就是直译，然后才有其他，中外没有区别。罗新璋先生编的《翻译论集》是从三国时期的支谦开篇的，他的《法句经序》，编者认为，该文"提出'因循本旨，不加文饰'的翻译主张，可视为最初的直译说"。两千年后，严复继往开来，戛戛独造，提出了较为完整的翻译标准，可视为直译的客观而有顺序的表达，其辞曰：

> 译事三难：信、达、雅。求其信，已大难矣！顾信矣不达，虽译犹不译也，则达尚焉。……此在译者将全文神理融会于心，则下笔抒词，自善互备。至原文词理本深，难于共喻，则当前后引衬，以显其意。凡此经营，皆以为达，为达，即所以为信也。……《易》曰："修辞立诚。"子曰："辞达而已。"又曰："言之无文，行之不远。"三者乃文章正轨，亦即为译事楷模。故信、达而外，求其尔雅。

这是直译之标准表述,其后关于译事之种种表达只能据此深化和发展,给予某种新的解释,故译事三难实为翻译之定海神针。求其信,已大难矣,遑论信、达、雅三位一体乎!

作为一名业余的翻译工作者,我信奉钱锺书先生在《林纾的翻译》中说的话:"文学翻译的最高标准是'化'。把作品从一国文字转变成另一国文字,既能不因语文习惯的差异而露出生硬牵强的痕迹,又能完全保存原有的风味,那就算得入于'化境'。"信奉这句话的人有多少?不知道,但是肯定不是所有与翻译有关的人。我还相信钱锺书先生在同一篇文章中说的话:"彻底和全部的'化'是不可实现的理想","一国文字和另一国文字之间必然有距离,译者的理解和文风跟原作品的内容和形式之间也不会没有距离,而且译者的体会和自己的表达能力之间还时常有距离。从一种文字出发,积寸累尺地度越那许多距离,安稳到达另一种文字里,这是很艰辛的历程。一路上颠顿风尘,遭遇风险,不免有所遗失或受些损伤。因此,译文总有失真或走样的地方,在意义或口吻上违背或不尽贴合原文"。这些话说得在情在理,让人听了之后感到很温暖。钱锺书先生本人很少从事翻译工作,但他的话既有崇高的理想追求,又有脚踏实地的现实考虑。

我认为,钱锺书先生道出了文学翻译的真谛,这是严复的"译事三难:信、达、雅"的新阐释:信是基石,达是建筑,雅是灵魂。关于信,严复说:"求其信,已大难矣!"钱锺书说,"从一国文字转变成另一国文字""是很艰辛的历程"。关于达,严复说:"信矣不达,虽译犹不译也。"钱锺书说:"不因语文习惯的差异而露出生硬牵强的痕迹。"关于雅，严复说："信达而外，求其尔雅。"钱锺书说："完全保存原有的风味。"钱锺书先生可谓严复的知音，而且在理解严复的基础上有所发展，例如他说，"雅非为饰达""非润色加藻"。他以"风味"解"雅"，实为一大创造。翻译界有人认为"雅"不必要，弃之可也，或认为"雅"就是美化，视翻译为美化的艺术。钱锺书先生以一个"非"字揭出了"雅"字在翻译中的真实含义，又用"风味"二字锁定了"雅"字在译文中的崇高地位。就我的理解，所谓"风味"，就是风格，就是文学性，传达原作的风格是文学翻译的最高境界。由此看来，"雅"在文学翻译中断不可少。对一个旧的概念给予新的解释，令其获得新的生命，才是推陈出新的有效途径，所以并非所有新颖的说法都显示了认识的深入和观念的进步。李青崖先生的翻译恪守传统的观念，不单单以"雅"为旗帜，却在"信、达"之中有"雅"寓焉。

杨绛先生说，翻译要"选择最适当的字"，字在外文里其实是词，是断句重组、连缀成章的关键，因为没有适当的字（词），就不能把原文的意思"如原作那样表达出来"。译者必须贮有大量的词汇：通俗的，典雅的，说理的，叙述的，形容的……供其驱遣和调度。用词之巧妙或笨拙，最易引起争论。文章的意思，语句的色彩，虚含的意蕴，甚至感情，大半靠用词。有人以为，无论何时何地，用上最响、最亮、最美、最华丽的词，就是最好的翻译，就是文学翻译，这样的翻译就成了翻译文学，否则就是文字翻译。有的译者深恐自己的中文不行，就请中文的文章高手润色他（她）的译文，其结果多半不妙：译文可能有了"文采"，却离原文远了。这样的译文不是好的译文。其实,文学语言的好坏只有一个标准,就是用词、组句安排"适当"。该俗的俗,该雅的雅,唯"适当"是求。严复的"译事三难:信、达、雅",其"雅"的解释就是"适当",换一个说法,就是文学性,就是风格。雕缋满眼,铿锵悦耳,并不等于文采斐然。适度的华丽,可以是文采;适度的朴素,也可以是文采。文采的有无,全靠语言之运用,而运用之妙,在于运用词语之适当,就是说,有文学性,有风格,就有文采,没有文学性,没有风格,就没有文采。确立了文学性,确立了风格,"雅"就在其中了。

钱锺书先生在《管锥编》第三册《全三国文卷七五》中说:

> 支谦《法句经序》:"仆初嫌其为词不雅。维祇难曰:'佛言依其义不用饰,取其法不以严,其传经者,令易晓勿失厥义,是则为善。'座中咸曰:老氏称'美言不信,信言不美';……'今传梵义,实宜径达'。是以自偈受译人口,因顺本旨,不加文饰。"按"严"即"庄严"之"严",与"饰"变文同意。严复译《天演论》弁例所标,"译事三难:信、达、雅",三字皆已见此。译事之信,当包达、雅;达正以尽信,而雅非为饰达。依义旨以传,而能如风格以出,斯之谓信。支严于此,尚未推究。雅之非润色加藻,识者尤多;信之必得意忘言,则解人难索。译文达而不信者有之矣,未有不达而能信者也。

钱锺书先生此段言语涉及翻译的许多方面，笔者只取"译事之信，当包达、雅"一语，略加解说。"译事三难：信、达、雅"，此为一体而三面，当合而析之，不当分而观之，以此为标准，可以分出译品之好坏善恶，全面而精当。大部分翻译家对"信、达"取信服的态度，对"雅"字则讳言有加，如履薄冰，做种种或明或暗的抗拒状，以文学性或风格为准绳，谅可消除其对"雅"的疑虑和抗拒。李青崖先生的翻译置"信、达、雅"于一体，虽偶有不逮或不慎，然相互照顾、力求一致的心情，则是可以感觉得到的。

在翻译理论家的眼中，翻译的问题很复杂，故争论迭起，莫衷一是；而在翻译家的手下，翻译的问题很单纯，归根结底，就是直译还是意译，当然，此二种也是争论迭起，莫衷一是。其实，翻译界对直译或意译的分歧一直就有，时不时地出现，看不到有终止的迹象。说句老实话，直译还是意译之争本是无谓之争：该直译的时候就直译，如果直译不行，就意译，而大多数情况下是可以直译的。翻译活动本身证明了这一点。众所周知，法国诗人夏尔·波德莱尔译的美国作家爱伦·坡的作品至今仍被视为楷模，他说："必须跟他一致，东西是什么样儿就照什么样儿消化。必须努力地逐字逐句地跟上文本。我若想复述作者而忠实于他的字句，某些东西就会变得特别地晦涩。我宁愿写出一种艰涩，有时是怪异的法文，完全真实地展示出埃德加·爱伦·坡的哲学。"连用三个"明晰"赞颂法国文字的法朗士说，波德莱尔用"极好的直译法"译出了爱伦·坡的作品，如《金甲虫》《黑猫》《莫格街凶杀案》等。朱光潜先生说得好："依我看，直译和意译的分别根本不应存在。……直译不能不是意译,意译不能不是直译。……总之,理想的翻译是文从字顺的直译。""文从字顺",即达且雅,唯信是求。李青崖先生的翻译应以严复的"译事三难"说观之,尤应以钱锺书先生的"雅非为饰达"说观之,就是说,直译的光芒笼罩了李青崖先生全部的翻译活动。

李青崖先生翻译的大仲马的《三个火枪手》是由上海译文出版社1978年出版的,是时李先生已经去世多年,想必是20世纪60年代完成的,因"文化大革命"耽搁了出版。大仲马(1802—1870)是法国文学史上的一朵奇葩,一生写作出版300多部作品,主要是小说和戏剧,被誉为"通俗文学之王"。他的写作方式颇特别,也颇获诟病。他雇用了大批写手,由他自拟提纲,所雇之人分头写作,最后由他总其成。他负责润色,增香,提味,使其成为一部人见人爱的小说。他的小说人人爱读,但他在文学史上地位不高,不过,在他逝世132年后,遗体终被移进先贤祠,备极哀荣,算是获得了社会的承认吧。他写有《三个火枪手》《基督山恩仇记》等,晚年的他认为《三个火枪手》是他最好的作品。

李青崖先生译的《三个火枪手》,有译作《侠隐记》的,也有译作《三剑客》的,前者是20世纪20年代面世的,后者是2017年出版的,前后相差百年,皆受到当时读者的欢迎。论其名字的翻译,《三个火枪手》是直译,《侠隐记》《三剑客》是意译,相比之下,我觉得还是前者好。大仲马的小说大都有真实的历史作为背景,然后加以虚构,其情节曲折生动,叙述细腻完整,结尾往往出人意料,有历史惊险小说之称。结构清晰明朗，语言生动有力，对话灵动机智，构成了他的小说的特色。历史与虚构，爱情与阴谋，沉沦与激情，成为他的小说的有机构成，这也是他的小说广受欢迎、读者热情经久不衰的原因。今天，人们读他的小说仍甘之如饴，但是已经没有人把它当作传播和普及历史知识的渠道了。历史小说也是小说，其标准只有一个，那就是小说的标准。故事讲得好，人物塑造得好，对话模拟得好，环境描写得好，氛围营造得好，小说就算写得好。可喜的是，大仲马的小说上述几项都做得好。李青崖先生的翻译紧随大仲马的节奏，给读者以酣畅淋漓的感觉，这正是优秀的通俗小说的魅力。小说的主角达尔大尼央和他的三个伙伴诙谐幽默，机智勇敢，性格极其鲜明，对话惟妙惟肖，通俗小说的这些特点在李先生的译文中得到了很好的表现。总之，李青崖先生的译作《三个火枪手》成功地再现了大仲马的原作《三个火枪手》。

福楼拜的《包法利夫人》是他的代表作，该小说以简洁、细腻而精练的笔触再现了19世纪中叶法国的外省生活，描绘了鲜明生动的人物形象，展现了纷纭复杂的环境氛围，具有巨大的揭露意义和深刻的批判力量，成为法国19世纪批判现实主义文学的经典作品。小说的主人公艾玛是一个农村姑娘，却在修道院里接受了贵族的教育，整日生活在一片虔诚的宗教氛围中，满耳和满目都是浪漫主义的靡靡之音，养成了贵族的习惯，最后酿成由于理想与现实的冲突而造成的悲剧。这部小说很早就引起了中国文学界的注意，1924年最先由李劼人介绍至中国，当时的译名是《马丹波娃利》，三年之后的1927年,李青崖先生就推出了他的译本,名为《波华荔夫人传》,由商务印书馆出版,受到读者的欢迎。

福楼拜认为艺术要反映现实,"没有美好的形式就没有美好的思想,反之亦然",所以,他要用美好的形式抨击丑恶的现实。他遵循小说要通过人物形象来再现现实生活的原则,既注意刻画人物的内心活动,也不忘描写人物的外貌特征,以此来表现完整的人物性格。他将严格地、缜密地、忠实地描摹人物和事物,作为小说的根本任务。福楼拜的主要艺术成就是在塑造典型人物上,例如《波华荔夫人传》,除了塑造主人公艾玛之外,波华荔、霍迈、雷翁、洛朵尔夫等人物都具有一些各方面的人物典型的音容笑貌,就连只有一个小小的出场机会的农妇勒鲁都写得活灵活现。他的方法就是用十分精练的语言刻画人物的个性。为了塑造典型,他十分注重对于环境的描绘,使之与人物的行为契合无间。他强调思想和语言的统一,为了锤炼句子,他总是苦心推敲,惨淡经营,到了"吟安一个字,捻断数茎须"的程度。他写完那一部分,总要高声朗诵一番,听听是否和谐悦耳。他的文字澄澈、干净和准确,力争达到词章、结构、意境完美无瑕的结合。

李青崖先生的译本《波华荔夫人传》初版于1927年,正值早期白话文盛行于大江南北之时,故免不了受其生硬、古板,甚至拗口之苦,虽在"信"字上尚可令人满意,然在"当包达、雅"上就差强人意了。不必讳言,李青崖先生的直译还不够彻底,少了成熟白话文的十八般兵器无一不精的神情和姿态。不妨举两个小例,以为证明。其一,原文如下:

> Emma fut intérieurement satisfaite de se sentir arrivée du premier coup à ce rare idéale des existences pâles, où ne parviennent jamais les coeurs médiocres. Elle laissa donc glisser dans les méandres lamartiniens, écouta les harpes sur les lacs, tous les chants de cygnes mourants, toutes les chutes de feuilles, les vierges pures qui montent au ciel et la voix de l'Eternel discourant dans les vallons. Elle s'en ennuya, n'en voulut point convenir, continua par habitude, ensuite par vanité, et fut enfin surprise de se sentir apaisée, et sans plus de tristesse au coeur que de rides sur son front.

用词准确、细腻、精练，还多少有些讽刺的意味，我们且引用李青崖先生的译文：

> 艾玛对于这种在她愁惨的生活中的罕见之事，心中十分满意。于是她便任听自己的思想流入拉马丁的婉转曲折的诗境，玄想湖上的琴声，失群的雁声，零落的枯叶，飞升的贞女和上帝在山谷中的演说之声。随后她依然烦闷，什么也不愿做，末了，她听从习惯和虚荣心，又自以为得了安慰，心上眉梢，了无愁影。

我们不必多说什么，只需引用李健吾先生1948年初版、1958年经过修订的《包法利夫人》的译本的同一段文字，就可看出时代给予文体的差别了：

人生灰黯的希有理想，庸人永远达不到，她一下子就觉得自己来到这种境界，未免踌躇满志。所以她由着自己滑入拉马丁的蜿蜒细流，谛听湖上的竖琴、天鹅死时的种种哀鸣、落叶的种种响声、升天的贞女和在溪谷布道的天父的声音。她感到腻烦，却又绝口否认，先靠习惯，后靠虚荣心，总算撑持下来；她最后觉得自己平复了，心中没有忧愁，就像额头没有皱纹一样，不由自己大吃一惊。

两段译文的差别一眼就可看出来，不在内容，而在形式，前者有大而化之的感觉，例如"心上眉梢，了无愁影"之类，显出了意译的弊病，后者则以直译之法出之，精雕细刻，极具曲径通幽的气度，十分贴合原文的口气。李青崖先生整体上切合原文，但细节上还有待琢磨。

李青崖先生翻译了许多长篇小说，例如《三个火枪手》《波华荔夫人传》《饕餮的巴黎》《俊友》《温泉》《一生》等等，作为其中的翘楚，我们选择了《三个火枪手》和《波华荔夫人传》进行了简单的评说，其余的暂且不论。李青崖先生最杰出的贡献在于翻译了莫泊桑的全部三百多篇中短篇小说。20世纪20年代前后，莫泊桑的小说开始进入中国，势头甚猛，为数不少，蔚为壮观，此种现象实不多见。所以如此，跟他独特的创作手法有很大的关系。胡愈之在《东方杂志》1921年2月10日撰文指出，莫泊桑"做的小说，观察人生之精神，文体之明澈，不失为自然派最大作家。而且他那种短篇的片面的描写法，也可算独步；世界各国文学中，短篇小说，没有比他做得更多更好的了"。这种评价不算过高，可以代表当时文艺界对莫泊桑小说的看法。

李青崖先生敏锐地注意到中国文学的迫切需要，迅速出手，于《小说月报》第十四卷第1、2、6号，第十五卷第2、7号上连续发表了莫泊桑的《政变的一天》等5篇短篇小说，直至商务印书馆1923、1924、1926年出版了《莫泊桑短篇小说集》一、二、三集。从1929年到1931年，上海北新书局推出了莫泊桑作品集，包括《哼哼小姐集》《苡威荻集》《鹧鸪集》《羊脂球集》《霍多父子集》《遗产集》《珍珠小姐集》《蔷薇集》《蝇子姑娘集》等9个集子。此后四十余年间，李青崖先生一直孜孜不倦地翻译、修改莫泊桑文学作品的译文，力求"信、达、雅"，不遗余力，死而后已。自然主义（现实主义）作家中，莫泊桑短篇小说的创作态度和写作手法，深受中国文艺界和读书界的喜爱，无论是他对社会无情的讽刺和抨击，还是看似平淡、实则深邃的方式和严密的结构，及精练的措辞，都对沈从文、张天翼、艾芜、丁玲等作家产生了极大的影响。李青崖先生顺应时代的要求，施展个人的才华，做出了精彩的选择，厥功至伟，堪称第一人！选择，可以说是一个译者成功的关键，李青崖先生做到了。

一般认为，莫泊桑的中短篇小说结构清晰，语言精练，文字爽利，结尾出人意表，有令人惊喜之妙，无论讽刺，还是抨击，还是颂扬，都有使人神清气爽出一口恶气的效果，是中短篇小说里的精品，创作者读了深受启发，普通读者读了感到开卷有益。李青崖先生穷毕生精力将他的三百多篇作品翻作中文，献给读者，实在是功莫大焉！但是，莫泊桑的小说表面上平淡，少有波澜，实际上深邃，不乏漩涡，说的是家长里短，实则有微妙的哲理贯穿其中。这是为许多读者甚至批评家忽略的，而李青崖先生注意到了。

试举一例，以为说明。《首饰》，大多译者皆意译作《项链》，李先生则直译为《首饰》，其中或有深意存焉。《首饰》一篇，批评家和读者都以为是讽刺小资产阶级女人盲目追求虚荣浮华的作品，实则不尽然。没有像样的服饰参加高级晚会，无论什么样的女人都会心生疑虑，望而却步，不管是资产阶级，还是无产阶级，是身处资本主义社会，还是身处社会主义社会，莫泊桑对此只是苦笑了一下，点到即止，说他是批判虚荣可以，说他是讽刺则有些过了，尤其不能说带有各种形容词的讽刺。关键的时刻是她发现项链丢了，该还还是不还？如何还？且看莫泊桑怎样描写这个场景："Elle prit son parti, d'ailleurs, tout d'un coup, héroïquement. Il fallait payer cette dette effroyable. Elle payerait."李青崖先生译作："陡然一下用英雄气概打定了主意，那笔骇人的债是必须偿还的。她预备偿还它。"原文用了"héroïquement"（英雄一般地）这个词，将骆塞尔太太当时的决心写得非常到位，李先生用了"陡然一下用英雄气概打定了主意"，惟妙惟肖地表现了骆塞尔太太的心情。其他的人有译作"咬紧牙关，决心逆来顺受"的，稍好一些的译作"英勇地拿定了主意"。依我看，李先生直接译作"英雄气概"更为贴切，"英勇"似乎不够，非"英雄气概"不行，难道此时此刻的骆塞尔太太不是个英雄吗？

原文中直接说项链"是假的"——假使李先生译作"假

的话——使批评家和读者感到震惊，犹如晴天霹雳，刹那间在他们的头脑里轰出一片空白，思索的链条于是断了。但李青崖先生采用了意译，译成"本是人造金刚钻的"，他若是坚持直译就好了。还有，十年之后，骆塞尔太太"变成了穷苦家庭里敢作敢当的妇人，又坚强，又粗暴"（赵少侯译文），李先生译成："她已经变成了贫苦人家的强健粗硬而且耐苦的妇人了。"同样是没有坚持直译的结果，没有译出"la femme forte, et dure, et rude"（"又坚强，又粗暴"）的效果。

倘若批评家和读者注意到作者谈到还清了债务的骆塞尔太太决定向她的朋友说明真相，而后说了句"为什么不？"，以及说明真相之后，"她用一阵自负而又天真的快乐神气微笑了"，这字里行间不是蕴含着丰富的思想吗？未必有多么玄妙的哲理，但至少不止于对追求虚荣浮华者的讽刺。然而这思想并不是作者说出来的，也不是凝聚在许多人觉得深刻的格言警句之中，他只是叙述、描写、呈现、刻画，寓褒贬喜怒于场景之中。李青崖先生"一句挨一句地翻"，将莫泊桑的意思清清楚楚地表达了出来。他没有使用诸如酥胸、纤手、秀足、玉臂、朱唇之类的陈词滥调，这已经是难能可贵的了。左拉说得好："读他的作品，可以笑，可以哭，但永远发人深思。"无论如何，李青崖先生的翻译是可以"永远发人深思"的。

一百多年来，莫泊桑一直牢牢地戴着"短篇小说之王"的桂冠，当然不仅仅在于三百多篇的庞大数量，还在于"在同时代的作家当中，他创造的典型比任何人都种类齐全，他描写的题材比任何人都丰富多彩"（法朗士语），更在于他使短篇小说的艺术达到了一个至今还不曾被超越的顶峰。所谓"顶峰",并不是说他的短篇小说已经"止于至善",后来的小说家都要照他看齐,而是说所有自以为超越了他的小说家,最终将发现,这不是过于狂妄,就是过于鲁莽,也是过于无知。作为介绍莫泊桑的作品之最早、最力者,李青崖先生功不可没,怎么强调都不过分。

我们已经知道,莫泊桑的清澈并非一览无余,而是一口深潭,深潭中一泓清水,初看,"潭中鱼可百许头,皆若空游无所依",细察,则"倏尔远逝,往来翕忽,似与游者相乐"。更何况还有树木掩映,光影嬉戏,亦幻亦真,饶多神秘。这是莫泊桑短篇小说的迷人处。所谓"迷人",指的是阅读时的愉悦,思考时的痛苦,因为他的小说世界是一个痛苦多、欢乐少,笼罩着一片悲观主义的凉雾的世界,"其境过清,不可久居",久居则有"凄神寒骨"之虞。如他所说:"那想把人生的真理给予我们的小说家,应当留心避去一切显得例外的事变的联系。他的目的绝不是向我们述说一个故事,使得我们高兴或使得我们感动,而是强逼我们去思索,去理解事变的深刻而又隐蔽的意义。"

莫泊桑在《水上》这篇小说中说:"我具有这种第二视力,它既是作家的力量,也是作家的全部苦难。"所谓"第二视力"就是一种透过现象看到本质的力量,说它是"力量",是因为它让作家既抓住了事物的表象,又深入到事物的内里;说它是"苦难",是因为它让作家不能再满足于展示生活的"平庸的照相"。可惜的是,《莫泊桑短篇小说选》没有收入这篇小说。莫泊桑的力量就在于,他告诉读者他看到了什么，并且也让读者看见，条件是读者不要自以为一瞥之下万物便纤毫毕露，尽收眼底。人们往往以为莫泊桑的小说是一泓清水，其实大部分是乌云密布的天空下的一口深潭，天光云影，鱼龙变幻，一脚不小心就会掉进去。莫泊桑本人视力不佳，写作其第一部小说《羊脂球》时就已患上眼病，后来竟至于不能正常地视物，因此，他不仅要当一位不知疲倦的观察者，还要当一位充满激情的梦幻家，回忆和想象补充了视力不足，成就了精细与深刻的结合。透过现象，看到本质，这就是他所说的"第二视力"的深刻含义。李青崖先生的翻译抓住了莫泊桑小说的神髓，成功地用当时流行的白话文表达了出来，扩大了它的影响，并给中国读者留下迄今为止不曾逝去的快乐。

夏尔·波德莱尔对细节的态度有种种的不同，其中的批评精神却一以贯之，即他的批评的落点是对象的"大体"。他在随手指出德康"让鸭子在石头上游泳"之后，这样写道："我觉得我们是多么容易地可以从装饰着画廊的德康的出色的画中得到安慰，我真不愿意再分析它们的缺点了。那将是一件幼稚的营生，反正谁都能做得很好的。"这真是一种批评大家的风度，他不怕别人指责他"看不出问题"，因为他实际上已经把一切瑕疵都看在眼里了，只是他将谈论缺点这类"幼稚的营生"留给那些唯恐显示不出敏锐的批评家了。对李青崖先生的翻译似乎应作如是观。

郭宏安

2021年10月于北京

题记在译文之前

在《卢恭马伽尔家传》之中,这本原文名曰 *Le Ventre de Paris*(直译是《巴黎的肚子》)的小说,是左拉首先发表的第三部。根据若弗内尔的记载,发表的年代约在一八七三至七五年之间,书中所指定的时代是法兰西第二帝国的初期,而女主角荔莎在马伽尔家的班辈是第三代。

可是男主角弗洛兰的意识的制造者,却不是第二帝国的本身而是第二帝国的前奏曲,这前奏曲的顶点就是书中一再述及的"十二月四日"那一天。所以若是要明白这本书里男女两主角的个性和环境,自然须得对于这一天有点儿认识,因此我根据马莱和格里莱二氏合著的《十九世纪史》,摘译几行在下边:

> 法兰西第二共和国总统路易-拿破仑,利用自身在政治的地位实行叛国称帝的阴谋,时机所及终于在一八五一年十二月二日发表两道筹备已久的命令:
>
> 一、散解国会。
>
> 二、召集全民会议,以总投票来询问全国是否拥护路易-拿破仑和是否付以重定宪法的必要之权力。
>
> 同时,军警早经着手逮捕国会议员中之主张组织

合法的抵抗者了。这一来,巴黎就明显地陷入了人心惶惶的境界……

次日,巴黎城外的市民,已经在某几处筑好了防御工事表示抵抗。不过他们的意志并不积极,而军事当局反故意约束士兵不许走出营房,认为如此"可使变叛者有发展的时间,而扑灭他们的唯一妙法也就在此"……

四日,在早上,许多防御工事已经从巴黎中心各区向北部延长了,午后二时许,军队出营了,在塞满了看热闹者的各处广衢上开到了一师人。忽然,这些兵士开始向这些看热闹者开枪了。事后查出受弹而死者在一百五十人以上,伤者的数目更多。可是这番屠杀并没有摧毁人民的抵抗力,所以更须对于附近的工事加以强力的扫除……这种扫除行动直到夜间九时才获得他们的"战果"——是为"四日之变"。

……政变(Coup d'Etat)从此揭去面具了,政府利用"四日之变"来恐吓一般布尔若瓦(Bourgeois)阶级,说这番事变是社会党和农民党的尝试,于以借此来大规模地逮捕人民:一七九三年以后从未再见的恐怖时代又在法国再现了——从拿破仑三世被废之后所遗留下来的笔记之中,我们发现当时被逮捕的人数将近有二万七千之多,但是这远低于实在数目。所有被捕的人,都在十二月八日,被政府一道命令放流到阿尔及利亚和卡宴两个属于法国的海外殖民地做苦工去了,但是绝没有经过审判……

第二年,路易-拿破仑在搬演了种种伪造民意的活剧之后，终于在十二月二日就任法兰西第二帝国的皇帝，是为拿破仑三世。到了十八载之后的一八七〇年和普鲁士战败投降，他的帝统和帝国就同时结束。

弗洛兰当然是二万七千以上的牺牲中之一，这种牺牲生活在他心里构成的憎恨是可想而知的了，而况他在七年以后回到巴黎所目睹的仍旧是"肥瘦悬殊"的世界！所以左拉就选择了巴黎的中央菜市场做弗洛兰重回巴黎过活的背景，而以巴黎那些"肥者"的饕餮情状使弗洛兰心里的憎恨由唤醒而达到逐步加强，以至于筹备他那种幻想式的政治行动。

就表面的现象而论，法兰西第二帝国在十九世纪的历史上，似乎是一个"小康时期"。其所以如此者，第一是数十年的内部争夺在此时期中暂得休息，第二是政府利用科学去做海外殖民政策的工具。所以凡是在这时期中知道"自肥"方法而又有"自肥"资本的人，多数都成了"肥者"，当然他们非以"安分守己"的立场感谢他们的"皇上"不可了。左拉在这些"肥者"之中选择了一个荔莎来做弗洛兰的对手，而把大伯子和弟妇的关系派给他们两个人。

这一个"瘦者"和一个"肥者"在接触了之后，就慢慢各自从各自的意识里发生相互间的摩擦起来，接着作者所选择的主要副角如葛吕、露绮思、伽瓦尔和萨盖都次第登场了，于是这男女两主角之间的摩擦就演进而化作了冲突。到了最后的尖端，弗洛兰这个"瘦者"，当然又在"肥者们"的"围剿"之下，再度变成了牺牲，于是那一群借饕餮以"自肥"的"安分守己"者流，大有从此天下太平之概！

有了这一点儿算不得什么的简单分析，再加上书中那个旁观者的画师克罗德的种种批评，我们对于左拉这时候的人生观不难了如指掌，因为书里的中央菜市场这个小宇宙，正是透过作者的气质（Son tempérament）的小宇宙。

就描写的艺术而论，则近世以研究左拉知名的勒倍尔洁（Ed. Lepelletier）称赞这本书是"一幅巨灵式的静物写生"，因为中央菜市场在当年的巴黎确乎是一所伟大的时代建筑物，而建筑术在时代上的力量已经由教堂和修道院那些属于"神"的方面，渐次扩张到车站、船坞、戏院、医院身上来，这些场所和菜市场不仅同是属于"人"之所必需，并且同样代表电气和蒸汽世纪之工业的，实证的和科学的时代信念。左拉久在《公益日报》工作，报社和中央菜市场相距不过数步之遥，这所时代建筑物何能不教左拉这位时代作者发生兴趣。梅棠社（Groupe de Médan）的旧友阿历克西司（P. Alexis）对于左拉为这本小说而在中央菜市场及其附近街道所做的先后不计次数的准备性散步，有下列的记载：

某一次我们走到貂山街，他（左拉）忽然对我说："请您转身回去仔细看看吧！"那真是不常见的，那地方的景象，菜市场各处的屋顶都有一种惊人的气概。在暮色渐见浓厚之中，竟可以说这是一座由许多巴比伦式宫殿叠成的堆积物。他录下了这种曾经在他书里描写过的印象。他就是这样和中央菜市场的轮奂面目相习了。手里握着一支铅笔，不论晴雨雾雪或者早晚昼夜，都时时刻刻来拜访这些地方，着手记录种种不同的气概。后来，某一次，他在菜市场整整过了一夜，来参观巴黎的营养物品在奇异的民众的喧嚷之中潮涌而来。他并且和一个守卫者细谈，这一个引他走下了地窖子，又引他升到了各馆的屋顶上散步……

从这一段记载，我们可以看见左拉对于中央菜市场是如何注意的了，然而尚不止此，他又参考了在当时并不多见的有关中央菜市场的书籍，并且到警察厅去探询情形，征集统计录和管理规则。然而这种种工作，在左拉无非是要把这座时代的建筑物，从纸上用浮雕的手法显出来，不过他的工具不是线条而是文字。

这怎能说这本小说不是一幅巨灵式的静物写生呢！然而勒倍尔洁又说这十足是一篇有关口腹的诗。大概左拉受感于中央菜市场的现象和写作一部小说的需要，决定从场中的食物宫殿里找出人物和背景来，而另一方面，也许受了竞争欲的支配，因此又想自拟于雨果。于是雨果的《巴黎圣母院》仿佛做了这部小说的模特。不过教堂和菜市场是互相矛盾的……前者把神秘和信仰的死世界加以"拟人化"的功夫，后者则使我们的物质世界的需要和食欲取得了"肉体化"；然而描写的瑰奇和渲染的强健，却同一奔放不羁，使读者目不暇击。所以这两部小说在艺术的不朽的决斗场上简直是斗争：一造是灵魂，另一造是肉体；一造是聪明，另一造是物质；一造是理想国，另一造是现实世界；一造是司虑思的脑，另一造是司吃喝的胃；一造是过去，正如雨果早已预料到的一样，被另一造名曰"现在"者所屠杀。

《巴黎的肚子》虽然名称和题材都富于现实性,然而却是左拉一本最富于诗意的书。这幅静物是带着激昂态度、带着抒情意味又带着生命用一支浪漫笔调写成的,倘若拟之于法国浪漫派的画师,那么则竟不妨说是德拉克洛瓦的笔调吧。

"浪漫笔调",这岂不是勒倍尔洁对于左拉下讽刺吗?不然,左拉诚然创立了自然主义的信条,可是他自己也未能始终遵守,他的作品里有时反而流露浪漫主义的气息,这是文学史家所公认的事实;不过他的浪漫笔调确乎是浪漫主义的上品而已!例如他在这本小说里对于视觉、听觉、嗅觉,乃至于触觉所下的种种描写即其明证。

谈到这里我似乎不妨"打住"了,所以我权且只把翻译这部小说的经过略略叙几句在下边:

翻译的工作是在一九四三年春天开始的,其时我正在辰溪的湖南大学教书,光阴并不十分闲暇,所以工作通常也未能迅速进行,尤其遇着蔬果虫鱼乃至食品以及种种实体物的名称,动辄必须翻阅好几种字典,有时甚或还须请教于《本草》和诸"《雅》"那类的书,因此所费的时间更大,以至于同人中的所谓国学大师之流,竟认为如是云云"毋乃大是玩物丧志的异事!"。所以经过了一年,而全书的译文不过成了三分之二。彼时的敌人忽然时有空袭经过辰溪,以至于我在某次躲避之中,竟失去了法文原本和译稿的一小部分,因此翻译的工作竟在无可说的情形之下中止下来。一九四五年春,我到了重庆了,不久居然辗转地另行觅得了法文原本,于是又继续做起翻译的工作,可是当然更不能迅速了,直到胜利后的三四个月才完成了全书的译文。其间曾承焦菊隐兄热忱地替我把译文付之手民，可是又因为是时重庆物价空前地波动，所以未及排完而临时中辍。

现在我复员到上海又是整整一年了，译文又在经过两次周折之后，才于今年五月完成排和校的功夫。可见得在物质困穷的今天，出版这样一本小书，虽有朋友们的辅助，也竟发生了十年以前梦想不到的困难！

至于书的名称，我本想用直译的字而称之为"巴黎的肚子"，后来仔细一想，才觉得法文的Ventre这个名词的意义并不和"肚子"两个字十足相同，所以若用直译的字面，并不能显出明确的印象，倒不如采用意译的字面，称之为"饕餮的巴黎"，庶几不难教人明白它的反面就是"束紧裤带"的饥饿！

一九四七年六月在江湾题记——青崖。

目　录

第一章 ·· 001
第二章 ·· 058
第三章 ·· 138
第四章 ·· 231
第五章 ·· 298
第六章 ·· 392

新旧译名对照表 ·· 431

第一章

在深沉的寂静环境中,在近郊通衢不见人影的空虚中,许多种园子的人的马车,带着合乎旋律的轮子震动,从上坡道儿向巴黎升上来,震动的回声,扑着那些分成两行隐在枫林后面静卧的房子。一辆运白菜的两轮车和一辆运豌豆的两轮车,在内伊桥边和八辆从南代尔运白萝卜和胡萝卜下坡而来的大货车合流了。挽车的马,都低着脑袋,用那种被坡度压得更为迟缓的连续而又懒惰的姿态,信步前进。驾车的人,却伏在车里的蔬菜上面,包在自己身上的灰黑相间的柳条纹的风衣里面,直挺挺地躺着,在假寐之中握住缰绳不放。一盏煤气灯,从黑影构成的帷幕口上,耀着那些由胡萝卜簇成的红花球,由白萝卜簇成的白花球,由豌豆和白菜簇成的绿锦,使得一双皮鞋底上的铁钉,一件罩衣的袖子,或者一顶便帽的角儿,夹在这些花球和绿锦之间被人窥见。在这条公路上,在附近这些公路上,前前后后,车辆的隐约可辨的隆隆之声,都报出了相同的运输和全部的到码头的行动,穿过午前两点钟的黑暗和瞌睡,用这些正在经过之中的食料的声响,如同摇着摇篮似的来摇动这座乌黑的城。

驮尔大扎,佛朗朔瓦夫人的马,一条过于肥腯的牲口,领着这一列车子的头。它正在半醒半睡之中摇着双耳前进,刚好走到了长田街顶上的时候,一种突来的恐惧心,教它顿住四条腿子不动了。于是另外那些牲口的脑袋都顶着了前面车子的尾部,结果,这列车子停住了,一阵由铁器构成的声响,夹在那些惊醒了的驾车人的咒骂之中骚动起来。佛朗朔瓦夫人本来靠着一块贴着蔬菜的板子,一盏四方小风灯的微光,本来只照着驮尔大扎的发亮的腹部的一边,这时候她从微光里向各处注视了,然而什么也看不见。

"喂!老娘,我们走吧。"那列车子的驾车汉子之一跪在车中的白萝卜上面喊着,"这是一个什么醉鬼吧。"

她俯下身子了,于是瞧见在右边,几乎就在马蹄下面,一堆黑的东西拦住了路线。

"谁也不能压死人。"她一面跳到地上,一面说。

这是一个全身仆着的人,两臂伸开,脑袋伏在尘土里。他身体像是异常之长,却瘦得像一枝枯树干;神出鬼没的事,就是驮尔大扎没有一蹄子把他踏成两段。佛朗朔瓦夫人以为他是死了,于是俯下自己的身子,抓着他的手,才觉得那手是热的。

"喂!汉子!"她从容地说。

但是另外那些驾车的人都不耐烦了。那个跪在白萝卜上面的人,重新用干喘的声音说道:

"给他一鞭子吧,老娘!……他肚子里灌满了,死猪!请您替我把他推到沟里去吧!"

然而那个人已经睁开了眼睛。他用诧异的眼光向佛朗朔瓦夫人看着,却没有动弹一下。她想到他应当是喝醉了,在

事实上。

"不应该躺在这里,您会教人压坏,"她向那汉子说,"您到哪儿去?"

"我不晓得……"他用一道很低的声音回答。

随后,他使出劲儿并且显出不放心的注视:

"我本是到巴黎去的,我跌倒了,我现在不晓得……"

她现在比较看清楚他了,他是使人垂泪的,他那条黑裤子,他那件黑大衣,完全是空洞的,显出他全身骨瘦如柴的枯态。他那顶黑色粗呢的便帽遮羞似的压着双眉,却从一副坚忍艰苦的面孔上,用一种罕见的柔和姿态,表出一双棕色的大眼。佛朗朔瓦夫人认为他实在太瘦,不是喝过酒的人。

"喂,您到哪里去,巴黎城里吗?"她重新又问。

他没有立刻回答,这种询问教他不自在了。他像是自行斟酌,随后,用矜持的态度:

"那一边,菜市场附近。"

他终于站起了,费了无穷的事,然而却装出继续赶路的样子。这个种园子的妇人看见他摇摇晃晃靠着她的车辕便问道:

"您乏了吗?"

"对的,很乏。"他喃喃说。

于是,她用了一道匆忙的声音并且类乎生气的。她推着他,一面说道:

"来吧,快点儿,您到我的车上来吧!您现在耽误了我们的时候,瞧吧!……我正往菜市场去,我可以带着您和我

这些蔬菜同走。"

末了，因为他拒绝，她用那双强健的胳膊，几乎像托什么似的推着他向那些胡萝卜和白萝卜堆上一扔，她完全生气了，高声嚷道：

"到末了，您可以教我们太平点儿！您真教我生气，好汉子！……我既然告诉了您说我正往菜市场去！您瞧吧，等会儿，我来叫您。"

她又上车了，靠住那块木板斜斜地坐着，提起了驮尔大扎的缰绳，它重新开始前进了，不过却又摇着那双耳朵来重新催眠自己。其他的车子都跟上来了，整个行列又在黑暗之中摆出了迟缓姿态，重新用车轮的震动扑着那些睡熟了的房子。那些驾车子的人都在风衣里面重新打盹。那个曾经喊过这个种园子的妇人的，却伸着身子用斥责的口吻说道：

"哈！倒霉！若是应当扶起醉鬼们。您真有耐性，您，老娘！"

车子向前转动了，牲口自行前进了，脑袋都是低垂的。那个新被佛朗朔瓦夫人收容的汉子，伏着身子睡下，那双长腿正在那些充满了车身后部的白萝卜堆上面下垂，他的面部正埋没在那些竖立而又散开的胡萝卜丛里，而那双疲乏了的伸开的胳膊，因为害怕受着一个震动而抛到地上，紧紧地抱着这些由蔬菜构成的沉重的荷载，他向前凝视那两行无穷尽的煤气灯，这些煤气在一种由那高而远的处所增加不已的灯光之中，自行接近并且自行混成一片。天空之中有一层广泛的白气浮着，使得巴黎在一种由这些灯火构成的发光气体之中酣睡。

"我是从南代尔来的,我叫作佛朗朔瓦夫人,"那个种园子的妇人在过了一会儿之后说,"自从我失掉了我的当家汉子,每天早起我总得到菜市场去。这真辛苦,不用说!……您呢?"

"我姓弗洛兰,我来得远……"那个陌生的人用不自在的态度回答,"我要求您原谅我,我乏极了,说起话来,真教我难受。"

他不愿意谈天。于是,她也沉默了,略略松了缰绳,任凭它搭在驮尔大扎的脖子上,它正以认识每一块铺路石材的牲口资格追随自己的路线。弗洛兰双眼瞧着巴黎的广泛无边的光气,想起了那段被他隐瞒的历史。原来他是从卡宴逃出来的,某年十二月的变故把他驱到了那边,最近这两年以来,他逃到卡宴的荷属境内徘徊,发痴似的渴想还乡却又害怕帝国政府的警察,到末了,他居然看见了这座那样被他牵挂被他指望的伟大而亲爱的都市了。将来,他要在这都市躲藏的,要用他往日的宁静生活方式在这都市过活。警察是什么也不会晓得的。而尤其是在那边,他的姓名是会死去的。他又想起了他到勒阿弗尔的情形,当时,他身上只有十五个法郎留在自己的手帕的角儿里。然而他还能够搭上马车走到鲁昂。从鲁昂,他就步行前进,身上所余的仅仅三十来个铜苏。但是,在韦尔农,他用掉最后两个铜苏买了面包。以后,他再也不晓得了。相信在一条沟里睡了好几点钟。他曾经把自己早已备好的那些文件送给一个保安警察看过,这一切,现在都在他脑子里跳跃了。他从韦尔农是没有吃东西来的,只带着失望和愤怒,带着种种使他去啮那些在身边经过的篱前枝叶的陡然失望和愤怒。末了,他继续步行,痉挛,战栗,空着肚子,花着眼睛,双脚不由自主地活像受了巴黎的这个影像所牵引,远远地,很远远地,在地平线的后面,它叫他,它等他。等得到了曲轨村,夜色已经是很浓的了。巴黎,俨然一大片压在一只乌黑地角儿上而布满了星宿的天,在他认作是严酷的,如同正因为他之复归而生气一样。这时,他感到了一阵衰弱,他从山坡上向下而行,双腿像是断了。经过内伊桥的时候,他靠着桥栏,俯下身体对着那条夹在两岸的浓厚体积之间推动墨水般的波澜的塞纳河,一座指导航路的红灯,在水面上用血一般的视线追着他。现在,他应当向山坡儿上走,去达到那高高在上的巴黎。近郊通衢在他看来像是不可度量的。他新近经过的那几百公里的路程,绝不算什么;而这小小的一段却教他失望,他大概永远走不到那个被这些灯光盖住的山顶了。这条近郊通衢,同着它那些由高的树木和矮的房屋组成的线,它那些被树枝影子所点染的宽大的灰色人行道,那些横街的阴暗窟窿,它整个的沉寂和整个的黑暗,平平坦坦地展开,而在这种死境般的荒漠之中,仅仅那些直挺挺而合乎规则地分列的煤气路灯,用它们黄而短的火焰放出了生气。弗洛兰再也不前进了,近郊通衢永远延长下去,逼着巴黎退入了夜色的深渊。他觉得这些煤气路灯用它们的双眼在左在右奔跑,一面移走了那条路,他就在这个令人昏眩的运动之中跌倒了,如同一堆东西晕在路面的石块之上。

现在,他从从容容在这层使他感到一种羽绒式的柔软滋味的绿茵上面摇着,他曾经略略抬起了下颏,去看那片在那被人猜为地平的黑色屋顶之上扩大的光明气体。他达到了，他被人载着了，他只需把自己付与这车子的迟缓摇动了。末了，这种绝不疲乏而对着目的地的接近，仅仅只留下饥饿教他痛苦了。饥饿已经唤醒了，难堪的，残酷的。他的肢体都睡熟了，他只觉得自己身上胃囊正绞着，如同被一副绯红的铁钳钳住一样。他所藏身的蔬菜的清香，那阵由胡萝卜发出来的钻人的氧味，使他狂乱而至于发昏了。他使尽气力教自己的胸脯贴着这座由食物构成的软榻，去缩紧自己的胃囊，去防止自己叫唤。而在后面，另外的九辆双轮车，带着它们的白菜山、豌豆山，莴苣、百合、芹菜、胡葱之类的堆子，都像是慢慢地在他身上动摇，并且要在他饥饿的最后挣扎之中，用食物的倾覆作用去埋葬他。车子忽然停住了，来了一阵由粗暴声音组成的喧嚷。这是关口，关员检查车子了。随后，弗洛兰进了巴黎城，他精力衰竭了，咬紧牙齿躺在胡萝卜堆上。

"喂！汉子，上面的！"佛朗朔瓦夫人匆匆地喊着。

末了，因为他没有动弹，她就爬上车去使劲摇动他。于是，弗洛兰开始坐起来。他已经睡过了，他不觉得饥饿，不过他还莫名其妙。那种园子的妇人教他下车，一面向他说道：

"您愿意帮助我卸货吗？"

他帮助她了。一个胖大的汉子，携着手杖，戴着软胎呢帽，并且在外套左襟上挂着一块徽章，气冲冲地走过来，用手杖的尖子敲着人行道。

"您瞧吧，您瞧吧，真快！把车子引向前一些……您有多少公尺的距离？四公尺，对吗？"

他交了一张单据给佛朗朔瓦夫人，她从一个小布袋子里面拿出几个大铜苏。于是他就到一个略远的地方去生气去敲手杖了。这种园子的妇人牵着驮尔大扎的笼头，推着它，极力使车子后退，使它两只轮子紧贴着人行道。随后，抽去了车子后部的木板，她又用草把子在人行道上标好了她应得的四公尺，于是央求弗洛兰把蔬菜一扎一扎地传给她。她依据固有的方法在人行道的方石板上面排列起来，整理货物，分布枯叶，使那些堆儿受着绿色的网状围绕，于是全部陈设物在一种罕见的迅速手腕之下排好了，竟像是暗影之中的一铺色彩均齐的地毯。到了弗洛兰把那一大捆被他在车底寻着的旱芹菜交给她，她又向他央求另外一件义务。

"您可真是很讲交情了，若是在我去安放车子的时候替我看守货物……这只有两步路，傲山街，金规客店。"

他保证她可以放心。这动作在他是绝不费事的。自从他动作以来，他感到身上的饥饿又被唤醒了。他靠着一堆白菜坐下，正在佛朗朔瓦夫人的货物旁边，独自说是他自己在那里很好，自己不会再动，只是一心静候。他觉得自己的脑袋是空洞的了，并且自己不甚明白自己究竟在什么地方。本来从九月初旬起，大早上就是乌黑的，许多风灯，绕着他的周遭，从容地流动，而在黑暗之中停止。他正在一条认不出来的大街的边上。这条街深入十足的夜色里，很远。他，也几乎分辨不出自己所看守的货物。那前面，混杂地，沿着人行道的方石板，许多模糊的堆集物正开始移动。在马路中央，许多两轮车的灰黑色的庞大影子拦住了路面。而从路的一端达到另一端，一阵通过的呼吸，使人猜着这是一群绝不被人看见的驾好了的牲口。种种号召，一块木材或者一条铁链坠在地下的声响，一车蔬菜的倾覆的声响，一辆车子触着人行道的边缘的最后动摇，都用声势俱雄的报晓之音，在那依然酣睡的空气之中，显出了和缓微鸣，报晓之音本快到了，谁都在这整个晃动的黑影深处有所感觉。弗洛兰转过脑袋，窥见在他那些白菜的那一边，有一个人如同一件包裹似的滚在一件风衣里面抽鼾，而他的脑袋正靠在一些盛李子的筐子上面。更近一点，靠左手，他认出一个十来岁的孩子倒在两堆小山样的苦荬苣的缝儿当中，带着一种天使样的微笑打盹。最后，在人行道的地面上，尚属确然醒觉的，只有几盏风灯，在些看不见的臂膊头儿上跳舞，用超跃的动作，跨过那些迁延不动静候天明而成堆的蔬菜和人的瞌睡。但是那教他惊讶的，就是，在这条街的两侧，无数伟大的高楼，楼的那些相叠的屋檐，教他认为在一种光气飞射的背景之前扩大，展开，自行消失。他的虚弱的神智发生幻想了：一排宫殿，雄伟的并且整齐的，像是用玲珑的结晶体构成的，在这些宫殿的正面，点燃了成千累万的灯，像百叶窗似的列成继续无间和没有穷尽的横列。在柱子的精巧棱角之间，这些黄光的玲珑横列排成明亮的阶层，升到重檐的阴暗线条边，攀上相峙的最高屋顶，显出各处大厅子干架的伟观，其中许多被人遗忘而且酣睡的灰色东西，都凌乱地在煤气灯黄光下面堆着。他因为不明白自己在什么地方而纳闷了，因为这些魁梧奇伟而又脆弱的幻视而不安了，于是转过头来，末了，他刚好抬起眼睛，就望见了圣厄斯塔什教堂的那座光明的钟塔，以及这教堂那堆灰色的体积。这件事深沉地惊骇了他。他原来到了圣厄斯塔什教堂的尖角上了。

但是,佛朗朔瓦夫人回来了。她正在激烈地和一个汉子争论,这汉子在肩头上背着一个布袋,要以每扎一个铜苏的价值买她的胡萝卜。

"留心,您不讲道理,拉伽伊……您重新卖给巴黎人,却要四五个铜苏一扎,您可以不必说是没有这件事……两个一扎吧,倘若您要。"

末了,因为那汉子走掉了,她又说道:

"旁人以为这是自己会长出来的,真是。他可以去找点儿,一个铜苏一扎的胡萝卜,拉伽伊这个醉鬼……您等会一定看得见他会再来。"

她向弗洛兰说话了。随后,她在他身边坐下:

"您说吧,是不是您有很久不在巴黎,您也许不认识新的菜市场吧?到现在,这已经盖好了五年多了……那一面,留心,靠我们这一边那座高的楼房,是鲜花水果馆;过去一点儿,海鲜馆,家禽馆,尾上,大蔬菜馆,奶油馆,干酪馆……一共六馆,靠这边;还有,靠另一边,对面,还有四馆:鲜肉馆,兽肠馆,山谷馆……这是很大的,但是异常之冷,冬天。有人说是要拆掉那些围绕小麦市场的房子,预备再盖两馆。是不是您认识这一些?"

"不认识,"弗洛兰回答,"我从前在外国……这条大街,这条在我们面前的,大家叫它作什么?"

"这是一条新街,叫作新桥街,它从塞纳河通过来直到这里,接到貂山街和傲山街……倘若到了天明,您一定立刻就认得了。"

她看见一个妇人低头望着她那些白萝卜就立起来。

"是您，尚德梅司老娘？"她友谊地说。

弗洛兰瞧着傲山街的下坡道儿。当年就是那地方，一队警察在十二月四日夜晚捉住了他。那天两点钟光景，他本来沿着貂山广衢，在群众的中间慢慢而行，因为总统府派出了许多巡街以表威严的兵士而微笑，然而到末了，兵士竟开了一刻钟的枪来扫荡人行道了。他，被人推挤了，被人推倒在地上了，刚好跌在维维艾因街的角儿上。而后来的事，他就不知道了，疯狂了的群众，在枪声的惊骇之中从他身上跨过去。到了他什么没有听见的时候，他就想爬起来。而他身上却压着一个少妇，她戴着玫瑰色的帽子，围巾已经滑掉，露出一件百褶的短外褂。她的外褂在胸部上中了两颗子弹。后来，他从从容容推开这少妇使自己的双腿可以抽出来，就有两股鲜血从那两个伤口里流到了他的手上。这时，他蓦地一下跳起来就走开了，他糊涂了，没有戴帽子，双手是潮湿的。一直到傍晚，他始终四处踱着，头脑中没有主宰，永远看见那个少妇斜斜地压着他的双腿，露出她那张完全灰白的面庞，她那双张得滚圆的蓝眼睛，她那合表示痛楚的嘴唇，她那副因为一下就死在那里而惊骇的神气。他素来是害羞的，活到三十岁，他不敢面对面地去端详妇女们的脸儿，而这一位，却教他毕生留在自己的记忆之中和方寸之中。这竟像是一个属于他的而又被他失却的妇人了。那天傍晚，他不知怎样，依然陷于午后惨剧的震荡之中，到了傲山街的一家酒店里，其中有些人一面喝酒，一面谈及如何预备巷战的防堵工作。他和他们结伴了，帮助他们在街上掘起了几块石头，因为竟日奔波感到困乏，就坐在防堵工作上面，说是预备作战，这时兵士已经快来了。他身上连一柄刀子也没有，始终光着脑袋。到了十一点钟光景，他打盹了，他看见那件雪白的百褶外褂上的那两个窟窿，正如同两只因血因泪而殷红的眼睛向他瞧着。到了醒来的时候，他已经被四个警察捉住了，他们正用拳头殴击他。那些建筑防堵工作的汉子都早已逃走了。但是警察们却怒气冲天，后来几乎扼杀他，在他们发现他双手都有血迹的时候。这却是那少妇的血迹。

弗洛兰胸中塞满了这类的回忆，这时向圣厄斯塔什教堂的钟塔，抬起双眼，竟没有看见钟上的双针。时候快到四点了。菜市场始终是睡沉沉的，佛朗朔瓦夫人正立着和尚德梅司老娘争论每扎白萝卜的价格。弗洛兰忆及自己几乎曾经被人枪毙在那地方，在圣厄斯塔什教堂的墙外。当时一队保安警察刚好枪毙了五个不幸者，那都是从格勒内达街的一个防堵工作里捉来的。这五个尸首都横在人行道上，横在那个今日被他认为正堆着玫瑰色的小胡萝卜的地方。他呢，当日却从枪口底下逃了性命，因为警察们身上只有佩剑。他们引着他到了附近的一个派出所，向所长留下一张破纸条儿，上面用铅笔写了这样一行字："被捉时，双手满是血迹。很危险的分子。"到了次日早上，他被人辗转由这所带到那一所。而那张破纸条儿始终跟住了他。他被人上了手镣，被人当作一个狞恶的疯人看待。在内衣街的警察所里，一些喝醉的兵士竟要枪毙他；到了命令派人将囚犯们移到首都警察总厅时，那些兵士们正点燃了大的提灯预备带他们去受枪毙。第三天，他到了毕绥特尔炮台的一间地牢里了。从这一天起，

他就鏖受了饥饿的苦痛，在地牢里，他挨饿，并且饥饿再也没有离过他。这地牢约莫关着百十来个人，没有空气，正和被关的动物一样，只吞咽一些儿被人扔给他们不多的面包。到了在预审推事跟前被讯的时候，没有任何见证，没有辩护人，他竟受了加入秘密团体的罪名被提公诉。末了，因为他发誓说这并非事实，于是推事就从卷里抽出那张写着"被捉时，双手满是血迹。很危险的分子"的破纸条儿。这就够了。他被人处了流刑的罪名了。六个星期之后，一月的某天夜晚，一个狱卒唤醒了他，带他和另外四百多个囚犯关在一个天井里。一点钟以后，这第一批被流者就为上船和谴戍而起程了，手上套着镣，夹在两行荷枪实弹的保安警察中间前进。他们经过倭司兑尔力次桥，顺着各广衢的路线，于是到了勒阿弗尔车站。这一夜，正是嘉年华节的一个快乐之夜。广衢上的饭庄酒楼的窗口都是灯烛辉煌，而在维维艾因街的坡儿上，在他始终看见那印象永存而不知姓名的女尸的所在，弗洛兰望见一辆大的四轮马车里面，有几个幂面袒肩笑声外达的妇人正因为她们不能通过而生气，于是向着这些再也走不完的囚犯装出乖巧的样儿。由巴黎到勒阿弗尔，囚犯们没有得到一片面包，没有得到一杯水，动身之前，旁人忘了给他们分配粮食。他们直到三十六小时之后才吃了东西，这时他们已经被人塞在一条名为加拿大的海军帆船的舱底了。

　　饥饿再也不和他相离了。他搜索自己的记忆，竟记不出一点钟的美满光阴。他从此成了干枯的了，胃囊缩小了，皮肤贴着骨头了。而他现在竟重新看见了巴黎，那仍旧是肥腯的，壮丽的，食料在黑暗的背景中过度涨溢的。他在一张由蔬菜铺成的床上重回这里，他在一些被他嗅着在自身四周迅速传播而使他不宁的不知名的食物之中乘车到这里。所以嘉年华节的快乐之夜竟从当日到目下继续七年之久了。于是他重新看见了他在辽远的一月里的某夜所留下的那些了：广衢上的那些灯烛辉煌的窗口，巧笑的妇人，饕餮的城市，而这一切在他看来像是扩大了，繁茂了，在这菜市场的庞大性之中。他渐渐听见了它的鼾声，洪大的，深沉的，依照由于它昨宵不良的消化作用而起。

尚德梅司老娘已经决定了收买十二扎白萝卜。她用围腰在肚子上包着这些东西，这样更使得她的宽大身躯变成圆圆的了，并且她站在那里，始终用迟缓的音调谈天。等到她走了之后，马丹弗朗朔瓦又来坐在弗洛兰的旁边，一面说道：

"这个可怜的尚德梅司老娘，她至少有七十二岁了。我做女孩子时候，她已经在我父亲手里收买白萝卜了。她没有一个亲人，除了她那个不知在哪里拾来的丫头以外，然而这丫头却累了她……这样，她省俭地活着，她零零星星做点买卖，每天还可以赚得四十个铜苏……若是我，我不能待在魔鬼样的巴黎城里，整天在人行道上。是不是总有一两个亲戚在这里，至少！"

后来因为弗洛兰一句话也不说，她就问道：

"您可不是有家里的人在巴黎吗？"

他像是不去听她。他的疑虑又起来了。满脑子全是警察的故事，在每条街道角儿上窥探的警察的故事，出卖那些从穷汉身上探来的秘密的妇人的故事。她就贴在他身边，然而他根据她那副宁静阔大的脸，用一条黄而黑的包布裹着额头,却认为她似乎是很正直的。她约莫有三十五六岁的年纪,身体略为过于强健,可是由于她在露天的生活以及被那双含着慈祥的柔性蓝眼所软化的雄纠纠气概,她仍然没有失掉她的美。她确然是很好奇的,但是有一种应当不失其为善的好奇心。

她不以弗洛兰的沉默为怪,又接着说道:

"我呢,有一个侄子在巴黎。他弄得不好,他加入了……总而言之,一个人知道在哪里下车,总是有幸福的。您的亲戚们,也许因为看见您都要很诧异。然而回家可不总是一种快乐吗?"

她一面说话,一面双眼始终没有离开他,无疑地她因为他过度的枯瘦而生怜了,然而又觉得这是一位披着可怜的黑色破衣裳的"先生",所以又不敢布施一个银币在他的手里。

末了,她畏怯地低声慢气说道:

"是不是,暂时您要点什么……"

但是他用一种不宁的岸然态度拒绝了,说是他有他之所需,说是他晓得到哪里去。她像是舒服了,如同为着向自己保证他的运气似的,连续说了好几遍:

"哦!好,那么,您只需等候天明了。"

一架大钟,在弗洛兰的头上,水果馆的角儿上,开始报时刻了。钟声,慢而有规则地,像是一步一步唤醒了那阵在人行道的方石板上拖延的瞌睡。车辆始终不停地开过来,驾车人的叫唤声,鞭梢的毕剥声,街石在车轮铁片下的撞动声,马蹄的磕击声,都越来越见热闹了。后来,车辆只能用移动的姿态前进了,排成一条线了,在一阵喧嚣声浪所自起

的灰暗深渊之中展到视线所及之外了。整条的新桥街有人卸货,艰于进退的两轮车,静止而紧贴着的马匹,如同在一个赶集的市场上排着。弗洛兰注意于一辆泥泞竟体满载着肥大可爱的白菜的庞大货车,正被人费着大劲儿使它退到人行道边。车上的荷载物超过了道旁煤气灯的高度,这灯正全部照着白菜的宽大叶子的堆儿,这些叶子活像一幅幅被剪裁又被烙印的粗绒,反复招展。一个十五六岁的农家女子,穿戴着布的便帽和坎肩升到车上,立在那些和她肩头一样高低的白菜堆中,一件一件拿着扔给一个立在车下而被黑影蔽住的人。这女孩子有时忽然不见,受了淹没,她在蹉跌之下滑倒了,失踪了;随后,她那玫瑰色的鼻子又在浓厚的绿影之中显出来;她笑了,于是一件一件的白菜,又穿过路灯和弗洛兰之间再开始飞跃了。他机械似的数着。到了这车子卸空了的时候,这竟使他意兴索然。

在人行道的方石板上,一堆堆卸下来的货物,现在竟展到路边了。那些种园子的在每一堆的旁边,调整了一条小径使得行人可以来往。整个的宽大的人行道的两端,全盖住了,同着蔬菜的堆儿延长。在风灯的陡然而来和旋转不定的光亮之中,旁人只看见一束刚百合的肉样的丛瓣,什锦生菜的浅绿,胡萝卜的珊瑚红,白萝卜的象牙白。末了这些强烈色调的光彩,同风灯沿着蔬菜堆儿漾去了。人行道已经有不少的人了。一个群众醒了,在货物之间来来去去,停留,谈论,叫唤。一道强烈的声音,在远处喊着:"喂!苦荬苣!"有人刚刚开了大蔬菜馆的铁栅栏门,馆里的转卖贩子们,她们戴着白的便帽,穿着被围巾缚住的黑的上衣,系着用扣针提起以免弄脏的短裙,来收进她们的当日货品,用搁在地上的背笼来装她们的购买物。从馆里到路边,这些背笼,在相冲突的脑袋的和村俗的语句的,以及为着一个铜苏而争论至一刻钟之久所起的喧嚷的中央,来来去去活动了。末了,弗洛兰因为这些种园子的妇人们戴着布风帽摆出褐黄色的脸,在菜市场这种饶舌讲价之中所持的宁静态度而感到诧异。

在他的背后,在朗布多街的人行道的方石板上,有人出卖水果,无数行的长筐子和矮篮子列成道儿,上面盖着布片或者麦草,并且散出一阵过于成熟的李子的香味。一道久已被他听见的温和而迟缓的说话声使他回头去望了。他看见一个棕色头发的可爱的小妇人,坐在地上讨论价格。

"说哟,马尔塞尔,你肯做一百个铜苏卖了吧,说吧?"

那汉子,躲在一件风衣里面,没有回答,后来,那少妇在四五分钟之后,重新说道:

"说吧,马尔塞尔,这一篮一百个铜苏,那一篮,四个法郎,不是应当给你九个法郎吗?"

一阵新的沉默又来了,她又说道:

"那么应当给你多少呢?"

"唉!十个法郎,你清清楚楚晓得这句话,我早已对你说了……你的舒尔呢,你拿他干了什么,小沙立叶?"

那少妇开始笑了,一面抓出了一大握零钱。

"哈,"她回答,"舒尔正睡他的晏觉……他说男人们,不是为工作而生的。"

她付了钱,搬了那两只篮子搁在那座刚刚打开的水果馆里。菜市场露出了百叶窗口的那些灯火横列，依然保守自己那种乌黑的自在形态。赶市的人在这些有遮盖的大街上往来，而各馆的高楼，远远地，在各处人行道的渐渐扩大的声响和动作的中间，都还是空虚无人的。在圣厄斯塔什教堂的尖角上，面包店和酒店都开了店里的门窗。许多红的店面，燃起了煤气灯，沿着那些灰色的房屋，洞穿了黑暗。弗洛兰瞧着傲山街左面一家面包店，那里面满是黄澄澄的新出炉的东西，于是他相信嗅到了热面包的香味了。这时候是四点半钟。

佛朗朔瓦夫人已经销完了她的货物，只剩下几扎白萝卜，拉伽伊又肩着那只口袋出现了。

"喂，一个铜苏，行吗？"他说。

"我当初原晓得您一定会再来，您，"那种园子的妇人安然说，"大家想想，您拿着剩下的这点东西吧。一共有十七扎。"

"这就是十七个铜苏。"

"不行，三十四个。"

结果他们用二十五个讲成了。佛朗朔瓦夫人忙着要走。等到拉伽伊用口袋装好那些萝卜走远了之后，她就向弗洛兰说道：

"您可看见，他以前一直对我窥探。这老头儿在全个市场上惦斤较两，有时他等候最后的钟声快响，就去用四个铜苏买货……哼！这些巴黎人！他们可以为半个铜苏打架，而到了酒店里却肯掏空口袋的底子去喝。"

佛朗朔瓦夫人在谈到巴黎的时候，满腔全是轻蔑和反嘲。她看作这是个很远的城市，完全是可笑的和值不得重视的，她只赞成夜间在那里面涉足。

"现在，我能够走了。"她一面说，一面重新在弗洛兰身旁，向一堆属于邻人的蔬菜上面坐下。

弗洛兰低着脑袋，他刚刚成立了一个窃盗行为。原来在拉伽伊走开的时候，他发现有一个胡萝卜留在地上。他拾了它，用右手紧紧握着在他的背后，成束的芹菜，成堆的旱芹菜，散出种种使他喉咙发痒的兴奋气味。

"我就要走了。"佛朗朔瓦夫人重复地说。

她留心这个不知姓名的人，她觉得他在这条人行道上坐下就不动弹，一定是有些痛苦。于是她向他重新提起馈赠之说了，但是他用一种更严峻的高傲神气重新拒绝了她。他竟立起身来，直挺挺地站着，借以证明他是健壮的。后来，因为她转动脑袋向着旁边，他就拿那个胡萝卜搁在嘴里。不过，虽然那种使他磨牙的强烈需要，他也只得衔着胡萝卜等一会儿，因为她又从对面端详他了，她带着安分守己的妇人的好奇态度询问他。而他呢，为着不说话，就用脑袋示意来回答。随后，他从从容容，慢腾腾地吃了那个胡萝卜。

那种园子的妇人决然预备走了，忽然一道洪大的声音贴近她身边说道：

"早安，佛朗朔瓦夫人。"

这是一个瘦削的少年，粗骨，大头，短胡子，很直的鼻梁，清而且秀的眼睛。他戴着一顶发红而又变形的黑呢软帽，披着一件空荡无物本是纯栗色却被雨水漂成绿色条纹的大斗篷。他身材略曲，神情受着一种已应相习的神经性的不安之态所动摇，双脚套着一双系着带子的粗皮便鞋，直挺挺地立着，他那条太短的裤子露出他那双蓝袜子来。

"早安，克罗德先生。"那种园子的妇人欣喜地回答，"您可晓得，我等过您，星期一。后来因为您没有到，我就收起了您那块画布。我拿它挂在我卧房里的一口钉子上。"

"您的意思太好了，佛朗朔瓦夫人，我要结束我这件研究工作，在最近的一天……星期一，我没有做得到……您那棵大的李子树，是不是还没有落叶子？"

"没有。"

"这因为，您想想，我预备拿那枝树搁在那幅画的角儿上。它很有作用，在鸡埘的左边。我为这件事思索过整整一个星期……看哟！多么好看的蔬菜，今天早上。我很早就从坡儿上下来，以为可以有一幅好看得了不得的晨曦照在这些古怪刁钻的白菜上面。"

他用一个手势指着整条人行道的方石板。那种园子的妇人重新又说道：

"我走……不久再会吧，克罗德先生！"

后来正要走时，她介绍弗洛兰给这少年画师：

"看呀，这位先生是从远处回来的，大概。他已经不认得您这座狡猾的巴黎城了。您也许能够给他一种好的向导。"

她终于走了，快乐地把两个人留在一块儿。克罗德用关心的态度瞧着弗洛兰，这副长脸，瘦削迟疑，使他认为奇特。佛朗朔瓦夫人的介绍是够用的。末了，他带着一个能和任何偶然遇合相习的游荡者的亲热态度，安稳地向他说道：

"我陪您，您往哪儿去？"

弗洛兰却依旧还是不自在的。他不能迅速地相信旁人，

CLAUDE LANTIER.

但是,自从他到了巴黎之后,嘴唇边早有一个问题。这时他冒险了,于是怀着那种害怕一个否定回答的心理问题:

"陀螺街是否始终存在?"

"始终存在,"那画师说,"旧巴黎的一只很古怪的角儿,那条街!它像一个舞女样地旋转着,那里那些房子都有孕妇样的肚子……我用它画了一张不很坏的木板画。哪天您到我家里来的时候,我可以送给您瞧……您去的是那地方吗?"

弗洛兰因为陀螺街始终存在之说而自慰了,胆壮了,却极力否认要去那地方,说自己什么地方也不想去。他整个疑惑又在克罗德盘问之前苏醒了。

"这毫无关系,"这一个说,"我们不妨仍然到陀螺街去走走。在夜里,它又是一种色彩!……您来吧,这只有两步。"

他只得跟着他。他们如同两个好友似的并排着走,跨着那些筐子和蔬菜。在朗布多街人行道的方石板上,有许多由白菜花堆成的高堆儿,安排得像是砌垛的炮弹,露出一种惊人的规则性。白菜花的嫩而白的肉都是怒发的,俨然许多奇伟的白玫瑰,裹在肥硕的绿叶子中间;这些堆儿像是新妇用的花球列在巨大的花盘里。克罗德停住脚步了,迸出许多低声的赞叹。

随后,在对面,陀螺街,他指点了,说明每一所房屋。唯一的煤气路灯点在一只角儿上。那些房子,堆着,胀着,伸出它们的风檐,正像这画师所谓孕妇样的肚子,而这些风檐向后的脊,都在肩部彼此互相倚靠。其中三四座却不然,那都落在阴影的窟窿之中,像是近乎压着鼻子。那煤气路灯正照着一座，那是很白的，新近粉刷的，干架却像一个衰迈龙钟的老妇人装饰得像少妇一般地白。随后，其他那些座的凸出的行列，顺着排过去而伸入黑暗之中，不过看得见它们的裂纹以及被雨水染成的绿色，以至于色彩的和体态的凌乱竟使克罗德任情发笑。弗洛兰在曲山街的角儿上停步了，正对着街左最后的前一所房子。那座四层楼全是睡熟的，每层临街的两个窗子都没有百叶窗，窗里的白帷子在玻璃后面绷得很伏贴，顶上那一层，屋脊下的小窗子的帷子上，有一盏灯光来来去去。但是这门面，在风檐之下，仿佛对他发生了一个非常的情绪。它开门了。这是一个卖熟蔬菜的店子，在店内的靠后部分，许多刷亮的盆子；在陈列货品的桌子上，许多瓦盂盛着菠菜泥和苦荬苣泥，那都是堆成圆圆的，尖尖的，后部插着小小的圆瓢，从前部只看见圆瓢的雪白的金属长柄。这景象教弗洛兰因惊讶而发呆了，他不应当认明白这个门面。他读着这店子的名称——"戈德白甫"几个字标在一块红招牌上，于是他茫然自失了。他摇着两只臂膊，用一个遇着奇祸者的失望神态来端详菠菜泥。

这时候，屋脊下的小窗子开了，一个矮小的老妇人靠着窗口，向天空端详，随后又向菜市场，远远地。

"喔！萨盖姑娘真早。"抬着头的克罗德说。

后来，他回转脑袋向着他的同伴又说道：

"从前我有一个姑母，在这房子里。这是一个是非窝子……呃！那是梅许丹那一家子有动静，三层楼有了灯光。"

弗洛兰预备问他，但是他认为披着那件褪了色的大斗篷，有点儿不甚可靠；他就默默地跟着他走，而那画师正对他谈起梅许丹那一家子。这都是卖鱼的;阿姊是异常美貌的;妹子卖的是淡水鱼类,活像牟利罗(Murillo)画的一幅童贞女,立在她那些鲤鱼和鳗鱼之间,满头黄金般的头发。末了,他竟至于带着不平之气说牟利罗画起画来像是一个野孩子。随后,陡然间,停在街当中不走:

"我们瞧,您往哪儿去,究竟!"

"我什么地方也不去,现在,"弗洛兰委屈地说,"我们到您想去的地方去吧。"

他们正从陀螺街走出来,一道声音从街角上一家酒店的门面里喊着克罗德。克罗德进去了,拖着弗洛兰在后面相随。那酒店只卷起一面的板帘。煤气灯在厅子里的依然酣睡的空气之中燃着,一条拖地的洗帚,一些在昨晚打过的纸牌,还摊在那些桌子上,那阵从开着的门口进来的空气对流,在发热而被关住的酒气之中放入了清凉的冷气。店主,勒毕格尔先生正伺候店里的顾客,他身上只在衬衣外面罩着坎肩,颏上的长髯完全没有梳好,那副端正的胖脸因为睡眠不足发了白。许多汉子三五成群地立在柜台前面喝酒,咳嗽,唾口水,眨眼睛,在白葡萄酒和烧酒之中完成他们的惺忪姿态。弗洛兰认得那里面有拉伽伊,他那只口袋,这时候塞满了蔬菜。他和一个同志的人已经喝了第三巡酒,这一个正长长地述起如何收买那一篮马铃薯。喝完了当前的那一杯,他走到一间没有点灯的小玻璃屋子里去和勒毕格尔先生谈话。

"您愿意用点什么?"克罗德向弗洛兰问。

进门之时,他已经和那个邀他的汉子握了手。这是一个身体强健的人,一个至多不过二十一二岁的美少年,下颏剃得光光的，只留着一点儿小髭须，神气豪放，配着一顶涂了石灰的大帽子和花绒的护颈，背着一条压在蓝色工衣上的背带。克罗德叫他作亚历山大，拍着他的臂膊，问他几时他们才可以到沙郎托诺去。后来他们谈到他们从前在马仑河划船的事。那天傍晚，他们吃了一只兔子。

"想想吧，您用点什么？"克罗德重新又说。

弗洛兰瞧着柜台，神气很窘。柜台的头儿上，几把盛了热葡萄酒的小铜壶和盛了果汁糖浆红茶烧酒合成的"潘趣"的小铜壶，放在一架煤气小炉子的红蓝杂出的短焰上煮着。末了他坦白地说自己很愿意用点儿热东西。勒毕格尔先生斟了三杯热的潘趣。在那些小铜壶侧边，有一个盘子盛着许多刚刚被人送过来而香味四散的奶油小面包。但是旁人都不去用，于是弗洛兰喝了自己那杯潘趣，他觉得这东西落到他的空肚子里，烫得像是一铺绯红的铅网。这是亚历山大惠的账。

"一个好孩子，这亚历山大。"在他们重新走回朗布多街的人行道上的时候，克罗德说道，"他住在乡下很好玩，他玩些使劲的把戏。并且他是很健硕的，这个古怪刁钻的人。我看见他赤身裸体，如同他要我在露天之下画几幅裸体像……现在，倘若合您的意思，我们可以到菜市场兜个圈子。"

弗洛兰跟着他，他信任他了。一道清浅的亮光，在朗布多街尾上报了天明。菜市场的洪大人声，闹得也更高了，不时地，钟楼的继续钟声，在一座辽远的高楼上，截断这种旋动而上腾的喧嚷。他们在海鲜馆和家禽馆之间，走入那些有遮盖的街道的某一条的内面了。弗洛兰抬起了眼睛去瞧那条街顶的穹形顶棚,棚身的木板在铁架子的黑栏杆之间发出反射的光亮。到了他们踱入中间那条大街,他心里以为是个很异样的城市,那城市有它那些各别的区域,它那些近郊和村镇,它那些散步的小径和它那些大路,它那些广场和它那些十字街口,这一切在某一个雨天,都由于一时的巨大奇想,整个被人罩住在一个大顶棚底下。影子,在顶棚穹形之中打盹儿的影子,密化了这个由顶棚的铁柱构成的"森林",向天空放大了种种细巧的隆起线条,种种分段的走廊,种种透明的百叶窗子。由城市的上空,直达黑暗的背景,那是整个一丛植物,整个一丛由金属原料构成的巨灵般的百花齐放,花茎像火箭样伸长,花枝曲折盘结,用百年大树的枝叶的潇洒姿态,遮盖了一个世界。各区域还有睡熟的都关着它们的铁栅栏。奶油馆和家禽馆,成行排着它们那些方格式的小店铺,在煤气路灯的行列之下展开它们那些不见人迹的小路。海鲜馆刚刚开了门。许多妇人穿过那些成行的白石头售货台——那上面点缀了一些被遗忘的篮子和衣衫的影子。在大蔬菜馆和鲜花水果馆,喧闹已见增加。渐渐地,苏醒状态达到城市了,从这个在午前四时就有白菜堆集的平民区域,达到了那在八时光景才在店里挂起子鸡和野雉的懒而富的区域了。

但是,在那些有遮盖的大街上,生活正交流起来。沿着人行道界石上,还坐着些卖果蔬的人,巴黎近郊的小农,在筐子上摆着昨晚的收获物,成扎的蔬菜,成握的水果。在人群的不断来来去去的中间,许多车子走进了顶棚底下,一面收缓了牲口的得得步儿。这种车子之中,有两乘被人横放

着的拦住了街道。弗洛兰为着通行，只得贴身靠着一个活像装煤口袋一般的灰黑口袋，这类口袋由于装载太多每每影响到车轴，那外面是湿润的，都有一阵新鲜的海藻气味。其中有一个在头儿上已经开裂了，撒出了一堆乌黑的大个儿淡菜来。现在，他们几乎每步都停脚了。海鲜到了，大的货车一辆一辆接续开过来，载着铁路运送一切海鲜用的那种装满藤筐的木头高笼子。为着使自身避开这些愈来愈急并且愈使人耽惊的海鲜的大货车，他们就投到了那些用四匹牲口拉着，用五色风灯照着的运奶油、运鸡蛋和运干酪的黄色四轮车子下面。许多强壮的人卸着鸡蛋箱子和干酪和奶油的筐子，以后再搬到拍卖的高楼里面，由一些戴制帽的职员对着煤气灯在册子上登记。克罗德因为这种熙熙攘攘而喜笑颜开了：他专心于一道光线的作用，专心于成群的工人罩衫，专心于一辆车子的卸载。末了，他们抽出身来。因为他们正沿着大街，他们都在一种绕着自身周遭而又像是追随自身的美妙气味之中前进。他们已经到了出卖折枝花的市面上了。在人行道的方石板上，靠左靠右，许多坐下了的妇人都在自己面前摆着些四方的筐子，其中满是成扎的玫瑰花、紫罗兰、大丽花和菊花之类。这些花都不很鲜艳，活像一些血点，柔和地褪成一种娇嫩的银灰色。在一个篮子的旁边，一支点燃了的蜡烛，向四周的整个黑暗境界，造成一种由色彩构成的嘹亮歌曲：菊花的披纷斑驳，大丽花的殷红，紫罗兰的青晕，玫瑰花的肉态。世上再没有什么，比这种在嗅到海鲜和奶油干酪的重浊气味之后，得于人行道上所遇的香味的温柔，更为甜美更为含着春意的了。

克罗德和弗洛兰按照原路走回来,嗅着,在花扎的中间徘徊。他们带着好奇心立在一个出卖薇蕨和葡萄叶子的妇人跟前,那都是每磅分成四份扎得很规则的。随后他们转到某一条有顶棚的街底了,那是几乎无人迹的,他们的脚步在那里的橐橐之声正像在教堂的穹顶之下一样。他们在那里遇见了一头套在一架小得酒桶样的车子上的很小的毛驴,这牲口大概正感气闷,于是看见他们就开始叫起来,这声音是那样强大而延长的,以至于菜市场的广大的屋顶都因而震动。一阵萧萧的马鸣来相和了:这时已起了步履杂逯之声,在远处构成一片喧嚷,扩大,旋卷,又趋于消灭。这时候,在他们对面,牧人街,牙行经纪人的绝无装饰的铺面,都是大大敞开的,在煤气灯的活跃光明之下,显出许多筐子和水果,在那三爿被铅笔计数字迹遮满的肮脏墙壁之间重叠地堆积。后来他们到了那地方,发现了一个衣饰整洁的女士,用一种自得的倦态,斜靠在一辆轿车的角儿里,她像是在街上的喧阗的中央失了主宰,后来狡狯地走了。

"这是失了仙鞋回家的灰姑娘。"克罗德带着微笑说。

他们现在谈话了,又回到了菜市场的顶棚下面。克罗德双手插入衣袋里面,口里吹着,叙述他对于这种食料的涨溢现象而起的至情,每天早晨,必由坡下升到巴黎的好环境里。他整夜在人行道的方石板上徘徊,梦想那些非常画幅的种种魁梧奇伟的静物。并且他早已着手了这样一幅,他早已教他的朋友马尔若林和那女滑头伽汀排入画里,不过这是费事的,这太美了,这些魔鬼般的蔬菜,和水果,和鱼,和肉。弗洛兰缩着肚子,静听这位艺术家的感叹。明显地,在这当儿，克罗德竟连这些美观之物是做吞噬的资料也没念及。他之爱它们是在乎它们的色彩。陡然，他不说话了，用一个在他素来习惯的动作，扣紧了那条系在绿绿的斗篷里面的红皮裤带，末了用一种精细的神气继续说道：

"并且，我在这里，至少用眼睛来吃早餐，这办法比什么不吃来得好些。所以有时候，我上一天忘记吃夜饭，到了第二天，我认为自己消化不良就来端详各种美品运到的情形。在这样的早晨，我对于蔬菜更其留恋……不是，请您留意，那非常使人生气的，那不公平的，就是那古怪刁钻的富人吃得这一切！"

他叙述某个朋友从前在一个晴朗的日子邀他到琶拉德饭店吃那顿宵夜了：他们吃了牡蛎，吃了鱼又吃了野味。但是琶拉德真走运，依诺桑区旧菜市的酒食放肆，到今日都消灭了。于是大家都到这个中央菜市场来，到这所魁梧奇伟的铁房子里来，到这个如此奇异的新城市里来。那些笨人徒然多说废话，实则时代整个早在那里了。而弗洛兰竟不知道他所指摘的究竟是琶拉德饭店的雅致方面抑或这饭店的好烹调。随后克罗德对于浪漫主义下非议了，他认为这些一堆堆的白菜比较中世纪的破衣为可贵。末了，他自行指摘自己那幅陀螺街的木板画，看作是一个弱点。大家应当扔掉那些老房子而建造摩登的。

"留心，"他停住脚步，一面说，"您向人行道的角儿上端详吧。那不是一幅现成的画吗？那较之他们那些肺病意味的宗教油画不是格外近于人性吗？"

沿着那条有遮盖的街，现在，有许多妇人卖咖啡，卖菜羹。在人行道的角儿上,一大圈消费者团团地围着一个卖白菜羹的妇人。那个满盛着沸羹的镀锡白铁圆桶,在那从风眼中吐出炭火青焰的矮脚小炉子上腾出热气。那妇人配备了一个瓢形的勺子,从一个用布片盖着的盘子里取了些面包薄片,向一些黄的杯子里装了菜羹。在那里,有衣服很清洁的商人,有穿罩衫的种园子的,有肩头搭着那种满装食物的油光外套的搬运夫,有衣衫褴褛的穷汉,菜市场里种种感到晨饥者,以此充饥取暖,将下颏略略引开免得触到调羹的漏滴。后来心花怒发的画师乜着那双眼睛,寻找观点,预备在一个良好的全景之中构成那幅图画。但是这种魔鬼般的白菜羹却有一种可怕的香味。弗洛兰被那些盛满了的杯子弄得不自在了,那些消费者正带着兽类不放心的旁顾态度一言不发地吞着杯中的东西,他侧转脑袋了。后来,那妇人正供应一个新客,克罗德本人,竟被一勺菜羹迎面腾起的浓香所感动了。

他拉紧了他的皮带,微笑,不平。随后,他开始再向前进,借亚历山大那杯潘趣来作隐语,他用略低的声音向弗洛兰说道:

"这究竟古怪,您应当注意到了,您!……我们常常找得着人请我们喝点儿东西,却从来遇不到谁来请我们吃。"

天明了,在弓索内李街的头儿上,塞巴司托波广衢的那些房屋全是乌黑的,而在屋顶石板的平滑界线的上头,那条有遮盖的大街的矗立穹形顶棚,却从淡淡的蓝色里,划出一道月弓形的光亮。克罗德本来低头俯眺某些方面,这些方面都装着铁栅栏门,门是在人行道的水平面上敞开的,正对着那些灯光昏暗的地窖的深邃处所。现在,他抬头向空中注视了,从成林的高柱之间,向那蔚蓝化了的屋顶上面,光亮的天边有所寻觅。而末了,他的步儿又停住了,抬起眼来望着那些连络两层楼顶供升降其间之用的窄窄的铁楼梯中的一条。弗洛兰问他在那上面看见些什么。

"就是马尔若林那个小鬼头儿。"画师并没有用回答的口吻说,"他一定就在什么屋檐的霤管里边,设若他没有在家禽馆地窖子里和那些牲口过夜。我正要找他安排一个画稿。"

于是他述起他的朋友马尔若林是在某一个早晨,被一个做买卖的妇人从白菜堆里寻着的,并且自由自在地在人行道的方石板上长大的。到了有人想送他上学的时候,他忽然大病起来,于是又被人重新引入了菜市场。场里的那些小弯儿小角儿他全认识,他用儿子般的亲热态度爱着这些,用松鼠般刷溜态度在这用铁造成的林子过活。他们结了好好儿的一对儿,他和伽汀那个女野孩子,她是被尚德梅司老娘某天傍晚在往日的依诺桑莱市的一只角儿上拾着的。他,真出众,这笨小子,满头金黄正像幅鲁本斯的人物,脸上一层褐黄色的毫毛;她,那女孩子,伶俐刷溜,一张异样的嘴,压在蓬松鬈曲的乌黑头发下面。

克罗德正说着时,忽然提快了脚步。他引着他的同伴走向圣厄斯塔什教堂的尖角。这一位在公共马车办事处旁边的一条长凳上随着身体靠下了,他双腿又感到了疲乏。空气是清凉。在朗布多街的底上,许多道的粉红光气,将那较高之处被许多灰白裂痕劈开的乳白色天空,点抹而成大理石的文采。这个黎明有一阵非常类乎凤仙花的气味,至于弗洛兰竟认为是暂时身在旷野中的一座山巅。但是克罗德从长凳的另一面,指着香料市场给他看。沿着整个兽肠馆前的方石板,竟可以说那是茴香、拉樊德香、蒜和葱所组成的小圃,出卖这些物品的妇人,把好些长枝的桂花缚在人行道的法国梧桐的幼树四周,形成了一簇簇碧绿的装饰。而镇住一切的正是桂花的强烈香气。

圣厄斯塔什教堂的光明钟塔已经黯淡了,垂危了,像是一个被晨光所袭击的老妇人。那些酒店里的煤气灯,在邻近那些街底,如同星群落入日光之中似的渐渐一盏一盏都熄了。于是弗洛兰瞧着菜市场的全部建筑从黑影里走出来,从梦境中走出来。以前他在那里面看见这些,现在却向日光展长它们的楼阁至于无极了。它们用一种绿而灰的色彩自行固体化了,带着那些伟大得像是船桅而肩着极目难穷的屋顶的柱子,格外具有巨灵的气概。它们堆积自身的种种几何式的形体,而在内部灯烛熄了的时候,以正方而均一的形体沐着晨曦,它们竟像是一座出乎任何度量之外的现代机器,用蒸汽发动的机器,为一个民族的消化作用而设的锅炉,腆着金类镶成的魁梧奇伟的肚子,上面满钉着大大小小或圆或方的钉子,还有木块玻璃等等材料,具有机械原动器的强大力量和挺拔风仪,而用燃料的热力发动了种种轮子的奋激的冲动震撼。

但是克罗德却用逸兴遄飞的姿态立在那长凳上了。他强迫他的同伴来赞赏那阵压在蔬菜上而起的晨曦。这是一片汪洋的大海。它从圣厄斯塔什教堂的尖角夹在各馆的两组高楼之间,展到了菜市场街。而在两端,在两个十字街口,波浪还正在扩大,蔬菜淹没了全部的街石。太阳慢慢上升了,用一片很柔和的灰白色,使一切物件洗出一幅水彩画的清浅色彩来。这些堆积物像急浪一般卷起泡沫了,这条活像秋初急雨的奔流夹在街心而逝的绿溪,显出种种美妙活泼的阴影,嫩紫色的,乳白玫瑰色的,淹在浅黄意味中的绿色的,一切使天空映着晨曦化为一片闪灼丝光的清浅色彩,仿佛都在那儿。后来,看着清晨的霞光在朗布多街尾上放出火焰般辐射时候,蔬菜的色彩更其苏醒了,都从拂着地面化为蓝色的过程里显出来了。什锦生菜,小莴苣,大莴苣,苦莴苣,蓬勃肥壮,各带泥土,都露出鲜润的心;成把的菠菜,成把的羊蹄菜,成球的刚百合,成堆的四季豆和豌豆,成堆的罗马莴苣,都用麦草缚着,唱出了绿色的全部音阶,从豆荚的淡绿升到菜叶的浓绿;从那向着消散而趋的高音阶,直到芹菜脚的和大葱脚的斑驳交错。但是那些尖锐的音符,唱得较高的,始终是胡萝卜的鲜明,白菜的纯洁,它们沿着街面用庞大的数量四处分布,于是街面就被这两个颜色染成错杂的了。在菜市场街的十字口上,白菜堆积成山;雪白的包心白菜,坚实紧束像是浅颜色的金属圆球;卷叶的白菜,肥硕蓬勃像是青铜盘子;葡萄酒滓色的紫白菜,映着晨曦幻成红紫绽裂的盛开的花球。在另一头,在圣厄斯塔什教堂的尖角的十字口边,朗布多街的口子被两行由橙黄南瓜堆成的凸肚子短墙拦住了交通。而一筐洋葱的金黄漆光,一簇番茄的殷红,一组黄瓜的浅黄,一簇茄子的深紫,都各自零零星星地在四处耀出光彩;许多排成丧帷般的大个黑皮圆萝卜,却在这苏醒气息的活泼快乐的中间,构成了几个黑窟窿。

克罗德在这景物之下鼓掌了。他认为"这些古怪刁钻的蔬菜"是没有条理的，狂乱的，至善的。后来他坚持这都没有死，不过是上一天夜晚摘下，正等着次日的太阳向它在菜市场的街石上面告别。他看见它们活着，看见它们如同还有安稳温暖的脚插在肥料里面似的展开它们的叶子。他说在那里听见近郊村落的一切菜园的干喘。这时候，成群的戴白色便帽，披黑色短褂，穿蓝色罩裤者，在蔬菜堆积之间充塞了各处的小路。这竟是蜂拥般活动了。搬运夫的大背笼在人头上迟笨地移过。转卖的女贩子，小菜零卖的商人，水果商人，都忙着购买。有许多军士和成串的女教士，绕着几座白菜山；而中学校的厨子却四处嗅着，寻觅意外的利益。始终有人卸货，两轮车向地下倾出它的装载，如同倾出一车石头，于是在一群正拂着对面人行道的波浪之中加了一个新的波浪。而从新桥街之底，成行的车子了无穷尽地开过来。

"这总算是痛痛快快地好看哟。"克罗德神往地低声说。

弗洛兰感到痛苦了。他倾心于超乎人类的诱惑力。他不想再看了，他瞧着圣厄斯塔什教堂，那是斜斜地立着的，同着它身上那些蔷薇藤，宽而尖的窗子，小的钟塔和石板屋顶，真像蔚蓝天空上的一幅水墨画。他在傲山街的远影之前停住了，那里，许多耀眼招牌的一段正在貂山街的拐角上放出光芒，几座嵌着金字的露台都富于辉煌意味。后来，他走回十字口儿时候，使他动心的又是另外的种种招牌，一些药剂和染料店，一些面粉和干菜店，都用或红或黑的大写字母写在褪了色的底子上面。街角上的那些窗子、窄窄的房子都苏醒了，在新辟的那条新桥街的宽敞空气之中，摆出旧巴黎的几种发黄而尚完好的旧门面。在朗布多街的拐角上，许多穿着得很好的小店员，敞穿的坎肩，合身的裤子，发光的大袖子衬衣，立在那家大的百货商店的空旷的玻璃陈列柜里，共同做陈列的工作。再远一点，吉玉公司严肃得像座军营，在玻璃窗柜后面，巧妙地摆着许多金光灿烂的饼干包儿和满盛着小甜面包的果浆盘子。一切店铺的门面都敞开了。许多工人身着白的罩衫，胁下挟着工具，提快脚步穿过街面。

克罗德本没有跳下那条长凳，现在，反而跂起了脚尖去仔细看到各街之底。陡然间，他瞧见了在他所临的人群之中，一个长发披开的金黄脑袋被一个全然蓬松鬈曲的小黑脑袋跟着走。

"喂！马尔若林！喂！伽汀！"他喊着。

后来，因为他的声音消失于错杂的声响之中，他就跳到地下，拔脚向前跑。随后，他念及自己忘了弗洛兰，蓦地一下又回转来，仓促地说道：

"您可晓得，在布尔它乃巷底……我的姓名用粉笔写在门上，克罗德•郎洁……您到那里来看那张为陀螺街而作的木板画吧。"

他不见踪影了。他并不晓得弗洛兰的姓名，他向他说明了他种种艺术好尚之后，就和他分手了。正和他以前结识他，一样是在人行道的边儿上。

弗洛兰是孤单的了。开初，他认为这清静现象是件幸事。自从佛朗朔瓦夫人在内伊通衢上招待了他，他一径在一种使他失去对物的正确观念的痛苦和迷惑的环境中间前进。现在他终于自由了，他需要自求解脱了，解脱这个久已觉得追随自身而由种种巨大食料构成的难堪魔梦。但是他的头脑是空洞的,只在自己方寸之中重新找到一种模糊的恐惧。太阳已经高了,旁人可以看见他了,现在。后来他端详自己那套令人垂泪的衣裤。他纽好了上衣,拂拭干净了那条裤子,极力略略整理了服装,自以为听见这些黑布片儿高声说出他的来处。他在一张长凳的中央坐下了,靠着许多穷鬼,靠着许多失败了的游荡者,去等候日光。菜市场的夜色对于失业者向来是甜美的。两个警察,依然是夜间装束,风衣制帽,背着双手成对儿地行走,沿着人行道一来一去,每逢经过长凳之前,他们总向那些被他们在那里嗅着的野味望一眼。弗洛兰揣想他们认得他,揣想他们为逮捕他而彼此商议。于是忧愁制住他了。他得了一种狂乱的需要,要立起来,要跑。但是他不敢了,他不晓得用什么方式走开。而警察们的合乎规则的眼光,那种公安性质的迟缓而冷静的考察,简直像要对他来施刑讯了。末了,他离了那长凳,极力制住自己免得撒开那双长腿狂奔,只缩着双肩和提着慢步走去,心里始终害怕警察们的硬手从后面抓住他衣领触着他。

他只有一个念头了,一个需要了:远离菜市场。他可以等候,他还可以寻觅,再晏些儿,到了人行道的方石板可以自由的时候。十字口上那三条街,貂山街、傲山街和杜尔皮葛街,都教他不安,那都是塞满了各种各式的车子的,种种蔬菜盖满了那些人行道。于是他笔直向前了,到了披尔雷司戈街,那里,水芹市场和马铃薯市场,在他看来又都是不可越过的。他认为不如循着朗布多街走了。但是在塞巴司托波广衢,他又撞着麻烦,和运送家具的篷车、手车、客车之类抵触，使他转身而到圣德尼街。这里，他又回到蔬菜堆里了。街的两边，许多摆摊子的商人正搭好他们的货架子，用的是搁在高高的筐子上面的木板，于是白菜、胡萝卜、白萝卜之类的洪流又开始了。他勉强逃出了这种在他逃亡之中来卷他的波浪，他试过了弓索内李街、牧人街、依诺桑广场和铁厂街、菜市场街。末了，他止步了，失了勇气，惊惶不定，不能够教自身冲出这座由蔬菜构成的圆形地狱，这地狱在末了竟用它们纤细的绿色团团地缚住了他的双腿。向着远处，直到李伏内街，直到市政府广场，那些由轮子和牲口构成的无穷尽的行列，都埋没在那些被人装载的货物的乱七八槽的状况之下了。许多运送家具的大篷车，载着够得供给全区居民分吃的水果；许多客车带着发轹的声响开向附郭的村庄。到了新桥街，他完全迷了路。他在一个停留手车的场子里跌了一跤，许多零卖蔬菜的商人正在那地方装点他们的流动货架子。在他们的中间，他认识了拉伽伊，他正推着一车的胡萝卜和白菜花，取道圣霍诺雷街而走。弗洛兰跟着他，希望他能够帮助他跳出这个喧扰。地面的石块是滑溜溜的，虽然天气本来干燥；刚百合的尾柄，各种叶子和枯茎，都聚而成堆，使得街面变成不便行走的了。于是他几乎每步有蹉跌之虞。到了浮维烈街他就失掉了拉伽伊。在靠着小麦馆这一边，各街的尾端又都被一条由小车大车组成的新障碍物堵住了。他再不来勉强奋斗了，他重新被菜市场追上，波浪引着他了。他慢慢地走回来，又重新到了圣厄斯塔什教堂的尖角上。

现在他听见那种由菜市场出发的长的嗡嗡之声了。巴黎正啃着那些属于它两百万居民的口粮。这正像一副伟大的中枢器官,奋激地搏动,在全部的动脉管里喷出了生命的血。硕大无朋的辅颊的巨响,由给养的骚动造成的喧闹,就是说从那些大宗批发以备转卖者因向各区出发而挥起的鞭声,数到那些挽着篮子沿门送菜的穷妇人的破鞋子的拖曳之声。

他走入一条有遮盖的街道了,那是靠左边的,正在那些被他昨夜注意到的巨影沉寂的四馆的集团之内。他希望在那里得到隐蔽,在那里寻得到一个窟窿。但是,在这个时候,这四馆也都像其他处所一样都苏醒了。他一直走到了街底。许多运货大车用"大走"的姿势开过来,用一些满盛着活的家禽的笼子和分层列着死的家禽的四方筐子,充满了山沟馆的市面。在对面的人行道上,另外许多运货大车卸下许多整个的小牛,那都是用一层白布幂着的,直挺挺地如同孩子一样躺在一些笼子里,只露出它们四肢在斩断后留下的分歧并且出血的残部。也有些整个的羊,分成四片的牛,前腿,后腿。屠户们身系洁白的围裙,用一方图记在肉上打印,装车,过秤,挂在发卖的横杆子上,这时候,弗洛兰的脸正贴着铁栅栏,端详这些肉体悬空的行列,鲜红的牛和羊,淡红的小牛,被脂肪和腱缀上了一些黄的纹理,肚子全被打开了。他走过兽肠部分去了,在许多灰白色的小牛的头和脚之间,兽肠都干干净净卷成小束搁在盒子里,脑髓都巧妙地排在平的筐子里,还有出血的肝和深紫色的腰子。他在许多两轮的长形车子之前停住脚步了,那都是整整地用一个圆罩子盖好的,装载了许多剖成两半的全猪,挂在车子两边的短栏上,下面铺着麦草垫子。车子的后部是敞开的,于是在这些形状规则而毫无覆被的肉体的红光之中，显出了张幕点烛的殡仪的意味，教堂深邃处所的意味。而在麦草垫子上，有许多白铁箱子满装着猪血。这时候，弗洛兰被一种激怒支配了，屠宰业的难闻气味，兽肠业的刺鼻气味，都教他感到焦躁。他从这条有遮盖的街道走出来，宁愿再到新桥街的人行道上去走一次。

这是最后的挣扎了。早寒教他发噤，他的牙齿发抖，他害怕自己跌在那里和躺在地下。他寻觅了一番，却不能在一条长凳上找一只角儿。否则他就会在凳上睡熟，直到被警察叫醒才会站起来。不久，因为一阵昏眩使他双目发黑，他就背靠着一棵树，眼睛是闭拢的，耳朵嗡嗡地响起来。那枚几乎没有咀嚼就吞了的生胡萝卜绞着他的胃了，那杯潘趣酒教他醉了。实则，教他醉的是窘困、疲乏、饥饿。一阵激烈的火重新烧着他胸中的虚空了。有时，他双手交在胸前，仿佛为着掩住一个被他认为整个生命可以从而飞散的窟窿一样。这人行道上有一种广泛的左右动摇，他的痛苦成了难堪的了，以至于他竟仍旧再走着去镇定它。他终于直行前进了，走入了蔬菜堆儿的中间了。他在那里面迷路了。他取道了一条小径，转到了另一条，重新又回到了固有的路线，自己误了方向，迷在绿世界的中央。某一些堆儿是那样高的，以至于人都在两道由许多成扎成捆的蔬菜叠成的墙壁之间通过。那些人的脑袋比这些墙壁略略高一些儿；旁人只看见他们同着自身的帽子的白影子或者黑影子来来往往；而那些大背笼，在蔬菜叶子的水平上面摇摇摆摆，很像许多柳线拂着一池生苔的死水。弗洛兰撞着无算的障碍，撞着装货的搬运夫，撞着粗声暴气讨论价值的女商人；他在路面上盖着的菜皮果核的厚层上面滑着走，他在踏烂了的菜叶的浓臭之中不敢透气。于是他发呆了，停着不走，不愿这一些人的推挤，另一些人的叱骂，他不过是一个在涨潮的海底战败滚打的东西。

一阵很厉害的懦怯观念侵入他的方寸了。他几乎预备乞讨。他昨天夜晚的糊涂骄气这时教他暴怒了。倘若他接受了佛朗朔瓦夫人的布施，倘若他不像浑人一样去提防克罗德，他何至于在这个地方夹入白菜堆中干喘。而他尤其痛恨自己没有向那画师细问陀螺街。到现在，他是孤单的，他可以倒毙在街面上，如同一只丧家之犬。

他最后一次抬起眼睛了，向菜市场端详。那建筑物在太阳之中是光彩焕发的。一大簇日光由那条有遮盖的街底射进来，以一种由光线构成的门阙形式洞穿了各馆的本体，并且以一种下坠的火雨形式扑着屋顶的平面。伟大的铁架子被淹没了，褪色了，不过是一个投在晨曦的火焰之上的侧面暗影了。在楼上，一块玻璃发出燃烧的色相，一滴的光明沿着那宽阔的锌板的坡儿一直滚入各处的檐溜管。随后，这里早成了一个落在飞舞的金屑之中的喧嚣城市了。苏醒气象使那些躺在风衣之下的种园子的鼾声，扩大而成货物上市的格外活跃的雷鸣了。因为现在全城都折拢了铁栅栏门；人行道都嗡嗡有声，各馆都狂吼；一切的声音都是洪大的，几乎可以说是那句被弗洛兰自从午前四时就听见在黑影里往来移动而又扩大的话，这时竟威严地发展了。在左，在右，在任何方面，叫号之声的酸厉意味，都向群众的宽钝的低音中间，播出了许多类乎短笛的尖音。那是海鲜，那是各种奶油，那是家禽，那是鲜肉。钟声一下一下传过来，那些自行开始的市场的喧噪就跟着发动。在他的四周，太阳强烈地照着那些蔬菜。他再也认不出黎明时候那种柔性水彩画的清浅色彩了。杂色生菜的心烧燃了，绿色的音阶耀出很美的均一了。胡萝卜殷然沁血了，白萝卜变成银红的了，在这胜利的炭火之内。在他的左面，那些整车的白菜更黯然了。他侧转了视线，看见远远地，有许多大货车始终从杜尔皮葛街移出来。海面的潮继续上涨。他觉得涨到踝边了，随后到腹部了；它这时候将以超越头部来威吓他了。这些被他看见的一切，使他盲目了，使他被淹没了，使他耳鸣，使他胃裂了，他猜着了关于食料的新起而方兴未艾的深渊，竟动了乞怜的心理，于是一阵狂乱的痛苦制住了他，像这样饿死，在食管向来塞满的巴黎，在菜市场的闪电般的苏醒气象里。大颗儿的热泪从他眼里迸出来了。

他走到了一条较为宽阔的便路。两个妇人，一个矮而老，一个长而瘦，在他跟前经过，她们谈着天，一面向着各馆走过去。

"您是为着买东西来的吗，萨盖姑娘？"那个长而瘦的问。

"唉！勒喀夫人，倘若能够说……您晓得，一个孤单的女人。我一无可靠地过活……我本想买一棵小的白菜花，不过什么都那样贵……奶油呢，到了多少，今天？"

"三十五个铜苏……我有一点很好的。是不是您愿意到我家里看看……"

"可以，可以，我不晓得，我还有一点儿猪油……"

弗洛兰使出一番最后的努力，跟了这两个妇人走。他记得曾经听见克罗德，在陀螺街，叫过这矮而老的的姓名，就盘算在她离开了那个长而瘦的之后，可以去问她。

"那么您的姨侄女呢？"萨盖姑娘问。

"小沙立叶做事始终是任性的，"勒喀夫人用不满意的态度回答，"她早想自立门户。这再也不关我的事。等到汉子们啃完她之后，我决不会给她一片面包。"

"您从前待她真好……她应当挣了些儿钱，水果的利益都好，今年……那么，您的姊夫呢？"

"嘿！他……"

勒喀夫人闭住了嘴唇，像是不愿意再说下去。

"始终是那样的吗？"萨盖姑娘接着说，"那是一个很正派的人……我从前常说他的亏本的法子是一种……"

"旁人晓得他是否亏本吗！"勒喀夫人粗暴地说，"这是一个怕事得狠的脓包，这是一个刻啬鬼，这是一个汉子，您可晓得，姑娘，他宁愿让我死不愿借我一百个铜苏……他完全明白奶油在今年秋天并不比鸡蛋和干酪销得好。他本人，只照自己的高兴去卖家禽……哼，从没有一次，不，从没有一次，他肯替我尽点力。固然要我接受他却不容易，您可晓得，不过这倒可以教我开心。"

"喂！他来了，您的姊夫。"萨盖姑娘压低了声音来回答。

这两个妇人都侧转了身躯，端详一个穿过街面而向那条有遮盖的大街里面走的男子。

"我有点儿忙，"勒喀夫人支吾地说，"我刚才丢开了铺

子并没有托付谁。此外，我不想和他说话。"

这时候，弗洛兰由于机械作用也侧转了身躯。他看见了一个矮子，方方的，神情快乐，灰白的头发剪成了板刷式，每一条胳膊下面挟着一只肥鹅，鹅头下垂击着他的臀部。后来，陡然间，他做了一个喜悦的手势，忘记了自己的疲劳就跟着那个人后面跑。到了他追着他的时候：

"伽瓦尔！"他说，一面举手拍着他的肩膀。

那一个抬起头来，用一种惊讶的神情，来细看这副不为他所认识的黑长脸。随后，陡然一下：

"您！您！"他在非常愕然的状态之下高声喊着，"怎样，是您！"

他几乎让那两只肥鹅落下。他也不镇定自己。但是，在望见了他的小姨子和萨盖姑娘正在远处用好奇的神情旁观他们的相遇，他又重新前进了，一面说道：

"我们不要站在这里，您跟着我来……这里两副多余的眼睛，两条多余的舌子。"

后来，在那条有遮盖的街上，他们谈话了。弗洛兰述起自己到过了陀螺街。伽瓦尔觉得太古怪，大笑了一阵，才对他说明他的兄弟葛吕早已搬了家，就在两三步路的地方重新开了一家熏腊店，在朗布多街，菜市场对面。那件更教他认为异常妙的事，就是听见了弗洛兰整个一大早和克罗德·郎洁散了步，这个古怪胚子，他正是葛吕夫人的表侄。他引了他向那熏腊店里去。后来，他到了晓得弗洛兰是带着假护照回法国的时候，立刻摆出种种神秘而又严肃的神情。他要在他头里走，相离五步，以免唤起旁人的留意。经过了家禽馆并且在那里把两只鹅挂在自己的陈列架上，他就穿过朗布多街，而弗洛兰始终跟在后面。走到街心，他用眼角对他指出了一家规模宏大、装点华丽的熏腊店。

太阳斜斜地射在朗布多街，照着各家的门面，在这些门面的中央，陀螺街的口子形成一个黑洞。在另一头，圣厄斯塔什教堂的大殿，整个沐着太阳的金屑像是一个其大无外的圣骸箱。而在喧扰的中间，在十字街口，一群扫街夫，成行地跟着扫帚的动作前进，一些垃圾夫，将交叉地点的垃圾，扔入那些分别停在每距二十步之处的两轮马车，有时还听见破碎杯盘的声响。但是弗洛兰只留心于那家对着晨曦敞开而且辉煌的大熏腊店。

这家店几乎就在陀螺街的角儿上。外表使人悦目。它是带笑容的，全身是有光彩的，列着许多在店里的大理石材的白色从中歌唱的颜色夺目的圆钉子。招牌上的"葛吕和格拉台勒"两家的姓，是用泥金写在浅颜色的油漆底子上的，嵌在一个雕着枝叶交错的框子里，上面盖着一块玻璃。门面两侧的临街嵌板，也同样画着画和盖着玻璃，画了许多脸儿胖胖的天使们在肉类罐头、猪排和成串的香肠堆中游戏。而那些装饰在螺旋和藤葛中的静物，具有一种属于水彩画的那样柔和风韵，使得那些鲜肉都于其间取得果酱般的玫瑰色。而且，陈列货品的橱窗，就安在这个可爱的圈子里。柜板上铺着一层蓝色纸屑，有些处所，许多薇蕨的叶子巧妙地排着，更换了某些盘子旁边所绕的绿丛。这是美品的世界，酥品的世界，腴品的世界。最前一排，在顶低的处所，靠着玻璃，有一排盛着熟肉糜的小罐子，列在许多盛着芥末的小罐子之间。许多去骨熟前腿，带着面包式的圆圆面目和被绿色装饰品裹好的胫骨，列在上层。接着就是大盘子了：有史特拉司堡的熏舌子，红红的，刷亮的，摆在浅颜色的小香肠和猪蹄子旁边是出血；有血香肠，黑黑的像蛇一样盘着；有熏香肠，成对地叠着；有大香肠，像唱圣诗者的脊梁一样，裹着银色的外衣；有肉馅酥饼，热烘烘的，插着标明种类的小旗子；有大火腿和大片的小牛肉和猪肉，都摆在冰糖样的透明冻胶里冻着。在顶靠里面的地方，另有许多大罐子，盛着凝在猪油池里的肉和肉糜。在大大小小的盘碟之间，在那层蓝色纸屑之上，放着许多盛蘑菇之类的玻璃小盂，许多盛冻鹅肝的小瓦缸，许多盛沙丁鱼和金枪鱼的漆光照人的白铁盒子。一盒乳白色的干酪和另一盒灌着奶油菜泥的海螺，都随意地放在两只角儿上。最后，很高很高，从一根狼牙式的杆子上，垂下整串的小香肠、大香肠、粗而短的瓜形香肠，对称地挂着，像是一些富人家里的缚帷幕之用穗子和绳子。这些香肠的后面，衬着一层露空的薄纱，露出它们的白而有肌肉的花边和空影。而在这座五脏庙的最后的祭坛上，那些薄纱的梢儿的中央，两簇紫红的蚨蝶花之中，那地方装点了一个方的水池，池中摆着些玲珑假山石，有两尾红鱼不断地游泳。

弗洛兰感到一阵寒噤了。后来，他瞧见了一个妇人立在店前阶石上的太阳里。她，在那一切丰肥的快乐的中间，加了一种幸福，一种坚固而舒服的满意。这是一个美妇人。她拦门站着，颈部健硕，却绝不过于肥胖，表现三十来岁的母性风仪。她刚刚起床，而那些光泽的，像漆样胶着的头发，

已经分成许多小的平卷儿压在鬓边。这使她显得很清洁了。她的恬静的肌肉,有那种透明性的白,那种通常在生油生肉之中过活者的玫瑰色的细嫩皮肤。她可以说是正经的,很宁静,很从容,瞧着街上消遣,嘴上却不露笑容。她那件浆得挺硬的短衫束着项颈,那双雪白的袖子恰到肘边,那件雪白的围裙遮住她的鞋尖,只露出她的黑哔叽裙的下脚,圆圆的双肩,异常丰满的胸部,使得她的腰甲绷紧了她的短衫。在这片全白之中,太阳耀着。但是,浸在光明里的她,头发是蓝的,肌肤是玫瑰的,袖子和裙是耀眼的,本人却用整个恬静的安稳态度享用清晨时的日光浴,和悦的双眼望着涨溢中的菜市场自怡。她确有一种属于大荣誉人物的神态。

"这是令弟的妻子,您的弟妇荔莎。"伽瓦尔向弗洛兰说。

他轻轻点头向她表示礼貌。随后,他走入小巷子里面,继续用着千般的小心谨慎,不愿意弗洛兰从那空洞无人的店里走进去。然而他对于自身加入一种可惹是非的奇遇之中,显然是很舒服的。

"您等一下。"他说,"我去看看令弟是不是单独在家里……等到我拍掌的时候,您再进去。"

他推开了小巷子的底上的一张门,但是,弗洛兰在听见他弟兄的声音从门后传出来的时候,就蓦地一下跳进去了。葛吕素来崇拜他,立刻扑过去抱着项颈。他们像孩子们似的互相抱着。

"啊!想不到!啊!是你。"葛吕用吞吞吐吐的口气说,"要是我从前没有等你,那就……从前我以为你死了,昨天

我还因荔莎说过'那可怜的弗洛兰……'"

他停住了,偏着脑袋伸入店里喊道:

"喂!荔莎!……荔莎!……"

随后,他转身向着一个躲在一只角儿上的小女孩子说道:

"菠林,快去找你的妈来。"

但是那小的不动。这是一个很美的五岁大的孩子,圆圆的胖脸,和那美貌的熏腊店女东家很相像。她双臂抱着一个黄而肥的猫,它爪子下垂,自如地任凭她玩弄。她用那双小手箍着它,极力按着它,仿佛她害怕穿着得这样坏的先生来偷她的猫似的。

荔莎慢慢地来了。

"这是弗洛兰,我的哥。"葛吕重复地说。

她称他作"先生",神情很和蔼。她安闲地端详他,从头到脚,绝没有表出一点不合礼貌的惊讶态度。仅仅她的嘴唇稍许轻轻折了一折。并且她始终立着,末了才对于她丈夫对哥哥的拥抱微笑。而这一位却像是自行宁静了。于是他看见了弗洛兰的瘦削样子,困窘样子。

"唉!我可怜的朋友,"他说,"你没有变漂亮,在那边……我呢,我发胖了,你要怎么办!"

他是肥胖的,在事实上,以他三十岁的年龄确是太肥胖了。他在他的衬衣里面,他的围裙里面,他那些箍着他如同一个肥胖无伦的娃娃似的白色小衫裤子里面,涨溢出来。他那头剃得光光的脸是长的,远远地看去颇像猪脸,颇像那种被他镇日伸手进去拨弄并且赖以过活的肉的脸。弗洛兰勉强地认得他。他坐下了,他从他的兄弟看到荔莎,又看到那小菠林。他们都因身体坚实而发汗;他们都是壮丽的,方方的,有光彩的;他们都用很胖的人因对着瘦子的脸而受制于泛泛不安的惊讶瞧着他。至于那只猫,它的皮本都作猪油气,这时睁圆那双黄眼睛,用不信任的神气审察这个瘦子。

"你等会儿再吃早饭,行吗?"葛吕问,"我们吃得早,十点钟。"

一阵由厨房里出来的肥浓气味引诱他了。弗洛兰重新又看见了他所经过的怕人夜景,他在蔬菜堆里的到岸情形,他在菜市场中间的最后挣扎,这类由食物构成而被他刚刚逃出的震动。于是他带着一种甘美的微笑而低声说道:

"不行,我饿了,你可看得出。"

第二章

　　从前，弗洛兰开始在巴黎学习法律的时代，他的母亲就死了。她本来住在韦冈那地方的车站附近。再醮的丈夫是一个诺曼底省的人，一个生于伊弗多市的姓葛吕的。这葛吕曾经由一个做县长的带到法国南部，就留在法国南部被人忘却。他在县政府做了职员，觉得地方是值得留恋的，葡萄酒是美的，妇人是和蔼的。结婚三年之后，一场消化不良的病断送了他。留给他妻子的遗产只有一个和他相似的胖儿子。而这为人母者，已经困难地按月担负中学读书费用去供给她的长子弗洛兰，初婚时生的儿子。他使她非常满意：脾气很温和，热心于课业，屡次取得优等奖状。就是在他身上，她安置了种种慈祥和种种希望。也许她在两个丈夫之间，特别崇拜第一个，这是普罗旺斯那一带的性情柔和的男子之一，面色灰白，身体瘦长，其爱她可以至于因而牺牲生命。也许葛吕的和颜悦色开始诱惑了她，后来他却过于肥胖，过于满意，过于肯定自己能造成快乐。于是她决然认为小儿子，南部人家所常重视的小儿子，大概永不会做一点好事情，她欣然把这小儿子推入学校，邻居的一个老姑娘家里，那小儿子在那地方几乎只学了跳跳蹦蹦。这两兄弟就是在彼此如同外人的境界之中长大的。

弗洛兰因奔丧而走到韦冈时，他的母亲已经葬了。事前，她多方强求旁人对弗洛兰瞒住她的病状一直到底，为的是免得他在课业之中受到惊动。现在他问到了家里，只看见十二岁的小葛吕坐在厨房里的桌子上独自号啕。邻居中的一个家具商人对他述了这可怜的妇人的垂危情状。她当时已经是资源竭尽无遗，她是为儿子能够学习法律而工作以至于送命的。她本在一个交易平常的丝带小店之外，兼营了其他许多着手很迟的职业。抱着定见，指望目睹弗洛兰能以律师地位好好在城里开业，所以她终于使自身变成了坚忍的，悭吝的，对人对己都是无怜惜之心的了。那小葛吕穿着满是破洞的裤子和褴褛的罩衫，从来不在桌子上吃饭，只等候他母亲切好他应得的那份面包。而她为自己所切的，却素来是那么薄薄的几片。就是在这种制度之下，她抱着没有完成自身任务的大憾而死了。

这历史对于弗洛兰的孝心，造成了一个强烈的印象。热泪教他咽不成声了。他抱着他的兄弟在怀里，紧紧地箍住他，如同向他归还那种被他夺去的慈爱似的来吻他。末了，他端详了他那双裂开了的皮鞋，磨穿了的袖子，脏透了的手，整套这种属于无人照管的孩子穷困之相。于是重复向他说起他要带他同走，说起他和他住在一块儿一定快活。第二天他察看了账目之后，竟害怕不能保留回到巴黎的必需路费了。然而无论如何，他不肯待在韦冈。幸而他顶掉了那个小丝带铺子，这办法可以容许他了清他那个虽在钱财上绝不通融而终于渐渐听其折蚀的母亲的债务。末了，他毫无所余了，于是，他的邻居，家具商人，出了五百法郎向他收买了亡人的衣裳和器具。这算是一件好买卖了。弗洛兰含着满眶的眼泪谢了他。于是他为葛吕制了簇新的衣裳，当晚就带着他同走。

在巴黎，他已经不能谈起再到法学院的上课问题了。弗洛兰把任何大志付之日后。寻了些需要家庭教师的人家，带着葛吕同住在罗叶可拉尔街的圣雅葛街拐角上，他租了一间宽大的屋子，摆了两张铁床，一张衣柜，一张桌子和四把椅子。从此他有了一个孩子了。父职使他感得了人生的快乐。最初的那些时间，他每逢傍晚回家，试着给那孩子教点儿课。但是这一个却几乎不肯听命，他的头脑是迟钝的，拒绝学习功课，放声大哭，不忘情于他母亲使他在街上乱跑的时代。弗洛兰失望了，于是停了功课，安慰他，允许他长期休息。为着辩护他的弱点，他承认他之带回这亲爱的孩子，目的原不是在乎违反孩子的性情。这就是他的持身之道了，瞧着他在快乐之中长大起来。他钟爱他，因为他的欢笑而感到至乐，因为觉得他这个身体结实，而茫然于任何顾虑的兄弟在自己的四周而尝到无限温馨了。然而弗洛兰穿的仍旧是破的黑外套，身体仍旧是瘦弱的，并且在教课所受的无情奚落之中面色渐渐发黄了。葛吕成了一个滚圆的小胖子，性情愚笨，勉强晓得写字读书，但是一种不变动的快活面容，却使罗叶可拉尔街的忧郁的大屋子充满了至乐。

许多岁月过了，然而秉受母体所遗克己性的弗洛兰，始终把葛吕当作一个懒惰的大女孩子藏在家里。家里的种种轻便琐屑的任务他都不教他分心，所以购买食料是他自己，整理内务和烹调饮食也是他自己。他说这些事可以教他引起种种不好的观念。寻常，他总是忧郁的，自认为脾气不好。到了傍晚他身上沾着泥浆，心上因憎恨别家孩子们侮弄而低着脑袋回家的时候，立刻因为这个正在房里玩弄陀螺的胖大孩子的拥抱，而全身受到感动了。葛吕嘲笑他炒鸡蛋时的笨手笨脚，和他炖肉汤时的严肃面容。熄灯之后，弗洛兰有时又在床上变成不乐的了。他想起要继续再学法律，盘算分配自己的时间以便于重入大学听课。他终于筹得合乎这一层的办法了，充分地感到了愉快。但是一场小小的发热病，使他在家里睡了八天，于是在他们的预算之中挖了一个那样的窟窿，使得弗洛兰忧虑非常，以至于放弃了完成学业的意识。他以教师资格加入艾司特拉巴德街的某中学服务了，每年的薪水是一千八百法郎。这竟是一笔产业。仗着省吃俭用，他可以把余款储蓄下来去布置葛吕的前程。这孩子是十八岁了，而弗洛兰还以应办衾资的姑娘待遇他。

在他哥哥短期生病之时，葛吕也有过许多思虑。某天早上，他说他想做工，他说为着给自己谋生，他已经够大了。弗洛兰深深地受了感动。在他们住所的对面，街的那一边，有一个住在楼上屋子里的钟表匠，葛吕望见他镇日在窗口边的不强光线之中，伏在小桌子上面把弄种种微妙的物件，忍耐地仗着放大镜去观察它们。他被引诱了，自以为对于钟表有了兴趣。但是，在半个月之后，他变成不自在的了，他哭得像是一个十来岁的孩子，觉得这行子过于复杂，觉得自己永不会晓得"这一切放入一只表里的那些小糊涂玩意儿"。现在，他宁愿学锁匠了。可是锁的工作又疲倦了他。于是在两年之间，他试过的手艺达到了十种以上。弗洛兰想起他有理由，人总不应当踏入一个违背心理的地位。不过，葛吕这种愿意自谋生计的诚意，却教这两个青年人的家庭花费大了。自从他在各样工厂跑动以来，不断地需要种种新的耗费，凡是服装、外面饮食以及欢迎伙伴等等无一不要用钱。弗洛兰的一千八百法郎不够用了。于是他只得接受两堂夜课。在八年之中，他始终穿着同一的外套。

这两兄弟的友爱竟是一条心了。他们的房子本有一面的大门正对着圣雅葛街，那地方开了一家大的烧烤店，店主是一个姓伽瓦尔的正派人，他妻子是在家禽的脂肪味儿之中患肺病死的。弗洛兰有时候回家过迟，来不及煮点儿肉，他就在楼下花十二个铜苏买一块鹅或者一块火鸡。在他这样的日子算是盛节了。到末了伽瓦尔注意于这个干瘦的青年，他认识他的历史，他逗引他的兄弟。不久，葛吕就不大离开这烧烤店了。每逢他哥哥一出门，他就下楼而坐在店房的背后，瞧着那四支压着明亮高大的火焰丁零丁零转动的大铁叉，他因而心花怒发。

炉台上的大片铜件放出光彩，家禽喷出香味，脂肪在托盘里迸出歌声，那几支铁叉终于互相谈论，终于向葛吕吐出几个可爱的字眼儿，他正手握一柄长匙，诚虔地去浇鹅的和火鸡的金光夺目的精圆大肚子。他好几点钟待着不走，火炉跳跃的光烘得他满面绯红，他略带发呆的意味，茫茫然向着那些正在炙热之中的肥硕牲口而笑，直到有人解叉的时候他才醒过来。家禽落在盘子里了，铁叉热气腾腾地从牲口的肚子里拔出了，肚子空了，任凭里面的汤汁从尾部的和颈部的叉窟窿里流出来，店房里就充满了一阵强烈的烧烤香味。这

时候，那孩子立着拍掌，眼光追随这一套手法，向着家禽谈起来，说这些都是上等的美味，说有人会吃完这些，说猫儿们只有骨头可以啃。后来，伽瓦尔给了他两片涂了奶油的面包，他浑身都发颤了，于是搁在托盘里慢慢地煎起来，这样，他半点钟的光阴又消逝了。

无疑地就是在这地方，葛吕发生了对于庖厨的至爱。再后些时，经过了一切手艺的试验，他从命运的支配，又重新回到叉在铁叉的牲口上和迫人舐着指头的汤汁上了。最初，他害怕这件手艺和他哥哥的意思相违背，因为他哥哥是食量不大的人，谈到美味总露着一无所知者的轻蔑姿态。后来，他在向他说明什么烹调很复杂的菜的时候，瞧见了他肯听他，就吐出了他的志之所趋，于是他进了一家大的菜馆。从此，这两弟兄的生活竟固定了。他们住的仍旧是罗叶可拉尔街那间屋子，每天晚上他们就在那里碰头：这一个，脸儿因铁灶而喜笑颜开；另一个，面容因拖泥带水的教师困窘而无精打采。弗洛兰因为学生们的练习而一切均付遗忘，始终披着他那件黑的破衣，至于葛吕为着动作自如，重新穿上他那件白布上衣和白布围裙，戴上他那顶厨子式的白布小帽，绕着屋子里的火炉，烤几件点心借以消遣。有时候，他们因为瞧见这一个全黑而另一个全白不禁微笑了。这间空洞的屋子，由于这种丧服而又由于这种乐趣，像是半怒而又像半喜。世上从没有更不调和的家庭互相了解得比他们好。阿哥徒然因被他父亲的热烈性情灼焦而退瘦，兄弟徒然以诺曼底人的爱子地位而满身脂肪，可是他们却由于共同的母体，却由于那个只解慈爱的妇人，而彼此互相友爱。

他们有一个亲戚在巴黎，他们母亲的一个兄弟，一个姓格拉台勒的，在莱市场那个区域的陀螺街开了一家熏腊店。这是一个性情吝啬的胖子，一个粗鲁的人，他们第一次到他家里拜访时，他之款待他们是当作两个挨饿者看的。以后他们就不大再去了。这胖子的生日，葛吕带了一束鲜花送他，而所受的回敬礼物却是一枚价值十个铜苏的银带。弗洛兰因一种病态的自尊心而感到痛苦了，看见格拉台勒正用感到有人要求一顿午餐或者一百铜苏的吝啬之徒的怀疑眼光，来端详他的寒碜外套。某一天，他坦白地拿了一张一百法郎的钞票到他舅舅店里去换零钱。这舅舅从此看见这两个被他称为小子们的人就不大害怕了。但是情谊却不过守住这一点。

这些岁月，在弗洛兰心里是一个甜美而又忧愁的长梦。他尝到了一切竭诚尽忠的苦味快乐。在家里，他享受的只有温情。在外面，不是学生们的奚落，就是人行道上的揎排，他自己认为性情已经变坏。于是他种种久已死心的大志又自行尖锐化了。费了长的光阴，他才低首下心承受了他种种属于丑陋凡庸的穷汉的痛苦。而且决心逃避恶性的诱惑力，他竟倾心于理想上的仁慈。他为自己创造了一个绝对合乎公理和真理的庇荫之所。他之变为一个共和主义者就在这当儿，他如同失望的姑娘们走入修道院似的走入了共和国。又因为寻不着一个相当温而静的共和国去安定他种种痛苦，他竟创造了一个。书本儿都不教他发生好感了，这类被他从中讨过生活的发了黑的纸片儿，教他想起从前那种空气恶浊的教室，那些顽童的恶作剧，那些长而乏味的时间的痛苦。随后，书本儿只向他引起激怒了，推他倾心于骄傲了，于是他所感到的强烈需要是遗忘与和平。教自身受到摇篮式的摇动，教自身安睡，教自身梦到取得完全有幸福的境遇，梦到世界也会变成完全有幸福的，建设那种素为他指望过活的共和市：就是他的休憩之所，他在自由时间的继续不休的作品。于是除了教课的必需资料以外，他不读书了。他从圣雅葛街的顶上而到外围的通衢，有时兜一个大圈子，再由意大利栅栏回去。而一路之上，眼光注意于那个列在跟前的慕夫达区，他心里安排着种种无形的布置，种种合乎人道的法律计划，认为这些东西是可以使这个痛苦的城市化为一个幸福的城市。到了那年二月里那些日子血溅巴黎的时候，他感到了伤心，他向各俱乐部奔走，以"全世界共和主义者的博爱行动"来要求赎回那些流了的血。他变成那些把革命当作一种充满温情和解救的新宗教来讲演的著名演说家之一了。直到那年，十二月里那些日子他才从他对世界的温情里抽出身来。他被解除武装了。他像一只羊似的听凭旁人来捉，而受的待遇却是施之于一只狼的，末了他从他那些有关博爱的教条之中醒来的时候，他已经在毕绥特尔炮台一间囚房的冰凉石板上饿得快死了。

葛吕当时有二十二岁了，这天没有看见他哥哥回家，他抱着一种断送生命的害怕了。第二天，他就走到貂山公墓，向那些由广衢运来而成行地掩在麦秸之下的死尸里面去寻他；那些脑袋都变了样子，异常难看。葛吕胸无主宰了，眼泪遮没了他的视线，他来来往往沿着行列看了两回。末了，他又到过警察厅，八天之后，他才晓得他哥哥已经成了囚犯。他不能够会他了。因为他极力要求，有人就对他恐吓，说要逮捕他本人。于是他就跑了去找他舅舅格拉台勒，在他心里这是一个要人，希望说服他去救出弗洛兰。但是这舅舅生气了，认为这件事办得很对，认为这个大傻子本不应当和这些共和主义的坏人搅作一团，并且又说弗洛兰应该倒运，说那是早已写在脸上的。葛吕流尽全身的热泪，哭了一大场，抽抽噎噎待着不走。这舅舅略略有点儿不好意思了，觉得自己应当替这可怜的孩子尽点儿义务，于是自动地要他来和自己过活。本来他晓得他是个好厨子，并且自己也正要一个人来帮忙，而葛吕呢，异常害怕独自一人回到罗叶可拉尔街的那间大屋子里去，于是接受了他这番意思。当晚他就住在他舅舅家里了，在顶高的那一层，在一个仅仅可以伸长躺着的黑窟窿里。他在那里面仍旧啼哭，不过倘若对着他哥哥的空床，他也许哭得更厉害一点。

他终于竟达到目的而去看弗洛兰了。但是从毕绥特尔回来，他不得不去睡觉，一场发热病用昏沉梦寐的病状缠了他三周。这是他首次的也是唯一的疾病。格拉台勒绝不注意于他那个共和主义的外甥，到了某天早上他明白他已经被人解往卡宴，就拍醒了葛吕，粗鲁地向他报告了这件恶消息，至于引起了一个那样的震惊，使得这少年在第二天就起床了。他的悲伤溶化了，他的虚弱的肉体像是吞尽他的眼泪了。一个月之后，他笑了，他生气了，因为笑了很感难过；随后快活的面容牵住了他，并且不期然而然地笑了。

他学习熏腊手艺了。在这件事儿上面，他尝着的愉快比在烹饪上面尝过的更多。但是格拉台勒说是他不应当过于丢开他的锅子，说是一个长于烹饪的熏腊匠本来不多，说是在没有到他店里之前已经进过菜馆是一种运气。他利用他的才能了，并且，他教他在城里办些筵席，尤其特别注重于炙肉和酸瓜镶猪排。因为这少年替他实际上服务，他就照他的方式钟爱他，高兴的日期之中，每每在他的胳膊上面拧几下。他曾经卖掉了罗叶可拉尔街的那些寒碜家具，留着那点儿代价四十多法郎在身边，说是免得葛吕那滑稽小子把它从窗口扔出去。然而到末了，他每月给他六个法郎做消遣的零花钱。

手头不宽有时且受虐待的葛吕，却是充分快乐的。他欢喜有人紧束他的生活，弗洛兰从前过于把他当作懒姑娘。随后，他在格拉台勒店里结识了一个女朋友。原来他舅舅在鳏居之初，为着照管柜台要雇用一个女子。他的条件须得她是身体坚实，面貌动人，认为如此才能够教顾客开心，使熟肉增加声誉。他本认得一个住在植物园附近巨维埃街的寡居妇人，她丈夫曾经在南部的白拉桑县里管过邮务。这妇人仗着一点儿数目不多的年金很淡泊地过活，从前从那县里带来了一个胖而美的女孩子当作亲生的女儿。她名叫荔莎，在一种温和的空气里侍奉这妇人，神情平坦，略显严肃，在微笑的时候，她十足地够得上说是美。她的娇媚之点，完全来自被她置于不轻见的微笑中的隽永姿态。这时她的顾盼竟是一种温柔，而平时的庄重风格，对于这种陡然而起的诱惑力，发生了一个无从估计的代价。那老妇人时常说过：荔莎一阵微笑，可以引她堕入地狱。在一场气喘病送了她的终之后，她留下了全部蓄积约莫一万法郎给她的养女。荔莎孤单地在巨维埃街的宅子里待了七八天，格拉台勒来找她的处所就是那里。原来她曾经跟着她的家长时常到陀螺街来访问他，所以他也认识。但是在他因送葬而走到公墓时,她在他的眼里,显得那样美貌,那样健康。所以在下柩的当儿,他就默想她若是在熏腊店里就一定妙不可言。他揣度情形,说自己很可以送她每月三十法郎并且供给住宿。到了他向她提出这个办法时,她要求在二十四小时后再来答复。随后,某天早上,她带着她的小包袱和插在内衣里的一万法郎来了。一个月之后,这店就属于她了,格拉台勒,葛吕,直数到杂役中的最后一个。尤其是葛吕,他几乎为她切掉了指头。在她微笑之后,他呆呆地站在那儿,自在地瞧着她笑。

荔莎本是白拉桑县的姓马伽那一家的长女,她父亲依然没有死。她曾经告诉过外姓的人,自己也从没有向他写过信。有时候,她仅仅随口说过她母亲在活着的时候是一个结实的工作者,又说她像母亲。在事实上,她确能很耐心工作。但是她又说那个可敬的妇人具有一种能以生命发展家务的长期美德。于是她就用一种正直姿态,很智慧地谈到妻的义务和夫的义务了,这每每使得葛吕神往。他向她肯定他绝对和她观念相同。而荔莎的观念就是:世上的人都应当为谋食而工作;每人担负自己幸福的责任;凡提倡懒惰者就是制造罪过;并且世上之有不幸的人,活该是游手好闲之徒倒运。这一层就是老马伽的游惰嗜酒的一种很明确的惩罚。而荔莎·马伽却在无心之中高谈这一层,她不过是马伽家中一个守规律的、合理化的,能在需要舒服之下求逻辑的女子,她已经懂得若是要躺在舒服的温暖境界之中睡觉,那么最好的方法还是亲手为自己预备一张幸福的床。她对于这柔软的卧具,给过了她全部的时间,她全部的思想。自从年龄达到十岁以来,她在每天夜晚有人奖她一件点心的条件之下，就同意于镇日安安静静坐在自己的小椅子上绝不动弹了。

在格拉台勒的熏腊店里，荔莎继续她那宁静规律而被自身巧媚微笑所照耀的人生。她以前没有接受这风流老翁的馈赠；她晓得在他身上寻觅一个护符，她在陀螺街的这所幽暗小店里面，也许用着幸运儿的嗅觉，预行感到了她所梦想的将来，一种有清洁享受的人生，一种不感疲乏而时时引起奖励的工作。柜台上的事，她是用从前自己献与邮务长的未亡人的那种注意来照管的。不到多久，荔莎那件罩衫的洁净，竟在街坊成了口碑式的了。格拉台勒舅舅那样满意于这美貌女子，至于有时候一面束缚他那些腊肠，一面向葛吕说道：

"倘若我没有过六十岁，说句有信用的话，我会干一件笨事来娶她……这是黄金条子哟，孩子，在生意场中有一个这样的老婆。"

葛吕更其重视了。某一天，有个邻居举发他钟情于荔莎，他却露出雪白的牙齿而笑。这毫不使他忧愁。他们彼此是很好的至友了。夜间，他们一同上楼去各自休息。她占的屋子，正在这青年汉子所躺的黑窟窿旁边，那是一间小小的屋子，她在各处装点了许多绸窗帷，使这屋子变得通明透亮。他们各自端着蜡烛在楼梯口的平台上谈一会儿，然后各把锁匙插在锁孔之中。末了在各自关起各自的房门之前，同用友谊的口吻说：

"晚安，荔莎姑娘。"

"晚安，葛吕先生。"

葛吕在倾耳侧听荔莎整理她的小小内务之中上了床。间板是那样薄的,他竟可以追随她每一个动作。他想道:"呃,她遮起了窗帷。她可以在五斗橱跟前做些什么事?现在,她坐下了,她脱鞋子了。好吧,晚安,她吹灭她的蜡烛了。大家睡吧。"末了,倘若他听见床铺的格磔之声,就带着笑容低声独语:"了不得,她真不轻松,荔莎姑娘。"这个观念使他快乐;结果,他想起明天应当安排的火腿和咸肉就睡着了。

这情形经过了一年,荔莎没有红过一次脸,葛吕没有受过一次窘。早晨,工作最忙的时候,倘若这女子到厨房里来,他们的手就在生肉糜里面相碰了。有时候,她帮助他,在他把生肉糜和小块生油罐入猪肠子里的当儿,她每每用她那些肥壮的指头握着猪肠子。或者他们共同用舌尖尝试腊肠用的生肉糜,去看清楚这东西的调味是否适当。她是长于指点的,深知南部的配合成分,曾在经验之中得过好成绩。时常,葛吕觉得她立在他的肩膀后面向着桶锅里端详,贴近得教他觉到她那个健硕的胸部就在他的背上。她替他传送勺子和盘子。灶里绯红的火,使他们的血液奔到皮肤。他呢,无论如何,不肯对于种种正在灶上收干的肉糜羹停止搅动;而她呢,正用严肃的姿态讨论火候的高低。午后,店里空闲的时候,她们每每宁静地闲谈到好几点钟。她站在柜台里面,身体略向后倾,用从容而有规则的方式做钢针编物的活计。他坐在一个木墩上,垂下双腿用鞋跟拍着木墩的根。他们之相投已到了不可揣测的程度,他们什么都谈,最通常的是烹饪,此外是格拉台勒舅舅,或者还有街坊。她如同对着一个孩子似的对他说种种故事,她晓得许多很有味的和许多神奇的传说,其中满是什么羔羊和小的天使，她带着她固有的非常严正的神情，用箫管般的嗓子来说。倘若有顾客走进店来，为着免得教自己离开座位，她就要求这青年取了冻猪油罐子或者海螺盒子来。到了十一点钟，他们慢慢登楼休息，和昨天一般无二。随后，各自一面关着各自的门，一面各用宁静的声音说道：

"晚安，荔莎姑娘。"

"晚安，葛吕先生。"

某天早上，格拉台勒舅舅在调和一份肉丁膏冻之时，忽然受了中风病的袭击。他仆着躺在剁肉的案桌上了。荔莎当时绝不惊惶。只说不应当让死人留在熏腊店的漂亮的店房里，她叫人抬了他到店房后面，舅舅那间固有的卧房里去。随后，她和店里的人编造了一段故事，这位应当是死在自己的床上的，倘若大众不想教街坊厌恶和卖买关门。葛吕帮着抬起死者，他发呆了，惊骇异常了，竟流不出眼泪了。再后些时，他才和荔莎一同号哭。他是唯一的承袭遗产者，连同他的哥哥弗洛兰。附近一带街坊上的多言妇人都估量格拉台勒老头儿的遗产是很可观的。然而事实却是谁也发现不出一个声音叮当的银币。荔莎处在神志不宁的状态里了。葛吕看见她独自思考，看见她从早到晚向自身的周遭端详，俨然她是失掉了什么似的。末了，她决计举行一次大扫除，说是有人多嘴，说是老头儿身死的故事已经传开，说是应当表现一个彻底的清洁性。某天午后，她在地下室里去了两点来钟，亲自去洗各种咸肉的木桶，后来她上来了，用围腰兜着了一些儿东西。葛吕正剁着猪肝。她用一种平淡的声音和他谈天，一面等候他工作完毕。但是她眼睛里有一种异乎寻常的光彩，向他说自己想和他谈点儿正事，而她素来的巧媚微笑却同时露在唇边。她走上楼梯了，困难地，双腿受了她所搬运的东西的牵掣，而她正用着气力握住自己的围腰。到了第四层，她喘气了，只好靠着扶手栏杆歇了一会儿。受了惊的葛吕，一言不发地一直跟着她走到了她的卧房里。这是第一次她邀他走到房里来。她关好了房门，然后放松那件已经使她那些吃力的指头不能再提的围裙角儿，任凭一阵雨一般的金币和银币慢慢地流在床上。她在某一个咸肉木桶的底上找着了格拉台勒舅舅的宝库了。这一堆钱，在这少女的微妙而柔软的床上，造成了一个大的凹宕。

荔莎的和葛吕的快乐已经被集中了。他们都坐在床边，荔莎在床头，葛吕在床脚，分列在那一堆钱的两侧。为着避免有声响，他们就在被盖上点数那些钱。一共有四万法郎是金币，三千法郎是银币，而在一枚白铁小桶子里，是四万两千法郎的纸币。他们足足花了两个钟头才算清楚这笔数目。葛吕双手有点儿发抖了。所以事情是荔莎做得最多。他们把金币在枕头上排成垛儿，而任凭银的留在被盖上的凹宕里。到了他们得着了八万五千法郎这个在他们认为庞大的数目时，他们就谈话了。自然地，他们谈到了前途，谈到了他们的婚姻，而无须乎问及他们相互间是否有爱情存在。这点儿钱像是解放了他们舌头的束缚。他们背靠着临街的墙，在雪白的绸窗帷之下，略略伸长了腿子，交谊更行互相深入一层了。后来，一面畅谈，他们的手一面抚弄那些银币，于是这些手就在那些五法郎的银币堆里相逢了，不知不觉互相握住不放。暮色教他们吃惊了。这时候，荔莎才因为看见自己就在这少年身旁而面色绯红了。他们翻动了这张床，褥单凌乱地垂下，金币压着那个隔开他俩的枕头，又造成了些儿凹宕，如同两只爱情灼热的脑袋在那上面滚过一般。

他们立起来都不大自在了，神情仿佛是两个刚刚初犯了过失的情人。那张凌乱了的床连着这些儿钱，举发了他们在闭了门的情况之下尝过一种受禁止的欢乐。这是他们的堕落，属于他们的。荔莎已经整理了自己的衣裳如同没有干过坏事一样，取了自己那一万法郎出来。葛吕要她把这些钱合在他舅舅的八万五千法郎一起；他笑着混和了这两笔数目，说这些钱币也应当订婚；末了他们商妥由荔莎保管这笔"藏镪"搁在她的五斗柜里。等到她收藏完毕而又重新铺好了床之后，他们都安安稳稳下了楼。他们是夫妻了。

婚礼是在第二个月举行的。街坊上觉得这是自然的，很适当的。旁人泛泛地晓得宝库的故事。而荔莎的正直竟成了一个无穷尽的美谈的题材；无论如何，她能够什么也不告诉葛吕，把全数儿留给自身；既然谁也没有看见那东西，那么她之不肯隐瞒，是纯粹地出于正义。她真是值得被葛吕娶的。这个葛吕是走运了，他并不偭觉，而竟寻着了一个替他发掘了一笔家财的美貌老婆。赞美之词拉得那样远了，以至于到末了竟有人切切地说"荔莎干了她所干的事，真算是笨人"了。遇着有人用隐语谈到这些事情，荔莎始终微笑。她和她丈夫，仍旧像以前一样，在一种深切的交谊中，在一种有幸福的和平境界中过活。她帮助他工作，在肉糜中碰着他的手，在他的肩头上俯着身躯去望一望那些桶锅。而且始终只有厨

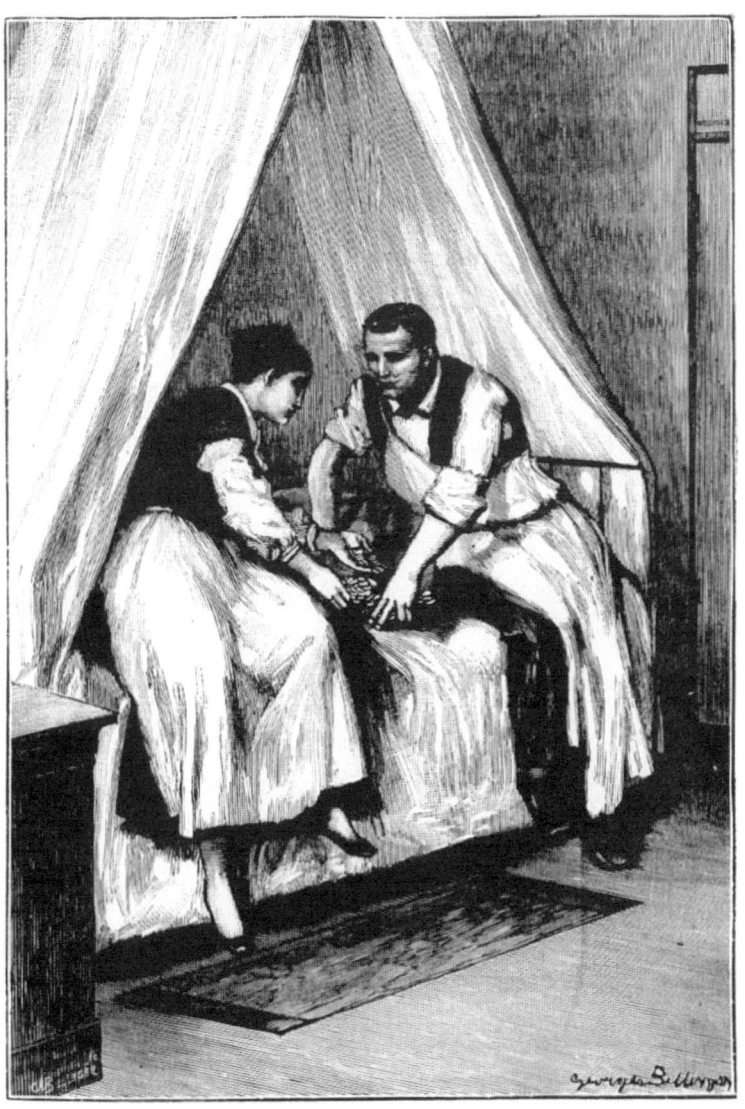

房里的大火力,能使他们的血液奔到皮肤。

然而,荔莎毕竟是一个聪明妇人,她不久就懂得把那九万五千法郎睡在五斗柜里是件笨事了。而葛吕却很想重新把它放在咸肉的木桶里,等候再赚这么多,然后两夫妇一共退到徐吕逊那个素为他们所爱的附郭的角儿里。但是荔莎却另有大志。陀螺街伤毁了她的洁癖,她的爱空气爱光线和爱身体健康的需要。在这铺子里,格拉台勒舅舅固然由一个个铜苏积成了他的宝库,不过地方却是一条黑沟样的东西,一个列入旧式街道上的可疑的熏腊店之列的,其中那些磨损了的石板尽管时常洗濯,始终含着强烈的肉腥味儿。而这青年妇人却梦想一个可以列入摩登式的漂亮店铺中的,一个可以列入富丽沙龙式漂亮店铺中的,在一条大街的人行道边摆得出它们明镜般的干净光彩。并且这不是怀着低级的需要,想在一个柜台后面装腔儿做贵妇人,而是她对于新式商业必要的富丽性,有一个很明确的自觉心。葛吕被她吓住了,第一次,当她对他谈起搬家和花费他们一部分钱财去装饰一个店房的时候。她慢慢地耸着双肩,一面微笑。

某一天,天色正在垂暮时,他们店房却已经乌黑,两夫妇听见了街坊上的某妇人在门前对另外一个说道:

"好!不行,我再不到他们店里办货了,就是一点儿腊肠头儿我也不去买,您可知道,好朋友……在他们的厨房里曾经死过一个人。"

葛吕因此流泪了。这个关于厨房里有过死人的故事有了力量。所以遇着看见顾客过于靠近前来嗅那些货物的时候,他终于脸上绯红了。所以他竟向他妻子重提她那搬家的念头。

她什么话也不说，亲身来留意新的店房；居然找着一个了，相距只有两步，在朗布多街，地位异常之好。敞开在对面的菜市场，可以接二连三地替它增加买卖，可以使巴黎四只角上的人都认识它。葛吕对于种种劲儿式的费用绝不限制。他在装大理石、装玻璃和装金三件事情上面，投资至三万多法郎。荔莎为指点工人费去许多时间，对于种种细微末节也发表她的意见。到了她终于能在柜台里面安置自身时，大众成群结队地到他们店里来采买，而唯一的动机就是参观店房。店房里各处的墙都是用雪白的大理石幂的；承尘板下，一块其大无外的四方玻璃镜子，嵌在一个装饰非常繁复的涂金大框边里，镜子的中央悬着一架下垂的四叉玻璃灯；并且柜台后面的整个额板的地位，靠左边以及店房的背景，另有其他许多玻璃镜子，嵌在大理石材之间，放出四达的光海；许多门，都像是向着其他许多全被肉类货样所充满的厅子开的。靠右边，就是柜台，非常之大，尤其是装饰得美；许多等边斜方的粉红大理石块在那里排成许多对称的圆徽。在地上所幂的材料，全是雪白的和粉红的方形石板，相间成纹，而沿边是褐红的直角回纹图案。这一带街坊竟因它有了这家熏腊店而自豪，谁也再不想议论陀螺街的那个曾有死人的厨房了。在一个月的延续中，邻居们都停在人行道上，从橱窗里的腊肠和流苏的缝儿之间去向荔莎端详。他们都因为她的雪白而又粉红的肌肤之酷肖那些大理石而惊讶了。她像是这家熏腊店的灵魂，这家熏腊店的光明，这家熏腊店的清洁而坚定的偶像；于是大众只叫她作美貌的荔莎了。

在店房的右侧，就是饭厅，一间很干净的屋子，陈设了一张嵌玻璃的酒器柜子,一张桌子和许多长背椅子,这些家具的材料都是浅黄橡木。幂在地板上的席子,浅黄的纸,模仿橡木花纹的漆布,都使这屋子变成略带冷落的意味,仅仅只被一盏挂灯的光彩,添了快乐的成分,这挂灯是铜的,从承尘板上垂下来,在桌子的上空展开它的透明瓷质的大罩子。饭厅里的门,有一张是对着一个阔大的方形厨房开的。而在这厨房的尽头,有一个铺了石板的小院子,那是做退步用的,堆满了不能使用的瓦罐木桶和种种用具;在井台子的左边,沿着那条放出油腻之水的管子,有些曾在橱窗陈列已经萎谢而依然留在瓶子里等死的花。

他们的买卖是好得了不得的,葛吕事前曾怀畏惧,现在几乎敬佩他的老婆,根据他的观念,她是一个强健的头脑。经过了五年,他们已经将近有八万法郎放在外面收取好的利息了。荔莎说明他们不是有奢望的人,他们并不坚持暴富,否则,她可以推动她丈夫经营猪的大宗买卖,使他去赚成千成百的钱了。他们都还是少年人,他们未来的时间尽有;此外,他们不爱做什么不相干的工作,而要以注重生活者的地位工作得自由自在,不至于为了忧虑而妨害自身的健康。

"听呀,"荔莎在她的得意时候这么说,"我有一个表兄弟在巴黎……我看不见他,两家人本来闹过撒扭。为着忘掉某些事情,他曾经改了姓沙卡耳……哼,这表兄弟,有人对我说过他赚了好几百万。这是不能持久的,这烧坏身上的血,走来走去,始终在地狱般的买卖当中。那是不可能的,从从容容在夜间吃他的饭,可不是?我们这些人,我们至少有我们所吃的东西,我们没有那一套东扯西拉的玩意。大

众之爱钱,不过是因为要有点儿来过活。大众都注重一个舒服,这是自然的。至于要为赚钱而赚钱,要为自己造成什么比日后可享的快乐多一些的苦处,说句真心话,我宁愿叉起胳膊……并且,我很想瞧瞧他那几百万,属于我表兄弟的几百万。我不相信几百万像这样儿。某一天,我瞧见他坐车子里,他的脸全是病容,他的神气真是狡猾。一个赚钱的人,不能有那样一副脸色。总而言之,这和他有关系……我们宁愿只赚一百铜苏,却要用一百个铜苏去求利。"

这人家正在求利,事实上。他们得了一个女孩子,自从结婚后的第一年。他们三口子,享受得叫人眼红。买卖进展得宽松,快活,用不着过于疲劳,这正合了荔莎的心愿。她早已留心地避开了一切可以造成扰乱的原因,任凭日子在这油腻的和这重浊昌盛气象的环境中滑过去。这地方是一个合理化的幸福小角落,一个舒服的槽头,父母和女儿都在其中受豢养。仅仅葛吕偶尔想到弗洛兰的时候,有些儿发愁。一直到一八五六年,他都接过他的信,不过日期是越隔越远。后来,信竟停止了。他从日报上,晓得有三个充军的囚犯曾经想逃出魔鬼岛,然而在没有达到陆地之前都被淹死了。在警察厅里,没有人能够给他什么正确的消息,他的哥哥应当是死了。他固然保留了一点儿希望,不过岁月又过了许多。而弗洛兰,他正在荷属卡宴奔窜,始终希望回到法国来,所以一径避免写信。葛吕结果竟把他当作一个来不及送终的死人而痛哭了。荔莎本不认识弗洛兰。每次她丈夫在她跟前表出了失望,她总找得着许多好言辞。她听凭他百十来次对她重述少年时代的历史,罗叶可拉尔街的大屋子,他学过的三十六行手艺，他在火炉里烤的点心，以及这时他全身穿白而弗洛兰全身穿黑。她安静听他谈，表出无穷的满足。

就是在这些慎重地播种而且成熟的快乐之中，弗洛兰从天上落下来，九月的某天早上；其时正是荔莎在早上的太阳里享受日光浴的当儿，而葛吕正张着半惺忪的眼，无精打采地把手指搁在上一夜凝结的猪油里。熏腊店很受惊扰了。伽瓦尔略鼓起了腮帮子，要大家藏起这个"充军要犯"——他这样称呼弗洛兰。荔莎，脸色比平常略为灰白些儿，神态比平常略为严肃些儿，结果教他到第六层楼上去，把素来那间住女学徒的屋子给了他。葛吕切了些面包和火腿。但是弗洛兰没有能够吃几多；他已经有些儿头晕并且想呕吐了；他躺下了，一共在床上睡了五天，显出一阵激烈的精神错乱，一场大脑发热症的初期病征，幸而被人费了劲儿把病压下去了。等到他回复知觉的时候，他看见了荔莎在他床边寂静无声地拿着一片茶匙在一只杯子里搅。因为他要向她致谢，她却说他应当安静地保养自己，日后他们可以再谈。又过了三天，这病夫居然立得起了。这样，在某一个早上，葛吕走到楼上找他，说荔莎在二楼的卧房里等他们同去。

在二楼，他们占了整整的一层，三大间和一小间。开始，应当穿过一间空房，其中只有几把椅子，接着是一个客厅，厅里的家具，都罩在白布套子里头，谨慎地睡在那些始终下垂的百叶窗的半明半暗之中，使得过烈的光线不至于侵蚀家具上的花锦的娇嫩颜色，末了，那就到卧房里了，这是唯一有人住的屋子，家具全是桃花心木做的，非常安适。尤其，那张床真使人惊讶，它有四层垫褥，四只枕头，几层厚的盖毯，一铺鸭绒被窝和那种在微润的暖阁之内腆着肚子式的打盹意味。这是一张为酣睡而造的床。装了着衣镜的大柜，化装五斗橱，盖了一幅空花罩布的独脚圆桌，用花边方搭巾保护的椅子，这一切在屋子里，摆出了一种明晰而结实的资产阶级的奢侈。紧靠着左面的墙，是壁炉台子，台子上搁着一些嵌着五彩风景画的铜质珐琅花瓶，和一架以古登堡手倚书本的镀金立像作装饰的时钟；葛吕的和荔莎的油画小像正悬在这台子上部的两侧，这都是嵌在很费点缀工作的蛋形框子里的。葛吕微笑，荔莎的神气端庄；两人穿的都是黑衣裳，面色都用水桃色仔细渲染过。一幅织着许多和星纹错杂的蔷薇藤的绒毯盖着地板。床前，铺开那类用羊毛绳编成苔状的小毯子，这就是美貌的熏腊店女主人坐在柜台里面用忍耐性编成的。但是，在这些簇新的东西中间，最惊人的就是靠着右面的墙，有一张大的柜式书桌，四方的，结实的，从前加过了漆而没有修补桌上大理石的裂痕和桌身桃花心木的磨损。荔莎早就要人保存这件被格拉台勒舅舅用过四十多年的家具，说它可以招财。实际上，它带着许多怕人的铁件，一副狱监式的锁簧，又笨重得使人不能移动它。

弗洛兰和葛吕走进来的时候，荔莎正坐在那扇从书桌上放下来的活门跟前写字，用一种滚圆而很清楚的大个儿字体排出许多数目。她做了一个手势教旁人不要打搅她。这两个汉子都坐下了。失惊的弗洛兰，端详这间卧房，这两个小像，这座时钟，这张床。

"在这里了。"荔莎在细心核对了全页的计算之后终于这样说，"请您听我说……我们有许多数目交还您，我亲贵的弗洛兰。"

这是第一次她如此称呼他。她拿着那一页账再继续说道：

"您的格拉台勒舅舅是没有立遗嘱就死的；你们两位，您和您的兄弟，当时是两个唯一的承袭遗产者……今日，我们应当向您交还您那一份。"

"但是我什么也不打听，"弗洛兰喊着说，"我一点也不要！"

葛吕对于他妻子的意思本来一无所知。他现在脸色有点儿发白了，用一副生气的神情瞧着她。他真的很爱他的哥哥，但是，如此把舅舅的遗产临头扔给他却是无益的。日后大家可以细看。

"我很晓得，我亲贵的弗洛兰，"荔莎开口并说，"您不是为着向我们索取自己名下的东西来的。不过，钱财经手总是钱财经手，最好是立时结束……您舅舅的蓄积已经达到了八万五千法郎。所以我在您的账里记了四万二千五百。都在这里。"

她向他指出了那张纸上的数目字。

"不幸那也并不是容易的事，去估计店底、器具、货物、主顾。我只能得到种种大约的数目；但是我相信已经全盘算了一遍，很宽地……求得的总数是一万五千三百一十法郎，这就是您的名下应有七千六百五十五法郎，连着上一笔，统共是五万零一百五十五法郎……您日后来核算，可成？"

于是她发出一种清朗的声音来报各项数目了，并且向他交出那不得不由他接过去的账单子。

"不过，"葛吕喊着说，"老头子那爿熏腊店，从来没有值过一万五千法郎！我决不会给它一万，若是我！"

她老婆弄得他生气了，到末了。本来何必计较到这一步。难道弗洛兰对她谈过熏腊店的事吗？并且，他一点什么也不要，他早已对她说过。

"熏腊店值得一万五千三百一十法郎。"荔莎从容地重述一遍，"您一定晓得，我亲贵的弗洛兰，用不着找一个会计师放在这里头。分析我们的财产原是我们自己的事，既然您已经重回人世来……所以自从您到家那一天，我从必要上就想到了这件事，后来在您发烧的那一向，我就极力勉勉强强算清这点儿账……您看吧，什么在那里面都是有细数的。我翻过我们那些老账簿，我也在记忆里搜索过。请您高声读一遍吧，我能够把您所要的说明随时给您。"

弗洛兰终于微笑了，他因为这种轻松而来得自然的正直之德受了感动。他把账单子搁在这青年妇人的膝头上，随后给她握手了：

"我亲贵的荔莎，"他说，"看见您的买卖好，我真快活，但是我不要您的钱。遗产是属于我兄弟和您的，你们从前服侍舅一直到底……我什么也用不着，我不赞成在你们的买卖里面打搅你们。"

她坚持己见，竟至于生气，而葛吕默然感到满意，啃着自己的指头。

"唉！"弗洛兰笑着说，"倘若格拉台勒舅舅听见了你们的话，他定有能力跑来向你们取回这笔钱。他几乎没有欢喜过我，格拉台勒舅舅。"

"哈！这一层，对的，他几乎没有欢喜过你。"葛吕不使劲地喃喃说。

但是荔莎仍旧讨论不休。她说她不愿意书桌里放着不属于她的钱,说这东西教她不自在,说她心里有这个念头就不能安安静静过活。于是弗洛兰继续用诙谐口吻提议将他这笔钱存在她家,存在她的熏腊店里;并且,他不拒绝他们夫妇的供应;他大概不会立时找得着工作;此外,他是几乎不能出外见人的,他缺少一整套衣裳。

"这用说吗!"葛吕高声喊着说,"你将来就住在我们这里,我们就去替你把必要的东西买来。这是一件说好了的事……你很晓得我们不会把你留在街石上面,真见鬼!"

他完全受了感动了。他竟有点儿不好意思,想到自己刚才不肯一下就拿一个大数目给他。他寻觅一些诙谐之谈,说他负责使他哥哥发胖。这一个从从容容点头。这时候荔莎折起了那个账单子了。她把它搁在书桌的一只抽斗里头。

"您想错了,"她像是以结论的口吻说,"我做了我应做的事。现在,就只看您将来意思怎样了……我呢,您可看见,我不会太太平平过的。不好的念头过于和我作难了。"

他们谈到旁的事了。应当说明弗洛兰的来历,免得使警察留心。他告诉他们,说自己之能重入法国,是仗着一个穷汉的种种文件,这穷汉在徐利南,因黄热病而死在他的怀抱里。从一个罕见的遇合,这少年也叫弗洛兰。不过这是这少年的名字,他姓的是拉盖黑耶尔,只剩下一个表妹在巴黎,有人在美洲曾以其死通知她过;所以再没有比冒充这少年更容易的事了。荔莎提议自己来充他表妹。于是就商定了将来大家可以传述一件故事,说有一个从美洲在种种失意之后回国的表兄，目下正等候能找一个位置，受收留于葛吕-格拉台勒家里，街坊这时都用葛吕-格拉台勒称呼这一家人。一切都定了局了，这时候，葛吕要他哥去看自己的卧房。他绝没有给他一点便利和舒适，在那间赤裸裸的屋子里，其中只有几把椅子，荔莎推开了一张门，引他看一间小的，说是那女学徒可以睡在这里，而六层楼的屋子，可以为他留下来。

当晚，弗洛兰全身穿上新衣了。他坚持还要一件黑外套和一条黑裤子，葛吕徒然说这黑色不甚悦目。大众不藏匿他了，荔莎对于要听表兄故事者不厌于传述。他在店房里过活，在厨房里一张椅子上无所措手足，又回到店房靠着墙上的大理石闲坐。吃饭的时候，葛吕用食品塞他，有时生气了，因为他食量不大而每每把旁人装在他盘子里的肉剩下一半。荔莎早又表出她种种迟缓享福的姿态了；她原谅他，即令他在早上妨碍她的店务；她忘了他，等到遇见他乌黑一身立在她跟前，她竟略略有点骇怪了，不过她却找得着自己种种巧媚微笑姿态，使自己绝不得罪他。这个瘦汉子的漠然态度却打击她了，她从他身上感受了一种参杂了空泛畏惧的敬意。而弗洛兰只感到有一种深刻的亲热绕着他的四周。

在安寝的时刻，因为白天生活空虚而略有倦意的他，同着熏腊店里的两个男学徒同到楼上去，他们都住在他住的阁楼的隔壁那两间。学徒中的一个名叫来雍，大约不过十五岁。这是一个苗条而神气温和的孩子，他偷取那些被人遗忘的火腿边皮和腊肠头子，藏在枕头下面，在深夜不带面包就光着吃。好几次，弗洛兰以为来雍在半夜一点钟吃宵夜：一阵继续不断声音切切的耳语，随后就来了一阵咀嚼之声和纸片的摩擦之声，末了又有一阵连珠般的笑声，一阵类乎筚篥的颤音的儿童笑声，在这睡熟了的房子的深邃沉寂境界里发动了。另一个学徒名沃巨斯德，姓郎它瓦，是一个托洛瓦人，胖得出油，脑袋过于大，已经开了顶，而年纪只有二十八岁。头一天夜间，上楼的时候，他用一种冗长模糊的方式，向弗洛兰述起自己的历史。他之到巴黎来，开始不过是为的改进自己的手艺，等日后回到托洛瓦开一爿熏腊店，他的堂妹沃巨斯汀·郎它瓦在那地方候他。他们共有的教父，他们共用同一的名字。随后他起了大志了，梦想在巴黎开店，资本是他母亲的遗产，他在离开故乡尚巴臬之前早已存在一个会计师手中。说到这点，他们正到了第六层，沃巨斯德拉着弗洛兰，对他说了葛吕夫人许多好处。她曾经赞成把沃巨斯汀·郎它瓦找了来，代替店里从前一个弄得不好的女学徒。他呢，现在早已晓得了自己的手艺；她呢，刚刚完毕了学习买卖之期。在一年之后，十八个月，他们可以结婚了；他们可以有一爿熏腊店，大概开在普莱桑斯，巴黎的一个户口稠密的小区域。他们不急于结婚，因为腌肉今年简直不值价。他又说他们在圣汪一个佳节里共同拍了一张照片。说到这里，他走入阁楼里了，急想看看那张照片，因为沃巨斯汀先时认为不应当把它从阁楼的炉台上撤下来，使得葛吕夫人的表兄可以有一间齐整的屋子。他又闲待了一阵，脸色在他的烛台的黄光露着灰白意味，端详这间依旧充满那少女气息的屋子，走近床边，询问弗洛兰是否睡得好。她呢，沃巨斯汀呢，睡在楼下了，现在；她可以比较舒服些，阁楼都是很冷的，冬天。末了，他走了，留下弗洛兰单身守着这床并且和那照片相对。沃巨斯德是一个苍白色的葛吕,沃巨斯汀是一个未成熟的荔莎。

弗洛兰,学徒们的朋友,受了兄弟的敬爱,得了荔莎的款待,而结果竟感到了可怕的厌倦。他曾经找过教课的事而竟一无所得。并且,他避免走入学校区,怕的是在那一带被人认识。荔莎,曾经从容不迫地说他很可以向商家探询,他可以办文牍,经管记录。她始终念及这个办法,末了提议自己为他去找一个事。她渐渐因为随处总碰着他,因为他闲空得不晓得如何用自己身体做事,她于是竟生气了。开始不过是一种对于叉手坐食者而生的憎恶,却没有想起以在她家坐食来责备他。她向他说过:

"我吗,我不能以镇日空想来度日,您不应觉得饿,夜晚……您缺少的是疲劳,您可看得见。"

而伽瓦尔在他那一方面,正替弗洛兰寻一个位置。但是他用一种异乎寻常而完全属于地下式的方法去寻,他也许愿意找个什么合乎一个"充军要犯"的戏剧性的勾当,也许这纯乎是一种苦味的嘲笑。伽瓦尔本是一个反对派的汉子。年纪刚刚过五十,却以曾向四个政府显过身手自夸。法王查理十世,以及教士和贵族,那班被他驱逐的废物,终于还对他耸起肩头;法王路易-菲利普同情于资产阶级,是个没骨气的人,并且他述及羊毛袜子的故事,这个市民式的国王曾在袜子里面藏过他那些大铜苏;至于四八年的共和政府,简直是滑稽场面了,工人们误了他的事;但是伽瓦尔却没供出他曾经向十二月二日之变鼓过掌,因为现在,他把拿破仑三世看作他个人的死敌,看作是一个为了举行盛宴以至于同着木尔尼和其他徒党闭门不出的恶棍。到这一段，他的话并没有完；他略略压低声音，肯定在每天夜间，有许多关得严密的轿车载着女人到杜勒丽宫里去，而他呢，他就是正和你说话的，某天夜间在旋轮试马广场，听见了大吃大喝的喧闹。伽瓦尔的宗教就是极力和政府麻烦。他和政府开过许多难堪的玩笑，自己却在黑暗之中笑了好几个月。开始，他投票举了那个应在立法会议愚弄内阁的候选人。随后，倘若他能够盗取国库，破坏警政，引起小冲突，他就可以为着使冒险行动化为最革命的而工作了。此外，他说谎，以危险分子自居，谈起来俨然杜勒丽宫的帮闲之辈都认识他，并且在他跟前发抖，说这些凶手在下次暴动之时，应当有一半送到断头台，另一半应当驱逐出国。他的多言而暴烈的政策，整个被养成于这种夸张，这种使人欲睡的故事以及这种虚声和冗谈的愚弄性的需要，使得巴黎城内某小店主人，在某次拦街而作防御战之日，会去推开店门口的木板帘而去看街上的死人。弗洛兰从卡宴回来的时候，他也嗅到了一个可憎的恶剧手腕，于是寻觅用什么方法，特别聪明的方法，教他能够愚弄皇帝和大臣，有位置者，直到街上警士的最后一级为止。

伽瓦尔在弗洛兰跟前所用的态度，是充满了一种不许昌言的喜悦的。他故意向他挤眉弄眼，故意低声和他说些世上最简单的事，故意用瓦匠共济会的方式和他握手。总而言之，他曾经遇着了一场冒险的事；他现在有了一个曾遇危险的同志；他能够不用过于说谎而谈到他受过的危险。他确然感到一种不可吐出实情的畏惧，对着这个从监狱里回来而其枯瘦之态足以说明其长期痛苦的汉子；但是这种滋味深长的畏惧，教他自己伟大化了，教他相信自己因结识一个很危险分子而实践了一个很惊人的行动了。弗洛兰成了神圣的了；他只信服弗洛兰，有时在他缺乏立论的根据以及他想一劳永逸地压倒政府的当儿，他一定提及弗洛兰。

伽瓦尔在政变发生几个月之后住在圣雅葛街时，就死掉了老婆。而他到一八五六年一径保持那爿烧烤店。在那个时代，风传他因为和他邻居一个调味用品商人合伙，承办了开赴近东远征军队的干菜供应，曾经赚过一笔可观的钱。而真相却是他在顶出了烧烤店之后，倚赖息金收入过活至一年之久。不过他不爱谈到他财产的来源，这事情束缚了他，妨碍了他来干脆地吐出他对于克里米亚战争的观念，因为他看作这不过是冒昧的远征，"纯乎是为着巩固皇帝的宝座和充实某些人的口袋而生事实"。一年过了，他在他那所鳏夫住处里厌倦得要死。因为他几乎见天儿必去拜访葛吕-格拉台勒那一家子，就和他们很接近了，于是搬到了弓索内李街来住。就是在这街，菜市场带着那些喧闹扰攘，那些异乎寻常的饶舌妇人的谈论，竟引动了他。他在家禽馆里租了一间店面了，目的纯乎是消遣，是使市场上的讹言谬论来占住他白天里的空虚。从此他生活在那些无尽期的饶舌世界里了，街坊上任何最细微的怪议论他都熟悉了，脑袋因为四周围绕的人声继续噪聒而嗡嗡不已了。可是他因此而尝着了千般的痒痒而恬静的喜悦，若是找着了基点，就带着鲤鱼在太阳下面游水般肉感去追一个究竟。弗洛兰有时到他店里去握手寒暄。午后的天气依然是很热的。妇女们沿着那些窄窄的小路坐着给家禽挦毛。日光落在那些卷起的帐幕之间,家禽的毛从指头底下飘起来,在火热的空气中,在阳光的金屑中,活像是一阵迎风的白雪。一阵叫唤,一串连续而起的贡献和殷勤,追着弗洛兰了。"一只好肥鸭吗,先生?……请您看我这里……我有许多很像样的肥子鸡……先生,先生,请您买我这对鸽子……"他逃走了,拘束,狼狈。那些妇女在继续挦毛之中,一面因为他而互相争执,羽绒的飞腾作用竟下降了,用一阵如同依然被家禽的强烈气味所浓化所热化的烟雾使他感到了窒息。末了,在小路的中央,自来水池附近之处,他找着了伽瓦尔。伽瓦尔只穿上一件衬衣,叉起两只胳膊压在深蓝围裙的围颈之上,立在他的店前滔滔不绝地说话。这地方,他在十个或一打妇女的道伴当中,摆出王公般的恢廓气概统御了一切。他是市场里唯一的男人。他的舌头是那样地长,前前后后用过五六个女子来照管店面,后来他因为生气又前前后后撵走了她们,决计自己来出卖货物,天真地说那些笨货镇日以饶舌来消磨宝贵的光阴,他不能够用她们干下去。不过他却应当有个人来看店,遇着他自己不在家,于是他收留了马尔若林。这一个正因为试遍了菜市场的一切零零碎碎手艺而在街面闲荡。弗洛兰有时候和伽瓦尔待个点把儿钟,惊佩他在他那些全体束裙子的队里的舒展自如和勇毅不挠的滔滔巧辩,他截得断这一个妇人的话,又和另一个妇人争持,并且又在十家店面的距离远远近从第三妇人身边挖来一个顾客来,他一个人造成的声响,甚于他的百十来个邻居的饶舌妇人,喧嚷带着一种中国糖锣儿式的响亮噪音,摇动了馆里各处的铁板。

这家禽商人在亲族方面，只有一个小姨子和一个姨侄女儿。他老婆死了的时候，他小姨子勒喀夫人已经寡居一年，用过一种过当的方式哭她，几乎见天儿傍晚必向这个不幸的鳏夫致送安慰。在这个时代，她已经蓄谋去悦他，并且去取亡人的那个依然温暖的位置。但是伽瓦尔素来唾骂干瘦的妇人，他说这样的人替他造成皮包骨头的不快之感；他从来只爱玩弄很肥的猫狗，由那些滚圆而得营养的背脊玩味一种独到的满意。受了冷落的勒喀夫人，瞧着烧烤商人那些五法郎的银币竟没有她的分儿，不禁气愤填膺，因此积下了一种切齿之恨。她的姐夫是她时时注意的仇敌了。在她看见他在菜市场开店的时候，因为那地方和她出卖奶油干酪鸡蛋之处相距仅仅几步儿，她就怪他"故意想出这法子来挑拨她并且来给她招惹不幸"。从此，她伤心了，脸色更其发黄，精神异常忧惧，结果她现实地失掉了主顾而买卖减色了。她曾经多久就留着她亲姊妹中之一的女儿在身边，这姊妹本是一个乡下妇人，在送了这女儿来之后，从没有再问消息。这孩子在菜市场里长大了。因为她家里本来姓沙立叶，不久大众就叫她作小沙立叶了。在十六岁，小沙立叶已经是一个那样活泼的青年女光棍，而许多先生们之来购买干酪纯乎是为的看看她，她却不爱先生们，她是平民式的，带着她那副棕色的头发的处女意味的灰白脸蛋儿，和那双像是松明发光般的眼睛。所以她选中了那一个送货人，一个来自梅尼孟唐村替她阿姨跑腿的孩子。到了二十岁，她用了些儿来历不明的借款来做水果买卖了，她的情夫，大众称为舒尔先生的，爱惜自己那双手，只穿一件干净的罩衫，戴一顶绒的便帽，仅仅要到午后才趿着软底便鞋到菜市场里来。他们同居于浮维烈街一所大房子的四层楼了,楼下的店面是一爿下等咖啡馆。小沙立叶的忘恩负义,结果教勒喀夫人心酸,教她用一阵辱骂的激怒对待她。她们彼此互相不快活了,阿姨怒气冲天,姨侄女儿和舒尔先生编造种种故事到奶油馆传播。伽瓦尔认为小沙立叶是个奇人,对她完全用宽恕态度,他拍拍她的面颊,当他遇着她的时候;她的肌肉是丰腴柔嫩的。

某天午后,弗洛兰因为午前困于寻觅一个位置而费了的无益奔波,正坐在熏腊店的店房里休息。马尔若林进店门了。这个高个儿大孩子,满身的弗拉曼人的温柔敦厚状态,原是荔莎的被保护者。她说他并不怀恶意,只是笨点儿,气力像是一匹马,完全值得使人留意,此外,因为谁也不晓得他父亲是谁,他母亲是谁。她从前送了他到伽瓦尔店里做事。

这时荔莎坐在柜台里,正愤怒弗洛兰的脏皮鞋在那些粉红和雪白的石板上弄了些泥痕,已经两次立起来在店房里撒了些锯木屑。她向马尔若林微笑了。

"伽瓦尔先生,"这少年人说,"派我来问您……"

他停住不说了,看了看四周然后低声说道:

"他好好儿叮嘱了我,要等到没有一个人,我才可以向您背出他教我牢牢记在心上的那几句话:'你问他们是不是一点没有危险,和我是否可以向他们谈谈他们都晓得的事。'"

"你对伽瓦尔先生说我们正等着他。"荔莎熟悉这个家禽商人的神秘作风,就这样答复。

但是马尔若林并不走,他用一种狡猾的服从姿态,在神

往之中停在这个美貌的熏腊店女掌柜跟前。她如同被这个默然的崇拜所触了,继续说道:

"你在伽瓦尔先生家里合意吗?这不是一个坏心儿的人,你很应当教他快活。"

"是的,荔莎女士。"

"不过,你并不懂事,我还看见了你在馆里的屋顶上玩,昨天;并且,你又和许许多多野的男孩子、野的女孩子来往。你是个大人了,现在,然而真应当向自己的日后想想。"

"是的,荔莎女士。"

她应当应付一个走进店来买一磅酸瓜镶猪排的女顾客了。于是离开柜台对着店房尾部的砧板台前走过去。在那里,用一柄细而长的刀,从一块方方的猪胸上面,分出了三条连着的猪排;后来,举起一柄大刀,用她那健硕而赤裸裸的掌握干脆地剁了三下。臀部呢,每剁一下,她那件黑的哔叽裙袍轻轻地鼓起一下,这时,她腰甲上的鲸鱼软骨,在上身那圈被绷紧的衣料内面也印出痕迹来。她有一副异常严肃的神情,闭紧了双唇,睁大了双眼,聚起了那三块猪排,用一只从容不迫的手拿着去过秤。

等到这个女顾客走了之后,她发觉马尔若林因为看见她剁断了那样清楚又那样有力的三大刀而赞叹忘形,就高声喊着说道:

"怎样!你还在这里?"

末了,他快要出店门了,这时候她又留住他。

"听清楚,"她说,"倘若我再看见你和那个抹桌布一样的伽汀在一块儿……不用赖。今天早上,你们两个还同在兽肠馆里看人家敲开羊脑壳……我不懂得何以像你这样一个漂亮人，竟能够看上这个野女孩子，这只蚱蜢……快点去吧，告诉伽瓦尔先生立刻就来，趁着没有谁在这里。"

马尔若林走了，羞惭，神情像是失望，没有答话。

美貌的荔莎仍旧立在柜台里面，脑袋略略偏向着菜市场那面。而弗洛兰正默默地端详她，因为觉得她如此之美而受惊讶了。直到这时，他从没有看清楚她，他素来不晓得端详女人。她的色相，刚刚从陈列货样的小桌子上的肉类顶上显在他的眼里。她的面前，许多白瓷大盘子里，摆着切开了的里昂和亚尔勒两处所制的腊肠，腊猪舌头和在水里煮熟的腌猪肉片，冻在胶冻里的猪头肉，一罐敞开的炒猪肉糜和一听开了盖子露出渍在油里的沙丁鱼；并且，在左在右，在那些搁板上，许多意大利产的干酪面包和猪肉干酪，一只粉红色的普通火腿，一只在很厚一层脂肪之下露出血红瘦肉的约克火腿。另外还有许多圆的和腰圆的盘子，盛着熟猪舌头、蘑菇胶冻、松子猪头肉，至于和她很近之处，在她的手边，许多小的黄瓦缸子盛着酸牛肉、鹅肝冻、野兔冻。因为伽瓦尔没有来，她就整理那种搁在柜台尾上的大理石质小陈列架上的腊猪胸，排好熟猪油罐子和烤肉油罐子，拂拭两架天秤的合金盘子，抚摩熄了火的小铜熏笼，末了，默默地，她重新转过头来，又开始朝着菜市场的背景望了。肉的香味已经腾起了，她在凝重的和平气象中，如同因嗅着蘑菇香味而受了引诱。这一天，她气色异常鲜润；她洁白的围腰和洁白的袖子继续了盘子的白色，一直延到她那丰腴的项颈，延到她那桃色的腮，使得火腿的鲜嫩和肥膘的雪白又在这些处所重行活跃起来。因为端详她而自感慌张,因为这种沉毅姿态而自感不自在,弗洛兰终于只得偷偷地向店房周遭的镜子里面去省识她。她从这些镜子里映出了背面、正面和侧面来;甚或向承尘方面,他又找着了她,她头部同着紧束在脑后的发髻和分贴在鬓边的发绺又映出了倒影。这是整整一群荔莎,显出宽阔的肩颈,强健的胳膊,圆而酥的胸部,那样沉默,那样勤奋,以至于她挑拨不起一点肉感,以至于她像是一个肚子。他停住不看了,他尤其欢喜许多侧影中的一个,那是他从自己身旁一面夹在两块劈半猪身之间的镜子里得来的。沿着那些大理石和镜子,许多鲜肉和腊肉挂在狼牙式的杆子上;而荔莎的侧影,带着强健的姿态,滚圆的线条,向前突出的胸部,在这些腊肉和鲜肉之间,摆出了一个丰肥王后的小影。后来,美貌的熏腊店女主人俯着身躯,向着那两条在窗橱里水池中不断游泳的红鱼,用一种值得赞美的姿势微笑。

伽瓦尔进来了。他走到厨房里找了葛吕,神情郑重。等到他斜斜地坐在一张小的大理石桌子,任凭弗洛兰坐在固有的椅子上,荔莎留在柜台里,和葛吕靠着一块猪身的时候,他才宣言:"已经替弗洛兰找了一个位置,大众都要笑起来,和政府将要好好儿被人愚弄!"

但是他陡然中止了,因为看见萨盖姑娘走进店来,而她正因为从街心望见有许多人在葛吕-格拉台勒店里谈话,才来推开店门。这个矮小的老姑娘,身着褪了色的裙袍,手挽那只做她不朽伴侣的黑柳条筐子,头戴没有丝带而使她那副白脸形成阴险意味的黑草帽,轻描淡写地向这些男子行礼,尖刻地向荔莎送了一个微笑。这是一个熟识的人,她依然住

在陀螺街,四十余年没有移动,她在那里大概倚赖一点儿从不向人谈起的定期进款过活。某一天,她却提及瑟尔堡那个地名,并且说是生在那里。此外,谁也更不晓得其余的事了。她只谈起旁人,转述旁人的生活直到他们每月要换洗几次贴身衣裤,而尤其是对于邻居们的存在方式,她更有钻研的需要,甚至于竟在门外偷听言谈和私拆信札。她的舌子,从圣德尼街到卢梭街,从圣霍诺雷街到木共绥街,是被人视为很可怕的。镇日她带着那只空的柳条筐子走,借口于补充食品的储藏,然而什么也不采买,只转贩新闻,探听种种琐屑消息,如此竟达到了目的而把街坊上每所房子的、每层楼的、每人的全部历史装到了脑子里头。葛吕早已一直怪她把格拉台勒舅舅死在剁肉案上的事放出谣言,从此对她记恨。而她尤其清楚地认识这甥舅两人,唾骂他们,扣住他们毫不饶恕,刻骨铭心地晓得他们。但是这半月以来,弗洛兰之来却教她迷了方向,一阵好奇心的真正热病直烧着她。她生病了,在她的记事簿子发生了一个意想不到的漏洞时。末了她却发誓她已经早在某处看见过这个怪样子的长个儿。

她立柜台跟前,向那些盘子一个一个地端详,用她微弱的声音说道:

"真不晓得要吃什么。一到午后,我想起夜饭很不放心……随后却什么也不想了……您这里还有面粉炸猪排吗,葛吕夫人?"

不待回答,她竟揭开了那铜熏笼的一个盖子。那一边原是搁小香肠、大香肠和血香肠的。熏笼本是冷了的,只有一段压平的香肠忘在熏笼里的格子上。

"请您看另一边吧,萨盖姑娘,"熏腊店的女掌柜说,"我相信还留下了一块猪排。"

"不必,这不合我的意思。"她喃喃地说,一面却已经把鼻子溜在第二个盖子下面。"我刚才没有打定主意,面粉炸猪排,到底太结实了,在夜间……我比较欢喜一点儿不必定要我去弄热的东西。"

她折转身子向着弗洛兰这边了,她端详他,她又端详伽瓦尔,这时伽瓦尔正用指头在那大理石桌子上敲着退兵的铜鼓调子,于是她用一个微笑请他们继续谈话。

"为什么您不买一块儿小腌肉?"荔莎问。

"一块儿小腌肉,对呀,也行……"

她取了一柄搁在盘子边的白色合金柄儿的叉子,迟疑不决地挑起每块小腌肉,在骨头上轻轻刺一下去度量肉的厚薄,并且又每块都翻过来,仔细考验某几块粉红肉的破片,一面又重述说:

"不行,不行,这不合我的意思。"

"那么,您拿一份舌头吧,一块猪头吧,一条酸牛仔肉吧。"熏腊店的女主人忍耐地说。

但是萨盖姑娘摇头了。在这地方她又待了一会儿,在那些盘子上头,装出种种厌恶的神气,随后,看见旁人确定都不发言以及自己什么也不会晓得,她只得走了,一面却说道:

"不必,您可看见,我本想要一块面粉炸猪排,但是这对您实在太油了……下一回再来买吧。"

荔莎俯着身子,用眼光从橱窗的流苏缝儿之间去追踪她。她看见她穿过街心又跑进鲜果馆里去。

"老鬼婆!"伽瓦尔吞吞吐吐地骂。

末了,他们都是自家人了,他就述起他替弗洛兰找了一个什么位置。这简直是一段故事。他朋友中的一个,韦尔辣克先生,海鲜馆视察员,是病得那样了,所以他非告假不行。本天早上,这可怜的人告诉他,说是倘若一经病好之后要复原职,最便当的莫如自己这时候提出一个代理人。

"您可明白,"伽瓦尔接着又说,"韦尔辣克是活不到六个月的人。弗洛兰将来接住这个位置。这是一个好看的地位……并且我们瞒得住警务人员!这个位置是属于厅里的。哼!那真是颇为有趣的,到了弗洛兰将要去赚这些牢头禁子们的钱!"

他舒展地笑了,他学得这异常滑稽。

"我不要这个位置,"弗洛兰干脆地说,"我向自己发过誓绝不接受帝制政府一点什么。即令会饿死,我也不会到厅里去。这是做不到的,您可听见,伽瓦尔!"

伽瓦尔听见了,并且有点儿窘了。葛吕早已低下了脑袋。但是荔莎却侧转了身子,固定地瞧着弗洛兰,项颈鼓起了,胸部胀着衣的前襟了。她将要发言,这时候,沙立叶进来了。于是又起了一阵新的沉寂。

"啊哈!"小沙立叶带着娇笑说,"我快要忘掉买点儿腊肉了……葛吕夫人,请您给我切十二片薄薄儿的,要很薄的,行吗?为的是烤鹧鸪吃……舒尔要吃鹧鸪……喔,姨夫,您可好?"

她的脚迹满店房都踏到了。她向大家微笑,清润得像是牛乳，头发被菜市场的风吹得偏向一边。伽瓦尔握住她的双手。后来她用冒昧的姿态说道：

"我刚才进来的时候，您一定是说我，我敢于赌一下。您究竟说了我一些什么，姨夫。"

荔莎叫她了。

"请看，这样够得薄吗？"

在一小块木板上，她在她前面微妙地切了些腊肉片儿。后来，她包在一套子里：

"您此外什么也不短？"

"真的，因为我不舒服，"小沙立叶说，"请您给我一磅熟猪油吧……我呢，我最爱吃炸马铃薯条儿，我用两个铜苏的炸马铃薯条儿和一把儿小胡萝卜，就是一顿早点……对呀，一磅猪油，葛吕夫人。"

熏腊店的女主人早在一架天秤上面搁了一张厚纸。她从货架子下面，用一柄杨木小圆匙在罐子里面取猪油，轻轻地一点一点增加那堆略略铺开的脂肪。等到天秤偏向一端，她指尖儿托起了那张纸，折了一两下，迅速地形成了角样的包儿。

"这是二十四个铜苏，"她说，"加上六个铜苏的腊肉片儿，一共是三十个……您此外什么也不短？"

小沙立叶说是不短了，她始终笑着，露着牙齿，面对面地瞧着那些男子们，而身上穿着的一条已经扭转的灰色短裙和一件扣得不好的大红披肩，使人可以从中央看见她胸前雪白的一线。在出店之前，她用重述的口吻威吓伽瓦尔：

"那么，您不肯把您在我进来的时候说的话告诉我吗？

我看见了您笑,在街当中……哼!真调皮。请您留心吧,我不疼您了。"

她离开了店房,她跑着穿过了街心。美貌的荔莎斩切地说道:

"这是萨盖姑娘派她到我们这儿来的。"

后来,沉寂仍旧继续下去。伽瓦尔已经被弗洛兰对他的提议而下的接待所窘了。于是熏腊店的女主人首先用一种很友谊的声音接着说道:

"您想背了,弗洛兰,竟来拒绝这个属于海鲜馆的视察位置……您晓得位置是如何难于找着的。您现在处于一个不能表示难于商量的地位。"

"我说过了我种种的理由。"他回答。

她耸着双肩了:

"我们瞧瞧吧,这不是正经话……我精确地懂得您不满意于政府。但是却不因此而妨害自己要求糊口,那不免太不圆活了……并且,皇上并不是一个坏人,我亲敬的。在您述起您的痛苦时,我随您说哟。倘若您从前吃了霉面包和臭肉,难道他偶然也会晓得吗?他不能事必躬亲,这个人……您可看见他并没有妨害我们这些人做买卖……您是不公平的,不,全不公平。"

伽瓦尔愈来愈窘了。他不能在他眼前饶恕这些有关皇帝的雄辩。

"唉!不然,不然,葛吕夫人,"他低声说,"您走得太远了。这全是无意义的话……"

"喔!您,"荔莎活跃了自己的态度来切断伽瓦尔的谈锋,"您一定要到自己因为那些故事而被抢劫被屠杀的那一天,才算满意。我们不谈政治吧,因为这件事教我生气……现在的问题不过是弗洛兰,对吗?既然如此,他绝对应当接受视察员的位置。这不是你的看法吗,葛吕?"

葛吕本来始终没有吐出一个字儿,这时因为他老婆的陡然质问而很感烦恼了。

"这是一个好位置。"他用由衷的口吻说。

末了,正当一个新的受窘的沉寂现象构成之时,弗洛兰接着说道:

"我请你们搁下这件事吧。我的主意是坚定的。我等候将来。"

"您等候将来!"荔莎失了忍耐了,高声喊着。

两朵玫瑰色的火焰升到她的双颊上了。她挺直地带着洁白的围腰立起来,腰杆胀大了,她自认为幸而没有迸出一句恶声。一个新的人物进来了,这人物使她的怒气换了方向。这是勒喀夫人。她问道:

"请您给我一份半磅的拼盘,价钱是每磅五十个铜苏的,行吗?"

开始,她装作没有看见她的姊夫;后来她默默地点头向他行礼。她向这三个男子从头细看到脚,大概希望从他们因等候她出去而用的方式,来急袭他们的秘密。她感到她惊动了他们。这感觉使她变成格外瘦骨嶙峋的,格外意味尖刻的,配着她身上那条落拓的短裙,那些蜘蛛式的长胳膊,那些插在围腰里面的筋节隆起的手。因为她有点儿轻轻地咳嗽,于是被沉寂所窘的伽瓦尔说道:

"您是不是伤了风？"

她斩切地说了一个"没有"。可是在她脸上那些露骨之处，那点儿紧张的皮肤竟红得像是火砖了，而那阵灼着她眼皮的无声火焰，表明某种消化不良之症藏在她种种尖刻的妒嫉里了。她转过身来向着柜台，用一个相信有人欺她的女顾客的防备性眼光，追随荔莎替她服务的每一个动作。

"请您不要拿杂肉腊肠给我，"她说，"我不爱那东西。"

荔莎早拿了一柄窄窄的刀子，并且切了好几片腊肠。现在，她选到了熏火腿和普通火腿，解下了好些纤细的片儿，略略俯着身躯，眼光压在刀子上。她那双肥满而像玫瑰花一样鲜红的手，一面保存那些节节滚圆的指头儿的一种腴润自在意味，一面用一种绵软的轻巧姿态触着那些火腿。她举起一只小瓦缸儿问道：

"您要一点儿酸牛仔肉，对吗？"

勒喀夫人是斟酌了好半天，后来她接受了。熏腊店的女掌柜现在在各样的小瓦缸儿里面去切了。她仗着一柄宽菜刀子的尖儿，取了好几片酸牛仔肉和野兔冻。末了，她把每片都放在天秤架上一张纸的当中。

"您不是没有给我松子镶猪头吗？"勒喀夫人用她恶意的声音来指点了。

于是她给她些儿松子镶猪头。但是这个奶油女商人却成了多方诛求的了。她要两片膏冻，因为她爱这东西。荔莎已经很生气了，于是用不耐烦的意味去玩弄刀柄儿，徒然费了许多事说那膏冻是蘑菇做的，那只能搁在每磅三个法郎的拼盘里面。而另一个却继续在各样盘子里搜索，指望找着她还要要求的东西。到了那份拼盘秤过了之后，熏腊店女掌柜就去加点儿白汤冻和酸黄瓜。那块白汤冻本是在一块大瓷板上结成沙伏瓦式蛋糕样儿的，现在在荔莎盛怒中的重手之下竟发抖了，末了，她在那熏笼后面的罐子里倒出了醋，用指尖取了两条肥肥的酸瓜。

"这是二十五个铜苏，对吗？"勒喀夫人从容不迫地问。

她清楚地看见了荔莎隐隐盛怒了。她因此开心，用迟延的姿态抽出她的钱包，如同这东西埋没在她口袋的大铜苏里面。她偷偷地从下面端详伽瓦尔，玩味那种为了她而延长的受窘之沉寂，发誓自己决不走开，既然有人向她故作惊人之笔。熏腊店女掌柜终于拿那个纸包放在她的手里，于是她不得不退出来。她走了，没有说一个字，却用一个长的注视在店房里绕了一周。

等到她已经不在店房里，荔莎就大声说道：

"这还是萨盖派了她到我们这儿来，这一个。难道这老乞丐婆为着要晓得我们说的什么，竟将要向这里动员全个菜市场！⋯⋯她们真算狡猾。在午后五点钟，可曾有人见过还买什么面粉炸猪排和拼盘！她们宁愿教自己得点消化不良的病，而不愿意不晓得⋯⋯哼，倘若萨盖再派一个人到我店里来，您各位可以看见我如何接待她。即令是我的亲姊妹，我也要提她到门外去。"

在荔莎盛怒之前，那三个男子都不发言了。伽瓦尔这时候正在陈列货品台前的铜栏杆上搁起双肘，他凝神细思，用手旋着栏杆上的那些垂着的结晶体玻璃坠子。后来抬起头来：

"在我，"他说，"我早就把这当作一种玩笑看。"

"究竟指什么?"依然气得发抖的荔莎问道。

"海鲜馆视察员的位置。"

她举起双手,向弗洛兰瞧了最后一次,坐到了柜台里的那条铺了羊毛垫子的长凳上,脸色也渐渐和平了。伽瓦尔用长哉言之的态度说明他整个的观念:简而言之,最上当的大概是出钱的政府。他带着满意态度说道:

"好朋友,那些光棍从前可不是听您饿死?既然如此,应当教您受他们的供养,现在……这是罕有的,立刻这就引动了我。"

弗洛兰微笑,始终说是不行,葛吕为着取悦自己的老婆,试着寻觅种种好的商量。但是这妇人已经像是没有静听了。自从一会儿光景,她用留心的样子瞧着菜市场那边了。陡然,她又立起身来,一面高声喊起来:

"哈!诺曼底女人被旁人派过来了,现在。活该!诺曼底女人会替旁的那一些人惠账。"

一个棕色头发的高个儿妇人推开店房的门了。这是那美貌的女鱼贩子,名露绮思,姓梅许丹,被大众称为诺曼底女人。她有一种健硕的美,皮肤很白又很细,几乎和荔莎一样的健硕,不过目光更其不顾一切,而腿部更其生气蓬勃。她进来了,像是一个女骑士,一条可以听见响声的金链子压着她的围裙;敞着的头发是用流行的款式梳的,颈上的结子,是一个使她在菜市场里成为冶容女王之一的花边结子。她身上带着一种属于海鲜的模糊难辨的气味;而在某一只手的小指附近之处,有一片从海青鱼身上落下来的鳞,在那地方显出一点螺钿。这两个妇人,曾经在陀螺街同住在一栋房子里,本是很亲密的朋友，从一个使她们彼此继续地互相注意的竞争性的企图彼此很相联络。在街坊上，大众之说美貌的诺曼底女人正像大众之说美貌的荔莎。这事情置她们于平行，置她们于比较，置她们于那种强迫之下以各自支持美貌的声名。这熏腊店女掌柜从柜台上略略弯一弯腰，就望得见美貌的诺曼底女人在对面的馆里，站在她那些比目鱼和沙门鱼的中间。她们彼此素在互相监视。美貌的荔莎加力缚紧自己的腰甲。美貌的诺曼底女人在自己的指头上增加戒指，在自己的颈项上增加结子。有时她们彼此相遇，彼此都是很从容的，很过于多道寒暄的，一面却都从半眯的眼睑之下射出偷看的眼光，来各自寻觅对方的缺点。她们假意彼此互作交易和彼此互相爱好。

"请您告诉我，的确是明天夜晚您做血腊肠吗？"美貌的诺曼底女人带着笑容问。

荔莎守着冷静的态度。她身上很不多见的盛怒是强顽的和难于平熄的。她回答了一个"是"，干燥地，从唇边上迸出来。

"正因为，您可晓得，我最爱热的血腊肠，在这东西刚刚出锅的时候……我将来到您这儿来取。"

她明白她的竞争者的冷落接待了。她瞧着弗洛兰，这一个像是使她发生兴趣。后来，因为她不肯不说什么而去，不得最后之言而去，她竟不加思索又再说道：

"前天，我在您这里买了血腊肠……那东西不很新鲜。"

"不很新鲜！"熏腊店女主人重述了一遍，脸色发白了，嘴唇发抖了。

她也许本能够自持,使得诺曼底女人不至于认为她由于她那个花边结子而生积愤。但是世上的人本不满意于受人窥探,而现又受了指摘,这是越过分际了。她弯着身躯,两掌握成拳头压在柜台上,末了用一种略带发嗄的声音说道:

"请您痛快点儿说吧,上星期您卖那对比目鱼给我的时候,我可曾赶到您那里,在大众跟前说那些鱼全是腐了的吗!"

"腐了的!……我那些比目鱼是全腐了的……"那个女鱼贩子满面绯红地高声嚷着。

她们彼此有一会儿全是窒息的了,哑的了,和使人害怕的了,在那些肉食的上面。她们的交谊全部完了,一句话已经够得在微笑之下磨牙相向。

"您是一个不讲礼貌的人,"美貌的诺曼底女人说,"看我还到这里来,真是!"

"快走,快走,"美貌的荔莎说,"我们很晓得是在和谁打交道。"

那女鱼贩子在一个使得熏腊店女掌柜全身发抖的粗字眼之际就出去了。这场口角是经过得那样快的,以至于那三个吓昏了的男子,竟没有来得及调停。荔莎不久就气平了。她重新谈话,对于经过的事绝没有隐瞒一点儿,这时候,沃巨斯汀,店里的女学徒,从外面跑腿回来。于是她私下里拉着伽瓦尔,告诉他不要回复韦尔辣克先生;她负责去劝导她大伯子,她要求两天的期限,顶多。葛吕回到厨房里去了。伽瓦尔邀了弗洛兰同到勒毕格尔先生店里去喝苦艾酒,他向他指出三个妇人,她们正站在海鲜馆和家禽馆之间有遮盖的路

上。

"她们正在那里对口供。"他用一种生气的口吻喃喃地说。

菜市场已经是空的了,而事实上,萨盖姑娘、勒喀夫人和小沙立叶都在人行道的边儿上。那个老姑娘正在长久而卖力地演说。

"我和您说那件事的时候,勒喀夫人,您的姊夫始终挤在他们的店里……您可不是看见了吗?"

"哦!我亲眼看见!他那时候正坐在一张桌子上。他像是在自己家里。"

"我呢,"小沙立叶岔着说,"我倒没有听见一点什么不好的话……我不晓得您为什么要生气。"

萨盖姑娘耸着肩头。

"唉!好呀,"她接着说,"您的脾气还是像一个面包,您,我的美人儿!……您简直看不出葛吕一家人为什么拉拢伽瓦尔先生吗?……我敢于赌一下,我,他将来要把自己手里的东西整套儿留给小菠林。"

"您相信这件事!"勒喀夫人高声嚷着,脸色竟发青了。

后来,她如同刚刚接受了一个新的打击似的,用一道伤感的声音接着又说道:

"我是孤零零的,我没有保护,他很有能力做他愿做的事,这汉子……您曾经听见过,他的姨侄女儿是留给他的,然而她忘了我为她费过的事,她会把我丢开当作无用的人。"

"到底不会,阿姨,"小沙立叶说,"您从没有说过我的坏话。"

她们彼此当场互相言归于好了,她们互相拥抱了。姨侄女儿承认以后不再淘气,阿姨举出她有过的最不可侵犯者来发誓,说从此把小沙立叶看作亲女儿。这时候,萨盖姑娘对于她们应当如何决定方针去强迫伽瓦尔不至于浪费财产,出了许多主意。末了大家同意于葛吕-格拉台勒一家子都不是好人,大家对于他们都来监视。

"我不晓得他们有什么诡计阴谋,"那老姑娘说,"不过是气味不好……那个弗洛兰,葛吕夫人的那个表弟兄,你们想他究竟是什么东西,你们两位?"

这三个女人互相聚拢来了,声音低压了。

"您很明白,"勒喀夫人接着说,"某天早上我们看见过他,皮鞋是有窟窿的,衣裳是盖满了灰尘的,一副干过坏事的贼相……他教我害怕,那光棍。"

"不对,他是干瘦的,不过他不是坏人。"小沙立叶喃喃地说。

萨盖姑娘凝神思索了。她高声说道:

"我思索了半个月,我可以发誓……伽瓦尔先生一定晓得他的底细……我以前应当在什么地方看见过他,现在我记不起了……"

她还在记忆之中搜寻,当美貌的诺曼底女人像一阵飓风似的到了的时候。她是从熏腊店里出来的。

"她是懂礼貌的,葛吕那个蠢婆娘!"她高声说,吐出了胸中积愤而成舒服的了。"她刚才告诉我,说我只卖腐了的鱼!哈!我和你们摆布了她!……这是一个太不像话的铺子,带了他们的臭货色来毒人!"

"您对她说了些什么?"那老家伙慌忙激动地问,她得了这两个妇人口角的消息竟因而大乐了。

"我吗!到底一点儿什么也没有说!用不着呀,请大家听!……我很有礼貌地走进了她的店里,预先向她通知我明天夜间要买些儿热的血腊肠,于是她拿许多不讲礼貌的样子来压人……不值价的假正经,故意装出高贵的神气!将来我一定教她在意料之外多费点儿事。"

这三个女人都感到这诺曼底女人没有说出真相;不过她们并不因此少用一大串恶言去袒护她的争论。她们从朗布多街拐弯了,满口诅咒之词,编造许多有关葛吕,他们的烹调不清洁的故事,找着许多真奇异的罪状。他们也许卖过些儿并不比他们暴怒更为可怕的人肉。这真应当让那个女鱼贩子重三复四地来叙述了。

"那么那表哥,他说了什么?"萨盖姑娘恶意地问。

"表哥!"诺曼底女人尖声地答复,"您相信是表哥,您!……什么情人吧,那个长傻子!"

这三个另外的饶舌女人都叫起来了。荔莎的正派名声本是街坊上的一个信仰式的事实。

"爽性丢开吧!同着这些假装正经的胖女人,难道大家不晓得她们只算是脂肪吗?我很想看看她剥掉贴身衣衫,她的德行!……她的丈夫太麻木了,若是不教他头上生角。"

萨盖姑娘点头了,像是表示她和这意思相距不远。她从容地接着说道:

"而且这表哥又是从大众所不晓得的地方落下来的,倘若说到葛吕他们所述的故事,那故事又很暧昧。"

"喂！那胖女人的情夫！"女鱼贩子重新这样肯定，"那是她在路上收来的什么游荡之徒，什么无用之徒吧。那很容易看破的。"

"干瘦的男子都是猛烈的男子。"小沙立叶用一种深信的神情高声说。

"她给了全新的衣服着在身上，"勒喀夫人喃喃地说，"为他花过的钱应当不少……"

"对哟，对哟，您可以得到理由，"那个老姑娘喃喃地说，"应当晓得……"

于是，她们相互约好，不要忽略那些会在葛吕-格拉台勒那个太不像话的店里发生的事。那个女奶油贩子声言自己要打开她姊夫的眼睛去对着他所往来的人家。这时候，诺曼底女人已经宁静了；她走了，究竟原是好女儿，由于叙述太多而感到了疲乏。等到她已经不在那里的时候，勒喀夫人狡猾地说道：

"我准晓得这诺曼底女人当初不自尊重，这是她的习惯……她若是不谈那些从天上落下的表哥就好了，她本人从前在她的鱼店里找着了一个孩子。"

她们三个人在笑声之中互相端详。后来，在勒喀夫人也走远了之后，小沙立叶接着说道：

"我阿姨不应当管这些故事，这把她弄瘦了。从前遇着男子们端详我，她就打我，何必哟。她能够寻找，却又寻不着有什么娃娃在她的搁板下面，我的阿姨。"

萨盖姑娘又重新笑了一回。末了，只剩下她一人了，刚刚回到陀螺街，她想起"这三个愚人"值不得用绳子一挂。

并且本来能够去看她，而和葛吕-格拉台勒弄翻，未免很为不好，无论如何，他们是有钱的和被人敬重的人。于是她绕了一个圈子，走到杜尔皮葛街，进了达葡罗面包店，街坊上最富丽的面包店。达葡罗夫人本是荔莎的密友，在任何事物上有一种不可争辩的权威。每逢有人说起"达葡罗夫人说过这，达葡罗夫人说过那"的时候，那么只有鞠躬了。这一天，那个老姑娘，借口探听哪一点钟她的炉子生火，预备搬一盘梨子过来，于是说起荔莎最大的优点，极口巧赞她的血腊肠的隽美和清洁。后来，满意了，由于这种精神上的脱卸在场责任之词，心花怒发了，由于吹灭这场被她嗅着的热烈战斗而又不得罪任何人，她决然毅然回家了，精神毫不感到拘束，只在记忆之中千方百计去搜索葛吕夫人的表兄的影像。

当天，晚餐之后，弗洛兰出门了，在菜市场某条有遮盖的路上散步了一些时。一阵极薄的雾上升了，杳无人影的各馆，显出一种被煤气灯黄光托起的灰色凄凉。这是弗洛兰第一次感到了不自在，悟到了他在干瘦坦白汉子的地位，所用以落到这些胖子中间的方式是不光明的，他干脆地自认惊扰了整个街坊，自认变成了一个属于葛吕一家人的妨碍，一个来历不明的表兄，一个危险过大的阴私。这类的自省使他很忧虑了，却不是他偶尔注意到葛吕心上或者荔莎心上有什么芥蒂；反而是因为他们的善意而生痛苦，于是他竟责备自己粗心不应当如此住在他们家里。许多疑虑到他心上来了。店房里午后谈话的回忆，对他造成了一种泛泛的不自安。他像是受了柜台边的肉食气味的强烈侵袭，觉得自己坠入了一种软弱的和饱食的懦夫行为。也许自己之拒绝旁人所介绍的视察员位置竟是一个错误。这类的思想在他心上导出一个大的奋斗了，他应当极力振作去寻回他自觉心上的种种强硬性。但是，一阵润湿的风在那条有遮盖的街上吹起来了。他重新略略得了宁静和安定，在他不得不纽好他的外套的当儿。这阵风揭去了那种使他疲劳而来自熏腊店的油腻气味。

他在回家的道儿上了，这时候他遇了克罗德·郎洁。这个包在那件绿绿儿的软外套之中的画师，哑着嗓子，满腔气愤。他愤愤地攻击绘画，说这是一种狗样的职业，发誓从此再也不动笔头儿。原来这天午后，他一脚踢穿了一幅替伽汀那个乞丐式的女孩子画的半身像。面对着这些被他梦想的活着而结实的作品，他惯于动这类属于平凡艺术家式的激怒。于是，世上没有一点什么是为他而设的了，他在街上乱走了，看着黑暗了，等候明天像是一种复活。平常，他总说早晨自己觉得快活而夜间可怕地悲伤，而每日白天的光阴是一个长冗失望的痛苦。弗洛兰这时在菜市场的黑暗之中，难于认得出这个无意识的漫步者。直到已经回到熏腊店的门外他们才彼此相识了。克罗德已经深知充军的故事，和他握过了手，一面说他是一个勇士。此外，他很少到葛昌家里去。

"您始终在我表姑家里住吗？"克罗德说，"我不晓得您在那个厨房当中如何待法。怪臭的，那里边儿。我偶尔在那边儿过一点钟，就仿佛饱得三天不必吃饭。今天早上我不应当进去。就是这件事教我耽误了工作。"

末了，在沉默地走了几步之后，他接着说道：

"哈！那些可敬的人！他们教我难过，尽管他们身体健康。我从前本想替他们画像，但是我不晓得描摹那些没有骨头的圆脸蛋儿……然而，荔莎表姑不至于怪我。踢穿了伽汀的半身像，我是否够笨！现在想起来，那半身像也许本来不坏。"

这时候，他们谈到荔莎表姑了。克罗德说他母亲多久就没有见过熏腊店的女主人。据他所闻，这一位因为她的姊妹嫁了一个工人有些儿惭愧，并且她不欢喜不幸的人。至于他自己，他述及一个可敬的人被他八岁时候画的驴儿和老婆儿所引动，就想送他入中学读书；这个可敬的人，后来死了，留下每年一千法郎的固定款项给他，这笔数目使他不至于饿死。

"有什么关系？"他继续说，"我宁愿做一个工人……瞧吧，小木匠，譬如。他们都是很有幸福的，小木匠们。他们永远有一张桌子要做，可不是？他们做好了那个，末了，他们去睡了，因为完成他们的桌子而舒服了，绝对满意了……我呢，我夜间睡不着。那一切鬼工作，被我不能结束的，在我脑子里乱跑。我从没有结束过，从没有，从没有。"

他的声音，几乎在他的呜咽之中折断了。后来他勉强笑起来。他忽而骂街了，寻觅种种脏字眼儿了，浸没在烂泥里了，带着一个怀疑而又梦想自污的柔和秀逸的生命的冷酷气愤。末了他站在一个对着菜市场某间永远点着煤气灯的地下室而开的气窗跟前了。在那地方，在这类深邃的洞里，他向弗洛兰指出了马尔若林和伽汀，他们正坐在家禽地窖子内一块屠宰石上宁静地晚餐。这些孩子们都有自出心裁的方法，在铁栅栏关闭之后，跑到地窖子里来隐藏和居住。

"哈！何等的野象，何等的美的野象！"克罗德重复地说,一面用一种含着艳羡意味的赞美谈到了马尔若林。"谁说这家伙不快活……等到他们一会儿吃完了他们的马铃薯,他们就一同到那些装满了羽毛的大筐子里头,找一个地方去睡觉。这是一种生活,至少!……说句真心话,您待在熏腊店里绝不能说是没有理由;也许这办法可以教您发胖。"

他陡然走开了。弗洛兰回到了自己那间阁楼上,因为种种唤醒他那些内在疑惑的神经性的忐忑而精神恍惚了。第二天,他避免在熏腊店里去度午前的光阴;沿着塞纳河各处河沿长长地散步了一次。但是,在午餐时候,他又被荔莎那种有融化力的柔和态度引动了。她向他重新议论海鲜馆的视察员位置,却并没有坚持,如同议论一件值得考虑的事一样。他静听她的议论,没有用什么食品,他不由自主地被饭厅的宗教性的清洁制住了;地席在他脚底下添了一层软感;铜挂灯的闪耀力,糊壁花纸的和橡木家具的嫩黄,在舒服生活之中,用一种属于荣誉的情感,钻进了他的心,这生活从真实又从虚伪两方面动摇了他种种意识。然而他依然有力量再来拒绝,想到往日在逆境中的固执和怨恨,重述了他种种理由。荔莎没有生气,反而用一种比较昨天哑怒更使弗洛兰感到狼狈的巧媚微笑而微笑了。晚餐时候,大家只议论冬季的大量腌渍工作,这工作将要教店里的全部人员挺起腰杆儿来干。

夜间总是变得寒气重些的。一经吃完了晚餐之后,大家都走到厨房里来。那里面是很温暖的。并且面积非常宽阔,好几个人在那里面围着一张搁在当中的四方大桌子,都能起坐自如,而不妨害厨房里的正事。这间被煤气照着的屋子内部的墙,从地面到人身那样的高矮之处,都幂着蓝白相错的陶砖。靠左边，有一座开了三个火眼的大铁灶，在这些火眼之中，有三只矮矮的桶式铁锅，插入它们那些被煤烟熏黑的锅底。灶的尾部，一座小小的壁炉，砌在一座焖炉上头并且配设一个熏笼，专供熏烤之用。大铁灶的高处，挂着许多专为去泡沫而用的尖嘴勺子，许多普遍勺子，许多长柄叉子。再高一层，许多成行编号的抽斗，分别盛着粗细不同的面包硬壳末子、干面包心儿末子、丁香、豆蔻、胡椒等类香料。靠右边，一座剁肉台，那是用一整块大得可观的橡木墩，靠着墙边，满是刀痕和凹宕，显出凝重的作风；而许多安在这个橡木墩上面的机械，一支供注射用的小帮布，一架供推送用的小机器，一架剁肉机，都带着它们的轮子和拐肘摆在那地方，教人引起什么地狱庖厨中的怕人的和神秘的意识。此外，墙的四周，各处的搁板上，乃至于各处的桌子底下，都堆着许多瓦缸子、罐子、桶子、盘子，种种白铁用具，一组深筒式的瓢形锅，坦口的漏斗，许多架的切肉刀和斫肉刀，许多行的铁签和铁针，整套儿浸没在脂肪里的人物。脂肪是四溢的，尽管极端的清洁性，而脂肪却从陶砖的缝儿里透出来，却替地上铺的红石板上了蜡，却在大铁灶的铁质上添出一层灰色意味的反射，却使剁肉台的边儿光润得像是涂了漆的橡木，又有光彩又透明。末了，在这个由一点一滴积成的蒸气中央，在这个由三个溶化猪肉的桶锅的继续蒸发作用的中央，承尘板上当然没有一口钉子不放出脂肪。

　　葛吕-格拉台勒这一爿店，在家里制造一切。他们只从外面运进点儿名厂的瓦缸冻货、肉糜、瓶子腌菜、听子沙丁鱼、干酪、海螺。而且，一到九月，问题就是如何填实那个在夏天出空了的窨子。所以夜间的工作竟延长到关了店门以后了。葛吕有沃巨斯德和来雍的帮助，亲手包扎腊肠，调制火腿，溶解猪油，腌制猪胸、瘦肉。这真是一种由桶锅和剁肉机构成的嘈杂得怕人的声响，许多腾及全栋房屋的庖厨气息。这却并不有害于新旧熏腊品，譬如鹅肝冻、野兔冻，各种膏冻和各种腊肠。

这一日夜晚，十一点钟光景，葛吕早已端正了两桶锅的熟猪油，现在只应当在血香肠上面照顾。沃巨斯德帮着他。在那方桌的一只角儿上，荔莎和沃巨斯汀修补衣裳；她对面，桌子的另一面，坐着弗洛兰，他的脸向着大铁灶，和那爬到他脚上要求他举到空中的小菠林微笑。他们的背后，来雍在那个橡木墩上，用迟缓而规则的动作剁着为腊肠而预备的肉糜。

开始，沃巨斯德到小院子里去取两只盛满了猪血的大罐子。在屠宰场里杀猪放血的素来就是他。他每次带了猪的血和内脏回来，却叫洗场的小工在午后搬运那些收拾停当搁在车子里的猪肉。葛吕称赞沃巨斯德之杀猪放血，全巴黎的熏腊店学徒没有一个赶得上他。而真相，却是沃巨斯德能用惊人的技巧去辨认猪血的质，每次他说及"这份血腊肠将来味道不坏"时，那份血腊肠的味道果真是不坏的。

"喂，我们现在可以有点儿好味道的血香腊肠吗？"荔莎问。

他放下了那两只大罐子，后来，慢慢地说道：

"我相信可以，葛吕夫人，对呀，我相信可以……开始我在这血流出来的样子里就看清楚了。倘若我抽出了刀子的时候，血来得太慢，那总不是一个好的记号了，这可以证明它本来不结实……"

"不过，"葛吕岔着说，"这也得看刀子插进去的情形。"

沃巨斯德的灰白脸儿上起了一阵微笑。

"不必，不必，"他这样回答，"我的刀子，素来要插进四个指头那样厚薄的深浅，这是正式的尺寸……不过，您可知道，最好的记号，依然在血流出来的时候，我在桶子里接的时候总用手搅。那应当是很热的，乳酪样的，又不太厚。"

沃巨斯汀停下了她的针了。举眼望着沃巨斯德。她那副压在栗色硬头发下面的红红儿的脸，露出一种深刻注意的神情。此外，荔莎和小菠林，也同样带着浓厚的兴味静听。

"我搅着，我搅着，我搅着，不是吗？"那学徒如同打搅一份乳酪似的向空中挥动自己的手，一面继续说。"以后，到了我抽了我的手出来，就向手上仔细看，这只手上的血，应当像是抹油似的抹了一层，样子就是带了一只各处颜色均匀的血手套……这样，我就能够毫无错误地说'这份血腊肠将来味道不坏'了。"

他的手在空中，快乐地，软绵绵地，停留了一会儿；这只在血桶里讨生活的手是整个儿玫瑰色的，带着几个刷亮的指甲伸在雪白的袖口外头。葛吕点头表示赞同了。沉寂了好一会。来雍始终剁肉。菠林本来留在出神的境界之中，这时又爬在她表伯身上，一面用她的清脆声音喊道：

"说哟，表伯，你给我说那个被活物吃了的先生的故事吧。"

大概，在这女孩子的脑袋里面，猪血的意识，唤醒了

"那个被活物吃了的先生"的了。弗洛兰没有懂得，就问是什么先生。荔莎开始笑了。

"她问的是那不幸者的故事，您可晓得，那件在某天夜间被您向伽瓦尔说过的故事。她也许听见过。"

弗洛兰变成很庄重的了。那女孩子跑了去抱起那只肥肥的黄猫，向她表伯的膝头一搁，一面说小羊也想听故事。但是小羊跳到桌上了。它待在那地方坐下，弯着脊梁，观察这个干瘦的长个儿，半月以来他在小羊心里，像是一个属于深邃思考的连续题材。可是菠林生气了，她顿脚了，她要故事了。她真是教人难于忍受的：

"唉！请您就给她说她所要求的吧，"荔莎向弗洛兰说，"这样她可以让我们太太平平了。"

弗洛兰仍然保住了一阵的沉寂。他低头瞧着地下。随后，慢慢地抬起头来，眼光在那两个抽针的妇人身上停了一停，又注视葛吕和沃巨斯德，他们这时候正在端正那只做血腊肠的桶锅。煤气灯安静地燃着，大铁灶的温度是和缓的，厨房里的全部脂肪，在一种有强健消化力的舒服生活之中发光。弗洛兰抱起小菠林搁在一只膝头上了，后来用一种愁惨的微笑来微笑了，向那孩子说道：

"某一次，有一个可怜的人。他被旁人打发得很远，很远，在海的对岸……在那条载他的船上，本有四百来个罪犯，他也被旁人扔在他们一块儿了。他在这些强盗中间过了五星期，和他们一样穿着帆布衣裳，用他们的铁盒子吃饭。许多肥壮的虱子咬他，怕人的汗水教他耗尽了气力。厨房，面包房，船的锅炉房，使得船舱那样炎热，以致于热死了十个人。于是在白天,旁人放五分之一的罪人同时升到甲板上,使他们能够呼吸海面的空气,而因为害怕他们,两尊大炮瞄准了他们散步的那条窄窄的木板。那个可怜的人,在轮到他的当儿很感满意。他的汗水停住了一点了。他不吃东西了,他病得厉害了。夜间,旁人重新关他在铁门里而风暴又夹着他在两个贴着他的人之间乱摇的时候,他自觉胆怯了,他哭了,却又满意于哭了而没有被人看见……"

菠林专心静听,眼睛睁大了,两只小手诚虔地叉起了。

"不过,"她岔着说,"这不是那个被活物吃了的先生的故事……这是另外一个故事,对吗,你说,表伯?"

"等着吧,你将来看,"弗洛兰从容地答复,"我就要说到那个,说到先生的故事……我现在和你说那整个的故事。"

"好!"那孩子用一种满意的神气低声说。

然而她却停留在思索的境界,明显地被那使她不能解决的大困难分了心。末了,她决定了:

"那个可怜的人做了些什么,"她问,"弄得旁人打发他走,又放他在船里头?"

荔莎和沃巨斯汀都微笑了一下。这孩子的思想教她们喜悦了。并且荔莎利用机会,不用直接的答复而来教训她;她多番感动她,一面还说不懂事的孩子们会有人也放他们在船上。

"那么,"菠林用判断的口吻提出了注意,"这做得对,倘若我表伯的这位可怜的先生夜间要哭。"

荔莎弯下肩背继续她的缝纫了。葛吕本没有听见。他刚刚在那只桶锅里,切了些大葱头的圆片儿,这些圆片子在火上发出许多和困于炎热的蝉声相类的清锐小声音。这东西是香的。在葛吕向那只锅桶里伸入那个大木勺子的时候,它歌唱得更嘹亮了,使得厨房里满是煮熟了的大葱头的扑鼻香味。沃巨斯德在一只大盘子里调和腊肉的肥膘。而来雍的剁肉机动得更活泼了,为着造成那种渐渐成糜的腊肠肉料,有时竟刮到了那块木墩。

"在这只船到了岸的时候,"弗洛兰继续说,"旁人引他到了一座名叫魔鬼岛的岛里。他同着其他许多也被撵出祖国的同志们住在岛上了。全体都是很受苦的。开始,旁人强迫他们像罪犯一样地做工,武装警察监视他们,每天点名三次,来证明的确不缺一个。过了些时,旁人才听凭他们自由,做得自己想做的事,仅仅夜间被旁人锁在一间大的木屋里,他们在那里面睡的是一些绷在两条木杠上的吊床。住满了一年,他们没有鞋子可着了,他们的衣裳也都那样开裂了,以至于露出皮肤来。为着抵御那种在岛上灼枯一切的太阳,他们用许多木条子为自己造了些茅棚儿,但是茅棚儿却不能防范那些在夜间教他们满身生疙瘩和起肿胀的蚊虫。他们死了好几个了,其余的又都是脸色发黄,那样枯瘦,那样无人理落,个个都是大胡子了,真教人怜悯……"

"沃巨斯德,拿肥膘给我。"葛吕高声说。

后来,他端着那只盘子的时候,用勺子尖儿浸润那些腊肉肥膘,一面慢慢把它滑到锅桶里。肥膘融化了。一阵较为浓厚的蒸汽从大铁灶上升上来。

"旁人给他们吃的是什么呢?"深刻地感到兴趣的小菠林问。

"旁人给他们一点儿满是虫儿的米和一点儿气味难闻的肉。"弗洛兰用不甚响亮的声音说,"应当去了虫,米才能吃。肉呢,要烤,要烤得很熟,也还可以下咽,但是煮汤,那就臭得很,以致于常常教人肚子泻。"

"若是我,我宁愿吃干面包。"那孩子在斟酌了之后才说。

来雍做完了剁肉的工作,送了一盘做腊肠的生肉糜到方桌来。小羊本来坐在桌上,双眼盯着弗洛兰,像是极端地受了故事的惊骇,这时候,它退缩了一下,动作很为反常。它蜷起了身子,嗡嗡地吟着,鼻子靠在生肉糜上面。然而,荔莎像是不能掩住她的惊讶和厌恶,那种满是虫儿的米和气味难闻的肉,在她看来确然像是勉强可信的脏东西,而对于曾经吃过这些东西的人是完全丢脸的。末了,对着这个被这些不洁之物营养过的汉子,在她那宁静的美貌脸儿上,在她那颈部的膨胀作用里,有了一阵模糊的恐惧。

"不行,那不是一个好地方。"他忘了小菠林,两只空泛的眼睛对着那冒出气体的桶锅这样接着说,"见天儿种种新的困苦,一场继续不断的疲劳,一个绝不公平的侵犯,一种对于人类慈善心的轻蔑,这一切,激怒了这些在囚的人,并且慢慢地用一种病态怨恨的热症灼伤了他们。大家过着活物的生活,皮鞭不朽地举在肩头上。那些可怜的人都想杀人……大家不能忘掉,不,那是不可能的。这些痛苦某一天将要高呼报复哟。"

他早压低了声音,而那些在桶锅之中快活地呼啸的腊肉片儿,用它们的沸腾煎炸的噪声掩住了他的声音。但是荔莎

却听见了,由于他面容陡然所取的难于慰藉的姿态,她受了惊讶。她认为他仗着那副善于乔装的和缓神情,故作惊人之笔。

弗洛兰的低哑声音早已使得菠林十分快乐。她现在因故事而心花怒发,竟在那表伯的膝头上面翻腾起来。

"那个人呢,那个人呢?"她喃喃地说。

弗洛兰瞧着小菠林,像是回忆往事,于是重新露出了他的愁惨微笑。

"那个人,"他说,"不满意于待在岛上。他只有一个意思,离开,渡过海面去登陆,在天气晴朗的时候,大家看得见那陆地在天边是雪白的一条线。不过这是不便宜的。应当造一条木排。因为囚犯们已经逃走过一些,旁人早就砍完了岛上的树木,使得剩下的囚犯无法获取木材。那座岛早就是全部铲了一道,那样赤裸裸的,那样枯燥的,对着大太阳,以致于岛上的勾留因此变成了更其格外危险和格外难受了。于是那个人得了一个意思,就是同着同志中的两个来利用茅棚儿的树干。某天夜间,他们坐在几根被他们用枯树枝缚起的畸形梁木上面起程了。海风送着他们向陆地走。到了太阳快要出来的时候,他们的木排在一个沙洲上搁浅了,带着一种那样激烈情形,使得那些散了的木干都被浪头卷走。这三个不幸的人都几乎没在沙里了:他们曾经都陷到腰部那样深,并且有一个曾经全身失踪直到下颏,而由另外两个提出他来。末了,他们达到了一块岩石跟前,得了个勉强坐得下他们的地位。太阳升起了,他们望见了陆地的岸正在他们的对面,一带灰色的高岩在水平线上拦住整整的一边。两个会游泳的，决计泅到岩边。他们宁愿冒险而立刻沉没，不愿在他们那座礁石上面挨饿而慢慢丧失生命。他们答应那个伴侣，在他们登陆而又寻得了一只小船之后，定来寻他。"

"啊！在这里了，我晓得，现在，"小菠林快活地拍掌高声说，"这就是那个被活物吃了的先生的故事。"

"他们居然登了陆了，"弗洛兰接着说，"但是岸边却是没有人烟的，直到四天之后他们才寻得了一只小船……等到他们重新寻着了那座礁石，就看见了他们伴侣仰着躺在那儿，手和脚都被吃了，脸被啃了，肚子上全是郭郭索索的螃蟹成群，那些东西搅动肚子侧边的皮，活像一阵干喘的声音穿过这个一半被龁而一半还是新鲜的尸首。"

一阵表示厌恶的喃喃之声从荔莎的和沃巨斯汀的口里迸出来。来雍正调整那些做腊肠的猪小肠，这时也做了一个鬼脸。葛吕在工作之中停止，瞧着正打恶心的沃巨斯德。而笑的只有菠林。那个肚子，满是郭郭索索的螃蟹成群，奇异地摊在厨房的中央了，向着腊肉的和大葱头的香味掺入许多可疑的气味了。

"拿猪血给我！"葛吕喊着，此外他并不追踪那故事。

沃巨斯德搬了那两罐血过来。后来，慢慢地，他向着桶锅，把血像一片薄薄的红肉似的斟进去，而葛吕呢，他接受了这血，一面奋励无前地搅动锅里的渐渐收干的肉糜羹。到了那些罐子都斟空了的时候，葛吕先先后后打开大铁灶上头的那一个个的抽斗，取出一撮撮的香料。而尤其是胡椒，他取的分量最重。

"他们就留下了那一个在那里，可是？"荔莎问，"他们都没有遇到危险就回来了吗?"

"回来的时候,"弗洛兰答复,"风转向了,他们被飘到海面上了。一个浪头打走了他们的一支桨,而水呢,接着一下一下溅进来,那样怒溅,以至于他们只有专门用手出空船舱的工夫。他们被一阵狂风推送了,被潮水带引了,就这样在海岸的对面盘旋,这时候已经吃完了他们那点儿干粮,连一点儿面包也没有剩下。这样鏖了三天。"

"三天!"荔莎在惊愕之中高声喊起来,"三天没有吃东西!"

"是哟,三天没有吃东西,到了东风终于吹了他们登陆的时候,两人中的一个已经是那样虚弱了,他只得在沙滩上待了整整的一个上午。到傍晚时候就死去了。他的伴侣,在事前他枉自使他嚼了许多树叶子,竟没有一点用处。"

说到这地方,沃巨斯汀轻轻地笑了一声,随后,因为笑了竟不好意思起来,不肯教旁人认作她是没有人心的,于是支吾地说:

"不是,不是,我笑的并不是那件事,我是笑小羊……您快瞧小羊吧,夫人。"

荔莎也开心了。小羊,它的鼻子始终高高地临着那盘做腊肠的生肉糜,它大概被这肉糜弄得不快活并且生了厌恶。这时候,它立起了,用着急于掩埋自身排泄物的猫的急性子,如同掩盖那盘子似的用爪子搔着桌子,随后,它的背对着盘子了,立刻侧着躺下来伸腰,半闭着眼睛,在一种有幸福的温存态度之中转动脑袋。于是大家都来颂扬小羊了,大家肯定它不偷嘴,以及谁都可以把肉类搁在它的爪力可到的地方。可是菠林却很带惭愧地说起小羊舐她的指头，以及它在晚餐之后擦她的脸而并不咬她。

但是荔莎重新回到要晓得人类是否能待到三天而不吃饭的问题了。这不是可能的。

"不行！"她说，"我不相信这个。我们说到某人'正因饿而死'的时候，这是说话的一个方式。实则多多少少总吃点儿吧……否则应当是完全被遗弃的可怜人，绝望的人……"

她也许快要说"不肯自白的贱人"了，但是看着弗洛兰就此忍住。而她双唇的微撮和她眼光的闪灼，斩切地表白了她认为只有乞丐才在这样的凌乱状态之下断绝饮食，而一个能够待到三天而不吃饭的人是一个绝对危险的生命。因为，无论如何，从没有什么有声望的人置身于这样的位置。

弗洛兰呼吸不大舒展了，现在。他的对面就是大铁灶，来雍刚刚在那里面添了几铲煤，于是这灶就呼呼地响得像是一个在日光下面酣睡的诗人了。热度变成很高的了。管理猪油桶锅的沃巨斯德，满头大汗地监视那些桶锅；而葛吕正用自己的袖子擦着额角，等候锅里的血好好儿熬透。一阵因营养品而生的瞌睡，一阵充满消化不良的空气，在厨房里浮起来。

"等到那个人埋了他的朋友在沙子里以后，"弗洛兰从容地接着说，"他孤零零地走了，直挺挺地向前。他这时所到的荷属卡宴，是一个被河流和沼泽隔断的森林地域。他走到八九天之久，没有遇到一个有人烟的地方。他感到了死亡在他的四周等候他。时常，肠胃被饥饿钳住，而他却不敢去咬嚼那树上下垂的耀目的果子，他害怕这些有金属光泽而肌肉坟起的果子能够从它们的疙瘩里面泄出毒汁来。在许多整个的白天，他一径从箐密的树枝穹顶下面前进，碧绿的阴影教他窥不见一角儿青天，四处全是一片活跃的恐怖。成群的大鸟从他头上飞过，带着翅膀的怕人噪响和突然而起的啸声，像是一阵阵垂死者的干喘；猿猴的腾跃，活物的奔驰，穿过林中很密的地方，在他前面，撞曲了树的枝丫，刮下了一阵雨样的叶子，活像是一口急风；而尤其是那些教他不寒而栗的蛇，在他踏着那种覆着枯叶的活动地面而看见许多纤细的头出没在树根的怪状纠结之间。某一些角儿，那些阴晦潮湿的角儿，郭郭索索一大群爬行动物，黑的，黄的，紫斑的，花条的，虎纹的，像是许多死草，陡然被惊而醒就立刻遁逃。这时候，他停住脚步了，寻觅一块石头来脱离这片被他陷入的软土。他在那地方待了好几点钟，怀着因巴蛇而生的恐怖，他在林子中间一块平地的边儿上窥见了它，它卷着尾巴伸着脑袋，像一段奇大的树干摇摇晃晃，满身闪出金光。夜间，他爬到树上睡觉，极小的摩擦声息都教他不安，自信听见了一阵无穷尽的鳞甲在黑暗中滑过。他在无穷尽的枝叶之下透不出气来，阴影弥漫着一种火炉式的闷热，一种潮湿的空气，一种传播疫病的汗，而其中充满了芬芳草木的强烈香味。后来，在他终于突围而出的时候，在他走到好几点钟之末而看见天日的时候，这个人却和一条替他拦住去路的大溪相对了。他下水了，留心鳄鱼的灰色脊梁，用眼光搜索绊人的草，等到找着了较多安全的水面，才洇水渡过了那条大溪。上了岸，森林又开始了。另外许多次数，是一些广阔无边的肥沃平原，好几公里之长全盖着一片茂草，远远地青翠得像是一片湖水的光明。这时候，那个人绕着一个大圈子，他只能在探揣地面的抵抗力之下才前进，因为几乎葬身于这些被他听见随着他脚步开裂的笑面平原。巨灵式的丰草，受着层积不已的腐植土所营养，掩盖了种种传播病疫的沼泽，种种深不可测的泥淖。而介于这些在灰蓝色的旷野上面展开直到天边的绿茵之间，仅仅有几条窄窄田塍样干土路，所以若是一个人不肯永久失踪，就应当认识这些干土路了。某一天傍晚，那个人的身体曾经陷到肚子那样地深。在他因为想脱险而尝试的每个动摇中，污泥像是升到了他的嘴里。他于是安安静静几乎待了两点钟。直至月亮出来的时候，他幸而能够给住了一根垂在他顶上的树枝。后来有一天，他终于走到了一个有人烟的地方，可是手和脚全出血了，伤了，因为遇到了恶性的针鳌而发肿了。他是那样令人悲悯的，那样饿伤了的，以至于大众都怕他。有人从住宅里扔些吃得的东西在五六十步之外给他，而同时这住宅的主人却用一支步枪守住了门户。"

弗洛兰不发言了，声音骤然中止，双眼盯着远处。他不像是只为自己而说的。小菠林已经被瞌睡制住了，不能自主了，偏着脑袋，勉强使劲睁开那双可爱的大眼。末了葛吕生气了。

"究竟，狗才！"他向来雍叫唤，"你真是不晓得牵一条猪肠子……你什么时候瞧瞧我！你应当瞧的不是我，而是猪肠子……看吧，要这样儿。不要动了，现在。"

来雍用右手，举起一长段空肠子，头儿上插着一个张开大口的漏斗，左手卷着血香肠围绕一只大的金属圆盆，同时，葛吕用装得满满的勺子去充填漏斗。乌黑而冒热气的肉糜渐渐胀圆了那段肠子，接着使它变成了绵软的曲线落下来。因为葛吕已经从灶上端开了那只桶锅，他们俩——他和来雍——都变成显得清楚的了：那孩子，显出一个瘦而长的侧脸；他呢，一副大脸，对着这煤炭的熊熊光明；这光明用一道玫瑰色调烘热了他们洁白的服装和清浅的脸色。

荔莎和沃巨斯汀注意于血香肠的制造，尤其荔莎，她又继葛吕之后而斥责来雍，因为他用指头夹得空肠子太紧，这样就造了许多疙瘩，据她说。到了血香肠已经扎好了之后，葛吕从容地把它滑在一只桶锅的开水里头。他像是完全解放了，只需任凭它在水里去煮。

"那个人呢，那个人呢？"菠林轮着眼睛，因为听不见她表伯说话而觉诧异，又重新低声说。

弗洛兰在膝头上摇着她，更慢慢地述他的故事，喃喃的叙述活像乳娘式歌唱。

"那个人，"他说，"达到了一个大城市。有人开始当他是一个逃犯，他又在监狱里住了几个月……后来他被开释了，他做过各式各种的职业，营理账目，教儿童识字；而且某一天，他竟以苦工的身份，加入了铁路的土方工作……那个人始终梦想回他的故乡。他积下了必需的用费，这时候，他又得了黄热症。有些人以为他死了，瓜分了他那些儿衣裳……这又须得从头再干起。那个人病得很厉害，他害怕待在那边……末了，那个人居然能够动身了，那个人回来了。"

他的声音越来越低。终于在双唇的最后一个颤动之中消

灭。小菠林被故事的结局引起了瞌睡，终于脑袋搭在她表伯的肩头上就睡着了。他用胳膊托着她，并且用一种从容的方式，不着痕迹地用膝头摇着。末了，大众不再注意到他，他就毫不动弹，和那睡着了的孩子待在那里。

这真是好大的火力，俨如葛吕所说一样。他从桶锅里提出了血香肠。为着不教它涨破又不教它的头儿纽成一个疙瘩，他用一条棍子去取它，挽成一卷圆圈儿，托到院子里，去晾到那些能够教它快快风干的木架子上。来雍帮着他，托着那些拖得太长的头儿。这些成串成藤的血香肠，浑身热气蒸腾地穿过了厨房，留下了一道到末了能使空气凝重的强烈味道。沃巨斯德向那些煎在火上的猪油瞧过最后的一眼，就从他身边揭开了那两只桶锅，锅里的猪油凝重地沸腾，从它每一个破裂的泡沫上，迸出一个力量轻微和味道触鼻的空气爆炸。肥腻的气浪，自从夜的开始之时就上腾了；现在，它淹没了煤气灯，充塞了屋子，流到了各处，使葛吕的和两个学徒的身上的白衣服搁入一阵烟雾之中。荔莎和沃巨斯汀都起立了。全体都是呼吸迫促的，好像刚刚吃得太饱一样。

沃巨斯汀抱起正在酣睡中的菠林上楼去了，葛吕欢喜自己收拾厨房，就教沃巨斯德和来雍都去休息，一面说他等会儿去收血香肠进来。这学徒满面绯红地退出去了，他早已在自己的衬衣里塞进了将近一公尺之长的血香肠，这东西应当正烫着他。后来，葛吕两夫妇、弗洛兰单独相处了，他们都保持了沉寂。荔莎立着，吃着一段滚烫的血香肠，她用牙齿从容咬着，张开了那合美丽的双唇使得全不受烫：末了，那乌黑的一段渐渐走到那朵玫瑰花儿里面去了。

"倒也好，"她说，"诺曼底女人的不讲礼貌，真是失算了……它味道真好，今日的血香肠。"

有人敲着巷子里的门了，伽瓦尔走进来了。每天夜间，他总在勒毕格尔的店里待到半夜，他到这里来，是为关于海鲜馆的视察位置讨一个确定回音的。

"您们总明白，"他用说明的口吻说，"韦尔辣克先生不能再等了，他真的是过于生病……弗洛兰应当打定主意。我曾经答应他，明天一大早送个回信去。"

"但是弗洛兰肯接受。"荔莎安静地回答，一面又在血香肠上面重新咬了一口。

始终没有离开座位的弗洛兰，受了一个异样的窘迫，于是空自费了气力立起来提出抗议。

"不行，不行，"熏腊店的女主人接着说，"这是说妥了的……大家瞧瞧吧，亲贵的弗洛兰，您从前也痛苦够了。那真教人发抖，您刚才叙述的那件事……现在正是您采择规律生活的时候了。您是一个正经人家的子孙，您受过教育，而用真正的乞丐方式在路上奔波，那是真正不大适宜的……在您这样年龄，孩子气的举动是不再容许的了……您以前干了些儿糊涂事，然而，旁人将来会忘了那些，会对您原谅那些。您重回到固有的阶层里，回到有德行声望的人的阶层里，您将来像大众一样儿生活，末了。"

弗洛兰听着她说，受惊了，找不着一句话了。她原有理由，大概。她是那样清洁的，那样安详的，何能想干坏事。而他这个干瘦的汉子，这个斜视的和黑色的侧影，应当是狞恶的并且梦想那些不可告人的事情。所以到这时候，他竟不晓得他为什么坚持到这步田地了。

但是她滔滔地继续发言,把他责备得像是一个屡犯错误而被人以武装警察相威吓的孩童。她是很有母仪的,找着许多很能使人信服的理由。后来,如同最后的概括式的理由:

"请您替我们做这件事吧,弗洛兰。"她说,"我们在街坊上得着一个相当的地位,这就强迫我们非多多预留地步不可了……我害怕有人泄漏我们相互间的关系。然而这个位置却定然可以调整一切,您将来定然是一个人物,您并且定然给我们增光。"

她变成温存的了。一种饱胀作用充满了弗洛兰的胸膈;他像是被厨房里的这阵味儿钻透了,它正用充塞在空气中的全部营养资料来营养他;他已经滑入肥腻环境中的那种不断消化作用的舒服的懦怯性里了,自从半个月以来,他就在这环境中生活。这就是在表面上,千百种由生长不已的脂肪构成的痒痒,一种由舒适生活而来慢性侵入,一种属于小商人式的和绵软的甜蜜味道。在这种已过半夜的时间,在这屋子的热度里,他种种准备,他种种意志,都在他心里融解了,觉得自己由于这样宁静的夜间聚会,由于猪油和血香肠的香气,由于那个在他膝头熟睡的胖菠林,竟很疲劳了,以至于受牵制于愿意重过另外一些相类而使他增加脂肪的夜间聚会了,愿意重过一些了无结局而使他增加脂肪的夜间聚会了。而尤其是小羊决定了他。小羊深沉地酣睡,肚子朝天,一只脚压在鼻子上,尾巴弯过靠着腰如同是给它做遮覆之具。它是带着那种属于猫的幸福而酣睡的,以至于弗洛兰向它端详而低声说道:

"不行！这太笨了，到末了……我接受。请您说我接受吧，伽瓦尔。"

这时候，荔莎正吃完了她那份血香肠，从容地，在自己的围腰的边儿上，擦着自己的手。伽瓦尔和葛吕向弗洛兰庆贺他的决定，而荔莎就在这当儿替她的大伯子预备蜡烛。总而言之，应当有一个结局；政治上的冒险是没有营养力的。末了，她起立了，点燃了蜡烛，用她那副圣牛式的宁静而美貌的脸儿，在一种满意的神情之中瞧着弗洛兰。

第三章

三天之后，种种形式都办好了，厅里几乎在闭了眼睛的情形之下，批准了弗洛兰以代理人的简单名义接替韦尔辣克先生；并且伽瓦尔也同着他们张罗。等到他和弗洛兰单独走上人行道的时候，就用胳膊在他的肋骨上拐了好几下子，默默地露出笑容，眼睛带着轻侮意味眨了几眨。那些被他在时钟河沿遇见的警士们，在他看来大概是可笑的，因为，他在他们跟前经过而背部就像是有了一次胀大的情形，一个为男子忍住笑声不向他人当面爆发时候所用的拢嘴姿态。

一到形式办好的次日，韦尔辣克先生就开始向新的视察仔细说明工作的内容。他费了好几个早上的光阴，引导弗洛兰去在那种将要被他监视的喧噪世界之中走动。这个被伽瓦尔称为"可怜的"韦尔辣克是一个矮子，面色灰白，时时咳嗽，包着佛兰绒、丝巾、围脖，拖着多病孩子样的瘦腿子在鱼市的新鲜潮湿之中和流动的水中慢步。

第一个早上，弗洛兰七点钟到那里的时候，眼花瞭乱，头脑发昏，自己认为毫无出路。绕着那九座叫货台子，已经有许多转贩者徘徊，而职员们却才带着簿据走到，许多寄货的代理者身上斜挂着皮包，坐在卖货办公室跟前的椅子上等候收钱。在那圈被台子围住的地方,乃至于延及人行道上,都有人卸货出货。沿着一带方石板上,堆积无数的小筐子,一阵继续运到的木桶和提篮,许多叠成垛儿而任凭水分外流的盛淡菜的麻袋。配货员很忙碌地跨过种种堆积物,一伸手就提去塞在小筐子里的麦草,活泼泼地出空其中的包藏,并且接着就扔掉,后来,又找寻那些装鱼的圆篓子,一伸手就分配成组,显出手腕的便利。到了这些圆篓子排好了之后,弗洛兰竟能相信一群同类的鱼新近在人行道上"搁浅"了,而且带着玫瑰色的螺钿光,血红色的珊瑚光,乳白色的珍珠光,海洋里的一切苍白的银光和一切变幻的闪光,作最后的挣扎。

五光十色,仗着下网的偶然,海洋深处收藏神秘生命之所的产物全被人带过来:鳖鱼、小鳖鱼、灰色比目鱼、斑纹比目鱼、素纹比目鱼,这些平凡的鳞族,一律都是在深灰色之中带些银白色的点缀;海鳗,这些大蛇样的东西,像烂泥样的深蓝,眼睛小小儿,身子滑得像是蠕动而依然活着;方板鱼,阔而扁,灰白色的肚皮镶着浅红色的边,肥硕的脊部拖着可以挽结子的尾巴,全部满布着夹在古铜色条纹之间的朱砂点,显出癞蛤蟆样的晦暗驳杂的色调;海狗鱼,圆头,中国玩偶式的大嘴,蝙蝠样的短肉翼,这大概是些用它们的汪汪之声去守护海窟宝藏的怪物。随后,有种种漂亮的鱼,分别种类摆在每一个柳条盘子上面:萨门鱼,带着发晕的银光,鳞甲像是一片片新近用凿子凿出来的璀璨金属;圆鳞鱼,鳞甲格外健壮,凿纹格外粗糙;大比目鱼,大斑比目鱼,斑点浓密,白得像是冻了的牛乳;金枪鱼,光润得像是涂了漆，俨然一个个的黑牛皮的袋子；圆形的青比目鱼，张开一个大嘴教人想起一个粗人在垂危的口呆目瞪状况之下呼吸的疲劳。最后，各处都是成对的小比目鱼，灰色的或者是金黄色的，很迅速地增加数量；沙鳅，瘦削的，硬挺挺的，像是一些削下来的锡片儿；海青鱼，微微地翘着银光的细鳞，显出腮部浸血的致命伤口；富于脂肪的海匾鱼，染着朱红色的晕彩，而金色的春南鱼，脊部列着黄而绿的条纹，衬出腹部那些闪闪灼灼的螺钿质发亮，而白肚子的玫瑰色火鱼，头部集中于篓子的中心，尾巴部向篓外辐射，构成了珍珠般白和朱砂般红相错而成的怒发奇花。此外还有肌肉鲜嫩的石红鱼，着色的海鲤鱼，成桶而带着猫眼石反射的黄鱼，成篮的香鱼，这香鱼篮子都是小小的，清洁的，漂亮得像是盛放草莓的篮子，放出一种紫罗兰味的浓香。同时，淡红虾、青虾，在长形的筐子里，从它们清浅色调之中，用它们成千累百的眼球，点缀无数难于察觉的黑玉颗粒；芒刺怒张的大海虾，黑壳的龙虾，都依然是活的，用它们那些已被挫折的脚郭郭索索挣扎。

弗洛兰听不清楚韦尔辣克先生的种种说明。一条太阳光线，从那有遮盖的路面顶棚的天窗里落下来，点燃了这些被太空洗淡的宝光，在鳞族介族的肉体的各种色调之中，譬如黄鱼的猫眼石色调，春南鱼的螺钿色调，石红鱼的黄金色调，海青鱼的碎银色调，萨门鱼的大银片色调等等之中，融和辉映而成虹彩。这正像什么海国王姬的无数倾在地上的百宝箱，全是一些稀奇古怪而逃避用途的首饰，成流的和成堆的项圈，巨灵式的手镯，硕大无朋的扣针，蛮荒的珍宝。在

方板鱼的和海狗鱼的脊上，许多黯淡的紫紫儿的、绿绿儿的大颗宝石，嵌在一片黑黑儿的金属中间；而沙鳅的瘦削条子，香鱼的尾和腹鳍，都有珍贵宝石的美妙风度。

但是，拂到弗洛兰脸上的，却是一阵清鲜的微风，一阵为他素来认识的海风，涩味儿的和咸味儿的。于是他回忆到卡宴的海岸横渡中的好天气了。他现在觉得一个正值潮水已退而海藻在日光之下冒气时候的海湾就在目下，赤裸裸的岩石没有水痕，粗沙碎石迸出一阵浓厚的海洋味道。他的周遭，鱼类从很清鲜的大气里，显出一阵好的芬芳，这阵略带腥气，具有兴奋力而每每扰乱消化力的芬芳。

韦尔辣克先生咳嗽了。阴湿的空气侵了他，他格外密切地包紧他的围鼻了。

"现在，"他说，"我们到淡水鱼的市场上去。"

那地方，正在鲜果馆的旁边，朗布多街的后面，叫卖的台子绕在两座被铁栅栏隔出明显的罝子的圆形鱼池之间。许多鹤颈式的紫铜水管，注出纤细的水泉。在每一罝里头，有淡水大虾的混杂骚动，有鲤鱼黑黑儿的脊部组成的活动之层，有鳗鱼的舒开而又卷拢的纠结。韦尔辣克先生又受了一阵强顽的咳嗽的袭击了。阴湿的空气是较为可嫌的，一种来自溪河使人发倦的气味，一种来自那停在沙滩上面晒热了的水使人发倦的气味。

这天早上，德国淡水大虾，成箱成篮地到得很旺。英国的和荷兰国的种种白鳞的鱼，也充塞了市场。有人解开了那些从莱茵河运来的金色鲤鱼，鱼身上的金属性的红晕以及和紫铜色景泰蓝相似的鳞甲，真是那样的美；大的梭鱼，河流里的恶盗从铁青色之中伸长它的狞恶的嘴；鲷鱼，黯淡而肥硕的，如同一段斑驳疏落的古铜。在这些严肃色相之中，许多筐的鲈鱼和鳜鱼，许多组的石斑鱼，许多堆的通常长匾鱼，用撒网捕来而身体平扁的鱼，显出了活泼的白色，脊部钢青而渐渐褪浅直到腹部竟成透明的白色；末了，长须鱼，雪样的白，真是这群伟大静物的光波的尖锐符号了。慢慢地，在这两个鱼池里，有人倾下了许多袋的小鲤鱼，这些鱼团着自己的身子转了几下，平静了一下子，随后去了，失踪了。许多篮的小鳗鱼，集团似的被人倾出来，如同纠成一个结子的蛇群落在罩子的底部；其中那些肥的，那些像孩子胳膊那样粗细的，抬起脑袋，立刻用钻入荆棘丛里的小蛇的柔滑劲儿钻入了水里。而躺在鱼笼的柳条上面，许多自从一大早已入干喘境界的鱼，都在种种喧嚷的中央迟延地等候死亡；它们紧缩腹部，如同吸入阴湿空气似的张开了嘴，而这类静默的打噎，每过三秒钟，必然过度地发动一下。

这时候，韦尔辣克先生已经引了弗洛兰走向海鲜馆叫卖台前去了。他教他从容走动，给了他种种很复杂的详情。在馆内的三边，那九张叫卖台子的周围，波浪样的群众都聚在那里，以至于台子的界外全是攒动的人头，听受那些高高上坐执笔记录的职员的领导。

不过，弗洛兰问："这些职员是不是全体属于经纪人的呢？"

于是，韦尔辣克先生就绕着人行道，引他到一座叫货台子的圈子内部去。向他说明种种部门以及那所鱼腥扑鼻且被鱼筐弄脏的黄色木头大办公室内的人员。最高的处所，在那间装了玻璃的小屋子里,州政府的税务人员登记叫卖添价的数字。略低一点,坐在高脚的椅子上而双手压着窄窄的桌子的,有两个为经纪人管理交易目录的妇人。台子是双面的,每一面,在那张沿着办公桌子之前伸长的石头桌子的一端,一个叫货员搁上许多篓子,标出每组和一些"大件头"的价格;而那两个管理目录的,正在这叫货员的上头,握着笔杆等候公开买卖。末了,他向指着圈子外部对面,在另一座小的黄色木头屋子里,出纳员,一个魁伟的老妇人,正在整理一垛垛的大铜苏和一垛垛的五法郎银币。

"有两个稽查,"他说,"一个是塞纳省政府的,一个是巴黎警察厅的。各经纪人,由厅的委任,并且受他的监察。市的行政方面,对于各项买卖,收取一道税款。"

他继续用他那种小而冷的声音,细述这两个行政机关的争闹。弗洛兰几乎没有听他。他端详他对面那张高椅子上那个管理交易目录的女职员。这是一个栗色头发的高大女子,年纪约在三十岁光景,两只大的黑眼睛,神情很现沉静。她伸长了指头,显出受过教育的姑娘姿态写字。

但是他的注意,却被叫货员的尖声音转了方向,这一个正提出一条漂亮之至的比目鱼开始增价。

"有人出了三十个法郎!……三十个法郎!……三十个法郎!……"

他在各种声调上重述这数字,跳跳蹦蹦地升到一个奇异的音阶。他是个驼子,歪着脸,蓬着头发,系着一件围涎式的围裙,并且强烈地伸紧了那双胳膊,眼睛冒火似的发光:

"三十一个!三十二个!三十三个!三十三个半!……

三十三个半！……"

他喘息了，侧转了那只篓子，推向石桌子的前端，这时候，一些女鱼贩子都弯着身子，轻轻地用指头抚摸那条比目鱼。后来，他重新带着一种新的奋厉来继续前功了，用手势向每个增价的人发出一个数目，把握种种细微的标识，譬如举起的指头，展开的眉毛，前伸的嘴唇，眨动的眼睛，并且这个随带一种那样的迅疾态度，一种那样的含糊态度，以至于弗洛兰跟不上他，并且在这驼子用一道较有唱歌意味的声音，模仿唱圣诗者唱完一篇圣诗所用的姿态平平地唱着的时候，他竟摸不着头脑了，驼子唱的是：

"四十二个！四十二个！……四十二个法郎，这条比目鱼！"

最后增价的，就是美貌的诺曼底女人。弗洛兰在那一行排在那条使叫货台隔作内外两部的铁栏杆前面的女鱼贩子之中认出了她。早上原是有凉意的。在那里看得见一个由围巾构成的行列，一个由雪白的大围裙构成的展览会，而且这些服装因为宽大的肩部、胸部、腹部形成得圆圆的。整个装成皱纹的高高儿的发髻，雪白而又细腻的皮肤，美貌的诺曼底女人，在许多缠着一条绒布的粗乱的丫角的，许多酒糟鼻子的，许多傻傻地张着的嘴的，许多像是破罐子样的面目的中间，摆出了她那个用花边纠成的领结。她也认出了葛吕夫人的表弟兄，她因为在这里看见他而诧异了，竟至于切切地和她身边的人谈起这件事。

人声的喧嚣，闹得韦尔辣克先生不能继续种种的说明了。在铺路的方石板上，有些人，用一些像是从硕大无朋的传声筒传出来的冗长的叫唤，报告种种大鱼，尤其是某一个，他用一阵发嘎而又折断以致菜市场的顶棚因而震动的狂号，号着："淡菜！淡菜！"许多撞倒了的盛淡菜的口袋，正撒到篮子里来，于是就有人用铲子出清了其余的。许多鱼篓子排出行列了，方板鱼、小比目鱼、春南鱼、海鳗、萨门鱼，在层起叠出的混乱声浪和那使得铁栏杆发轹的女鱼贩子的强压情势之间，被那些配货员运了来又运了去。那个叫货员，那个驼子，他发热了，向空中挥动他那双干瘦的胳膊，向前张起他的下巴，到末了，他立在一张凳子上，受了那些由他自己迅疾地抛出去的念珠般的数目字的鞭策，嘴巴歪了，头发迎风飘动了，从他那条干了的嗓子里，只挤得出一阵不可辨认的呼啸来。再上一层，就是市里的税务员，一个矮的老头子，整个的脑袋包在一条人造黑羔皮的衣领之中，又压在一顶黑绒平顶便帽之下，因而只露出一个鼻子来。而那个管理交易目录的大个儿黑头发女职员，坐在她的木头椅子上，平平安安地写着字，那双嵌在略被寒气冻红的脸儿上的眼睛，在驼子那阵沿着她裙子上升的发嘎噪响之中，简直没有眨一下。

"这罗革耳是了不得的。"韦尔辣克先生在微笑之中喃喃地说，"这是市场里最好的叫货员……他可以把靴子的鞋垫当成一对对比目鱼卖出去。"

他同着弗洛兰回到馆里了，重新再经过淡水鱼的叫货台前，发现这里的增价较为冷落，他告诉他说这种交易正低下来，说法国的内河渔业正在很危险的状况。一个叫货员，黄头发的矮子，毫无表情的动作，用一阵单调的声音叫卖配成了组的鳗鱼和淡水大虾。同时，沿着那两座养鱼池，那些配货员用短柄的网子做捕鱼的工作。

这时候，喧闹围着交易的办公室升上来了。韦尔辣克先生用全部的自觉心来尽指点者的任务，用双肘的动作推开一条道儿，继续教他的接替人在叫卖增价的最热烈的情况之中散步。那些大规模的女贩子都在那里安安静静地等候漂亮的大件头，把金枪鱼比目鱼萨门鱼驮到搬运夫的肩上。在地面上，各街的鱼商，在互相之间分拆那些合伙买来的整篓的海青鱼和小无斑比目鱼。还有些中产阶级，辽远区域里的什么倚赖定期进款度日者，从早上四点钟就跑了来买新鲜鱼，而结果在公开价目之下，花了四十或五十法郎买了整整一大组海鲜，以后再去花整天的光阴让给相识的人士。忽然，拥挤的倾向从人丛的角儿上钻出来。一个女鱼贩子因为逼压得太紧，举起拳头，破口大骂，突出了重围。后来，缜密的人墙又合拢了。这时候，弗洛兰本已感到呼吸困难，就声明他已经看够了，他已经明白了。

当韦尔辣克先生帮着弗洛兰突出重围时，他们却和美貌的诺曼底女人劈面相遇。她在他们跟前立着不走，后来，用女王式的神气问道：

"是不是的确打定了主意，韦尔辣克先生，您和我们分手吗？"

"对的，对的，"这个矮个儿说，"我预备到乡下去休息，到克拉马去休息。鱼的味儿像是教我生病……请您认识这是给我接手的弗洛兰先生。"

他一面介绍弗洛兰，一面折转了身子。美貌的诺曼底女人气得不能呼吸了。而弗洛兰在离开的时候,觉得听见她对附近那些女人带着忍住的笑声喃喃地说道:"这也好!我们可以开心了,那么!"

女鱼贩子们布置她们的陈列了。在每一条大理石的台子上,角儿边的那些水管子都同时流出大量的水来,这竟是一阵狂雨的喧噪,一阵且鸣且迸的湍流。并且从这些倾斜的台子的边儿上,许多大水点儿慢慢地流,带着冷泉的和鸣落下,连同泥泞流到小路上,在那里,许多小沟流着聚在一个容受之区,又分作无数支流,向朗布多街走下坡去。一层潮湿的水气上升了,一阵灰尘样的雨点向弗洛兰的脸上吹来新鲜的气息,这是他素已认识的海风,涩而富于咸味。他在第一次看见鱼的陈列时,重新寻着了玫瑰色的螺钿,殷红色的珊瑚,乳白色的珍珠,海洋的一切青而绿的清浅色彩和一切闪灼的光芒。

这第一次的早景教他很迟疑了。他后悔以前在荔莎跟前让了步。一到第二天,他逃出了厨房里的油腻性的麻醉之后,竟带着一种几乎使他含泪的激烈态度责备自己是个懦夫。但是他不敢收回自己的诺言,因为荔莎有点儿教他害怕,他看见了她嘴唇儿角上的折痕,她美貌的脸蛋儿上的无声埋怨。他认为她是个过于严正和过于完备的妇人,何能受人反对。幸而伽瓦尔教他感得了一个可以安慰他的意见。就是韦尔辣克先生引他在叫卖中间散步那天的当晚,他引了他到外边,用许多故意省略的语气向他说明这个"穷鬼"不是幸运儿。后来,在对于政府之不能保证公职员的身后而只以辛苦杀人下了许多批评之后,他才决然和他商量,说他倘若留下一部分薪水给前任视察员，那就是仁慈的表现。弗洛兰快乐地接受了这个主张。这是太公平了，他自认原是韦尔辣克先生的暂时代理人；此外，他呢，本来绝无所需要，既然食和住都在他兄弟家里。伽瓦尔又说倘若在每月一百五十法郎的薪水上面，让出五十法郎给他就是很漂亮了；末了，他压低了声音，教他注意这办法是不会延长多久的，因为这个倒运的人真的是肺病入了骨。商定的办法就是，弗洛兰将来去会这个倒运的人的老婆，和她接洽以免她丈夫难堪。这个善意的行动教他心安了，他现在用一种牺牲的精神接受了职务，并且终身践约。不过，他教这个家禽商人发誓不把这办法告诉旁人。而这一位刚好对于荔莎也有一种泛泛的畏惧，所以他竟把这件很可尊敬的事讳莫如深了。

于是整个熏腊店皆大欢喜了。美貌的荔莎对于大伯子很表示友谊：她早早地催促他去睡觉，使他早上能够起床；她为他预先留下很热的早点；她再不因为和他在人行道上谈天而感忸怩，现在，他戴了一顶金边的制帽了。葛吕因为这些好的调处而心花怒发了，以前他在晚饭的时候，从来没有这样决然坐在阿哥和老婆之间。晚餐每每延长到九点钟，柜台却由沃巨斯汀照顾。这是一种长久的消化作用，时或被街坊上的新闻以及熏腊店女主人对政治所下的实利判断所切断。弗洛兰也免不了谈及海鲜交易的是如何的。他渐渐壮志消磨了，达到欣赏这种规律生活的幸福的境界了。这座浅黄色的饭厅自有使他一跨门限就被软化的中产阶级式的温馨和明净。而美貌的荔莎的种种注意，竟在他的周遭布下了一层和暖的羽绒，使他的肢体都深入那里面。这真是一种属于绝对亲睦和尊敬的光阴。

但是伽瓦尔认为葛吕-格拉台勒店里的内容过于酣睡。他固然原谅荔莎对于皇帝的同情，因为他说过永远不和女人谈政治，并且无论是从任何方面去看，荔莎毕竟是一个使自己商业光鲜地发展的很有德望的妇人。不过，从兴味上着想，他宁愿到勒毕格尔先生的店里消磨夜间的光阴，在那地方，他遇得着一小群和他政见相同的朋友。所以在弗洛兰得了海鲜馆的视察员职务之后，他就引他逍遥，带他到那里过了好几点钟，怂恿他来过单身汉子的生活，因为现在他有一个位置了。

勒毕格尔先生开了一家很漂亮的——不妨说是完全近代式的华美的——店子。坐落在陀螺街的右边拐角儿上，正对着朗布多街，门外几只绿漆的木桶里种着四枝挪威的杉树，对于葛吕-格拉台勒那爿大规模的熏腊店，它是一个够得上相类的。许多明亮的镜子，耀着那间被许多描在浅绿色墙上的枝叶花果串儿所装点的厅子。地面上铺的石材，都是黑白相间的大型方板。厅子的底部，地窖子的大窟窿正开在那座铺着红毯子的螺旋梯子的下头，这梯子可以通到二楼的台球室。不过，尤其要推右手边的柜台，带着那一大片反射银光可以说是很富丽。柜台的基础是用红大理石和白大理石相间砌成的，上面垂着装着一幅凸出的高高儿的锌板做边缘，用一层闪灼的光彩，用一铺金属性的罩子样的东西绕着它，俨然像教堂里的一座身披锦绣的圣诗台。台的一端，许多盛热葡萄酒和潘趣酒而箍着铜件的磁壶，在一座煤气小火炉上酣卧；另一端，一座大理石的自来水管，很高的，很费了雕刻的，无休止地任凭一线那样继续不断俨如固定的清水落入一个水槽；中央，在三片锌板斜坡儿的中心点，凹下一个供冷却和洗涤两个用途的池子，其中许多受了微伤的大玻璃瓶排出成行的青绿色长颈。随后，许多自成行列的各种玻璃杯占住了两旁的地位：盛烧酒的小杯，盛葡萄酒的高脚杯，盛果子酒的碟杯，盛苦艾酒的特种杯，盛啤酒的缸形大杯，各种高脚大杯，全体都是底部朝天覆在台上，用清浅的色调映出柜台的光明。左边，还有一口架在架子上的日耳曼合金水罐；而右边，一座相类的水罐圆圆地紧插着一排小茶匙。

平常，勒毕格尔先生在柜台里面镇守，坐的是一条蒙着红皮的小凳子。他手边有各种甜酒，许多从一座爬山虎式架子的那些窟窿里露出半身的切花玻璃瓶。他自己那副滚圆的脊梁，靠着那方占住整块嵌板地位的大镜子，这镜子前面，另有两层用玻璃板构成两个小的陈列架子，陈列了许许多多的玻璃瓶罐。在其中的一架上面，是水果酒罐子，有樱桃，有李子，有桃子，显出它们的黯淡色调；在另一架上面，介于那些形势对称的饼干包裹之间，许多色调鲜明的小瓶子，嫩绿的，嫩红的，嫩黄的，使人渴想种种不知名色的甜酒，种种具有一种美妙晶莹性的花露酒。这些小瓶子像是悬空的，在大镜子的白色微光的中间照耀得如同着了火。

为着要使这店子像是一爿咖啡馆，勒毕格尔先生在柜台对面靠墙的处所，安置了两张漆好的小铁桌子和四张椅子。一挂分出五个灯头而顶着磨花圆罩的煤气灯从承尘板上悬下来。牛眼，一座镀金的时钟，安在左边一个嵌在墙里的架子的顶上。后来，在底部，有特别雅座，一只属于店房里而用白漆描成方形图案的玻璃格扇隔开的小角落；在白天，一扇向着陀螺街而开的窗子用一道昏浊的光照着它；夜间，一支煤气灯头，在两张漆成大理石花纹的桌子上燃着。就是这地方，伽瓦尔和他的政治上的朋友们每天在晚餐之后来聚会。他们如同在各自的家里一样守在这地方，久已教店主人养成了为他们预留座位的习惯。每逢最后到的那个人拉上了玻璃格扇的门，他们都知道自身已经护防得很周密了，于是他们就很直截了当地谈到"扫荡的大事"了。没有一个顾客敢于进去。

第一天，伽瓦尔向弗洛兰说了些儿和勒毕格尔有关的详细情形。这是一个可敬的人，有时也来和他们喝他的咖啡。他们在他面前并没有什么不方便，因为某一天他说过自己在四八年被人打败过。他不大说话，像是笨笨儿的。这些先生们中的每一个，在没有走进雅座之前，半途上必定从那些酒瓶酒杯的头上和他静默地握手一次。而最常见的，在他坐的那条红皮凳子上面，他旁边还有一个金黄头发的矮小妇人，一个由他在那个伺候桌子和球台的白围裙堂倌之外，雇来照着柜台的女店员。她名叫络斯，是很温和的，很听指挥的。伽瓦尔眨着一只眼，向弗洛兰述及她之听店主人的指挥推得范围很远。并且这些先生们都指定要络斯伺候。她所以在这个政治讨论最为狂烈的环境中央，带着谦卑而又快乐的姿态出出进进。

在这家禽商人向他的朋友们介绍弗洛兰的那一天，他们走进这个隔了玻璃的雅座只看见一个五十来岁的先生，这先生的神情是从容而善思的，带着一顶不甚清洁的帽子，穿着

一件栗色的大外套。他对着一满杯啤酒,把下颏撑在一根粗大藤手杖的象牙挽手球儿上,他的嘴完全埋没在那一部浓髯之中,以至于他的脸像是哑的和没有嘴唇的。

"怎么好,鲁平?"伽瓦尔问。

鲁平沉默地伸出了一只手,没有回答,两眼却依然因一阵寒暄式的空泛微笑而保住温和的神情;后来,他重新把下颏搁在手杖的象牙球上,从那杯啤酒的上面向弗洛兰端详。这一个,早因避免种种危险性的失言,教伽瓦尔发誓不说他的历史;所以他从这位浓髯先生的谨慎态度之中看见了些儿不放心,倒没有什么不快活。不过他弄错了。鲁平从来不说多话。每晚一到八点,他永远首先就到这雅座里来,向同一的角儿里坐下,不丢开他的手杖,不脱去他的帽子,也不脱去他的外套;谁也没有见过鲁平的脑袋离开过帽子。他待在这地方,静听旁人议论,直到十二点钟为止,花四个钟头去喝干他这杯啤酒,接续端详那些说话的人,仿佛他的听官就是他的双眼。弗洛兰在后来向伽瓦尔问起鲁平身世的时候,伽瓦尔像是对他估量得很高:这是一个很有力量的人,他没有能够明了地说他在哪里曾经显过手腕,却认他是一个最为政府所忌的反对党人。他住在圣德尼街一所从没有谁进去过的房子。不过这家禽商人却说自己曾经去过一回。漆了的地板都铺着绿的条毡,家具都幂上布罩子,还有一架白玉石座子的大钟。鲁平夫人,他相信看见她在两张门当中的背影,应当是一个很讲规矩而挽着英国发髻的老祖母,然而他却不能肯定。旁人不明白何以这个人家竟住在一个商业区的喧嚣之中,家长一点什么也不做,到些不为人所知的地方消磨光阴，用些不为人所知的东西维持生活，每天夜晚，如同因为在大政极峰之上旅行一次而乐极生倦似的显出踪迹来。

"喂，这篇御制演说，你可曾看过？"伽瓦尔在桌上拿起一张报纸问。

鲁平耸着肩头。但是玻璃格扇的门猛然响了一下。一个驼子进来了。弗洛兰认得这就是叫卖台上的驼子，他干净地洗了两只手，整洁地换了衣裳，并且围着一条红的围鼻，围鼻的一端垂在驼背上面，活像威尼斯风氅的后襟。

"哈！罗革耳来了。"这家禽商人接着说，"他就要向我们发表他对于御制演说的感想，他。"

但是罗革耳却是怒气冲天的。他在挂他的帽子和围鼻的动作里几乎拔下了那只挂钩。接着就激动地坐下来，砰地在桌上一拳，扔掉那张报纸，一面说道：

"我要看这东西，我，他们这些哄人的鬼话！"

后来，他大声嚷道：

"从来没见过如此看不起人的老板！我花了两点钟去等我的薪水。我们在办公室里一共是六十人。好，对啦！你们站着多等一会儿吧，我的羔羊……马努里先生到末了总算来了，坐着车子，从什么女人家里来，还用多说。这些官儿，这是打劫，这是拿人开心……并且他给我的，全数还是大个儿的零钱，这只公猪。"

鲁平用一个轻微的眼皮动作来袒护罗革耳的争论。那驼子，陡然，找着了一个牺牲品。

"络斯！络斯！"他身子钩到雅座外面喊着。

后来，到了这青年妇人浑身发抖站在他对面的时候。

"喂,怎样!什么时候你才肯瞧着我!……你看见我进来,又不拿我的冷咖啡给我!"

伽瓦尔另外叫了两份冷咖啡。络斯连忙在罗革耳的严厉眼光之下——他像是考察这几只玻璃杯和这些盛糖的小盘子——端正了这三份消耗品。他喝了一口儿,略略宁静了一点。

"大概沙尔威,"他在休息一会儿之后这么说,"他应当为这事受够了……他在人行道上等着克莱曼司。"

但是沙尔威跟在克莱曼司的后面进来了。这是一个多骨的大个儿青年,胡须刮得很仔细,瘦瘦儿的鼻梁,薄薄儿的嘴唇,住在吕森堡公园后面的瓦凡街。他自称是为人补课的教师。在政治上,他是埃贝尔派的激烈分子。头发是长而曲的,破旧外套的翻领是异常下垂的,平常他表示自己是崇拜约法会议的人,带着一套口若悬河的尖刻论调,一肚子异样高深的博学,时常打倒他的对方。伽瓦尔早就害怕他,却没有说出口过;遇着沙尔威不在这里的时候,他声言他真的前进得太远。鲁平用眼皮赞同一切。仅仅罗革耳有时在工资问题上面,和沙尔威坚持。不过沙尔威始终在团体里保持独裁的地位,因为他是最有权威的和最有智识的。自从十多年以来,克莱曼司和他就共同在种种费过讨论的基础上,根据一种彼此严格遵守的契约而结婚似的过活了。弗洛兰带着点儿诧异端详这青年妇人,终于记起自己在某处看见过她,原来她不过就是那个伸长了指头显出受过教育的姑娘姿态写字的管理交易目录的栗色头发女职员。

络斯跟着这两个新客的鞋跟进来了,她默默然在沙尔威面前放了一大杯啤酒，克莱曼司面前一个托盘，于是克莱曼司着手镇静地调和她那份名叫格洛格的混合饮料，她先用小勺子捣碎那点儿柠檬，接着就倒了些儿热水在那上面，加了些儿糖，参考那只盛朗姆酒的瓶子的深浅斟了些儿朗姆酒，免得超过那一小杯的规定分量。这时候，伽瓦尔向各位先生介绍了弗洛兰，特别是向沙尔威。他对他们暗示彼此都是教师，都是很能干的人，将来彼此互相和洽。但是这可以相信他已经犯了点儿失言之病，因为全体握手之时，都依照瓦匠共济会一种方式彼此使劲地互相紧紧握住指头。沙尔威本人几乎是和蔼可亲的。并且大众都避免任何隐语。

"马努里是不是拿了零碎现款给你付薪水？"罗革耳向克莱曼司问。

她说了一声"对的"，接着就拿出几个卷儿，打开来其中全是一个法郎和两个法郎的银币。沙尔威瞧着她，双眼跟着这些由她点清内容就一卷一卷收入衣袋的卷儿走。

"应当结清我们的数目。"他低声说。

"一定，今天夜晚，"她喃喃地说，"并且这应当彼此平衡。我同你吃了四次午饭，对吗？但是我曾经借给你一百个铜苏，上一星期。"

感到了诧异的弗洛兰，连忙侧转脑袋免得被人认为不谨慎。末了，克莱曼司收完了最后一个卷儿的时候，就喝了一口混合饮料，靠住了玻璃格扇，安安静静地来听这些谈政治的男子们。伽瓦尔拿起了那张日报，用一种故意设法造成滑稽意味的声音，来朗诵这天早上众议院开幕时所宣读的御制演说的断片。这时候，沙尔威对于官方的堂皇论调竟不费力量而致胜了,他攻击得这篇演说体无完肤。尤其有两句话教他们大大地快乐:"诸君,我们相信能够倚仗诸君的光明和国内的保守性的情感,将来我们定能达到目的,使公共的繁盛日见增高。"罗革耳站起来了,高声背诵这两句话,他用鼻音很真切地模仿皇帝那种沉闷的声调。

"那是好看的,他的繁盛,"沙尔威说,"大众正饿得要死。"

"商业进展得很坏。"伽瓦尔这样肯定。

"并且,究竟是个什么,一个倚仗光明的先生?"克莱曼司用吹求字眼儿的态度接口说。

鲁平从他的浓髯之中,迸出了一个短笑。谈论从此激动了。大众因此牵涉到素遭他们白眼的立法界,罗革耳没有消除他的怒气,于是弗洛兰又在他的身上看见海鲜馆的漂亮叫货员了,下颏向前张开,双手向空中扔出字眼,态度结实而又有追引力,他平常总用拿出一篓小比目鱼加入叫卖的那种愤怒神情来谈政治。沙尔威,他变成较为冷静的了,在这阵由煤气和烟斗构成而塞满这间窄小的雅座的烟雾之中,他的声音显出宽叶屠刀的枯涩韵味了。这时候,鲁平从容地点头,而下颏仍旧搁在手杖的象牙圆球上面。后来,因为伽瓦尔的一个字,大众竟谈到女人了。

"女人,"沙尔威干脆地高声说,"是男人的平等的人;而根据这个头衔,她不应当在生活之中教男人不便。婚姻是一种合组事业……一切由平半负担,不对吗,克莱曼司?"

"当然。"那青年妇人回答,她脑袋靠着玻璃格扇,双眼望着空中。

但是弗洛兰看见进来了蔬菜贩子拉伽伊和克罗德·郎洁的好友亚历山大那个大个儿。这两个人本来是雅座另一张桌子上的长期顾客，他们原不和这些先生们同属于一个世界。后来，政治显出了帮助，他们的椅子就互相接近起来，他们也就成了团体中的一部分。在沙尔威的眼光里，他们代表人民，所以他强有力地向他们灌输学说，同时伽瓦尔却使老板随意和他们碰杯。亚历山大像一个天真快乐的巨人，一个幸运大孩子。拉伽伊，已经满头颁白，因为在巴黎各区街道上旅行，他每到夜间必感肢体疼痛，有时用一只斜眼，端详那种资产阶级的恬静风度，鲁平的好皮鞋和厚外套。他们每人叫了一小杯，而谈论就此继续下去，现在人数到齐了，谈论得格外混杂了和格外热烈了。

　　这天夜间，弗洛兰从格扇一端那张半开半掩的门缝儿里，又看见了萨盖姑娘立在柜台前面。她从围裙的里面取出了一个酒瓶，瞧着络斯拿多量的覆盆子甜酒和少量的烧酒装满它。后来这酒瓶重新又在她的围裙之下失踪了。末了，她缩起了双手，在柜台的白而广的反光之下，对着那面有许多盛甜酒的瓶子罐子如同灯笼悬在线上似的拦在前面的大镜子，谈起话来。本来在夜间，这间过度温暖的店子，被它一切金属器具和玻璃器具照得辉煌。而这个身着黑裙的老姑娘，在这种强的光亮之中，竟成了一个甲虫样的古怪痕迹。弗洛兰看着她立意要和络斯谈天，就怀疑她从门缝儿里望见了他。自从他进菜市场，他几乎每一提脚就遇见她立在那些有遮盖的街道上，时常陪着勒喀夫人和小沙立叶，她们三个人偷偷地端详他，像是深刻地因为他新得的视察位置而感惊讶。络斯大概是拙于言辞吧,因为萨盖姑娘转过身来等了一会儿,像是要走近那个正在一张铁桌子上和某一顾客斗纸牌的勒毕格尔先生的跟前去。从容地,她终于靠着格扇站下了,这时候,伽瓦尔认得是她。他唾骂了。

"快快儿关上门吧,弗洛兰,"他粗鲁地说,"大众不能像是在自己家里了。"

十二点钟的时候,将要走出店门,拉伽伊和勒毕格尔先生用低声交谈了几句话。这一个伸手塞了四枚没有被谁看见的五个法郎的银币给他,同时在他耳边低声说道:

"您可知道,这是明天的二十二个法郎。那个借钱的人不肯了,除非……请您也不要忘了您欠下三天的车钱。将来应当全付。"

勒毕格尔先生向这些先生们道了晚安。他说他将要好好儿睡。后来,他呵欠了,露出满口强健的牙齿,这时候,络斯正用服从指挥的女佣人态度端详他。他说了她几句,吩咐她到雅座里去关煤气灯。

在人行道上,伽瓦尔滑了一下几乎跌跤。他心里真感到一句应景的聪明话。

"算什么!"他说,"我没有倚仗光明,我!"

这像是很奇特的,末了,大家分手了。弗洛兰恋恋于那间装了玻璃的雅座,回想到鲁平的恬静沉默,罗革耳的发扬蹈厉,沙尔威的冷酷仇恨。他在夜间回家之后,并不立刻就去睡。他爱他的阁楼,这间本属于那青年女子的卧室,那里面,沃巨斯汀留下了许多破布头儿,许多属于女性的近乎儿戏而惹人爱怜的事物。在炉台上,还有许多头发夹针,许多满盛着纽扣和糖片的金纸盒子,许多剪下来的插画,许多空无所有而永带素馨花香味的油膏罐子;在桌子的——一张白木粗桌子的——抽斗里,剩下了一点儿线、几口针、一本祷告书,都在一本弄脏了的《迷想之钥》(*La Clef des songes*)的旁边摊着;末了,一件被人忘记留在钉子上的夏季裙袍,白的,印了小黄球儿的。悬在那块做梳妆台之用的木板上边,而水罐的后边,一瓶倒翻了植物生发浆留下了一块大的痕迹。弗洛兰在一个属于女性的床阁子里也许竟感到痛苦;但是,从这间整个的屋子,从这张窄窄儿的铁床,从这两把草垫单靠椅,一直数到这些褪成灰色的糊墙花纸,都不过腾起一阵坦白的愚笨气味,一阵属于孩子气的胖姑娘的气味。后来,他因为这种属于窗帷的纯洁性,因为这种属于金纸盒子和《迷想之钥》的幼稚性,又因为在墙壁上点缀的呆笨媚态而满意了。这些事使他头脑清醒,引他回忆自己的少年时代。他可以不必认识这个栗色硬头发的沃巨斯汀,信为自己待在一个姊妹家里,一个可敬的姑娘家里,她假借种种轻微事物,在他的四周布下了她的生气盎然的恩惠。

但是,在夜间,一种对他而起的大安慰还是倚在阁楼窗口。这窗口在屋顶挖出一个用铁栏杆围住的小露台,沃巨斯汀在那里养了一枝盆景石榴。自从夜间变成了寒冷的以来,弗洛兰就拿这枝石榴搬到卧房里,搁在床前休息。他在露台上待了几分钟,深深地吸取来自塞纳河而腾过李伏力街那些房屋顶上的新鲜空气。朝下望去,模糊地,菜市场的各处屋顶展开它们的灰色铺陈。这像是许多睡熟了的湖沼,在它们的当中,某几片玻璃窗子的神秘反射,亮出了一道流水样的银光。在远些儿的地方，屠宰馆的和山沟馆的屋顶更其自行黯淡化了，不过是一些扩张地平线的乌黑色的堆积物。他因为他对面的那一大片天空，因为菜市场的广廓无边的笼罩，竟感到快乐了，这幅色相在巴黎这些逼得透不过气来的街道当中，用这类属于一个海湾的静止灰黯仅因波动的辽远翻腾而起皱的水，给了他一个类乎海船的浮泛视觉。他茫然了，每天夜间，他梦见一条新的海岸。这使他因为重新回到他在法国境外过的那八年的失望境界同时感到愉快而又凄凉了。后来，很冷了，他关上窗子了。时常，在他在炉台前面解下硬领的时候，沃巨斯德和沃巨斯汀同拍的那张照片使他不安；他们手握着手，用他们那种矜持的微笑瞧着他宽衣解带。

弗洛兰在海鲜馆过的第一周，是很痛苦的。他在梅许丹那家人身上，寻着了一种使他和整个菜市场斗争的公开敌意。美貌的诺曼底女子已经因为美貌的荔莎而决定报复，而弗洛兰成了一个整个儿被找着的牺牲。

梅许丹这家人是从鲁昂来的。露绮思的母亲曾经还说起她从前是如何到巴黎的，带着许多鳗鱼装在一只篮子里面。她没有丢开贩鱼的职业了。在这职业上嫁了一个在落地税局服务的公职员，他死的时候给她留下两个小女孩子。从前由于她肥大的臀部和壮丽的丰采，她当日真无愧于这个久被她大女儿继承了的"美貌诺曼底女人"的绰号。现在，她身体加肥了，皮肤松弛了，已经是个六十五岁的老妇人，海鲜馆的湿度枯涩了她的声音，又青化了她的皮肤；因为家居不动的生活，她成了庞大的，腰围膨胀，脑袋受着胸部的上顶之力和脂肪的上涨之流逼得向后托起了。尤其，她从不肯谢绝她盛年时代的时装款式,始终保留那种以折枝花叶做图案的裙袍,黄的披肩,女鱼贩子的典型式的花布包头,同时声音是高的,动作是急的,拳头撑在腰上,下等女人的骂街经典从嘴边流出来。她惋惜依诺桑区旧有的菜市场,谈论其中的"上流妇人"旧有的权利,拉出种种和警厅视察交手的历史,参谒王宫的记载,查理十世的和路易－菲利普的时代,丝的衣服和握在手里的大花球。梅许丹老娘,这是旁人对她的称呼,她长久地担任圣勒那地方的圣母信徒会的供花人。无论是在街上迎神,或者在教堂里,她穿的是一套镶了缎带的薄纱便帽和裙袍,用那几个丰肥的指头,很高地举起那面绣着一个上帝之母而缱子装得富美的绸旗的杆子。

　　根据街坊上的饶舌之言,梅许丹老娘应当挣了一份大产业。只需从她遇着过节的日子带在颈上、臂上和身上的那些宝石和金器,已经显得出来。她两个女儿,后来是不相容的。小的那一个,柯莱儿,一个金黄头发的懒女孩子,不悦服露绮思的冒失举动,用她迟缓的声音说自己永不至于做她阿姐的丫头。正当她们确然要打架才收场的时候,她们的母亲就把她们分开。她把海鱼摊子交给露绮思。而柯莱儿因为方板鱼和海青鱼的气味教她咳嗽,就照顾一张卖淡水鱼的台子。末了,这母亲已经发誓说自己退休,一面却由这张台子走到另一张,依然参与交易,她过分下流的厚颜无耻给她的女儿们造成了不断的烦恼。

　　柯莱儿是一个奇僻的女孩子,性情很柔和而不断地和人吵嘴。据旁人说,她之吵嘴只是任性。她带着她那副处女式的幻想意境的脸儿,却有一副缄默的执拗脾气,一套推她向着各自谋生的道儿上走的独立思想，绝不像其他的人肯受商量，有时候，这一天是绝对正直的，而明天却乖僻得使人生气。在她的台子上，她偶尔竟骚乱市场，无论是提高价格或者压低价格，都教人不能明白究竟是为的什么。若是到了三十岁左右，她的天生的灵巧处所，她的永无尽期被蓄鱼池的里水润湿的细嫩皮肤，她的晕彩画样的小脸儿，她的刷溜的肢体，都应当自行迟钝化，落入一幅用花玻璃嵌入铁格子里所镶成的圣女肖像的丑陋变形，而在菜市场里鬼混。但是，在二十二岁的时候，根据克罗德·郎洁的说法，她在她那些鲤鱼和鳗鱼之间，始终是一幅牟利罗的人像，一幅发髻时常蓬松配上一双粗皮鞋和一套胡乱剪裁，使身材像是一块木板的牟利罗的人像。她并不卖弄风情，有时露绮思陈列自己种种丝带领结而讥笑她那些胡乱扣起的披肩，她却表示很轻蔑的态度。有人说是街坊上某一个阔老板的儿子发狂似的到处旅行，却没有从柯莱儿方面得过一句好的评语。

露绮思，美貌的诺曼底女人，却是性情较为温存。她的未婚夫本是小麦馆的一个职员，到了这可怜的孩子被一袋落下来的面粉打断腰杆的时候，她的婚姻就中止了。然而七八个月光景以后，她因为他就生了一个胖娃娃。在梅许丹的周遭，大众把美貌的诺曼底女人看作寡妇。那个老的女鱼贩子有时候常说："在我的女婿活着的时候……"

梅许丹一家人是一种势力。韦尔辣克先生到了对弗洛兰说完了一切与他新职务有关的事之后，就叮嘱他收揽某些商人，倘若他不肯使自己弄成无法生活；他并且推动同情至于告诉他许多与职业有关的小秘密，许多必要的宽容，许多喜剧式的严格手段，许多可以接受的礼物。一个视察员本来同时是一个警察巡官和一个治安推事，监视市场的好秩序，调解买者与卖者之间的参差。而生性懦弱的弗洛兰，每逢他应当行使职权的时候，总不肯通融，超过了目的；此外他心里总忘不了他那些长期痛苦的滋味，他那副为人所弃者的苦脸。

然而美貌的诺曼底女人的战术，就是引他到吵闹里面来。她曾经发誓要使他不能保存他的位置到十五天以上。

"哈！也好，"她在某天早上遇着勒喀夫人时向她说，"倘若肥胖的荔莎以为我们肯吃她的残羹剩饭！……我们的眼界都比她的高些，他是恶劣不堪的，她的汉子！"

在叫卖的交易完毕之后，弗洛兰提着小步儿，沿着那些水流交错的便道，开始他的视察性的巡行，他清晰地看见了美貌的诺曼底女人用一种恶笑追随他。她的台子，在第二行，靠左，和那些卖淡水鱼的台子相近，正对着朗布多街。她侧过身来，眼光没有离开她的牺牲品，同着她邻近那些台子上的女人讥诮他。后来，他在她跟前经过时，从容地省视各处的石板，她竟展开了一种无节制式的快活，打那些鱼了，大大地扭开她的水管了，淹没那条便道了。弗洛兰终于守着自若的态度。

但是，某天早上，如同命运注定似的，战事爆发了。这一天，弗洛兰走到了美貌的诺曼底女人的摊子跟前，就闻见了一阵受不住的臭气。在那大理石台子上，有一条壮丽的萨门鱼，切开了的，显出了它的淡玫瑰样的肉；有许多乳酪样白的比目鱼，有许多插上了乌黑的小针来标明段数的海鳗；

有许多配成对儿的小比目鱼，有许多石红鱼，有许多青比目鱼，整整一套新鲜的陈列。后来，在这些眼睛有光而腮部渗血的鱼群之中，有一条大的方板鱼，红红儿的，点缀好些深褐色的斑，从异样格调之中显得非常漂亮。这条大方板鱼是腐了的，尾巴下垂，划翅的软骨刺破了那层鱼皮，挺到外面。

"应当扔去这条方板鱼。"弗洛兰走到鱼跟前这样说。

美貌的诺曼底女人轻笑了一声。他抬起了眼睛，看见了她正靠着那根分出两个灯头照明每张台子的四面的黄铜煤气灯柱子。她在他眼里像是很高大的，因为她站在什么椅子样的东西上面，以免弄潮自己的脚。她咬着嘴唇，比往常来得更加美貌，头发是烫了的，阴险的脑袋略略低下来，双手衬着雪白的大围裙过于红了一点。他从来没有看见过她带着这样多的宝石：她带了一副长的吊挂耳环，一条颈链，一个扣针，左手两只指头，右手一只指头，都是成串的戒指。

因为她继续向下瞧着他而不答话，他接着又说道：

"您赶快挪开这条方板鱼。"

但是他没有注意梅许丹老娘坐在一只角儿里的一张椅子上。她立起了，头上包着那幅竖起两支角的花布包头，后来，握着双拳撑在那条大理石的台子上：

"真是！"她说，"究竟为什么，她应当扔去这东西，她这条方板鱼！……将来买这东西的大概不是您吧！"

这时候，弗洛兰懂得了。其余那些女鱼贩子都一齐冷笑。他感到他的四周起了一阵无声的反动，只等一言就来爆发。他忍住了，亲手从台子底下抽出那只盛废物的桶，把那条方

板鱼扔在桶里。梅许丹老娘已经在腰上撑起双拳了；但是那美貌的诺曼底女人本来一直咬着嘴唇，这时才又重新来了恶意的轻笑，末了弗洛兰在种种咒骂声中，露出严正的神气，装着没有听见就走了。

每天，总有一个新的发明了。于是这位视察员如同在敌国似的，只用窥探的眼光去视察各处的便道了。他挨到那些由拭物的海绵迸出来的水点儿了，几乎因为踏着那些从鱼肚子里取出来的废物而跌跤了，在后颈窝里受着搬运夫手里的篓子的撞击了。某天早上，竟至于遇着两个女鱼贩子互相争吵而他连忙跑过去预备防止她们互殴的时候，他只好伛下身躯，去避免两颊受打击于一阵像雨点似的从他头上飞过来的小个儿无斑比目鱼；旁人笑了许多时，他始终相信这个女鱼贩子正是梅许丹的同党。他往日的拖泥带水的教师职业替他配备了一种天使式的忍耐心，所以他遇着愤怒升到心上和全身因为羞辱而丧气之时，他能够保持一种庄严性的冷静。但是艾司特拉巴德街的孩子们，却从来没有菜市场的"上流妇人"的这般狞恶行动，这种属于肚子和项颈都因一个极大的快畅而会跳跃的庞健婆娘们的仇怨，在他任人诱入陷阱之时。那些绯红的脸都来端详他了。在种种声音的怪样儿变调之中，在种种故意高耸臀部的怪状之中，在种种缩颈、摇手、摇腿的怪状之中，他从自己的敏捷性上猜到了整整一套儿的猥亵之谈的涛浪。伽瓦尔在这些不顾羞耻的和味儿强烈的短裙队里，大概会舒舒服服地捧着肚子笑得转不过气来，倘若她们过于紧张包着他，他只需向右并且向左拍拍臀部就算了事。而弗洛兰始终受着这些妇人的胁迫，竟渐渐地自以为堕入了一个恶梦里了，堕入了一个由奇特表情而用女拳师式的精赤粗大的胳膊和干喘之声来实行包围的女人们所制成的恶梦里了。

在这些无廉耻的群雌之中，他却有个知己。柯莱儿干脆地声言新任视察员是一个可敬的人，每逢他在她邻近那些妇人的粗话之中经过的时候，她定向他微笑。她懒散地坐在她的台子后边，一头纽成无数小绺儿金黄头发有些落在颈窝里，有些垂在鬓角边，一件裙袍斜斜地用扣针扣住。他最时常地看见她站着，双手没在鱼池里，更换盆子里的鱼，旋着那几条由口里喷出水线的铜质的小海豚来玩耍。这点儿水流，给了她一种属于那些立在泉水之侧而衣裳尚未扣好的游泳女子所感的料峭美感。

某天早上，尤其，她竟是很和蔼的。她请了视察员去看一条在叫卖时曾经造成市场惊讶的肥大鳗鱼。她揭开了，那扇早由她谨慎地关在盆子上的铁栅栏，就看见那条鳗鱼像是睡熟了一样沉在盆底。

"请您等等，"她说，"您就会看见。"

她从容不迫地向水里伸入那条赤着的胳膊，这是一条略现瘦削的胳膊，而胳膊上那层绸子样的皮肤，显出了皮下那些静脉的浅蓝痕迹。等到那条鳗鱼感得自身被人接触，它就蜿蜒起来，迅速地形成无数结子，使这个窄窄的槽子因为它这些圆圈儿而充满了绿绿儿的闪光。后来，一经它重新又睡下之后，柯莱儿就用指甲头儿再去刺激它来玩耍。

"它是大约了不得的，"弗洛兰自信应当这样说，"我很少见过这样肥美的一条。"

于是,她向他招认自己在开始的时候很害怕鳗鱼。现在她晓得应当怎样握紧自己的拳头,使它不能滑走。后来,在旁边,她捉住了一条较小的。这条鳗鱼在她那只紧紧握好的拳头的两端扭动。这样使她笑起来了。她丢了这条,又捉住另一条,搜索这个水盆,用那几只尖尖儿的指头搅动无数的蛇类。

随后,她在那里待了一会儿,来谈起交易不旺。那些在有遮盖的街面的石板上赶集的贩子,很不利于她们。她那条没有捲过的赤着的胳膊是湿津津的,鲜润得水样的鲜润。每一个指头尖儿上都有许多大滴儿的水落下来。

"哈"!她陡然说,"我应当请您也看看我的鲤鱼。"

她揭开第三合栅栏,于是,用双手取着了一条一面干喘、一面用尾泼刺的鲤鱼。但是她又找了一条比较小点儿的,这一条,她能够用一只手抓住它,它每干喘一次,腹部的呼吸咯咯使这只手张开一点儿。她想把拇指趁着它嘘气之时插入它的嘴里。

"这不咬人,"她带着甜蜜的笑声喃喃地说,"这并不凶恶……这像淡水大虾一样,我不害怕他们。"

她已经向水里重新伸入了她的胳膊,从一个满是郭郭索索的东西的方罨里,取了一条淡水大虾,这东西用它的钳子钳住了她的小指。她摇了它一两下,但是这淡水大虾大概钳得太厉害吧,因为她脸色变得很红,并且她用一个愤然的迅捷动作折断了它那只钳子,而没有停止微笑。

"岂有此理,"她为掩住自己的情绪而这样说,"我不敢相信一条梭鱼。它可以如同一柄刀子似的切开我的指头。"

后来，她对着一些异常清洁的洗衣板上，指出许多大的鳜鱼就在些紫铜色的金枪鱼和一些搭配成堆的小鲈鱼旁边，依着身材的长短排在那里。现在，她那双手完全因为鲤鱼的分泌物而成了滑腻腻的了；她立在鱼池边的湿地方，在那些陈列好的湿鱼上面，张开那些指头。旁人可以说她一身满是一种鱼子的味儿，一种从芦苇和泥莲而上升的腐败味儿，就是我们在鱼类醉于春光因而撒蛋的时候可以嗅到的。她用自己的围裙拭着双手。在这类乎溪流对肉体所成的凉沁腠理的快感之中，始终用她那种头脑冷静的大女孩子的宁静神情微笑。

柯莱儿的这种同情，对于弗洛兰是一丝儿的安慰。她用种种较为不清洁的谐谑逗引他，遇到他为和青年女子谈话而停住脚步的时候。她耸着双肩，说她母亲是一个老贱货，说她的阿姐算不了什么。菜市场里对于视察员而施的不公正态度教她愤愤不平。然而斗争却仍然继续不休，见天儿愈来愈残酷。弗洛兰竟想离开这位置了，倘若不怕在荔莎跟前露出懦怯态度，也许不能在这位置上等候二十四小时。他忌惮于她将要说的，他忌惮于她将要想。她必然清楚这些女鱼贩子和视察员之间的大斗争，因为有关系的风声充满了这座有回声的菜市场，而街坊上对于每一个新的手法又用了无穷尽的尖刻注解来判断。

"唉！也好。"荔莎在晚餐后时常说，"要引导她们恢复理智，大概是要归我来担任的。这群女人，都是我不愿用指头去接触的，贱货，脏货！这个诺曼底女人是那些最下等之中的最下等……您记着，我可以罚她停业，若是我！还是只有行使职权,您可听见,弗洛兰。您弄错了,根据您的种种观念。您用实力干一下吧,将来自然看得见大家都安分了。"

最后的骚动是可怕的了。某天早上,面包店的达葡罗夫人的女工到鱼市上来找一条黄比目鱼。美貌的诺曼底女人看见她在她的四周绕了好几分钟,就来兜揽她,奉承她。

"请您到我这里来看吧,我可以和您商量……您要一对小比目鱼,一条黄比目鱼?"

后来,正当她走近跟前而又带着顾客们为了少花些钱而用的那种厌忌不平的扁嘴生嗅一条黄比鱼的时候,美貌的诺曼底女人就拿了一条用厚厚儿的黄纸包着的黄比目鱼搁在她那只张开的手上,一面继续说道:

"请您替我掂掂这一条的轻重吧。"

那女工,是一个奥弗涅地方的人,矮矮儿的,显出很不放心的态度地,提了提这条黄比目鱼,板开了它的腮看了看,可是始终扮着鬼脸,一个字也不说。后来,如同抱歉似的问道:

"那么多少钱?"

"十五个法郎。"这女鱼贩子说。

于是那一个连忙把鱼搁在台子上,神气显见得就要跑开。但是美貌的诺曼底女人留住了她。

"大家瞧瞧吧,请您给个价钱。"

"不,不,这太贵了。"

"好坏请说吧。"

"您愿不愿意做八个法郎?"

梅许丹老娘像是睡醒了,发出了一个不放心的笑声。她简直认为那两个偷买货物了：

"八个法郎，一条这样大小的黄比目鱼！孩子，旁人为着夜晚给住你的嫩皮一定付你这样的价。"

美貌的诺曼底女人用一种受了侮辱的神情侧转了脑袋。但是这女工回转来两次，还了九个法郎，快要加到了十个法郎。后来，正当决然走开的时候：

"您快点儿回来吧，"这女鱼贩子向她喊，"请您给钱吧。"

那女工站在台子跟前，友谊地和梅许丹老娘谈起来。达葡罗夫人是那样爱挑剔的！她约了人客吃饭，这夜晚，白乐瓦家的表姊妹，一位会计师两夫妇。达葡罗夫人的家庭是很讲规矩的，她本人虽然是个面包店的主人，从前却受了一种好好的教育。

"请您好好儿替我出清它的肚子，行吗？"她中断了她的言谈而这样说。

美貌的诺曼底女人用手指一勾，就出清了黄比目鱼的肚子，接着把废物扔入桶里。她在鱼腮底下塞入自己围裙的一只角儿，去扫除什么砂石。后来亲手拿着这条鱼放到这个奥弗涅女子的篮子里。

"在这里，好朋友，您将来定要因此而要赞扬我。"

但是，一刻钟未到，那女工满面绯红地跑过来；她哭过一次了，小小的身躯因为气愤而发抖了。她向大理石的台子上扔下那条黄比目鱼，从肚子旁边指出一条分剖鱼身直到脊骨为止的宽大裂痕。一阵断断续续的言辞从她那条仍然被眼泪紧束的嗓子里挤出来。

"达葡罗夫人不要这个。她说她不能使用这个。并且她说过我是一个糊涂人,又说我任凭大家来欺负……您看得清楚这个是弄破了的。而我呢,我并没有把它翻过来,我素来讲信用……请您退还我那十个法郎"。

"大家总要看清楚货色。"美貌的诺曼底女人宁静地回答。

后来,那女工正耸着双肩,梅许丹老娘已经立起来了。

"您可以让我们太平了,行吗?谁也不会收回一条拖到旁人家里去过的鱼。谁晓得您在哪里任凭这条鱼落在地上,以至于弄成这个样子?"

"我!我!"

她气得不能出声了。随后,痛哭的声音爆发起来。

"你们是两个骗子,对呀,两个骗子!达葡罗夫人对我真说得好。"

这一来,事情真闹大了。她们母女两个都愤气冲天了,伸起拳头来破口大骂。这个矮小的女工吓糊涂了,被这阵夹在两面向她直扑而来的一浊一清的声音所包围了,于是痛哭得更加厉害。

"走吧,你的达葡罗夫人还没有这样新鲜;若是要用这条鱼还应当先修整她自己。"

"一条完全的鱼十个法郎,哼!谢谢吧,你可得不到!"

"那么你的耳环,它值多少?……大家都明白你是仰躺着挣这笔钱的。"

"当然!她在曲山街的拐角上拉客。"

弗洛兰得到菜市场的警士的寻觅,就在吵闹得顶厉害的时候走过来。海鲜馆确乎是反了。那些女鱼贩子本来互相妒

忌得怕人，可是遇着一条价值两个铜苏的海青鱼而起问题的时候，却能惊人地互相协同去抵抗顾客们。这时候，她们歌唱起来："面包店的女主人有许多不大值钱的银币。"并且她们一齐用脚拍着，把梅许丹两母女当作被人唆使去咬人的活物一般共同刺激。在便道的另一端，有几个竟扑到了自己的台子外面，如同要去压倒这个在侮辱之海被遗弃被淹没被旋转的矮小女工的发髻。

"您退还那十个法郎给这个姑娘。"弗洛兰在问明这事件的原委就严正地说。

但梅许丹老娘挺身而出了。

"你，我的小子，我给你……记着吧！看我来退还十个法郎！"

于是飞也似的，她拿那条黄比目鱼对那个奥弗涅女子的脑袋扔过去，她在面门上饱满地接受了这件东西。她的鼻子出血了，鱼的头撞碎了，身子落在地上，啪的一下摔得稀烂，声音响得如同湿的抹布摔在地上一般。这种粗暴行动把弗洛兰激到不能忍受的地步了。美貌的诺曼底女人却害怕起来，退了几步，在他大声嚷着的时候：

"我罚您停业八天！再来撤销您的营业执照，您可听见！"

后来，因为他背后有人吆喝，他就用一种非常表示威胁性的神情转过身来，于是那些被慑服的女鱼贩子都归于宁静了。等到梅许丹母女退还了十个法郎，他强迫她们立即停止交易。那老的，怒得透不过气来。少的，哑子无言，脸色发白。她，美貌的诺曼底女人，从台子上被人撵走了！柯莱儿用她的宁静声音说这个办得不错；这句话在当天夜晚，几乎使她们姊妹两个在陀螺街的住宅里扭着打起来。八天之后，这两母女都回到市场了，她们都安分守己了，很冷静，很简略，抱着一腔积愤。并且，她们重新觉得安宁的海鲜馆回复到秩序之内了。美貌的诺曼底女人从这一天起，蓄着一个怕人的复仇思想了。她觉得这个辣手段是从美貌的荔莎方面来的。原来在打架的次日，她曾经遇见她是那样昂头天外的，所以她发誓要教她为着这种胜利的顾盼付出高价。在菜市场的各处角落里，同着萨盖姑娘、勒喀夫人和小沙立叶，久已有种种开不完的秘密会议；但是，在她们厌倦于种种使人欲睡的历史之有关于荔莎和表哥的放浪行为和以在葛吕的腊肠里寻出来的头发的时候，这话就不能再走远了，也不能教她泄愤了。于是她寻找点儿很凶恶的东西。去对准她的敌手当胸一击。

她的孩子自由自在地在海鲜馆长大起来了。自从三岁的年龄，他一直在馆里坐在一方破布上面。他友爱地睡在那些大的金枪鱼旁边，而醒了之后却身在春南鱼和黄鱼的包围里。这野小子浑身腥得像是一只腌鱼的木桶，使人以为他是从什么大鱼的肚子里走出来的。遇着他母亲转背的时候，他最爱的游戏，长期地是拿着海青鱼来盖房子和砌墙，有时候也在大理石的台子上，做交战的游戏，他拿那些石红鱼一排排对着摆好，推着它们教脑袋互相接触，同时又用自己的嘴唇模仿铜鼓和军号的声音，末了，再拿这些鱼堆成一堆，说它们都已经死了。再过几岁，他就在他阿姨柯莱儿的身边徘徊，去索取她破出来鲤鱼的和梭鱼的鱼脬；他拿这些东西放在地上，使这些东西发出爆竹样的声音；这件事是使他兴高采烈的。七岁的时候，他在便道上四处乱跑，钻到各处的台子底下那些包着锌皮的木箱之间，成了女鱼贩子们的骄子。有时候，她们拿什么使他开心的新鲜东西给他看，他就叉起双手，用无限的感叹意味，用不完全的民间语句喃喃地说道："这是最呱呱叫的！"于是"呱呱叫"这个名字就留在他身上了。这里也是呱呱叫，那里也是呱呱叫。全部的女鱼贩子都这样叫他。她们在各处都找得着他，在叫卖办公室的角落里，在鱼筐堆儿中间，在废物桶的缝儿里。他在这里像是一条在水里而动荡自若的嫩的长须鱼，白里透出玫瑰色。对于流动的水，他真像小鱼般地酷爱。他在便道间的水坑里留连，他接受台子上流下来的点滴。时常，他悄悄地旋开一条水管的龙头，满意于水柱的迸射。但是他最爱的是公用的水池和地窖子的石级上面，以至于他母亲到傍晚总得去找他，她牵他回来时，他浑身是被水湿透了的，手是发青的，皮鞋里面至于衣袋里都是带水的。

呱呱叫在七岁的时候，就是一个小胖子了，漂亮得像一个天使，而粗鲁得像是一架送货的塌车，他有一头起皱的栗色头发，一双柔和的眼睛，一张亵渎神明的嘴，一张说得出那些使得保安警察叫破嗓子的村俗字眼的嘴。在菜市扬的恶浊之中受教育，他背熟了市井泼妇的骂街经典，握起双拳叉在腰里，模仿梅许丹老娘生气时的横相。于是骂街字眼，例如"臭货""滥货""赶紧找你的汉子算账吧！""旁人给了你多少钱，为着它，你那副皮？"就在他那种唱诗班儿童式的声音里，像成串珠宝似的吐出来。每逢"R"这个字母，他

故意用喉头发音，他算是在一个圣女的膝头上，教他那种笑容满面好孩儿式的可贵童年结交了下流人物。那些女鱼贩子每每笑得挤出了泪水来。这样，受了鼓励的他，结果，至于说起话来不到两个字必定加上一声"见鬼！"。不过他始终是很可爱的，茫然于这些恶浊的真意的，他身体因为海鲜馆的强烈味儿和新鲜空气而支持了健康，如同口诵祷告之词似的，用一种极得意的神情背诵那些串珠式的骂街之语。

冬天到了，呱呱叫成了易于受到冷感的了，这一年。自从初冷的日期，他对于视察员的办公室，起了一种活跃的好奇心。弗洛兰的办公室正在馆的左边角儿上，靠近朗布多街这一边。室内摆着一张桌子，一个文书柜子，一张围椅，两张单靠椅和一座火炉。而呱呱叫梦寐不忘的正是这座火炉。弗洛兰素来最钟爱孩子们。有一次，他看见这个两腿湿透了的孩子隔着玻璃窗子向室内端详，他就教他进来了。呱呱叫第一次的会谈深刻地教他惊讶。当时他坐在火炉前面，用他安静的声音说道：

"我要把我这双棒槌烤熟一段儿你可懂得？……天真冷得简直活像是见鬼。"

随后，他笑声像串珠似的滚起来，同时说道：

"今天早上，我的柯莱儿阿姨冷得像是一个死尸……说哟，先生，你到夜间会去替她暖脚，可是真的？"

颇为狼狈的弗洛兰，对于这野小子发生了一种异样的兴趣了。美貌的诺曼底女人保持冷淡的神情，一言不发地听凭她的孩子到他办公室勾留。这时候，他认为自己的接待这孩子是被人允许的。午后，他就引逗他，渐渐地对他引起了一个意识，就是要把他造成一个很懂事的小胖子。从他看来，这孩子像是他兄弟葛吕的缩影，而他们俩像是依然还住在罗叶可拉尔街那间大屋子里头。他的快乐，他的竭忠尽欢的秘密梦境，就是始终同着一个不会长大而由他不住地教导的青年生命过活，他就是他要在青年生命的天真坦白性情里面爱世上的人。到了第三天，他带来了一本启蒙的字母课本。呱呱叫的聪明教他心花怒发了。他用一个野孩子的巴黎式的热心来读课本。课本里的图画非常地教他快乐。随后，在这窄小的办公室里，他实行种种使人害怕的散心动作，那座火炉始终是他的至交，一份其乐无穷的资料。开始，他在火炉里面煨些马铃薯和栗子，但是这件事在他看来未免平凡。于是他从他的柯莱儿阿姨偷了许多鲈鱼，穿在一根线上，一条一条对着炉门来烤；他快快活活吃了那些鲈鱼，并不用面包相伴。并且某一天，他带来了一条鲤鱼，然而这样鱼始终烤不熟，却弄得办公室里臭气熏人，以至于非打开窗子和门不可。弗洛兰在这类烹饪的味儿太厉害的时候，就对街上扔掉那些鱼。然而最多的次数，他总是笑。呱呱叫在两个月之末，竟能够流畅地读书了，并且他的习字本都是很洁净的。

然而，夜间，这野孩子带着种种有关于他的好友弗洛兰的历史却使得他母亲头疼。这位好友弗洛兰画了许多树木和许多待在矮屋子里的人。这位好友弗洛兰做了这样一个手势，一面还说起倘若世上的人都晓得识字读书，就都是最好的。这诺曼底女人尽管在这个被她梦想扼杀的男子的威吓之中过活，她毕竟也把呱呱叫在家里关了一天，使他不到视察员的屋子里去，但是他哭得那样厉害，以至她第二天又恢复了他的自由。她体强气壮，心眼儿却很软弱。在她的孩子向她说起他在视察员那里很温暖的时候，在他回到她跟前而浑身干燥的时候，她起了一阵广泛的知恩之感，一种因为晓得他有庇身之所而双脚搁在火前的满意之感。后来好些时，他在她跟前拿起一方包着一段海鳗的旧报纸念了几行，她真是很受感动了。渐渐地，她竟至于暗自默想弗洛兰也许不是一个坏人。她佩服他的智识，同时动了一种日见增强的好奇心，想去比较切近地看他，想明白他生活的情状。随后，她陡然对自己找了一种托词，自信握住了她的报复政策：应当对荔莎的表弟兄表示和蔼，使他和这胖妇人弄翻。这大概是比较古怪的事。

"你的好友弗洛兰对你谈过我吗？"某天早上她替他着衣的时候问他。

"喔！没有。"那孩子回答，"我们只玩我们的。"

"那么，你向他说我不再怪他，并且我谢他教你读了书。"

从此，这孩子每天有了一个任务。他从他母亲这边到视察员那边，又从视察员那边到他母亲这边，背诵着许多他不明白的客气话、询问和答复，简直可以使他说出些最异乎寻常的事情来。但是美貌的诺曼底女人怕人说她胆怯，某一天她就亲自跑了去，当时呱呱叫正上习字课，她就坐在第二张椅子上头。她态度是很柔和的，很过于讲礼貌的。而弗洛兰守着一种比她更拘束的地位。他们只谈起这孩子。当他表明自己虑及以后的功课不能在办公室内继续时，她就提起邀他夜间到她家里去。后来她又谈到了薪金。他脸红了，声言他只好不去，倘若有这个问题。于是，她心里决定用几条很像样的鱼做礼物去付他的代价。

这是和平气象了。美貌的诺曼底女人至于把弗洛兰放在自己的保护之下，并且这位视察员终于也接受了。女鱼贩子们现在都认他是个比较韦尔辣克先生好得多的人，尽管他那双不好的眼睛。仅仅梅许丹老娘耸着她的肩头。她始终怀着宿怨对于这个"长瘦子"，她每每用一种轻蔑的方法称呼他。后来，某天早上，弗洛兰带着一阵微笑立在柯莱儿的养鱼池跟前，这青年女子放了手里抓住的那条鳗鱼，满脸胀得绯红，愤愤然转过脊梁对着他。他因此异常诧异了，以至于向诺曼底女人谈起这件事。

"爽性不用管她！"这一个说，"这是一个疯子……她从不赞成别人的见解。她干这个，为的是和我撇扭。"

她胜利了。她在自己的台子里安闲自在，挽着种种极其复杂的发髻显得更其娇艳。曾经遇见了美貌的荔莎，她向她回了一个轻蔑的眼色，并且扑面向她大笑。逗引表哥哥去使荔莎失望的确然性，给了她一个响亮的大笑，一个由胸部进出而使她那条肥而且白的项颈显出颤动的大笑。在这时机里，她意识到用一件苏格兰式的绒质短裤和一顶绒质平顶小帽把呱呱叫漂亮地装饰起来。而以前，呱呱叫素来只和凌乱的罩衣相习。谁知刚好在这个时代，呱呱叫对于自来水池起了一种大的留恋之情。冰呢，已经融化了，气候呢，已经温和了。他就连着苏格兰式的短裤洗澡，任凭水从管子的龙头里充畅地放出来，从他的项颈流到手上，这就是他所谓水雷管的游戏了。他母亲偶然抓住了他，这时候，他正和另外两个野小子,一块儿拿着两条从他柯莱儿阿姨那里偷来的小白鱼,在那顶盛满了水的绒质小帽子里游泳。

弗洛兰如同受了一种继续打盹的需要所拘束似的,在菜市场将近生活了八个月。在七年痛苦之中突围而出之后,他堕入了一个这样的沉静境界,一个这样很规则化的生活,竟使他觉得自己似乎是若有若无地活着而已。他茫然自失的头脑有些儿空洞,因为每天早上,必然回到窄小的办公室里那张不朽的围椅上面坐下而继续不断地感到诧异了。这间屋子用它的赤裸裸的姿态,它的船舱式的窄小意味,使他喜悦。他躲在那地方,和世界隔绝,四周全是菜市场的不断的喧嚣,使他玄想到什么海样的所在,它的幅员从各方面围绕他,并且隔离他。但是,渐渐地,一阵不可知觉的忐忑使他失望了,他不快活了,因为种种不能捉摸的错误而自责了,对于这类被他认为如同在他脑袋里和胸臆里愈陷愈深的空洞而愤怒了。并且,发臭的味儿,不新鲜的海鲜的气息,都带着重大的厌忌在他身上拂过。这是一种慢性的扰乱,一种向着一阵神经性的强烈激发而转的空泛的烦恼。

每日的白天光阴全是相似的。他在同样的喧噪之中同样的气味之中行走。早上,叫货的震耳声响,如同一阵远钟似的使他耳聋;并且,时常,因为货物到馆迟延,叫货就须弄到很晏才得结束。于是他只好在馆里等到日中,而时时刻刻总有争论和吵闹来打搅他,在这些事件当中他极力表出很公正的态度。有时候,须得花好几点钟,才能从什么使全市场骚然的琐屑事件之中脱身而出。他在交易的拥挤喧嚣之中行走,用小步儿在便道上巡行,有时候在那些沿着朗布多街的卖鱼台子跟前立住。这些台子，都有许多堆成粉红色的大堆儿的虾子，许多朱红篮子的龙虾，煮熟了的，缚好了的，尾巴圆圆地弯过来的；而那些将近就死的大海虾都平平地摊在大理石的台子上。在这地方，他瞧见许多戴着黑帽子、戴着黑手套的先生们讲价，后来，他们终于拿起一条包在一张报纸里的大海虾插在大衣的口袋里。再过去一点，在许多出卖普通鱼的活动桌子跟前，他认出了街坊上的许多妇人，都是同时光着脑袋走来的。有时候，他留心于什么穿得整齐的上流妇女，她沿着潮湿的石板拖着她的花边裙，后面跟着一个系上了白围裙的女仆；他远远地随着这上流妇女，一面看见她耸着双肩并且脸上露出不愉快的姿态。那些由篮子、皮口袋、筐子等类构成的乱糟糟的气象，那些在便道上的水泥上穿过的裙影子，都教他分心，都拖累他直到吃午饭的时候，他从鳞介的海洋腥味落到咸货的苦涩之香，因为流动的水和流动的新鲜空气而觉得满意了。他的视察工作素来是由咸货而结束的；装箱的熏过的咸海青鱼，砌在草床上的南特沙丁鱼，扎成圆卷的鳘鱼，摊在那些顽钝而肥胖的女鱼贩子跟前，使他想起某一次的出发、某一次的旅行，是从这些咸货的大桶的行列之间开始的。到了午后，菜市场安静了，睡着了。他在办公室里关着门，清理他种种文件，享受他这点儿最好的光阴。倘若走出了办公室，倘若穿过了鱼市，他就觉得它像是空的。那已经不是十点钟光景那种压迫拥挤和喧噪气象了。女鱼贩子们都坐在她们的空桌子后面，弯着脊梁拿着几支钢针编物；有些罕见地误了时刻的女仆们，带着从容的端详，精密估算夜餐价格到一个铜苏都不忽略的妇人的咬紧的嘴唇，在各处往来，从旁边观察。夕阳下来了，就有一阵木桶移动之声，鱼都躺在冰床上睡觉了。这时候，弗洛兰在监视旁人锁好了铁栅栏之后，就在自己的衣裳里、头发里和胡子里，把鱼市带在自己身边。

最初几个月，他不因为这种有钻透性的味儿而过于痛苦。冬天气候是严寒的，薄薄的冰使那些便道变成了镜面，冰块在那些大理石台子上和自来水池上构成了齿形。早上须得在龙头底下燃起小火炉儿才能得到一线儿自来水，冻了的鱼尾巴卷起了的，黯淡的，挺硬的，像是没有磨光的金属，钬钬铮铮像顽铁的破裂响声一样响着。直到二月，馆里的情形始终是令人伤心的，枯涩，忧郁，覆在它这幅由冰构成的尸衿里。但是解冻之后，来的是使人疲软的季候，三月的雾和雨了。这时候，鱼都软化了，没在冰水里了，变了味的气息和邻近街道上的污泥气息互相混合起来。难于确定的臭气和使人作呕的温而湿的空气，凝在地上不散。后来，到了六月的炎威逼人的午后，臭气上腾，用一阵近乎疫性的蒸发气氛使空气凝重化。馆里推开了楼上的窗子，灰色屋顶的广大帷幕在灼人的天顶上垂下来，一阵火雨落在菜市场上面，晒得它像是一座铁火炉；并且没有一口儿风来扫荡这种由腐败海鲜而生的蒸汽，做交易的台子都像是正冒烟。

弗洛兰于是在他赖以过活的环境之中，竟因食料的堆积而感痛苦了。熏腊店的败胃现象，更其难堪地回到他身上了。他固然忍受过种种同样可怕的恶臭，不过那都不是从肚子里来的。现在，他这副瘦子式的窄狭胃囊，在这些浸在宽水里而被一阵炎威逼坏的鱼类的陈列台前经过时，竟尔反动起来。这些鱼用它们的重浊味儿营养他，使他呼吸不畅，如同他早已得了一种因气味而生的消化不良之症似的。到了他关好了门坐在办公室里的时候，作呕的现象仍旧跟着他，从门和窗子的那些拼合不密的缝儿里钻进去。在天色灰黯的日子里，这间小小的屋子竟是黑的，正像是一种长期的黄昏没在一个使人呕吐的沼泽的深邃处所。时常，他受了神经性的忧郁的拘束，竟感得了一种行动的需要，于是就从那条开在海鲜馆中央的宽楼梯，降到各处的地窖子里。这里，在关闭了的空气里，在几盏煤气灯半明半暗的光线里，他居然重新找着了清水的凉气了。他在那个专养备用的活鱼的大水池边停住了步儿，静听那流水的不断歌唱，这些水道一共四道，都从中央水罐的四角落下来，再伏在那些锁好了铁栅子的水槽下面，带着一种常流不绝的幽咽而铺开平流。这种伏流，这种在晦暗之中的鸣泉，教他宁静了。他在傍晚时候，对着在天空的微红背景上把菜市场的细巧锯形轮廓映成黑影的好夕阳，也能够得到怡悦。五点钟时候的光线，最后几道日光里的飞马，从各处的墙口，从各处百叶窗的缝儿射进来。这正像一幅映光的磨砂隔灯玻璃，那上面描出了屋柱的瘦长影子，干架的倜傥曲线，屋顶的几何图样。他眼里充满了这种用中国墨汁画在闪光硬纸上的广廓无边的投影画了，重新记起他从前在那阵由蒸汽锅炉底下的发火煤斤的暗红光里窥见的有轮子、有曲拐、有杠杆的巨大机器的梦影儿来。每一点钟，光线的作用，这样变更菜市场的侧影，从早上的浅蓝和日中的黑影，直到夕阳的火红，终于在暮色的深灰之中自行消失。但是，在火样的傍晚，遇着恶臭上升，如同一阵热烟蜿蜒地穿过这些深黄日光的时候，种种作呕的现象又来摇动他了，于是他的梦想错乱起来，使他想到许多溶解某一族类的恶性脂肪的屠夫式肮脏大桶，种种庞大的暖房。

他还因这个粗鲁的环境而感痛苦，此中的言辞和动作也像都含了些儿气味。然而他本是好性子的人，并不因此生气。只有妇女们使他有些拘束。而同着那个和他重行会面的佛朗朔瓦夫人在一块儿，他却感到自在。她在晓得他得了位置，有了幸运，如同她所谓竟从困苦中拔出来之后，表现过一阵那样热烈的欢欣，以至于他因此大受感动。荔莎、诺曼底女人，以及其他妇人，都能用自己的笑声使他不安。而对于佛朗朔瓦夫人，他什么都可以说。她并不用笑声表示轻蔑；她的笑，是属于因他人之乐而乐的妇人的。并且，这是一个有勇气的妇人，她干的是一种艰苦的职业，冬天，下冻的日子，下雨的季候，尤其更见受罪。弗洛兰在某些日子的早上，从怕人的大雨里，从连日不住的迟缓而冰凉的长雨里，看见过她。她那辆从南代尔走到巴黎的车子的双轮，是在泥可没毂的路上进来的。驮尔大扎连肚子上都是污泥。后来，她为它叫屈，她用些旧围腰替它擦擦，一面怜悯自己。

"这些牲口，"她说，"都是很容易受感冒的，一点儿算不了的什么，也会教它拉肚子……哈！可怜的驮尔大扎！我们先头在内伊桥上面经过的时候，我真相信我们已经落到塞纳河里了，那阵雨可真大！"

驮尔大扎到旅馆里去了。她呢，就待在雨水倾注之下去卖她的蔬菜。地面上的方形石板，变成了烂泥坑。白菜、胡萝卜、白萝卜，本来受了雨水的打击，现在又淹在泥浆的急流里，滚到了路面上。那已经不是晴天早上的翠绿了。那些种园子的人，躲在风衣里面弯着脊梁，咒骂行政机关在调查之后竟宣言雨水无害于蔬菜，以至于没有建造几个躲避风雨的地方。

这时候，朝雨教弗洛兰失望了。他想起佛朗朔瓦夫人了。于是抽身去和她谈一会儿。但是他觉得她是从来不发愁的。她起劲得像是一条哈巴狗儿，说自己很见过许多其他的雨天，说自己不是糖做的，断不至于一着雨就这样溶下来。他勉强教她走到一条有遮盖的路上待几分钟，并且好几次引她到勒毕格尔店里，共同喝了点儿热的葡萄酒。在她友谊地宁静地端详的经过中，他因为她带到菜市场的恶浊气息里面来的田园洁净味儿而很满意了。她有泥土的味儿，干草的味儿，新鲜空气的味儿，广阔天空的味儿。

"应当到南代尔来，我的孩子，"她说，"您可以看得见我的菜园子，我在沿边的各处都种了百里香……这儿是臭的，在您的穷巴黎城里！"

末了，她一身通湿就走了。弗洛兰和她分手的时候，是整个儿清凉的。为着克制他感到的种种神经性的忧郁，他也曾试着工作起来。这是一个注重方法的头脑，有时候推动他时间上的严格使用竟达到了迷乱境界。每一周，他有两个夜间待在屋子里去写一本有关卡宴的大著作。他认为他这间寄宿学生式的屋子，为着教他安静并且便于工作是好极了的。他烧燃了他的火炉，看看他那盆石榴花在他床边是否健康；后来，他走到那张小桌子跟前，就接着工作起来直到夜半。他早已把那本祷告用的小册子和《迷想之钥》推到抽斗的尽头,这抽斗渐渐充满了笔录、纸片儿、各种抄件。有关卡宴的著作终于前进得不多,它又被其他的计划,种种由他略写几行草稿的庞大方案,加以岔断了。继续地,他又草拟一种为菜市场管理制度而施的绝对改进计划,一种以交易税变更落地税的办法,一种有关穷乏区域里的食料新分配制度,简而言之,一种还很含糊的一视同仁的法律,它集中种种输入品,并且保证巴黎每个家庭每天的所必需而不可再减的食料。弯着脊梁,埋头于许多严重事物之中,他在阁楼的已经消去的温和的中央显出他那高大的黑影了。末了,一只被他在下雪的季节从菜市场拾来的金丝雀,偶然望见灯光以为天明,就在沉寂境界里,就在仅仅被钢笔在纸上飞驰的声响所扰动的沉寂境界里,发出了它的长啼。

如同受着恶运支配似的,弗洛兰又回到政治了。为了不由政治去求人生里的好职业,政治竟过分折磨了他。他原可无须乎境遇和时机就变成一个在外省服务的好教师,满意于小城市的和平气象了。但是有人从前把他看作豺狼,现在他自己觉得如同为着什么斗争的事业而受了流刑的烙印。他的神经性的不自在,本来不过是种种在卡宴的长久幻想的苏醒,种种对着无辜受刑的苦境的苏醒,种种为着受了皮鞭待遇的人道主义和受了铁脚蹂躏的公理而主张必有复仇之一日的誓词的苏醒而已。而庞大的菜市场,种种超过界限而结实的营养料,又都加速了神经不安定。菜市场在他眼中像是个满意而有消化力的怪物,腆着大肚子的巴黎蕴藏它的脂肪,无形地支持了帝制。菜市场在他的四周,团团地安置许多宏大的食管,巨灵式的腰围,滚圆的脸,俨然许多继续不断的论点根据，借以排斥他这种遭难者式的枯瘦形体，他这种显出不平色相的黄脸。这正是小商人的肚子，中产阶级正派人的肚子，像圆球似的凸起来，感到快活，对着太阳发光，觉得一切都向着较好的境界走，而习惯和平的人士从来没有这样好好儿发过胖。这时候，想起回到法国所脱离的流刑，他感到自己握紧了的拳头为着一场奋斗而预备好了。愤恨又整个制住他了。时常他任凭手里的笔落下来，他又冥想了。那炉将近熄灭的火，用一种大的焰子渲染他的脸；那盏多烟的灯慢慢地吸着灯芯上的油，同时那只金丝雀，脑袋插入翅膀下面，又缩起一只脚立着睡熟了。

偶尔，十一点钟光景，沃巨斯德看见门缝下面有光，就在自己去安寝之前来叩门了。弗洛兰带着些儿焦躁意味替他开了门。于是熏腊店的这个学徒坐下了，待在火炉跟前，不大说话，从来不谈起他为什么要进来。他始终瞧着他和沃巨斯汀身穿星期日的衣裳手握手地共同照的那张相。弗洛兰自信终于明白他在这间曾被这青年女子住过的屋子里用一种特别方式表示快乐的缘故了。某一天夜间，他在微笑之中问他是否正确地猜着了。

"也许很正确地猜着了。"很因他独自找出的发现而吃惊的沃巨斯德这样回答，"我从来没有想过这件事。我来看您自己却不晓得……哈哈！倘若我把这件事告诉沃巨斯汀，她一定会笑起来……凡是人到了应当结婚的时候，对于这些笨事就不大转念头了。"

等到他显出多言态度的时候，那就始终是回到他预备同着沃巨斯汀到普莱桑斯去开的那家熏腊店了。他像是十分保证能够随他的意思去确定自己的生活，以至于弗洛兰终于对他感到了一种被愤怒所渗杂的敬佩心。总而言之，这少年是很有毅力的，尽管像是很笨；他直挺挺地向着一个目的前进，他也许可以在一种完备的幸运之中毫无动摇地达到那地方。在这样一些夜间，弗洛兰不能再来工作了：他不快活地睡了，直到想起："这个沃巨斯德到底是一个粗货！"他才重新恢复精神上的平衡。

每月，他必定到克拉马去看韦尔辣克先生。为他这几乎是一种愉快。这可怜的汉子，始终在那个估量他活不到半年的伽瓦尔的十分惊诧之下拖着不死。在弗洛兰的每次拜访之中，这病夫总对他说自己渐入佳境，说自己很想恢复工作。但是日子过了许多，病状也加重了许多倍。弗洛兰坐在他的床边，和他谈起鱼市，极力想带点儿开心事情过来。他在床边那张搁便盆儿的小桌子上，放下了他让给这个负着名义的视察员的那五十法郎；而这一位，尽管这本是一件约好了交易，却每次必然生气，不肯要这笔钱。后来，他们谈到旁的事了，这笔钱就留在那小桌子上了。到了弗洛兰走的时候，韦尔辣克夫人陪着他走到临街的门边。她是矮小的软弱的，善于流眼泪的。她只谈起那点儿因为他丈夫的病而引起的鸡汤、鲜牛肉、葡萄酒、医生和药店之类的用费。这些悲伤的谈话很教弗洛兰局促不安。第一次，他没有懂，末了，因为这可怜的妇人说他们从前靠着视察员位置的年薪一千八百法郎都觉得生活舒服，就一定流泪，他就带着羞怯态度说自己愿意瞒着她丈夫再给她点儿东西。她表示拒绝了；后来不待转圜，从她自身一方面，保证五十法郎可以够她的用途。但是，在那一个月里，她时常写信给那个被她称为"他们的救助者"的人。她有一笔秀丽的小型英国字体，许多简明而谦逊的词句，而为着要求十个法郎，她可以这样写满三页信纸，使得这个公务人员的一百五十法郎完全移到韦尔辣克家里去。那丈夫大概一无所知，而妻子却向他行吻手的敬礼。这种善意的举动是他的至乐；他却掩藏起来，如同一种被他以自私态度取来的犯禁愉快。

"韦尔辣克这魔鬼真给您开玩笑。"伽瓦尔偶尔这样说，"他爱惜自己，现在您替他制造定期的利润。"

某一天，他终于回答道：

"这是商量过的，我现在只让二十五个法郎给他。"

并且，弗洛兰本来没有需要。葛吕两夫妇始终供给他的食和住。几个剩下不多的法郎，够得供他夜间到勒毕格尔先生店里惠账的用处。渐渐地，他的生活规范得像是一座时钟了：他在卧房里工作；继续给呱呱叫上课，每周两次，从八点到九点；留下一个夜间给美貌的荔莎闲谈，免得使她不快活；而其余由他剩下来的时间，就在玻璃格扇的雅座里，同着伽瓦尔和他的朋友们共同消磨。

在梅许丹家里，他之去，总带着教师式的不亢不卑的态度。那栋旧式房子合了他的好尚。在楼下，他从那爿熟蔬菜店的平淡味儿的中间经过，许多盆的熟菠菜，许多罐的羊蹄菜，都在一个小天井的后面摊着冷下来。后来，他跨上了那条因为潮湿而显成油腻腻的螺旋形的楼梯，楼梯每一级都是开裂的和有凹宕的，并且歪得使人放心不下。梅许丹一家人占了整个的二楼。自从宽裕的境遇已经到手之后，那做母亲的从来不肯搬家，尽管她两个梦想到一条宽敞街道上的一所新房子里居住的女儿屡次哀求。这老婆子使出执拗的性子，说自己从前在哪里过活，以后就死在哪里。尤其，她满意于一间乌黑的盥洗室，而把两间卧房让给柯莱儿和诺曼底女人。这一个行使阿姊的权威，占住了临街的那间，这是大卧房，漂亮卧房。柯莱儿因此很不平，拒绝使用相连的那间对着天井的屋子，而愿意睡在楼梯另一面的一间类乎紧压在屋脊下面的小屋子，并且她连用石灰刷白一下的工夫都没有。她握住了自己这间房钥匙，稍许有点儿不高兴，她就关起了门躲在房里。

弗洛兰到的时候，梅许丹家里正用过了晚餐。呱呱叫扑到他的身上箍着他的项颈。他带着这个倒在他两腿之间晓晓不休的孩子，坐下休息一会儿。随后等到餐桌上的漆布被人擦过的时候，功课就在餐桌的角儿上开始了。美貌的诺曼底女人对他表示一种殷勤的款待。她用几支铁针编物或者补缀换洗的衣裳，拉近自己的椅子，在同一的灯光下面工作；时常，她停下针来静听这种教她惊讶的功课。不到多时，她起了一个深刻的敬佩念头对着这个如此博学的单身汉子：他和呱呱叫说起话来像是一个女人那样地柔和，他又有一种安琪儿样的耐心来始终重述同一的劝告。她觉得他的仪表绝对不恶了。使得她变成了因为美貌的荔莎而怀妒忌的了。她又移近了她的椅子，用一种使人感到局促的微笑瞧着弗洛兰。

"不过，妈，你撞着我的胳膊，你弄得我不好写字！"呱呱叫在愤怒之中说，"你瞧！这是一滴墨水，现在，赶快退后吧！"

渐渐地,她居然说了荔莎的许多短处。她肯定她隐瞒了自己的年龄,她紧束自己的胸甲弄得呼吸困难;而在早上,这个熏腊店女掌柜下楼时候之所以缚紧肚带、上好油膏、头发一丝不乱的缘故,正因为她丢开装饰应当是怕人的。这时候,她略略抬起了自己那双胳膊,来表示在自己的衣里并没有束胸甲,并且她保留她的微笑,展开她那教人感到正在半纽半开的薄薄汗衣里面转动蕴含的美妙躯干。这一课中断了。感到兴趣的呱呱叫瞧着他母亲抬起了那双胳膊。弗洛兰听着,并且笑着,同时想起妇女们都是古怪的。美貌的荔莎和美貌的诺曼底女人的竞争教他得了乐趣。

呱呱叫这时写完了他那页习字簿子。弗洛兰本写得一手好字,这时候着手预备些模范字型,许多纸条儿,他在那上面用大型字体和半大型字体,行列整齐地写了许多拼法很长的字。他欢喜用"残暴地""妨害自由""违背宪法的""革命的"这些字,或者他教这孩子抄写这样一类的句子:"公理的日子将要到了……应当受的痛苦是恶人的刑罚……在时间将到之际,罪人必倒。"他写着模范字型,很坦白地服从种种在他脑子里时常出没的意识;他忘了呱呱叫、美貌的诺曼底女人,一切绕着他四周的。呱呱叫几乎要抄录《民约论》了。他描着每个字母,在许多整页儿的纸上,排出了许多"残暴地"和"违背宪法的"这类的词。

一直到这位教师起身的时候,梅许丹老娘始终绕着桌子窥探,一面口里咕噜。她心里对于弗洛兰继续蓄着一种可怕的怨恨。照她的看法,这并没有好的意义,来这样教这小子,在夜间,在孩子们都应当睡的时候用功。她必然早已把这个长瘦子扔到门外了，倘若美貌的诺曼底女人在一场很激荡的说明之后，没有斩切地向她声言假使她不能以主人地位在自己屋子里接待在她认为好的人，她就到外边去住。加以每天夜间，争论必然应时重新开始。

"你说的是废话。"那老婆子说，"他的眼睛不正……并且，瘦子们，我素来放心不下。一个瘦的男人，什么都会干。我从来没有碰见一个好的……他的肚子贴到了屁股上了，这一个，不用怀疑；因为他扁得像一块木板……不好看，这样！我呢，已经是过了六十岁的人了，我不愿意收留他在我的搁便盆儿的小桌子里"。

她之说这段话，因为她看明白了事情是怎样转变的。并且她带着赞美谈到勒毕格尔先生，这一个在事实上，对美貌的诺曼底女人很表示殷勤；除了嗅到这里有一笔大的嫁资，他而且还想起这青年妇人若是照顾柜台一定是好极了的。这老婆子没有拒绝：至少这一个不是骨瘦如柴；他应当强健得像是一个土耳其人；她甚至于竟念念不忘他那双很结实肥壮的小腿。但是美貌的诺曼底女人耸着双肩，一面尖刻地回答道：

"我真看不起他的小腿；谁的小腿我都用不着……我干我高兴干的。"

并且，倘若这母亲要继续再说并且说得更露骨，这女儿就喝道：

"哈，什么！这与您不相干……这不是真话，并且。即令这是真话，我也不会向您请示，可不是？请您让我太平一点儿。"

她回她的卧房去了,砰地关好了房门。在家里,她早已取得一种被她妄用的权力。这老婆子在深夜,遇着自己相信有什么声响,就从床上起来,赤着双脚走到她女儿的房门口,去听弗洛兰是不是没有再来找她。但是弗洛兰还有另外一个更为强硬的敌人在梅许丹家里。每逢弗洛兰一到,柯莱儿就一言不发地站起来,端起了一只烛台,回到她那间靠着楼梯平台那一边的卧房里去。于是旁人就听见她带着一种冷冰冰的愤气旋紧了她门上的两层锁簧。有一天夜间,她的阿姊邀请教师吃饭,她就在平台上预备自己的饮食,并且独自在卧房里吃。时常,她那样严密地不肯出门,以至于旁人整整一周看不见她。她始终提不起兴趣,而脾气乖僻得像铁,顾盼疑虑得像那仗着灰色毫毛保护的野兽。梅许丹老娘以为能够同着她来给自己排遣,谁知在向她谈起弗洛兰的时候,却弄得她怒气冲天。于是,这个被激怒的老婆子,向四处嚷起来,说是自己倘若不害怕两个女儿在家里互相吞噬,自己真会走开。

某一次夜间,弗洛兰正值退出的时候,经过柯莱儿那张大开而尚未关的房门跟前。他看见她正满面绯红地瞧着他。这青年女子的仇视态度教他伤心了,他自己对于妇女们而生的羞怯心够得阻挡他引起一番说明。这次,他若非瞧见萨盖姑娘那张雪白的小脸儿伏在三楼的栏杆上面,他一定会走到柯莱儿的卧房里了。他过门不入了,还没有下到十级楼梯,柯莱儿的房门激烈地随着他的脚跟关起来,使得整个儿那间楼梯房受了震动。就是在这个机会之下,萨盖姑娘确信葛吕夫人的表弟兄和梅许丹家两姊妹都睡过了。

弗洛兰没有对这两个女儿身上转过念头。通常，他以绝不能从妇女身边取得什么成功的男子地位对待妇女。后来，他的男性壮志在梦想世界消费得太多了。对于诺曼底女人，他本已到了实验一种真正友谊的地步，因为她心眼儿不是坏的，当她不任性的时候。夜间，在灯光下面，她如同为着俯下身体来看呱呱叫学写字似的而移近自己的椅子的时候，他竟怀着相当的不自在感到她那健硕而温暖的身体在他的旁边了。在他看来，她像是庞大的，很凝重的几乎教人放心不下的，挺着她那个巨灵式的胸部；由于泛泛地害怕自己陷入那个肉体之中，他竟缩起了自己那双尖锐的胳膊肘和那副枯槁的肩头，他一身干瘦的骨头触到这类丰肥的胸部而得的只是烦恼。他低起脑袋了，更缩起身体了，因为那阵从她身上腾起的强烈呼吸感到了拘束。有时候她的短袖衬衣半开，他竟以为从那双重白颜色之间，看见散出一阵属于生命的蒸发物，一阵在他脸上拂过的属于健康的喘息，那依然是热的，如同在七月里的溽暑之夜，从菜市场里古怪味儿的拐角儿上所腾起的相似。这是一阵胶在轻罗细绮样的皮肤上的不散芬芳，一阵从酥胸皓腕渗出的海鲜脂液，在她这女性的气息里调入了一阵硬性的馥郁。她试过一切馥郁的油，她也在大量的水里洗过；但是沐浴的清凉鲜润一经消散，血液就向她重新引回了萨门鱼的淡味儿，香鱼的麝香紫罗兰味儿，海青鱼和方板鱼的辣味儿，直达她四肢百体的末稍为止。这时候，她的裙子的摇晃迸出了一种蒸发气；她在一阵混着泥沙的海藻样的蒸发作用中间前进；配上她那女神样的玉立长身，她那值得赞叹的纯洁和清浅，竟像是一座坠在海里而被一副捕沙丁鱼的网子从海岸边捞起来的古代大理石的雕像。然而弗洛兰感到痛苦了；他绝不需要她，他的感觉被鱼市的午后风光逼出反抗力了；所以他认为她是使人生气的，太咸了，太涩了，一个太大度的美人和一种太强烈的臭味。

而在萨盖姑娘，她却举起鬼神的名称发誓说他是她的情夫。她已经为着一条值得十个铜苏的无斑比目鱼和美貌的诺曼底女人生了气。自从这场纠葛，她向美貌的荔莎表示一种好的交情了。她希望能够早早地如此认识她所谓"葛吕家里的阴谋"。弗洛兰继续躲避她，她是一个没有灵魂的躯壳，正如她自身之所言，而不自白其中不平的缘故。一个跟着一个单身男子的踪迹跑的青年女子，本不至于比这个可怕的老婆子在觉得这个表弟兄的秘密在她的掌握之间从容滑走的时候更为伤心。她用一种因为她那在求牡狂热发动中的好奇心不能占住他而陡起的激怒，来窥伺这个表弟兄了，追踪他了，赤裸裸地探究他了，在各处端详他了。所以自从他到梅许丹家里来，她竟不离开楼梯上的栏杆了。后来，她明白了美貌的荔莎看见弗洛兰和"这些婆娘"往来很为生气。于是每天早上，她给荔莎许多属于陀螺街的新闻。遇见天冷的日子，她被冰风弄得皮肤发皱，身子瑟缩，就走到熏腊店里来；她走在柜台前面，抬起那双发青的手，搁在那合金的小熏笼上来烘热自己的指头，却一点什么也不买，只用她那道微弱的声音反复地说道：

"他昨天又到了她们家来，就一直再没有出来……诺曼底女人在楼梯上喊他作'我的乖乖'。"

为着多待些儿时间并多烘热些儿自己那双手，她说了点儿谣言。在她自信看见了弗洛兰从柯莱儿屋子里出来那晚的第二天，她赶忙跑到熏腊店里，并且使那故事延长到半点钟以外。这是一种羞耻了，现在，表弟兄从这张床爬上了另一张。

"我看见了他。"她说，"在他和诺曼底女人鬼混够了的时候，他就颠起了脚去找那个金黄头发的小的，以后，他大概要重新回到那个栗色头发的大的身边去，在我撞破他的时候，这可教他倒退了。整整的一夜，我听见那两张房门的声音，这个何曾完结……而那个老的梅许丹，她正睡在一间夹在她两个女儿的屋子当中的盥洗室里！"

荔莎做了一个轻蔑性的扁嘴。没有多说话，只用她的沉默态度鼓励萨盖姑娘的多言。她深沉地静听。到了细情变成了过于突兀的时候，她喃喃地说道：

"不，不，这是不许可的……竟会有这样的女人！"

这时候，萨盖姑娘，哼！竟答复她说一切的女人都不是像她一样有德行的。然后才说自己很原谅这表弟兄。一个男子，原可以跟着每一条过路的裙子跑；并且他没有娶妻，也许末了，她装作无意地提出了一些问题。但是荔莎始终不评判这位表哥，耸着肩头，闭着嘴唇。等到萨盖姑娘走了之后，她显出作呕的神气瞧着熏笼的盖子，在那上面，在金属的光泽上面，这老婆子留下了她双手的污痕。

"沃巨斯汀，"她喊着，"快拿一块抹布来擦熏笼。这真教人倒胃口。"

美貌的荔莎和美貌的诺曼底女人的竞争成了怕人的了。美貌的诺曼底女人自以为夺了她的敌人的一个情夫，而美貌的荔莎则愤怒地反对这个不值得什么的女人引了这个阴险的弗洛兰到她家里，终于会累及他们。于是每方面各自在各自的仇视之中拿出了各自的性格。这一个，安静的，蔑视一切的，带着一种为跨过污泥而提起裙子的女人的脸色；另一个，较为不顾廉耻，显出一种顽钝的快乐，带着一种遇事生风的女决斗员的粗率态度在人行道上昂然独尊。她们相遇中的某一次，造成了鱼市的整整一天的谈话资料。美貌的诺曼底女人在看见了美貌的荔莎立在熏腊店的门口的时候，就故意绕了一个圈子经过她跟前，为的是教自己的围裙和荔莎轻轻相触。这时候，她们的黑色的注视就像双剑一般，带着纯钢般锐利的闪光互相交错了。而在美貌的荔莎到了鱼市里来的时候，就从她这一方面，故意走近美貌的诺曼底女人的台子跟前，装出一个倒了胃口的鬼脸；她在邻近的一个女鱼贩子手里，挑选些大件头，一条黄比目鱼，一条萨门鱼，就在大理石的台子上搁下她的钱，瞧见了这件事伤了"这个值不得什么"的心使她停住了她的笑。此外，这两个敌手互相造谣，各自说各自的对方只出卖变了味的陈货。但是她们的作战根据地，在美貌的诺曼底女人是她那张台子，在美貌的荔莎是她的柜台，双方的"火线"尤其是穿过朗布多街的街面互相怒射的。她们在这种时候都严守位置，着上雪白的宽大围裙，戴上各种珠宝和装饰品。自从早晨，战斗就开始了。

"倒不错，那条肥的牛婆已经起床了！"美貌的诺曼底女人叫喊起来。"她把自己捆得像是她那些腊肠一样，这婆娘……哈！她又带上了星期六那条脏领子，穿的还是那件半丝半毛的裙袍！"

同时，街的另一面，美貌的荔莎向她的女学徒说道：

"您快看吧，沃巨斯汀，那只货色正偷偷地端详我们，在那边。她完全变了样子了，因为过的那种生活……您看见她那双耳环吗？我相信她真会摆架子，可不是吗？真教人叹气，这样的金刚钻，落在这样一班女人手里！"

"正是这些东西向她要的代价！"沃巨斯汀温和地回答。

她们两人的中间，有一个得了一件新的珠宝的时候，这竟是一件胜利了；于是另一个就悲愤得要命。整个儿早上，她们为着她们的顾客们而互相嫉妒，表示自己很伤心，俨然互认为"对面那个大个儿"的买卖更发展了。后来，午饭的情报又到了；她们彼此都晓得对方吃的什么，窥探的功夫直达到对方的消化状况。午后，一个坐在那些烹饪好了的肉林之间，一个坐在鱼群里，她们都休战了，都严阵以待了，都异常戒备了。这正是决定当天种种成绩的时刻。美貌的诺曼底女人刺绣了，挑选了针线工作中很微妙的，这正是教美貌的荔莎生气的事。

"她最好是，"荔莎说，"去修补她那个赤着双脚走路的儿子的袜子吧……各位可曾看见这样一个姑娘，一双通红的手全是鱼腥味儿！"

她，编物，通常。

"她始终编着那只不朽的袜子，"另一个这样挑眼儿，"她算是躺在工作上面，她吃得太多……倘若她那个忘八等候这袜子来暖脚！"

一直到傍晚，她始终都还是不能安慰的，曲解每一个访问者，目光那样敏锐，使她们从对方的身体上擒得住种种极细微的详情，而其他的妇女们，在这样的距离，都说是什么也望不见。萨盖姑娘因为葛吕夫人的眼力过人而赞叹不置了，某一天荔莎发现那个女鱼贩子左腮上的一道爪痕，她就说道："有这样的眼睛，可以隔着门透过去看。"天黑了，而胜利属谁，每每不能决定；有些时，其中的一个立在人行道上不动；但是明天，另一个定来报复。在街坊上，有人赌东道了，或者为的美貌的荔莎，或者为的美貌的诺曼底女人。

她们至于禁止她们的孩子们互相说话了。以前，菠林和呱呱叫本是好朋友；菠林穿的是样子正派的姑娘的笔挺的短裙；呱呱叫是衣衫落拓的，乱嚷乱踢，很熟练地摹仿赶车的行动。每逢他俩在海鲜馆前面的宽阔人行道上寻乐的时候，菠林总装作一辆车子。但是某一天，呱呱叫天真烂漫地跑着去找她，美貌的荔莎却把他当作野孩子对付而推到门外。

"天晓得，"她说，"同着这些没有教训的孩子们！……这一个真有许多被大众眼见的坏榜样，我真不放心，遇着他和我的女孩子在一块儿。"

这孩子的年龄是七岁。萨盖姑娘当时正在荔莎跟前，接着说道：

"您很有道理。他素来和街坊上的女孩子们混在一块儿，这个坏东西……曾经有人在一个地窖子里遇见他和煤贩子女儿一块耍。"

而美貌的诺曼底女人，在呱呱叫回到家里哭着向她说起这个遭遇的时候，竟坠入一阵怕人的暴怒境界之内了。她想跑到葛吕－格拉台勒店里去捣烂一切。后来，她打了呱呱叫一顿，气就平了。

"倘若你再到那里去,"她愤愤地吆喝,"你就会晓得我的厉害!"

但是这两个妇人的真正牺牲却是弗洛兰。彻底说来,他是唯一把她们引到这个战场上的,她们的战斗只为着他。自从他回到巴黎以后,一切越来越坏了,他使得这家一径在如此肥腴的太平气象里过活的人现在感到危险困难和动摇了。美貌的诺曼底女人很想去抓伤他,遇到他在葛吕家里忘情过久的时候;这种推她向着渴望这汉子而趋的斗争热烈心正是大的缘故。而美貌的荔莎,对着她大伯子的品行不端,他那些和梅许丹姊妹种种关系造成的街坊上的恶评,却保持一种司法官式的态度。她惊心动魄地受了妨害了,极力忍住性子不去表示她的妒忌心,固然,她轻蔑弗洛兰而且自己又抱着正直妇人的冷静态度,然而一种特别的妒忌心却使她怒气横生,每次他为着到陀螺街而离开熏腊店,她就揣度他在那里应当享受的种种违禁的娱乐。

夜饭,夜间的团聚,在葛吕家里,都成了不大亲热的了。饭厅的明洁境界得了一种尖锐逼人而冷落无情的特性。弗洛兰在清浅的橡木家具里面,在过于整洁的挂灯下面,在过于簇新的地席上面,感到了一种责备,一种惩罚。他几乎不敢吃什么了,怕的是撒下些儿面包粉层和弄脏他的饭巾。然而他却有一种漂亮的简括态度使她看不出来。他向各处称赞荔莎的柔和风度。在事实上,她一直是柔和的。她带着一种微笑,如同向他闹着玩儿似的向他说道:

"这是不可解的,您食量并不坏,现在,然而您并没有发胖……这于您并没有好处。"

葛吕却笑得格外有劲儿了,他拍着他哥哥的肚子,一面说整个的熏腊店可以装在那里头,却简直连一个双铜苏那样厚的脂肪都不留下。但是荔莎的坚持之中,原有那种怨恨,那种被梅许丹老娘比较村野地对于瘦子表示过的怀疑,也有一种对于弗洛兰的越轨生活而发的绕弯子的隐语。此外,荔莎在他跟前从不议论诺曼底女人。某一晚葛吕说了一次笑话,她竟变成了冷冰冰的,他只好再也不提。晚饭后的甜食吃完后,他们又勾留了一会儿。弗洛兰曾经注意过她的神情,所以在他认为走开是太早的时候,就找点话来谈。她本来是很近地坐在他身边。他却不觉得她是温暖的和有生命的,如同那女鱼贩子一样,她也没有同样的海鲜气味,富于刺激性的和浓厚滋味的气味,而只有猪油气味,好肉的淡气味。没有一点感觉能使她那个丰满的腰肢发生一道折纹。所以美貌的荔莎这种过于坚定的交际,比起美貌的诺曼底女人的温柔接近,更其使弗洛兰的瘦骨头感到了不安。某一次,伽瓦尔用披肝沥胆的态度,向他说过葛吕夫人确然是一个美貌妇人,不过他对于美貌妇人,只爱那些"不像这一位一般儿身披铁甲的"。

荔莎避免对葛吕议论弗洛兰了。她从习惯上极力装出宽大的忍耐了。此外,她认为既然没有什么严重的动机,自身究竟以不插入这两弟兄之间为合乎礼貌。这正如她说的一样,她的脾气甚好,不过不应当逼她走到尽头。她因此守着宽容的时限,面色是沉默的,礼貌是严格的,故示镇静冷淡的态度,而且凡是一切可以教这公职员悟到自己食住均在葛吕家中而从不花钱的言动,都用心避免。这并非她可以接受一些儿房饭钱，因为她的见解远高于这。不过，他真的可以在外面用他的早点。某一天，她向葛吕提起注意：

"这里的人已经不是单独的了。我们要谈点儿什么，现在，应当等到我们夜间睡的时候了。"

末了，某天夜间，她在枕上向他说道：

"他赚得一百五十法郎，对吗？你的哥哥……真也是少见的，他不能够搁点儿在一边去买点儿贴身的衣裳。我又非拿你的三件旧衬衣给了他不可。"

"哈！这毫不算什么。"葛吕答复，"他并不是难于应付的，我的哥哥……应当由他自己支配他那点儿钱。"

"哈！一定。"她并不再行坚持而只低声说，"我说这件事为的却不是这一层……无论他用得对不对，原不是我们的事。"

她确信他在梅许丹家里用了他的月薪。她只有一次越出了她的宁静态度，这种属于性情上的和计算上的谨慎。原来美貌的诺曼底女人送了弗洛兰一条非常漂亮的萨门鱼，这一位因为这条鱼很感困难而又没有敢于拒绝，于是带回来交给荔莎。

"您可以拿它做一份冻鱼膏。"他天真地说。

她瞪着双眼望他，嘴唇儿发白了，后来，从一种由她勉强忍下来的声音说道：

"您是不是以为我们缺少食料，真是！谢谢上帝！这里吃的东西是够用的！……请您把这条鱼退回去！"

"不过，至少请您把这条鱼替我煮熟吧，"弗洛兰因为她的盛怒受了惊讶就这样答复，"我预备吃这条鱼。"

这一来,她高声发言了:

"这里不是一个火铺吧,大概!请您要那些拿鱼送您的人煮熟它,倘若他们愿意。我呢,我不愿弄脏我的锅子……请您把这条鱼退回去吧,您可听见!"

她几乎会拿着这条鱼扔到街上去。他只得带到了勒毕格尔先生店里,教络斯做成一份冻鱼膏。后来,某一夜间,在那装了玻璃格扇的雅座里,他们吃着冻鱼膏。伽瓦尔买了些牡蛎。弗洛兰渐渐来得更密了,不大离开这雅座了。他在这里面寻着了一个高度热烈的环境,他的种种政治热得以于其间自由发扬。偶尔,现在当他关上卧房的门来工作的时候,那屋子的柔和境界教他心焦了,自由权的理论寻觅,对他已经不是够味的了,他应当下楼而去向沙尔威的那些富于决断的格言里和罗革耳的愤怒里寻觅满意。在最初那些次的夜间聚谈之中,这种喧嚷,这种滔滔的言论,本教他不大自在;因此他现在依然觉得境界空虚,不过却感到一种需要,使自己精神得到寄托,受到鞭策,受到推动而达于可以安定心头臬兀的极端结论。雅座的气味,那种被烟草的烟灼热了的烧酒气味,熏醉了他,给了他一种独具的幸福,一种忘形的观感,用摇篮性的陶醉力教他轻快地接受了很粗率的事。他终于欢喜那些待在雅座中的面目了,去寻觅他们了,带着习惯上的愉快去和他们聚会到很晏了。鲁平的和蔼多须的脸儿,克莱曼司的庄重的侧影,沙尔威的苍白色的瘦削姿态,罗革耳的驼背,以及伽尔瓦、亚历山大和拉伽伊之辈,都走入了他的生活里,都在他的生活里占了一个日见扩大的地位。为他,这像是一种全属乎肉感的享乐了。每逢他伸手握到雅座门上的挽手铜球，他就觉得这铜球是有生命的，是温着他的指头的，是自动旋转的：就是握住一个女人的软绵绵的拳头，他也不会感得一种更为活跃的触觉。

在真相上，这雅座里面正发生许多很严重的事。某天夜间，罗革耳在用了超过平常的激烈态度嚷了一阵之后，就向桌上打了几拳，口称大家若都是汉子，就可以把政府推倒在地上。后来他接着又说大家应当立刻一致行动，倘若大家要在崩溃现象发生之时而诸事已经准备妥贴。后来，所有的脑袋都彼此聚拢来，在较为低弱的声音之中，大家同意于组织一个为一切未来之事而准备停当的小团体了。伽瓦尔从这天起，竟自以为是某秘密团体的分子并且正在反对政府。这个集会是没有被人认识的，但是罗革耳答应向其他为彼所认识的团体担任联络之责。在某个时机里，大家会抓着整个巴黎在掌握中的时候，就可以教杜勒丽王宫跳舞起来。接着，就发生了许多经过好几个月而毫无结束的讨论：组织问题，目的和方法问题，战略和未来政府问题。每次一经络斯端上了克莱曼司的格洛格酒，沙尔威的和鲁平的啤酒，罗革耳的、伽瓦尔的和弗洛兰的冷咖啡，以及拉伽伊的和亚历山大的小杯子之后，这雅座就周密地防堵起来，会议也就开始了。

沙尔威和弗洛兰，自然始终都是最受人静听的声音。伽瓦尔钳不住自己的嘴，一点儿一点儿述起卡宴的全部经过，这举动竟把弗洛兰搁在一种殉教者式的光荣之列了。他的言论都成了信条了。某天夜间，那个家禽商人听到有人攻击他这个缺席的朋友，他竟生起怒来而高声说道：

"请您不要涉及弗洛兰吧，他曾经到过卡宴！"

但是沙尔威因为这个优越地位而感到自己受了刺激了：

"卡宴，卡宴，"他从牙缝中喃喃地说，"在那地方生活也不见怎样恶劣，无论如何！"

末了，他着手证明充军算不了什么，而大的痛苦却在自己留在被压迫的故乡，闭着嘴和得胜的专制主义相对。并且，倘若旁人在"十二月二日"没有逮捕他，这也不是他本人的过错。他竟又主张那些被人抓去的都是傻瓜。这种隐晦的嫉妒心使他成了弗洛兰的派系上的对手了。种种讨论，始终是在他们互相画出界限的情形之下而结束的。后来，他们在另外那些人的缄默气象之中谈了许多钟点，但是他们俩，却谁也不承认战败。

种种最被注意的问题中的一个，就是在胜利的次日如何改造国家。

"我们都是胜利者，可不？"伽瓦尔开始发言了。

末了，胜利一经确定，每人表示自己的主张。于是两个分野就出来了。宣传激烈主义的沙尔威，有罗革耳和鲁平和他立在一处。弗洛兰始终抱着一视同仁的梦想，自称是社会党人而倚赖亚历山大和拉伽伊做同志。至于伽瓦尔，他并不厌弃种种激烈观念；但是，因为有时候旁人用种种使他发生情绪的尖刻嘲笑来斥责他的资产，他成了公社党人。

"应当根本扫除。"沙尔威如同挥着一把斧头似的用他的简短态度说，"树的根柢既然朽了，我们应当推倒它。"

"对的！对的！"罗革耳接着说，这时他为着教自己显得比较高大些儿竟站起身来，于是他背上驼起的那一包顶得那层格扇动摇了。"一切都一定会倒在地上，这我向您各位说的……以后,大家一定会看得见。"

鲁平用他的长髯表示赞叹。每逢种种提议变成了完全革命性的时候,他的缄默态度是自得的。听到了断头台这个名词,他那双眼睛表出一种明显的和悦态度;他半合着那双眼,俨然看见这东西,而这东西又教他神往;后来,他轻缓地把下颏在手杖的圆球上面擦着,口里同时呼出一阵表示满意的微哼。

"然而,"弗洛兰挨次发言了,他的喉音含着一种具有忧郁性的嘹亮,"然而,倘若您砍倒一棵树,自然非保存种子不可……我相信,从相反的方面,应当留下树来预备就在那上面接上新的生命……政治革命是完成了,您可看见;应当今日就顾及工作者,工人;我们的运动将来应当是完全社会性的。结果,我很不相信您能够阻止这种属于人民的请求。人民是困苦的,他需要他的份儿。"

这些议论使得亚历山大兴奋了。他用他的满意的胖胖的脸儿肯定人民是困苦的。

"我们需求我们的份儿。"拉伽伊用一种比较带威胁意味的神情接着说,"屡次的革命都是为资产阶级的。真闹得够了,到末了。第一要义,将来要为我们。"

这一来,大家难于协调了。伽瓦尔主张划分。罗革耳加以拒绝,发誓说他不在乎金钱。后来渐渐地,沙尔威镇住了骚乱,独自继续发言:

"各种阶级的利己主义,原是暴政的种种最坚定的支持力之一。人民的利己行动是恶现象。倘若他协助我们,他将来可以有他的份儿……现在您为什么要我为工人作战呢?倘若工人拒绝为我们作战。……并且问题原不在这一点。应当有十年的革命性的独裁,倘若要法国这样一个国家能够养成使用自由的习惯。"

"而尤其,"克莱曼司斩切地说,"工人并不是成熟了的,他应当受指挥。"

她是素来不大说话的。这个埋没在这些男子们之中的庄重高大的女子,抱着一种教授式的姿态静听他们谈论政治。她靠着格扇仰着,用小口儿喝着她那杯格洛格酒,一面皱起眉头,鼓动鼻孔,瞧着这些对谈的人,这种装在心里的批评,证明她对于种种最复杂的事件全懂得,全有很决定的观念。有时候,她卷好一支纸烟,从嘴唇角儿呼出几道轻烟,自身成了格外专心细听的了。仿佛辩论是要由她来评定的,而到末了应当由她发给奖品。她保留自己的见解,不和男子们一般易于动气,确然自信固守妇女的立场。不过,在讨论热烈的时候,她吐出一两句短简的言辞,用一个字来做结论,使沙尔威哑口无言,根据伽瓦尔的口吻,她使得沙尔威丧失自卫力量。彻底说来,她自信远比这些先生们精干。她仅仅敬佩鲁平,每每用她那双大而黑的眼睛端详他的缄默。

弗洛兰并不比其余那些人格外注意于克莱曼司。在他们看来,那是一个男人。他们和她握手,使劲之强几乎教她的胳膊脱臼。某天夜间,弗洛兰看到了著名的账目。当时这青年妇人正领到她的薪水,沙尔威想向她借十个法郎。但是她说不行,她说应当晓得他们从前的地位。他们俩的生活原是建筑在自由婚姻和自由财产的基础上面的,各人严格地负责各人的费用;据他们说,照这样的办法,他们相互间谁也不负什么义务，他们相互间谁也不是奴才。房租，膳食，浣洗，零星娱乐，这一切费用都是记了账的，标了说明的，算了总数的。这天夜间，克莱曼司在核对之余，证明沙尔威欠了她五个法郎。后来，她拿十个法郎交给他，一面向他说道：

"记着，你欠我十五个了，现在……将来，你到五日那天还我，在雷许洁那孩子的补课的学费上面扣还。"

到了大众叫了络斯来收钱的时候，他们每人从自己的衣袋里摸出几个铜苏付清各自的消费价目，沙尔威带着笑声把克莱曼司当贵族看待，因为她喝了一杯格洛格酒。他说她想凌辱他，使他觉到他自己的收入在她之下，这本来是真相；并且在他的笑声的背景上，对于这笔较高的收入，原有一种反抗性，虽然他抱着他的性别平等的学说，但是这种笑声却能够教他平气。

倘若这些讨论得不着结束，就使得这些先生们呼吸迫促了。一阵怕人的喧闹从雅座里传出来：那些磨砂玻璃颤动得像是鼓面上的皮子了。有时候，这喧闹大得那样，竟使络斯正带着不自在的态度从柜台上给一个工人斟酒，也免不得因挂念而回过头来。

"啊哈！谢谢吧，他们在那里打起来了。"那工人说，一面端着杯子搁在锌板上，接着就用手背擦擦自己的嘴唇。

"不要紧，"勒毕格尔先生说，"这是一些先生们正在那里面谈话。"

勒毕格尔先生对于其他的顾客们素来是强硬的，而却听凭他们这些人自由自在地嚷叫，从来一点儿也不干涉他们。他身上只穿着一件坎肩，坐在柜台后的长凳上好几点钟不动,那个被瞌睡所困的大脑袋靠着大镜子,用眼光追随络斯的动作,无论她正开酒瓶或者正用抹布拂拭器具。在高兴的日子里,遇着络斯立在他跟前,挽起袖子,把种种酒杯浸在水盆的时候,他总悄悄地不教旁人看见去使劲捏她的腿子,这是她用一种自在的微笑所接受的。她竟毫不用惊讶动作来漏泄这种亲密表现。有时候他捏着她的虚怯之点,她就说她怕胳肢。然而,勒毕格尔先生在使他发倦的灯光和酒香的中间,却向雅座里的喧闹伸起耳朵。遇着说话的声音高起来的时候,他就立起来走到格扇跟前靠着;或者他竟推开那扇门,走进雅座坐一会儿,在伽瓦尔的腿子上拍几下。在那里面,他点头赞许一切。那家禽贩子说过,倘若勒毕格尔这个魔鬼有点儿口才,旁人就可以在他身上算得稳吵嘴的日子。

但是弗洛兰,某一天早上,在菜市场里,遇着络斯因为无意中撞翻一个女鱼贩子一筐海青鱼而发生一场怕人的吵闹的时候,听见了有人把她当作"密探的篮子"和"厅里的抹布"。到了他恢复了秩序之后,旁人因此七嘴八张向他长长地谈到勒毕格尔先生:他是警界的人员,街坊上没有一个人不晓得这件事。萨盖姑娘在没有和他店里做买卖之前,说过有一次曾经遇着他到情报局去。此外,他是一个爱钱的人,一个盘剥重利者,他继续借钱给蔬菜商人并且把车子租给他们而诛求一种骇人的利息。弗洛兰很动心了。当天夜间,他咽着嗓子,自信应当向这些先生们重述这些事。他们都耸着肩头,因为他的不放心而笑了一大阵。

"这个可怜的弗洛兰!"沙尔威恶意地说,"因为他到卡宴去过,所以想起全部警界人员现在仍旧跟着他。"

伽瓦尔发表了他的负责论调，说勒毕格尔"是个好人，是个纯洁的人"。而尤其罗革耳，他竟生了气。他的椅子吭哧地响起来，他尽情斥责，他宣言像这样继续下去是不可能的，并且倘若有人举发大众全是属于警界的人员，他宁愿待在自己家里而从此不谈政治。从前是否有人不敢说他也是那里面的，他，罗革耳！他，曾经在四八年和五一年都被人打败过，两次都几乎被人运走！并且，他口里这样喊着，眼光正瞧着大家，下颏伸向前方，俨然像是要激烈地教他们服从似的，即令信仰心并不如此。在他这些愤怒性的顾盼之下，其余的人都用手势来抗议。但是，拉伽伊听见有人把勒毕格尔先生看作盘剥重利的人，他却低下了脑袋。

种种讨论消没了这点儿意外了。勒毕格尔先生，自从罗革耳迸出了一个类乎阴谋的意识，他和雅座里这些常客握起手来就格外使劲了。在事实上，这些常客的照顾应当是一种并不肥美的好处：因为他们从不添喝第二次的消耗品。每逢退出雅座的时候，他们都喝干杯子里的最后的点滴，喝干在纵谈政治上的和社会上的理论时，谨慎地节省下来留在杯子里的最后的点滴。在深夜的潮湿的寒风之中，退出这店子是使人发寒噤的。他们在人行道上待一会儿，眼睛发烧，耳朵发闷，像是因为街道上的乌黑的沉寂境界而受了惊讶。络斯在他们背后，装上了帘式店门的大钉子。后来，他们词穷才尽找不着一个字而互相握了手之后，他们就各自分开了，不过还咀嚼着种种论据，深以未能把他们的信仰相互地注入对方的胸中为憾。鲁平的圆背慢慢地晃着，在朗布多街那边失踪了；而沙尔威和克莱曼司并肩靠着菜市场这边向着卢森堡公园而走,用军人的步伐橐橐地提动他们的鞋跟,一面还讨论政治上或者哲学上的什么观念,彼此却从来没有挽住胳膊。

阴谋慢慢地成熟了。在夏季之初,问题始终不过是"付之实施"的必要。弗洛兰在初期之中原感到一种不信任,而结果却相信一种革命动作的可能性。于是他很严正地来工作了,留下种种记载,编造种种计划书。而其余的人却镇日谈论。他呢,渐渐地,把自己的生活集中在那个每天傍晚使他费尽脑力的定见里头,引导他的兄弟葛吕也到勒毕格尔先生的店里去,自然,这却没有顾虑到坏处。他始终有点儿看他当作一个门徒,竟自信应当把他推到好的轨道里。葛吕对于政治绝对是陌生的。但是在五六次夜谈之末,他也在意见一致的地位了。他显出一种大的服从性,一种敬佩之心,对于哥哥的劝导,遇着美貌的荔莎没有在身边的时候。此外,最能引他入胜的,就是离开自己的熏腊店而加入这个大声吆喝的雅座之中的中产阶级式的忘形动作,并且,克莱曼司的到会,在他看来竟产生了一件可以怀疑而又隽美的刺激力。他竟也匆匆忙忙端正那些腊肠了,现在,为的是可以格外迅速地跑出店来,不愿意从种种在他视为很有力而又不甚能够追随到底的讨论之中遗失一个字。美貌的荔莎很清楚地发现他急于跑出去了。不过他还什么也没有说。在弗洛兰引了他走的时候,她特地立在店门的口儿,脸色略现苍白,眼光十分严肃,去看他们走进勒毕格尔先生的店里。

萨盖姑娘,某一天夜间,从她屋顶的窗口,认出了葛吕的影子正映在雅座那个对着陀螺街的大窗子磨砂玻璃上面。她在这地方寻着了一个好极了的监视岗位,对着这种乳白色的透明性，望得见那些先生们的剪影，动作迅速的鼻梁，有所进出而伸张的腮部，陡然引长的大胳膊，却瞧不出他们的身躯。这些惊人的露肘攘臂的情形，这些无声而又奋励的侧影，向窗外泄漏了雅座里的热烈讨论，并且支配她立在薄绸窗帷后面直延到那透明性化为乌黑之时。她在那地方嗅着了一个狠恶手段了。到末了，她竟向那些手，那些头发，那些衣裳，认得出那些影子了。在这些紧握的拳头、使气的脑袋、耸起的肩膀所成的像是相扼相扑混乱情状之中，她斩切说道："这，这是表哥那混小子；这，这是伽瓦尔那老莕鬼；后来这是那驼背；后来这是克莱曼司那条瘦棍。"末了，到了那些剪影起了骚动的时候，绝对变成了紊乱的时候，她竟受制于一个不可抵抗的需要而下楼了，而去看了。她夜间去买覆盆子酒，托词自己在早上觉得不舒服，应当一起床就喝些儿。在她看见葛吕那只笨脑袋被沙尔威那只瘦手掌用轻躁动作推开了的日子，她喘得很厉害地跑到了勒毕格尔先生的店里，教络斯洗濯自己那只小酒瓶，借此来多迁延点儿时刻。然而，她终于应当回家上楼去了，这时候，她听见了葛吕用一种孩童式的简洁态度发言。

"不行，再也用不着这套了……我们对他们结结实实扫一下，对这一堆小丑样的国会议员和阁员，对于一切都用震荡手段，总而言之！"

第二天，一到八点钟，萨盖姑娘就在熏腊店里了。她在店房里遇见了勒喀夫人和小沙立叶，她们俩正把鼻头伸入熏笼之中，买点儿热的腊肠预备午餐之用。因为这个老姑娘在那条十个铜苏的无斑比目鱼的事件之中，曾经牵引她们共同攻击美貌的诺曼底女人,所以她们俩也和美貌的荔莎言归于好了。现在那女鱼贩子是值不得什么大不了的。并且她们斥责梅许丹那一家人不过是一些空无所有而只向男人要钱的女人。事情的真相,却是萨盖姑娘曾经向勒喀夫人透了个风声,说弗洛兰有时又把这两姊妹中的一个让给伽瓦尔,以及他们男男女女四个人在芭拉德那家饭庄里面尽兴寻欢,而费用自然是出于家禽商人的那些五法郎一枚的银币。勒喀夫人因此睁起那双冒火的眼睛气得心疼。

这天早上,这个老姑娘想动手打动的却是葛吕夫人。她在柜台前面转过身来,随后,用她最柔和的声音说道:

"我看见了葛吕先生,昨天夜晚。好哟!用得着多说吗,他们真是快活,在那雅座里,他们闹得有声有色。"

荔莎的脸正向着街的这一面,耳朵却很留心,大概她不愿意对面细听。萨盖姑娘说完之后停了一下,希望有人问她。末了才再用更低的声音接着说道:

"他们有一个女人同着在一块儿……喔!不是葛吕先生,我不说他,我不晓得……"

"那就是克莱曼司,"小沙立叶岔着说,"一个高高儿的瘦子,有点儿装傻,因为她有固定的年金收入。她同着一个穿得破破烂烂的教授过活……我见过他们俩同在一块儿,他们的神气活像是彼此互相押着到警察局里去。"

"我晓得,我晓得。"这老姑娘说,她本来很认识她的沙尔威和她的克莱曼司,而她的话完全为的是搅乱荔莎的心境。

这一个依然没有动弹。她的神情像是正注意于菜市场里的什么很有兴味的事。于是,另一个用到大手段了。她向勒喀夫人说道：

"我早想向您说，您最好是劝您的姊夫要谨慎些儿。他们在雅座里面嚷出教人发抖的事。男人们谈到他们的政治，真的是不理智的。倘若有人听见了那些话，可不是，那可以很不利于他们。"

"伽瓦尔素来干他自己愿干的，"勒喀夫人叹着气说，"他的脾气素来这样。那真会急坏我，倘若他自投罗网。"

末了，一点微光在她朦胧的眼睛里面发现了。但是小沙立叶笑了，晃着她那个因为早晨的空气而十分鲜润的脸蛋儿。她说道：

"这是舒尔来整理他们，那些诽谤帝制的……应当撵他们到塞纳河里去，因为照着他对我说明的，没有一个懂规矩的和他们在一块儿。"

"唉！"萨盖姑娘接着说，"这倒不是一个大不利，妙在那些不谨慎的议论都落在我这样一个人的耳朵里。您可知道，我甘愿听凭旁人断掉我的手……例如，昨天夜间，葛吕先生说过……"

说到这里她又停住了。荔莎却有了一个轻微的动作。

"葛吕先生说过应当枪毙各部大臣、众议员，并且闹得整个儿天翻地覆。"

这一次，熏腊店的女主人陡然回过头来了，脸色灰白，双手紧紧地箍着自己的围裙。

"葛吕说了这些话？"她用一道短促的声音问。

"还有另外许多话，我现在记不得了。您可明白，听见他说话的是我哟，您真用不着这样慌张，葛吕夫人。您晓得遇着我什么也不会走漏；我这样的大年纪，对于那些教一个人过于荒唐的事是知道轻重的……这是我们一家人的事。"

她已经重新宁静了。她素以家庭里安分守己和平气象自负，绝不承认自己和丈夫之间有什么疑云。所以她终于耸起双肩，带着一阵微笑喃喃地说道：

"这都是一些逗孩子们发笑的傻议论。"

后来这三个女人走上人行道的时候，她们都承认荔莎的脸色刚才是那般异样的。这一大套，表哥、梅许丹姊妹、伽瓦尔、葛吕夫妇，连同这些教谁都绝不明白的经过，一定结局恶劣的。勒喀夫人问起那些为政治而受逮捕的人将要受如何的发落。萨盖姑娘只晓得他们一受逮捕就不见踪迹，永不见踪迹；这句话就教小沙立叶说起大概有人撺他们到塞纳河的水里去，如同舒尔所要求的。

熏腊店的女主人在午饭和夜饭的餐桌上，避免一切隐语。等到弗洛兰和葛吕在夜饭后到勒毕格尔先生店里去的时候，她的眼光里也不像有什么更多的严厉神情。但是这一天，未来的宪法问题刚巧被他们讨论到，所以这些先生们决定离开雅座的时候，已经是夜半一点钟了；店外的木帘子早已放下来，他们只得弯着腰，一个跟着一个从那张小门经过。葛吕回去了，心里不大自在。他一连在家里开了三四道门，态度极其从容静寂，踮着脚尖儿走，穿过客厅，伸起一双胳膊，免得和家具碰撞。一切都是睡熟了的。到了卧房里，看见了荔莎早已留下那支点好了的蜡烛，他竟明白自己很受了反感；这支蜡烛带着高而沉郁的火焰在广大的寂静之中燃着。他脱下了皮鞋搁在地毯的角儿边的时候，壁上的钟用一种那样清脆的颤动报出了一点半,使得他丧胆地侧转身来,不敢有所动作,愤愤然瞧着钟上那个用指头指着一本书而全身发光的古登堡镀金铜像。荔莎呢,他只看见她的背部,而脑袋却藏在枕头的凹里;但是他很感到她并没有睡熟,和她的眼睛应当是向着墙壁睁得滚圆的。这个硕大的,在肩部很现肥胖的背部,因为一阵忍着的暴怒成了苍白的了;它像是自行扩大了,保留了一种无声斥责的重量和镇定。葛吕完全因为这个像是用法官冷脸向他端详的背部的严肃态度而狼狈不堪了,于是溜进了被盖,吹熄了蜡烛,保持自己的谨慎态度。为着绝不触到他的妻子,他只躺在床边儿上。她始终没有睡熟,他敢于这样说。随后,他因为她绝不发话而失望了,就在瞌睡之前让步,不敢向她道晚安,对于这个不为他的服从性所安慰而拦着卧塌的躯干,感到自己没有气力。

第二天,他睡得很迟。醒来的时候,鸭绒被正在压着脸部,伏在床的中央,他望见荔莎坐在书桌跟前清理种种单据:她早已趁着他正因为昨宵放浪行动生倦而酣睡,不等他晓得就起来了。他居然振起了勇气,从暖阁之中向她说道:

"哈!为什么你没有叫醒我?……你在那里做什么事?"

"我清理抽斗。"她用平常的音调很沉静地回答。

他觉得放心了。但是她接着又说道:

"谁也不晓得有什么事会来,倘若警察来呢?……"

"怎样,警察?"

"一定的,因为你参与政治,现在。"

他在床上坐起来了,当胸受了这个强硬而出乎意外的打击,完全不知所措了。

"参与政治,我参与政治。"他重复地说,"警察在那里面丝毫应当看不见什么,我决不教自己冒险。"

"不会,"她耸着肩头回答,"你只简单地说是要枪毙大众。"

"我!我!"

"并且这句话,是你在一爿酒店子里高声嚷出来的……萨盖姑娘听见你说。街坊上在这时候全晓得你是一个革命党。"

他本来又重新躺下了。他还没有完全醒清楚。荔莎这几句话很响亮,如同他已经所见保安队的长筒皮靴在卧房门外响起来。他向她端详了;她已经梳好了发髻,束好了腰甲,装饰得和寻常一样,于是他在觉得她处于这个使人刺激的环境之中而竟这样不苟之后,不免更其不知所措了。

"这个你晓得,我现在绝对听你自由。"她缄默了一会儿,仍旧一面清理单据,一面接着说,"我不愿意压住你……你是主人,你能够把你的境界去冒危险,陷害我们的信用,毁灭这家铺子……我呢?日后只需防护菠林的利益就得了。"

他辩驳了,但是她用手势教他不用发言,一面又说道:

"不必,你什么也用不着说;这并不是一场吵闹,就是一番说明,我也不想惹起……哈!倘若你曾经和我商量过,倘若我们曾经一块儿谈过这件事,我现在就不说了!大众相信女人一点不懂政治,这是错误……你愿意我向你说它吗,我的政治观,属于我自己的?"

她立起来了,她从床前走到窗子边,用指头除去那些被她窥见在梳装台上的和嵌镜衣柜上的光辉照人的木材上的灰屑。

"这是安分守己的良民的政治观……对于政府我是感恩的,在我的生意进行顺利的时候,在我吃得安静的饭和睡得不被枪声闹醒的时候,那不是生意很坏?在四八年,格拉台勒舅舅,一个值得敬佩的人,曾经翻出那时候的账簿给我们看。他亏折了六千多法郎……现在呢,我们有了帝制,一切前进,一切卖得出去。你不能说相反的话吧……那么,你们要的是什么,你们将来可以得到什么更好的,到了你们将来枪毙大众之后?"

她在床边小桌跟前立着不动了,叉起双手对着那个藏在鸭绒被盖当中的葛吕。他极力说明那些先生们所指望的,但是说到沙尔威的和弗洛兰的社会及政治的制度,他却感到拘束了。他谈论许多认识不清的原理,民治主义的实现,社会的再造,他用一种使得荔莎耸肩而不能了解的那样奇异方法混和了这一切。末了他起床之时,一面攻击帝制:这是不敦品的,不良事业的,持刀行劫的统御。

"你可看见?"他想起罗革耳的一句话就这样说,"我们都是那一帮抢劫蹂躏和暗杀法国的光蛋们的俘虏……还用得着这帮人吗!"

荔莎始终耸着双肩。

"这就是你要说的吗?"她用漂亮的镇静态度问,"这于我有什么相干,你刚才说的这些话?设若这竟是真的,以后呢?……我劝过你做一个不要安分守己的人吗?我逼着你不兑现你的借据,欺骗顾客,迅速堆起那些来路不光明的大银币吗?……你会教我生气,到末了!我们都是有品德的人,从来不抢劫谁,也不暗杀谁。这就够了。另外那些人,真不关我的事，他们要胡闹，也只由他情愿！"

她是堂皇而意气扬扬的。她又开始走起来，挺着胸脯继续说道：

"为着教那些一无所有的人快活，那么也许应当不去维持生活……而我呢，却一定利用好的时机和支持这个正使商业发达的政府。倘若政府干了些坏事情，我不愿意晓得那一切。因为在我，自己既然没有干什么，我一点也不害怕有人在街坊上指我给旁人看。所以一个人若是要和风磨打架就未免太笨了……你想必记得从前选举的时候，伽瓦尔说过皇帝的候选人，是一个曾经破产，曾经在各种古怪故事里头冒险的汉子。这可以是真的，我也不否认。而你呢，在投票给他的时候，你的做法也是非常明智啊，因为一则问题原不在那一点，二则旁人并不向你要求借钱，也不要求你和这一位先生做什么买卖，只向政府表示你因为看见熏腊店生意兴隆而是满意的。"

然而葛吕说起沙尔威的一段主张了，这一次。这主张是宣称："这些填饱了的中产阶级，这些养肥了的小商人，预备支持一个普遍消化不良式的政府，都应当最先就扔到阴沟里去。"这是仗着他们的恩惠，仗着他们的贪婪的利己主义，专制主义才能压制和侵蚀一个国家。葛吕正预备一直说完到底，这时候，盛怒的荔莎切断了他的议论。

"赶快搁下吧！我的良心绝不责备我。我不欠一个铜苏的账，我不加入任何胡闹行为，我买进和卖出种种良好的货色，我不讨什么比同行贵一些的价钱……你说的那些，为着我们的表兄弟沙卡耳那家人是合用的。他们竟至于假装不晓得我在巴黎；但是我比他们更要自负一些，我真看不起他们那些几百万的财产。有人说沙卡耳在种种拆毁工作的材料之中发了横财，可见得谁都受了他的盘剥。这也不教我诧异，他本来是为着这个而发动的。他欢喜数目多得可以在上面打滚的钱，以后他就可以如同一个混小子似的，拿着钱从窗口边扔出去……这样性质的人，实现了太庞大的财产，真应当有人辩论。我本来也明白他。在我，倘若你想晓得他，我真看沙卡耳不起……但是我们，都是这样安安静静过日子的，都是预备拿十五年光阴去积累一种宽裕境界的，都是不问政治的，我们整个的顾虑就是教养我们的女儿和引导我们这只小船向着好的地方走！瞧吧，你闹着耍，我们都是安分守己的人！"

她走到床边坐下了。葛吕受到动摇了。

"好好儿听我说吧，"荔莎用一种格外郑重的声音说，"我想你总不愿意有人来抢劫你的铺子，搬空你的地窖子，夺取你的钱吧？倘若勒毕格尔先生店里那些人得了胜，你以为第二天你还能够像你现在一样温暖地躺着吗？而且你以为从楼上走到厨房之后，还能够像你等会儿要做的一样，平平安安地去搞你那些胶冻吗？不成，可对？……那么，你现在为什么要谈到推翻这个正保护你而且正允许你积点儿钱的政府？你有一个妻子和一个女儿，你对于她们首先负了义务。倘若你用她们的幸福去冒险，你就有罪。世上只有无家可归也无物可丢的人才想听见枪声。你总不想做滑稽戏里的傻子吧，也许！坐在家里别动，大宝贝，好好儿睡，好好儿吃，赚点儿钱，不要胡思乱想，你应当告诉自己：倘若帝制使得法国烦恼,法国一定是能够自救的。它用不着你!"

她用她的巧笑笑了,这时候葛吕完全心服。她本有道理,无论如何,并且这是一个美妇人,坐在床边,梳洗得这样早,这样洁净和这样鲜润,配着她一身耀眼儿的衣衫。他听着她说话,一面瞧着他们俩悬在炉台两边的画像,确然,他们都是安分守己的人,他们的神气都很有规矩,穿着黑的衣服,嵌在涂金的框子里。卧房呢,它也教他觉得像是一间属于出众人物的卧房;那些花边方搭巾的正方面积,在椅子上表出一种端正的风格;那些地毯窗帷和画上风景的瓷瓶,表示他们的工作和他们对于安逸的欣赏。于是他重新钻入鸭绒被盖里面去了,这被盖可以使他从从容容在一种浴盆式的温度之中取暖。他觉得自己几乎在勒毕格尔先生店里丢掉了这一切,他这张宽大的床,他这间围绕周密的卧房,他这爿使他现在思念不置的熏腊店。末了,一阵幸福,从荔莎方面,从这些家具方面,从这一切在他四周绕着的温柔事物方面升上来,用一种隽永的方式略略压住他了。

"傻大小子,"他妻子看见他已经投降就这样说,"你从前选了一条好道路。但是,你可看见,那样,就得在我们身上,在我的和菠林的身上踏着走过去……现在你再不来评判政府了,对吗?一切的政府都是相同的。况且,大众支持这一个,也会支持另一个,这是必要的。一个人在老了的时候,整个的事情就是带着赚了钱的确定态度,来平平安安吃用定期利息。"

葛吕点头表示赞叹了。他想开始辩白一番。

"本来是伽瓦尔……"他喃喃地说。

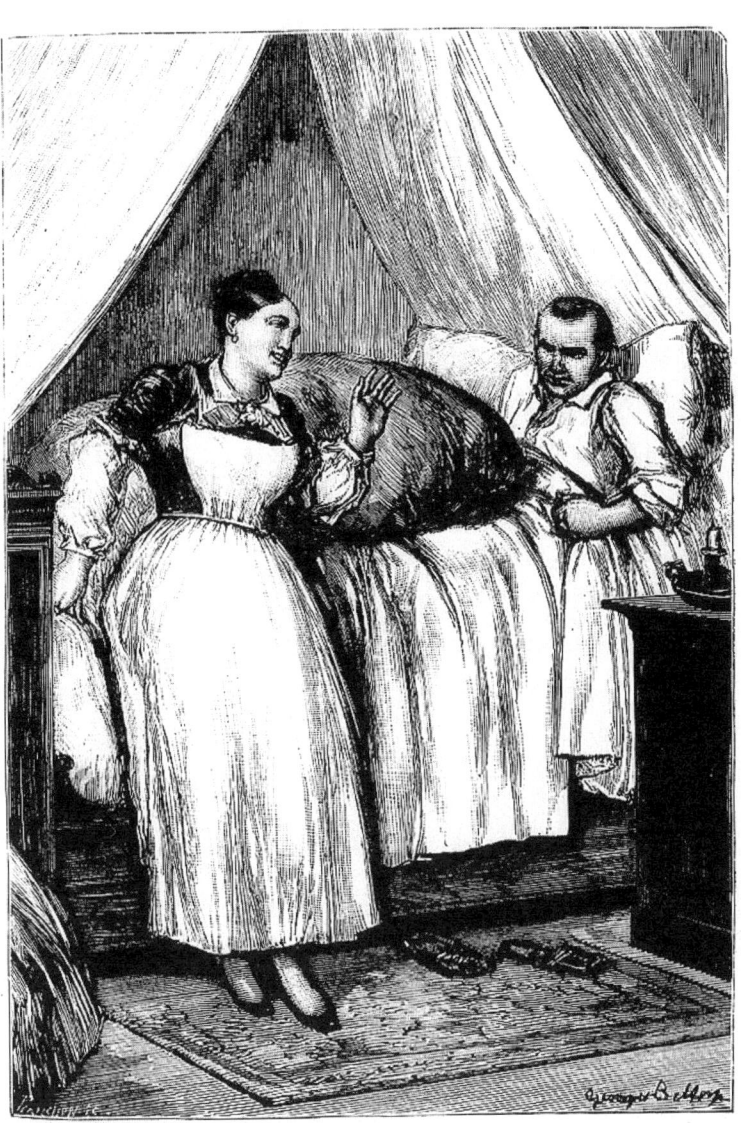

但是她板起面孔了,用急促的态度打断了他的话。

"不对,这不是伽瓦尔……我晓得是谁。这一个在教旁人冒险以前,很可以想想自己本身的安全之道。"

"你想议论的是弗洛兰吗?"葛吕在缄默一下之后懦怯地问。

她并不立刻回答,却立起身来,转过来向着书桌走,如同为着忍住自己的性子而使用气力。随后用一种干脆的声音:

"对呀,想议论弗洛兰……你晓得我忍耐多少次数。无论如何,我不肯把自己参加在你和你的哥哥中间。家庭关系,是不可侵犯的。但是限度已经达到了最高点,到末了。自从你的哥哥到这里以来,一切愈弄愈坏……此外,不必,我什么也不想说,这样比较好得多。"

又发生了一个新的缄默境界,当时她丈夫抬头瞧着暖阁的承尘板,于是她用更激烈的态度说道:

"总而言之,旁人不能说话,他像是连我们为他而做的事都不懂,我们自己现在感到不宽展,因为我把沃巨斯汀的卧房让给了他,而这可怜的女孩子毫无怨言到一间缺乏空气的黑屋子里睡觉。我们早晚都供给他的吃食,我们为他留心种种小的事情……这不算什么。他自然接受这个。他现在赚得点儿钱,然而大众却不晓得这东西过到哪儿去,或者更不如说是大众晓得的只嫌其太多。"

"本有遗产在那里。"葛吕听见指摘他的哥哥竟感痛苦了,就这样冒险说。

她如同茫然自失似的,直挺挺地立着不动。她暴怒了:

"你有道理,本有遗产……账单子就在这抽斗里。他从前没有肯要它,你也在场,你现在可记得;这件事证明这是个没有头脑又没有品行的单身汉子。倘若他多少有点儿意识,仗着这笔钱他已经可以做点儿事了……我呢,我很想不再留他,这样可以给我们解除累赘……我已经两次和他谈过遗产,他拒绝听我的话。你应当教他决定拿着这东西去,你……想法子和他去谈这件事吧,对吗?"

葛吕用一道不平的含糊声音答复她,荔莎也不再诘问,自以为在自己这一方面尽了全部的正直之道。

"不对,这不是一个和旁人相同的汉子。"她重新又说,"他不是可靠的,你想怎样办!我向你这样说,因为我们正谈论这件事……我并不过问他的品行,那已经教街坊上说了许多不利于我们的言语。他吃也好,住也好,碍我们的事也好,这都可以原谅。不过,我不容许他做的,仅仅是他把我们带入他的政治里头。倘若他再来煽动你,倘若他目中没有我们,我现在通知你:将来我要斩切地推走他……我现在通知你,你可明白!"

弗洛兰被中伤了。她硬着心肠不肯自慰,任凭一切积在心上的宿怨奔放出来。他冲击了她一切的性情,得罪了她,惊怖了她,道地使她变成了不幸的妇人。她又低声说道:

"一个人,曾经干过种种最恶劣的险事,连一个家都不晓得成起来……我现在懂得他情愿听枪声了。他应当自己去接受它,倘若他爱枪声。不过总得听凭正派的人待在自己的家里……此外,他不讨我的欢喜。在这里!他浑身的鱼腥味儿,夜晚在桌子跟前。这味儿害得我不能吃饭。而他呢,一口儿也不放松,结果他因此受了实惠!不过他却不能发胖,这倒霉的人,他被恶意的行动所侵蚀了。"

她立在窗口边了。瞧见弗洛兰正穿过朗布多街走向鱼市里去。海鲜如潮水般涌至,这一天早上,许多筐子充满银色的强烈闪光,叫唤的声音往来不断。荔莎盯着他大伯子的嶙峋双肩走入菜市场的种种的刺鼻的味儿里,他的态度是屈从的,对于冲入脑部的倒胃作用,而她对他所用的注视,是属于女战士所用的那一种,是属于操必胜之念的妇人所用的那一种。

她转过身来的时候,葛吕已经起来了。披着一件衬衣,双脚踏在绒质地毯的温柔里,身上因为鸭绒被盖的温度,而依旧是温热的,他脸色苍白,因为他阿哥和他妻室的不协调而感到了伤心。但是荔莎又露出她的一种美的微笑了。她在给他那双袜子的时候竟深邃地感动了他。

第四章

马尔若林当年是在依诺桑菜市上被人发现的,搁在一堆白菜当中,盖在一棵肥大的绿叶白菜下面,那些弹下来的肥大叶子中的一片掩住这个睡得正酣的孩子的玫瑰色脸儿。始终竟没有谁晓得是一只什么样的手把他搁在那地方的。这时候,已经是一个两三岁的小胖子了,很肥壮,很感到人生的快乐,但是那样不甚跳脱,那样富于黏着性,以至于仅仅能够勉强讷讷地说几个字儿,只晓得微笑。在一个贩蔬菜的妇人从那棵肥大的绿叶白菜下面发现他的时候,她迸出了一道惊喜的呼声,于是邻近的妇女们都跑过来,都大受惊讶;而他呢,身上着的还是长袍,裹在一块破毯子里面,伸出了那双小手儿。他没有能够说出谁是他的妈。两只眼睛露出诧异的神情,一面用两只胳膊箍住了一个抱他的兽肠女贩子的项颈。他占住了菜市直到傍晚。他得了保证了,吃了烤面包了,他对着菜市里的妇女们笑了。这个买卖兽肠的胖妇人收容了他,随后他又转到了一个邻居的妇人家里去,再过一个月,他又在第三个妇女家里住宿了。遇着有人问他"你妈在哪儿?"的时候,他总表示一个惹人爱怜的手势:他的手画一个大圆圈,表示所有的女贩子同时都在其内。他成了属于菜市场的孩子了,追随这一个或者另一个妇人的裙子,始终能在一张床上找得着一个角儿,能四处吃得着汤,靠着上帝的恩惠穿点儿衣服,并且在他那些破了的衣袋里还有几个铜苏。一个美貌的赤发女子,以出卖药草为业的,叫他作马尔若林,不过谁也不晓得这是为什么。

马尔若林快要四岁了,在尚德梅司老娘从圣德尼街的人行道上,靠着菜市场的角儿那个地方,又寻着了一个小女孩子的时候。这小女孩子可以有两岁的年龄,但是那张嘴却已经像一只喜鹊那样噪聒,用她那种孩子式的语言胡乱说许多字眼,使得尚德梅斯老娘相信懂得她名叫伽汀,和她的妈昨天傍晚时候曾经把她坐在一个门框儿里,同时叫她等着不用走开。这女孩子竟在那儿睡熟了;她并不啼哭,说是旁人打了她。后来,她跟着尚德梅司老娘,很满意于这个宽大的地方,教她看得见多多少少的人和多多少少的蔬菜。尚德梅司老娘,那个出卖小堆儿蔬菜的,是一个有毅力的妇人,性子很急躁,年龄已经快过六十岁;她最爱孩子们,以前曾丢掉过三个在摇篮之中的男孩子。所以她当时想起"这东西若是教她饿死,似乎未免太可惜了",于是她抚养了伽汀。

但是,某一天傍晚,尚德梅司老娘正用右手牵着伽汀离开菜市场的时候,马尔若林毫不客套地抓住了她的左手。

"唉!我的孩子,"这老妇人停住脚步向他说,"位子已经给了人……现在你是又不和大个儿代蕾丝在一块儿了!你是一个著名爱跑动的,你可晓得?"

他带着他的微笑向她端详,仍旧抓着她不放。她不能继续再责备他了,他是那样乖乖儿的和那样鬈着头发的。她低声慢慢说道：

"哟，你们都来吧，这群小东西……我可以把你们睡在一块儿。"

末了她每只手牵着一个孩子走到了肥膘街，那就是她住的处所。马尔若林在尚德梅司老娘家里是乐而忘返的了。有时他们闹得太厉害，她就在他们头上用手敲几下；因为自己能够叫唤，能够生气，能够教他们洗手洗脸，能够把他们塞在同一的被盖底下，她感到自己是有幸福的。她在一辆没有轮子又没有辕子的出卖蔬菜的旧车子里，为他们布置了一张小床。这像是一架宽大的摇篮，略带硬性，并且因为她从前惯用湿的衣衫在车子里保存新鲜蔬菜，所以依然是清香的。伽汀和马尔若林在那地方，从四岁起，彼此就抱着睡觉了。

于是，他们在一块儿长大起来，旁人一直看见他们抱着腰肢。在夜间，尚德梅司老娘听见他们甜蜜地高谈阔论。伽汀的笛子样的声音，述起种种没有穷尽的故事，每每延到好几小时之久，而马尔若林带着种种较为沉默的惊惧态度专心静听。她是很刁狡的，编造了种种故事去威吓他，向他说某天夜晚，她看见了一个浑身全白的人立在他们的床脚边，伸出一条长的红舌头，一面向他们注视。马尔若林害怕得出汗了，要求她说明种种详情了；而她呢，嘲笑他了，终于叫他作"大宝货"了。有好几次，他们都是不安静的，彼此在被盖里面互相用脚踢个不住，伽汀缩起了自己的腿子，笑得转不过气来，而马尔若林这时候，正用尽全力，去踢她，却踢到了墙上。在许多这样次数里竟使得尚德梅司老娘起床来替他们整理被盖；只需轻轻一个耳巴子，她就教他们两个人在一个枕头上睡熟了。这张床在长久的期间里，竟这样成了他们的一个运动场；他们在床上带来他们的种种玩具，他们在床上咬嚼他们偷来的那些或红或白的萝卜；每天早上，他们的义母每每骇然于他们的床上，寻着了种种异样的东西，小石子、菜叶子、苹果核、破布头儿做的小玩偶。并且，在严寒的时候，她白天也任凭他们睡得很熟地躺在床上，伽汀的蓬松黑发和马尔若林的鬈黄发混在一块儿，他们的嘴彼此相距很近，竟像是彼此仗着对方的呼气互相取暖。

肥膘街这间卧房是一间宽大而疲敝不堪的陋室，仅仅有一个嵌着被雨水损坏了的玻璃窗子可以纳光。这两个孩子，每每在卧房里的大衣柜里头或者尚德梅司老娘的床底下捉迷藏。另外还有两三张桌子，他们每每在那下面四脚伏地地爬行。那是趣味无穷的，因为光阴既然晦暗，而且许多蔬菜又都撒在各处的角落里。肥膘街本身，它也是很好玩的，窄窄儿，不大有人来往，对着内衣街开着一座宽大的穹门。尚德梅司老娘这住宅的总门就在这穹门之侧，这是矮矮的一张，只对着一座螺旋式楼梯的油腻不堪的级儿半开半掩。这座外加风檐而阴湿的住宅，因为每层楼上的发了绿锈的铅桶显得是凸出的，也变成一个庞大的玩具了。伽汀和马尔若林的早上的光阴，都是消耗于从楼下向着楼上扔石子，他们目的就是要石子落在铅桶里头，使得石子沿着铅管落下去酿成一片很教他们快乐的响声。他们打碎过两块玻璃，并且教石子塞满过那些铅管，以致于这位在这住宅住了四十多年的尚德梅司老娘，几乎被人撵走。

于是伽汀和马尔若林就对着种种在这条冷僻街道上停留

的大大小小车辆动手了。他们爬上了车轮，攀住车上铁链的头儿当作秋千摇摆越过那些堆着的篓子和篮子。瓦货街的运货夫的临时货栈，正对着那地方敞开几间光线不足的大屋子，在一天之中可以忽而堆满又忽而搬空，几乎可以时时刻刻布置许多新的有趣味的窟窿，许多藏身之所，这两个孩子就在那儿的干果子和新鲜橘子、苹果的香气之中乐不思归了。后来他们倦了，就跑到依诺桑莱市场的石板道儿上面去找尚德梅司老娘。他们挽着胳膊，带着笑声，毫无恐惧地从许多车辆之间穿过许多街道竟到了那里。他们认识地面的平颇，每每把他们小小儿的腿子，踏入那些枯落的蔬菜残余物里面，有时直到膝头；他们是不会滑倒的，有时遇见有什么笨脚的奔跑者踏着一棵刚百合的柄儿就四脚朝天地躺下来，他们竟有些儿看不起。他们是熟悉这些脏而滑的街道的玫瑰色的小鬼头儿了。大家心目中只有他们。在雨季的那些日子里，他们庄重地用散步的姿态走着，顶着一柄其大无伦而破碎不堪的雨伞，这东西曾被尚德梅司老娘用着遮蔽她那座小货摊儿经过二十年之久；到了菜市，他们庄重地把伞搁在一个角落上，这就是他们之所谓"家"了。天晴的日子，他们跳跃奔驰，以至于到了傍晚再也不能动弹；他们在自来水池边洗脚，拦住那些水沟做些水坝，或者躲在新鲜的蔬菜堆儿里边，谈谈笑笑，如同夜间在他们的床上一样。有人从一个堆得像山样的小莴苣或者罗马莴苣的堆儿边经过时，每每听见一阵阵的急促唠叨的声浪。有时候，有人移开了这类的生菜，就发现了他们面对面地直挺挺地躺在他们那层由蔬菜叶子铺成的褥子上，睁开光辉闪灼的眼睛，惊骇得像是什么被人在荆棘丛中发现了窝巢的野鸟。到现在，伽汀不能离开马尔若林过日子了，而遇着他失了伽汀的时候，他每每出于一哭。倘若在分离之初，他们必定在菜市场的妇女们的裙子后面、篓子里头、白菜底下，去互相寻觅。而尤其是在那些为他们于其间长大又于其间相爱的白菜底下。

在尚德梅司老娘因他们懒惰而认为耻辱的时候，马尔若林快要满八岁了，伽汀六岁了。她向他们说起她要和他们在那出卖小堆儿蔬菜的摊子上合伙做买卖；她允许了每天给他们一个铜苏，倘若他们肯帮她做收拾蔬菜的工作。最初那些日子，这两个孩子有一种令人满意的努力。他们坐在摊子的两边，拿着窄窄儿的刀子，很专心地实地工作。尚德梅司老娘本来以出卖那些收拾过的蔬菜见长；她在那张铺了一幅浸湿了的毛布的桌子上面，摆出一堆堆的马铃薯、白萝卜、胡萝卜和洁白的洋葱，每堆四枚，堆成金字塔的模样，三枚做塔基，一枚做塔顶，收拾得清洁整齐，那些回家较迟的人可以把这些东西直接搁在锅子里。她也有种种为着炖肉汤而配好的成扎蔬菜，四棵大葱，三枚胡萝卜，一棵防风菜，两枚白萝卜，两段芹菜；此外还有切成末儿摊在纸上的新鲜十字菜，切成四瓣的白菜，成组的番茄，和杂在其他洗得异常洁净的蔬菜的皎洁色相堆里，摆出绯红的星瓣和深黄的新月样的南瓜。伽汀虽然比马尔若林年幼一些，却显得远比他来得格外熟练；她能够从马铃薯上削去一层那样薄薄的皮，薄得有人说是可以通得过太阳影子；那些经她扎成以备炖汤的蔬菜，是那样惹人爱的，活像是一个花球；最后，她晓得只用三枚白萝卜或者三枚胡萝卜，而教那堆儿显得很大。过路的

人都带着笑声停住不走了,遇着她用女孩儿的尖锐音调高声喊道:

"夫人,夫人,请您来看我……只要两个铜苏,我这个小堆儿!"

她有了一些顾客,她那些小堆儿是很驰名的了。尚德梅司老娘坐在这两个孩子的中间,瞧见他们这样忠于工作,总用一种使得项颈向腮部上升的暗笑而笑了。她诚虔地每天向他们发给他们应得的铜苏。但是那些小堆儿结果教他们厌烦了。他们的年龄渐渐长了,梦想种种格外赚钱的买卖。马尔若林依然是个很迟钝的孩子,这每每教伽汀心焦。她说过他并不比一棵白菜聪明些儿。在事实上,她确乎枉自为他发明种种赚钱的方法,而他却赚不到一点儿,简直连跑腿的事也不晓得干。她是很灵活的了。在八岁的年龄,她为许多女贩子当中的一个服务了,这些女贩子,就是带着一篮子被成群的女孩子服从命令出卖的柠檬,坐在菜市场四周的长凳上的。伽汀拿着柠檬在手里,每两个卖三个铜苏,跟在过路的人后面跑,举起她的货物直送到女顾客们的鼻子边,有时候手里一经出空,就连忙跑转去再取,每打柠檬,她可以分得两个铜苏的利润,在买卖好的时候,这办法可以教她每天赚到五六个铜苏。第二年,她贩卖那些九个铜苏一顶的便帽了,利润当然更大,但是应当有锐利的眼光,因为这类迎风活动的买卖是在禁止之列的。她在百步内外嗅着了警察的脚步儿,那些便帽就藏到了她的裙子底下,而她本人却用一阵天真烂漫的神情咬着一个苹果。后来,她在许多柳条托盘上面,摆着些儿蛋糕、果子烤饼、果子面包、黄而厚的玉蜀黍饼干出

卖；但是马尔若林却吃了她的本钱。末了，十一岁了，她实现了一个使她分神已久的伟大念头。她在两个月之中挣了四个法郎，于是买了一个做负贩之用的背笼，并且做了海绿[1]的贩子。

这真是一件重大的买卖。她一大早就起身，从那些批发商人的手里买些海绿、成簇的黍米、用烫面团做的点心；随后她出发了，过了河，在拉丁区跑来跑去，从圣雅葛街走向太子街，直到卢森堡公园为止。马尔若林陪着她。她简直连背笼都不教他负担，说他只会叫卖，而他的叫卖声音，是属于一种圆润而拖长的调子：

"喂，小鸟儿的海绿哟！"

于是她用笛子样的音符，接着叫出一声用清脆而很高的声音来结束的富于音乐性的异样语句：

"喂，小鸟儿的海绿哟！"

他们抬头向着天空，分在两边人行道上各自前进，马尔若林穿的是一件长得一直垂到膝盖上的红坎肩，这本是尚德梅司老爹——往日的出差马车驾驶人——留下来的遗物；伽汀穿的是一件蓝白方格相间的裙袍，这是从尚德梅司老娘一件旧衣裳剪小而成的。整个拉丁区的一切阁楼上的芙蓉鸟全认识他们。遇着他们重复地唱出那句话而经过的时候，鸟笼儿都像应声似的唱起来了。

伽汀也出卖水芹菜。"两个铜苏一把！两个铜苏一把！"

---

[1] 海绿是一种蔬菜，和下文的黍米、点心一样都可以作为鸟食。——编注

而末了却是马尔若林走进各处小店里去贡献"这点儿生于泉水边的漂亮水芹菜,人身的补品!"但是这个中心性的菜市场新近营造好了,这女孩子对着那条穿过鲜花水果馆的百花廊出神。在那儿,整个儿一条,许多做买卖的摊子,如同公园里的一条小径两边的花台似的,满开着,盛开着各式各种的肥硕花枝。这是一群的芬芳收获,两道由玫瑰组成的藩篱,街坊上的女孩儿们都欢喜在那当中经过,她们微笑,她们也略略被这阵过于强烈的气味所窒息。并且,在鲜花陈列架子的顶上,还有种种人造的花,种种用纸造成而且用胶质点成露水的叶子,种种用黑白相间闪闪有光的扫墓花圈。伽汀张开猫儿肉感性的玫瑰色鼻子了,她在这阵香甜的新鲜空气之中停住脚步,极力吸收这阵芬芳。在她把自己的发绺搁在马尔若林的鼻孔下面时,他说这很像石竹的气味。她发誓不再用生发香膏了,只需在那百花廊里经过一回。后来她居然那样用了一个巧计,加入这些女花贩子之一的手下做工。于是马尔若林觉得她从头到脚全是香的了。她在玫瑰花里、丁香花里、铃兰花里过活了。他呢,像玩儿似的,长久地嗅着她的裙子有所寻觅,而末了却说道:"这是铃兰的气味。"他再向上嗅到腰上,嗅到胸前,鼻子得格外有力:"这是丁香的气味。"后来嗅到袖子上,嗅到袖口上:"这是野百合的气味。"后来嗅到后颈,嗅到头颈的四周,嗅到两颊,嗅到双唇:"这是玫瑰的气味。"伽汀笑了,叫他作"宝贝",高声嚷着他不要再嗅,因为他的鼻子尖儿使她觉得有些儿发痒。她的呼吸有了素馨花的气味。她成了一个温暖而有生命的花球。

现在,这女孩子为着要帮着女东家去收进货物,一到早上四点钟就来梳洗了。每天早上，她收进的，是一捆一捆由近郊花圃里买来的花，和那些点缀在花球四周的一包一包的青苔，一包一包的蕨类的叶子和夹竹桃的叶子。伽汀走在那些被蒙特勒伊一带的大花圃里女学徒从玫瑰丛中运来的宝石样的和轻绡样的物事跟前，不禁惊奇了。在圣玛利亚节，在圣彼得节，在圣约瑟节，在种种很受纪念的圣名节，这种买卖从两点钟就开始了；摊在方形石板上面的折枝花，可以有十多万法郎的批发价格；而转贩的妇女们，花了三五点钟竟可以挣到两百法郎光景的利润。这些日子，伽汀就不像往常一样光着烫好的头发鬈儿，来和成扎的相思花、野菊花之类相对，而简直在花的底下淹没了，失踪了；她镇日用藤柄儿扎花球。在几周的经过中，她练出了一点儿技能和一种异样的风致。那些经她扎过的花球并不教大家欢喜；它们固然使人微笑，而从一种冷酷的朴质语言说来，它们却是不甚标准化的。那些红的，在花球里居于主要主位，却又被一种狞悍的姿态，被紫的、蓝的、黄的，强烈的色调所掺杂。在某些早上，若是她拧过了马尔若林，若是她故意呕着他哭过，那么她扎的花球就有猛烈姿态了，就像生气的女孩子了，香味是四溢的，色调是怒发的。另外一些早上，若是她受了什么快乐或者什么忧愁所感动，她扎出的就是银灰的花球，那都是很柔和的，不鲜明的，而香味也幽静。此外，就是许多像剖开了的心脏的血红的玫瑰围在一片白的石竹里；许多野生的蝴蝶花在蓬勃的绿叶之中挺出一簇火焰式的参差长尾；许多是色调错杂、花上堆花的，活像是摊在一铺垫底布上的波斯毯子；许多展成扇形反光闪灼的，活像是织得巧妙的栏杆，许多是有值得崇敬的纯洁性和丰腴的体积的，使渔妇或者侯夫人都梦想握在手里的，既像处女娇羞又像荡妇泼辣的，这一切属于一个十二岁的女孩子的妙不可言的花样，在那里面显出了妇人的性格来。

伽汀只有两个敬意了：一个敬意向着洁白的百合花，每束少则八枝，多则十枝，在冬天，值得十五法郎到二十法郎；另一个向着茶花，那东西更贵重了，运来时就是分成打数的，用盒子装好摊在一层苔草上面，再盖上一层薄薄的棉花。她拿着这些花，如同拿着珠宝似的，轻轻巧巧地，不敢呼吸，怕的是一道鼻息吹坏了它们；后来，她带着十二万分的小心，拿那些连在花上的短枝缚在小的藤柄儿上。她正言令色地谈论这些花。她告诉马尔若林，说是一朵没有被微菌伤过的白茶花，是一件很少见的美丽无疵的物事。某天，她正教他欣赏这么一朵时，他不禁叫唤道：

"对呀，这真客气，不过我更爱你腮帮儿下面的部分，这儿，在这地方；那真比你这朵茶花更细腻又更透明……有许多红红儿的和许多蓝蓝的小脉管儿，正和茶花上的那些相像。"

他用指头抚摸那地方；后来他伸过去他的鼻头，喃喃地说道：

"你做橘子花儿那么香，今天。"

伽汀的脾气很坏。使女样的任务，在她是不合适的。所以她终于为自己打算。因为她当时正是十三岁的年龄，不能梦想大的买卖，一个在百花廊上的卖花摊子；她出卖那些一个铜苏一束的紫罗兰了，这些花摊在一个挂在颈上的柳条盘子里，插在盘里的一层苔草丛上。她镇日在菜市场里徘徊，在菜市场外围着走,在场外那段空地上散步。这就是她的快乐了,这种继续不断的漫步,可以教她那双腿子感到轻快,可以教她从那些跪在一张矮的椅子上面编扎花球的长时间里抽身。现在,她一面前进,一面旋动她那紫罗兰了,她用一种轻妙奇特的指法把这些花当作纺纱锭子一般儿旋动了;她按着季候提出六朵花或者八朵花,拿起一橛藤柄儿折而为二,加上一片叶子绕上一根湿了的线;末了,夹在自己稚狼式的牙缝中间,她咬断了这根线。她很快很快地把这些小小儿的花球,一个一个都插在盘子的苔草丛里,于是它们竟像是自然而然地从那里生出来的了。沿着各处的人行道,夹在街道上的拥挤当中,她那些动作迅速的指头儿装点了这些花,却不必用什么注视,反面毫无忌避地抬起了脸儿,去留心店铺和行路者。后来,她在一合门的框儿里休息一会儿;她搁在水沟边,洗濯盘碟的肥流的水沟边,一只有春意的角儿,一条细草青翠的林边小径。她这些花球也保存她的种种顽劣的神情和温存的姿态:其中有些是怒发冲冠似的,在它们的揉皱了的圆锥形纸卷儿里仍旧没有消除愤气;另有一些又是和蔼多情的,在它们的半开的花苞里微笑。她经过的时候,总留下一阵甜香。马尔若林安闲自在地跟在后面。从头到脚,她的气味不过是一种香水。有时他抓着她,他从她的裙边嗅到衣襟,从她的手嗅到脸,他说她不过是紫罗兰,不过是一朵高大的紫罗兰。他深深地埋着头,不住地重复说道:

"您可记得从前我们到罗曼维尔去的那天吗?这简直就是这样,那地方尤其,在你的袖子里。不要再改行了,你香得太好。"

她从此没有改行了。这是最后的职业。但是这两个孩子长大了,她时常忘了她的盘子要跑到街坊上去寻。这个有中心性的菜市场的建筑工程,为他们竟是一个逃亡的继续不断的题材了。他们从一些隔板的缝儿里,钻到了各部分施工厂屋的核心,他们下降而到过那些做地脚工作的下层,攀缘过最初那些铁柱子。当时他们在每一个窟窿里,在每一个木架里,都游戏过,都吵闹过。各馆都是在他们的小手儿下面竖起来的。由于这类的事,就发生了他们对于菜市场的柔情和菜市场回敬他们的柔情了。他们和这所巨灵式的房屋,简直熟识得像是两个见过其中钉子如何安置的老朋友了。他们不害怕怪物,用他们的小拳头敲过这怪物的庞大体积,把它看作好孩子,自命对它是处于毫不客气的地位的同志。而菜市场,仿佛因为这两个可以认作是自由歌曲也可以认作是它这巨灵肚子里的厚颜山讴的野小子而微笑了。

伽汀和马尔若林在尚德梅司老娘家里,不再一块儿睡在那架买卖蔬菜的车子里了。那老婆子因为一直听见他们在夜里高谈阔论,就替那小子在衣柜跟前的地上安置了一张小床;但是,第二天早上,她发现他又在那丫头的脖子边睡在同一的被盖里了。于是她教他在一家女邻居家里寄宿。这办法真教这两个孩子好伤心了。然而在白天,趁着尚德梅司老娘不在跟前的时候,他们绝不卸除衣裳就互相拥抱起来,像躺在床上似的躺在地上,并且这很教他们认为有乐趣了。再后一些时候,他们为所欲为了,他们寻那卧房里的黑暗处所了,更时常躲在肥膘街货栈里的人和橘子的后面了。他们是自由不羁的和不知羞耻的，活像是那些在屋檐边互相配偶的小麻雀。

他们又在家禽馆的地下室里找着了躺在一块儿的方法。这是一个甘美的习惯，一种温馨的感觉，一个相偎而入睡乡的方式，他们不能抛弃的。在那地方，靠近屠宰的案桌边，有许多盛羽毛的大篓子，他们可以在里面舒展地待着不走。一经暮色下垂，他们就走下来，一径待到整夜，得着那点儿盖到眼睛上部的羽毛和温暖而又柔软的垫子，他们都觉得有幸福。通常，他们把他们的篓子移到和煤气灯相隔较远的地方；在种种家禽的重浊气味里，他们是单独地被陡然从黑影之中报出来的鸡声惊醒的。于是他们笑了，互相吻了，满腔儿抱着一种不晓得如何才可互相证明的活跃交谊。马尔若林是很笨的，伽汀打他，向他暴怒，却又不晓得为的是什么。她以街头娼妓的大胆使他活跃起来。慢慢地，在这些羽毛篓子里，他们明白情形了。这是一种游戏。那些睡在他们旁边的雄鸡和雌鸡都不比他们更纯洁无邪。

再后一些时，他们把无忧无虑的小麻雀式的爱情充满了菜市场的各处。他们的生活方式，活像是一对快乐的少壮动物，听受本能的指挥，在这些堆积如山的食料的中间满足他们的食欲，俨然是整个肉体的草木从此中长大起来。伽汀在十六岁的年龄，是一个放荡的女孩子了，一个街头上的十足波希米亚女孩子了，很饕餮，很淫荡。马尔若林，十八岁，已经有了一个胖子的壮年大肚子气概，绝不聪明，全凭感官过活。她时常为得和他在家禽馆的地下室里过夜而不回家睡觉，很大胆蔑视尚德梅司老娘。第二天，这老婆子在卧房里用扫帚乱七竖八打她,这无赖的丫头极力闪躲,从没有挨到一下,反而用罕见的毫无忌惮态度嘲笑她,说她的从前失眠是"另有好来由的"。他呢,专门游荡,遇着伽汀丢开他独宿的夜晚,他就在各馆里和那些守夜部队的传令兵待在一块儿,他睡的地方是首先撞见的一只角落的,袋子上,椅子上。后来他们两个不再离开菜市场了。这成了他们的饲养所,他们的厩房,他们的其大无外的草料木槽,在那里面的一张由肉类、奶油和蔬菜构成的床上,他们可以安睡,可以相爱,可以生活。

但是对于那些盛羽毛的大篓子,他们始终有一种特别的交谊。在旖旎的良宵,他们就回到那地方去。篓子里的羽毛都是没有被人挑选过的。有火鸡的长黑毛,和鹅的细白毛,在他们转动自身的时候,每每这些东西搔着他们的耳朵发痒;此外,还有鸭类的羽绒,他们陷进去像是棉絮,还有鸡类的轻毛,金黄的,五彩的,他们每一次呼吸都使它们飞起来,俨然是一群绕着太阳光旋转而飞的蝇子。在冬天,他们也躺在雉鸡的金紫色里,云雀的灰白色里,竹鸡、鹌鹑、沙鸥的斑斓光里。这些羽毛都依然是有生命的,温暖而挥发气味的,向他们的嘴唇之间显出翅膀式的颤动,窠巢性的热力。这些羽毛在他们看来,像是一只大鸟的宽背,他们能够在这宽背上伸长身体躺下来。而这宽背也能够载得起互在怀抱之中忘形的他俩。早上,马尔若林寻觅伽汀了,她沉没在篓底了,像是有一阵大雪曾经落在她身上。于是她蓬着头起身了,摇动自己的肢体,从一层雪里走出来,她的发髻上每次总留下几根插着的雄鸡尾上的长羽。

在那座批发奶油、鸡蛋和干酪的厅子里，他们找着了一个滋味隽美的地方。在那地方，每天早上，总叠起了几道用空篓子叠成的厚墙。他俩溜到了那地方，在墙上打个窟窿，为自己挪出一个床样的面积。后来，他们在这堆儿里布置了一个卧房，就重新补上一个篓子，把自己都关在里边。这一来，他们是在自己家里了，他们有了一所住宅了。他们不顾一切地拥抱起来。而最教他们蔑视一切的，就是那些层柳条间墙固然把他们和菜市场的群众隔成两个世界，而他们却听见自己的四周全是群众的高声。时常，有些人立在两步之外而没有虑到他们在那地方，他们就失声大笑。他们打开了几个枪眼样的窟窿，偶尔也随意向外望望。伽汀，在樱桃当令的时候，每每对准一切过路老妇人的脸上扔许多樱桃核儿过去，这种教他们快乐的程度，正和老妇人因为永远猜不出这些霰子样的樱桃核儿究竟从哪儿飞来而受惊的程度一般儿高。他们也到各处地窖子的僻静之处徘徊，认识其中晦暗窟窿，晓得穿过种种关得最严密的栅栏。他们种种大的游玩之一，是攒到地底铁路的轨道上面，这些轨道原是铺在地面之下的，一些计划好的路线应当和不同的几个车站相连；路线的石柱在这些有遮盖的街道底下经过，隔断了每个馆里的地下室；并且，在一切的交叉路口，许多旋转性的铁板都安置停当，等候使用。伽汀和马尔若林终于在那带防护轨道的闸板里，发现了一块不大结实竟被他们弄成活动的木头，于是他们如意地走进了那里。他们在这地方竟和世界隔绝了，而他们的顶上，巴黎城里的步履之声却踏着街石继续不断。这轨道展开许多路线，许多不见人迹的走廊，从铁格子关住的天窗下面，透得进些许日光，在乌黑的终点，燃着几盏煤气灯。他们简直像是在属于自己的堡垒别墅的深邃处所散步了，确实晓得谁不会惊动他们，而因为那阵隐约有细微的嗡嗡声响的沉寂境界感到幸福，因为那些明灭参半的微光感到幸福，因为那种由地道而生的戒心使他们顽童式的爱情得着滑稽意味的寒噤而感到幸福。从附近的许多地窖子，各种气味穿过了闸板传到他们的嗅官里来，蔬菜的平淡气味，海鲜的浓浊气味，干酪的臭气味，家禽的有生命的热气味。这都是种种继续不断传过来而有营养力的气流，被他们横躺在这乐而忘返的阴晦地洞中的铁轨上从他们的嘴唇之间所吸着的。此外，其他的许多次数，在清明的夜里，在晴朗的黎明，他们攀到屋顶，上了瞭望塔的直立楼梯，坐在各处馆顶的屋角边了。那上面，展开了锌板铺的平原、走道、广场，整个由他们主宰的参差不一的田野。他们围绕各馆的平方屋顶兜圈子，遵循各条有遮盖的长方屋顶前进，遇着斜坡儿，时上时下，在这样无穷尽的旅行之中失了方向。有时候，他们对于那类的低地生了厌倦，就走得更高一些，他们沿着那些铁梯子冒险了，于是伽汀的短裙飘荡得像是旗子。他们这时候跑到屋顶第三层的露天处所了。在他们的顶上只看见星。种种不明朗的声息从发音的菜市场之底升上来，种种有旋动性的噪音，一阵从远处传来的只在深夜才能听见的风浪。在这个高高在上之所，早风扫净了腐烂气味，市场在寤寐中的恶浊呼吸。晨曦初上的时候，在檐溜管边，他们如同小麻雀干的一样，在屋顶下面毫无顾忌地凑着嘴儿。对着太阳刚上来的红光，他们成了全是玫瑰色的。伽汀因为凌空而笑了，她嗓子是发抖的,正像是一只鸽子的;马尔若林俯下身子去看那些依然黑暗的街,双手抓着锌板,正像是斑鸠的爪子。到了他们带着因为空气新鲜而起的欢欣,用游倦了的爱人式的微笑走下来的时候,都说自己是从野外回来的。

从前是在兽肠馆里,他们认识了克罗德·郎洁。每天,他们带着对于血的欣赏兴味,带着以看见割下来的脑袋为乐事的顽劣儿童残酷性,到那里去。这馆的周围,水沟里流的全是红的,他们在那里面沾湿了脚尖,拨开了拦住沟身聚成血坑的成堆的菜叶子。那些带着血腥被人用大量的水来洗濯的宰牲卡车的进馆,使他们感到兴味无穷。他们瞧着卸下无数捆的羊脚,堆在地下像是许多脏的泥块,无数挺硬的大舌头,显出了喉管被切开的血肉模糊部分,无数坚硬而解下来的牛心,像是许多不发音的钟。但是特别教他们的皮肤不寒而栗的,却是那些浸出血水的大筐子,其中满是羊头,连脂肪的肉角和乌黑的牛喙,以及牛喙的乳白色内皮所连带而来鲜红的肉绺。他们冥想到有架断头机向这些筐子里扔下了屠宰不尽的牛羊之群的脑袋。他们跟着这些东西一同走到了地窖里,沿着那些装在石级上的铁轨,静听那些柳条编的小车箱发出来的锯木般的摩擦声。在地面之下,这就是一种美妙的骇人气象了。他们走到一种坟墓式的气味里了,在一种晦暗小水坑的中央前进了,其间仿佛有一些发红的眼睛不时闪灼。他们的鞋底被黏住了,他们有些儿摇晃了,因为那种教人骇怪的潮泥,惊喜交集了。煤气灯有一个短短的火焰,一副忽开忽合的充血式的眼睑。绕着那些自来水管,在那些从气窗进来的微弱日光底下,他们走到了榨床跟前来。在那里,

他们很快活地看着那些整理兽肠之类的技工——这些技工们的罩衣被肉类的浆汁糊得挺硬——用一个木椎把羊头一个一个敲破。末了，他们待到好几点钟，去等候那些筐子出空，于是又被兽骨的吭哧响声留住，而想待到最后，从脑盖的裂开声响里去看出空脑髓和拔下舌头的动作了。有时候，一个清洁夫从他们后面经过，举起水管的龙头来洗地下室了，瀑布样的水带着水闸边的声响四处奔流，龙头的强有力的喷射剥削了铺在地面的石块，然而却刮不去血的腥和锈。

傍晚时候，四点到五点之间，伽汀和马尔若林确然相信一定在批发牛肺的地方撞得着克罗德。他在那地方，夹杂在那些停留于人行道上的兽肠车子的中央，包围在那些蓝短褂白围裙的汉子堆儿里，身子被人拥挤，耳朵被高声还价的嗓子震破。但是他却连受到的肘拐的打击也不觉得，而只呆望着那些悬在叫货台上的大肺出神。他时常向伽汀和马尔若林说明世上再没有什么是更为美丽的了。那些肺都是嫩玫瑰色的，颜色渐渐自行深起来，到了肺尖儿，就镶出点儿鲜明的洋红色了。后来他向他们说这些都是闪光缎子做的，自己找不着合适的字眼来描摹那种丝光的柔和姿态，那些鲜润的纤长纹理，那些像是挂着的舞女长裙一样下垂而成宽折的薄肉。他谈到什么使人窥得见美妇人的躯干的花边和薄纱之类了。到了一线太阳落在这些大肺上面，替它们安了一道金箍，于是克罗德的眼睛显出乐不可支的神光，比看见了一群希腊女神的裸体列队和浪漫的贵族夫人的平金镶银的裙袍还要愉快。

这画师成了这两个野孩子的至友了。他非常恋恋于野性的尤物。久已梦想一幅伟大的画图，伽汀和马尔若林在菜市场的中央，在蔬菜丛中，海鲜丛中，鲜肉丛中，表示相爱。他早要他们坐在他们那张由食品构成的床上，挽着腰肢交换诗意的吻。于是他在那画图里，看见了一种合于艺术的表现，艺术的实证主义，竟体实验派和竟体唯物派的现代艺术，并且又看见了一种对写意派图画的讽刺，一个对旧派而施的迎头小打击。但是快要经过两年，他重新起过许多草稿，而没有能够找着正确的调子。他撕毁过十五六幅画布。抱了一个大的遗憾，由于一种因作画不成的失望而起的至情，继续和这两个模特儿过活。时常在午后，他遇着他们闲游的时候，他就在菜市场这区域里来徘徊，双手插入衣袋，信步逍遥，深刻地被街市生活引起了兴趣。

他们三个人一块儿走了，在人行道上拖着慢步，并肩而行，使得过路的人非让出人行道不可。他们用嗅官体验巴黎的气味，鼻孔朝着天空。即令闭上眼睛，他们只仗着种种从酒店里腾出来的醇香，种种从面包糕饼店腾出来的热香，种种从水果店腾出来的清香，也可以辨得出每一个角落。那真是一些伟大的游行。他们欢喜穿过小麦馆的圆形而有穹顶的房子，庞大凝重的石库，在面粉的雪白口袋的堆儿中间，听见自己的步声在穹顶的沉寂境界橐橐地响。他们欢喜附近某些街道的尾儿，那都是变成了不见人迹，黑暗而愁惨得像是一座荒城的角落，譬如拔毕勒街、梭瓦尔街、两金钱街、微亚尔末街，接近磨坊工人居住的地段而到四点钟食粮交易就开始闹起来的处所。通常，他们从那地方出发。从容不迫地，他们沿着浮维烈街向前走，到了那些小饭馆的不整齐的玻璃窗子跟前就停住脚步,带着笑声用眼角指着某一所闭上了百叶窗的房子用黄漆写明的大型门牌号码。到了卜卢位尔街的紧缩处所,克罗德对准那条有顶棚的街道的尾端乜着双眼,细看圣厄斯塔什教堂的侧面大门和它的蔷薇花纹,以及二楼三楼的穹形窗子。街道像是一间近代车站样的厂屋,景物正嵌在屋的尾端。他用轻蔑态度说整个中古时代和整个文艺复兴时代都会在菜市场的势力之下保存,后来,沿着那些新辟的街道、新桥街和菜市场街,向这两个野孩子说明新的生活,极其整齐雅洁的人行道,高大的房屋,店铺的富丽气象。他又声言自己感到有一种新奇的艺术会发生,自己很以不能漏泄它为恨。但是伽汀和马尔若林却格外欢喜布尔它乃街的外省和平气象,在那里,他们能够掷弹子游戏,而不害怕被车子压死。那女孩子在那些批发便帽和手套的店铺前面经过,每个门口总有些光着脑袋和耳朵上夹着铅笔的小店员用厌烦的神情盯着她,她却装出傲慢的神气。他们还格外欢喜巴黎的旧式残余街道,譬如瓦货街和内衣街那里有肚子凸出样的房子,卖奶油、鸡蛋和干酪的小铺子,又譬如铁匠街和针店街,那里是从前的漂亮街道,有许多窄小黑暗的铺子,尤其是古大隆街一条肮脏乌黑的小街,从圣便宜广场直通圣德尼街的,其中另有许多臭气逼人的小巷子,他们年龄更小的时代,曾经在那些地方的僻静之处为所欲为。到了圣德尼街,他们竟进了馋嘴世界了,一心对着烘干的苹果、甘草棒儿、梅子干和各样的冰糖微笑。他们的漫步闲游,每次必达到对于美味的种种想象,必达到用眼光吞噬各处橱窗的欲望。这个区域对于他们,简直是一张永远伺候停当的大餐桌，一份不朽的饭后甜食，在那里面他们真会愿意伸起手指头儿。另外一些排的破败房子，他们略略望一下子，那就是陀螺街、曲山街、小乞丐街、大乞丐街，那些卖海螺、熟蔬菜、兽肠和醇酒的铺子，是不大引得起他们的兴趣的。然而在大乞丐街有一家肥皂厂，在这邻近的臭气熏人的环境中，这是最香甜的，它竟吸引了马尔若林，使他停住脚步等候有人出来或者进去，去从门口扑面地接受些儿香味。末了，他们迅速地回到披尔雷司戈街和朗布多街了。伽汀醉心于那些咸货店，停住脚步，对着一扎一扎的盐青鱼，一小桶一小桶的曹白鱼和盐腌蔓荆花蕊，一大桶一大桶醋浸小黄瓜和盐水橄榄表示赞叹，尤其是那些桶里面搁着预备使用的木调羹。醋的味儿美妙地搔着她嗓子发痒，熏了的沙门鱼、鳖鱼、肥膘咸肉和火腿的强烈气味，柠檬果盘的酸辣劲儿，教她从自己的嘴唇边吐出一点点因食欲而润湿的舌尖儿。她也欢喜看那些成堆的沙丁鱼盒子，在种种袋子和匣子的中央形成种种费了心血的金属直柱。傲山街、貂山街，当初另有种种很美观的调味店，种种从气窗里腾出香味的饭馆子，种种陈列各式很教人感到享受的家禽和野味的橱窗，种种出卖罐头食品的铺子，铺子的门口，许多揭开了盖子的大木桶盛着切得很细，活像古式栏杆的酸白菜。但是，介壳街，他们竟在蘑菇香味之中忘记一切了。那地方有一家大规模的熟食店，店里一种那样的香味直腾到人行道上来，使得伽汀和马尔若林都闭上了眼睛，在冥想之中吞噬些儿美味。克罗德受了侵害了，说这个教他感到空虚；他要从沃白林街再去看小麦馆，研究那些坐在门底下的生菜贩子和摆在人行道上的通用陶器，于是任凭这两个"野人"在那阵蘑菇香味之中漫步逍遥，在那阵可称本区最有钻透性的香味之中漫步逍遥。

伟大的游行都在这里了。伽汀在独自托着紫罗兰花球散步的时候，每每踮起了脚尖，特地参观某几个被她欢喜的铺子。她最恋恋不舍的是达葡罗开的面包店，店里的整个橱窗所陈列的全是糕饼。她沿着杜尔皮葛街，来来往往走了十来趟，目的就是要在那店里的杏仁蛋糕、圣霍诺雷式蛋糕、圆形蛋糕、奶油甜饼、果酱甜饼、配搭成盘的朗姆酒汁饼、奶油条饼和奶油白菜饼之类的前面经过，并且特别恋恋于那些满盛着脆蛋糕、杏仁饼干和奶油饼干的大玻璃缸。这家面包铺的光线很充足，加上那些大块玻璃、大块大理石、金晃晃的装饰、雕花的面包铁格子柜，和另外一座玻璃橱其中搁着许多用黄铜杆子从高处托起而下端斜斜抵住小玻璃板的发亮的长面包，真有一种使她心花怒发的初出烘炉的热香，到了她非向诱惑力退让不可的时候，只得走进这店里买一个价值两枚铜苏的甜面包了。另外一家小铺子，正对着依诺桑广场的，给了她种种馋嘴式的好奇心，整套不可饱足的欲望。这是一家以专门出卖包汤的肉团子著名的。她在欣赏之中停住了脚步，端详那些通常的肉团子、鱼团子、鹅肝团子，并且待着不肯离开，向自己说是到末了真应当有一天去吃几件。

伽汀也有对于装饰而起兴味的时候。于是她为自己向法兰西织造公司的陈列架上去购买最上的彰身之品了，这公司用许多长大无边的衣料，替圣厄斯塔什教堂尖角添了许多旗帜，一直从二楼悬起垂到人行道边。感到了自己那只盛花盘子有点儿碍事，立在菜市场的那些身着脏围裙去和未来的过节衣料相对的妇人堆中，她用手接触那些毛织品，法兰绒的棉织品，去保证这些衣料的粗细和软硬。给自己许了个心愿，将来去买一两件鲜艳的法兰绒的裙袍，树枝纹棉织品的裙袍，或者腥红的丝毛交织品的裙袍。有时候她在橱窗里，从那些被店员减了价格而折好的零段儿里头，选中了一块雨过天青的或者苹果绿的软绸料，梦想配上些儿粉红绸带子穿起来。傍晚，她走去当面接受貂山街那些大首饰的耀目气象了。这条可怕的街，用那些数不尽车子行列教她耳聋，用那些走不完的人流和她相触，而她呢，却立着没有走开，眼帘里被那阵从成行悬在店前的路灯之下显出来的辉煌灿烂的壮丽气象塞满了。最初，是那些有光辉的皎洁之色，那些银器的亮光，许多成行的表，许多悬空的链子，许多架成十字的刀叉，许多小暖锅，许多鼻烟盒子，许多饭巾圈子，许多押发圆梳，都摆在橱窗里；但是她只舍不得那些装点在漆得刷亮的小架子上而盖在玻璃球式罩子下的银针箍。其次，另一边，金子的黄澄澄的淡光影响到玻璃上面。许多长链子，形成一幅赤光闪灼的流苏，从高处垂下来；许多小型的女表，在表盒子的边儿上托起，晶莹圆润得像是流星；许多结婚戒指穿在小巧的杆儿上排成了行列；许多手镯、扣针、贵重的宝石，摆在黑绒的匣子里发光；许多戒指，在方形的大匣子里燃着或黄或蓝或紫或绿的短短儿的火焰；而在整个的橱窗里，两三行的耳环、十字架以及各式挂件，在玻璃平板的边儿上显出圣器匣子的宝光。这一切金器的反射，用一种日光样的辉煌气象照着路上而直达街心。末了，伽汀以为是到了什么圣地里，到了帝王的宝库里。她长久地考察这丰富的珠宝店，仔细读那些和每件首饰相伴的小卡片上的庞大数字。她决定为自己选一副耳环，一副悬在金的玫瑰花上的假珊瑚坠子。

某天早上，克罗德在她立在圣霍诺雷街一家理发店的橱窗前面出神的时候撞见了她。她当时正用一种表现深刻羡慕的神情瞧着橱窗里陈列的那些头发。在高的部分，是一些马鬣式的，马尾式的，散了的辫子式的，鬈毛式的，三叠藏梳式的，全是一派富于细软绵延意象的波纹，而色彩则由火红的、漆黑的、浅黄的，数到为六十岁多情妇人而设的雪白的，无一不备。在下面，巧装的假发髻烫鬈的英式髻，擦了油又梳得光的圆髻，都静悄悄地睡在硬纸盒子里。最后，在这范围的中央，在这祭坛样的东西的后部，在这些挂着的头发的末梢下面，有一个半身的女像正在旋转之中。那女像披着一件用扣针在胸前的樱桃红缎子的斜绶，梳着一个很高的新妇式的发髻，髻上插着橘子花，用那张玩偶式的嘴微笑，浅颜色的眼球，长而劲的睫毛，蜡装的脸庞，蜡装的肩头，像是被煤气灯熏过炙过。伽汀等候她带着微笑旋过身来；后来，像的侧面渐渐明显了，美人慢慢由左边转到右边了，伽汀感到快乐了。克罗德却生气了。他摇着伽汀，一面问她在这里干什么，对着这个脏东西，对着"这个从验尸场拾起的死婊子"。他对于这个死尸式的裸体像，这个漂亮人的丑态，很生了气，说现在谁也不这样同女人梳头。那女孩子并不信服，她认为这女像很美。后来，抗拒这个拉着一只胳膊的画师，因厌恶而搔着自己的黑发髻，她对他指出一绺火红色的尾巴，那是长而粗的，大概是从什么肥硕牝马身上拔下来的，向他承认她想得到那绺头发。

后来，在那些大游行之中，每逢这三个人，克罗德、伽汀和马尔若林，绕着菜市场四周漫步的时候，他们总从每条街的头儿上，望得见这个铁的巨灵的一只角儿。那都是种种陡然发现的远景，种种未曾预料的建筑，同一的平地不住地自行显露不同的景象。克罗德折回了，尤其是貂山街，在经过了教堂以后。远远地，菜市场在斜视中的景象，教他赞叹不休：一个穹形的口儿，一张高的门，静静地洞开着；随后，各馆都重重叠叠聚在那里，看得见它们那些两重的屋顶，它们那些不断的百叶窗，它们那些宽阔无边的窗帷；旁人可以说是一些叠架式的房屋和宫殿的侧影，一座用金属结构而具印度式飘逸姿态的巴比伦城，其中穿过许多悬起的平台，许多凌风的过道，许多卧空的飞桥。他们永远回到了那地方，回到了这座被他们绕着巡行不能离开百步之外的城。他们回到菜市场的温暖的午后里了。在楼上，百叶窗全是关好了的，窗帷全是放下了的。那些有遮盖的街道下面，空气在一种灰色世界里，在一种被那些沿着玻璃窗子落下来的日影划出许多黄的线条的灰色世界里睡熟了。微弱了的模糊声音从场里传出来，少数匆匆路过者的步声在人行道上响动，而那些搬运夫，挂着证章，成行坐在各馆的角儿边的阶石上，脱下自己的粗笨皮鞋，看护自己的发痛的脚。这是伟大国度在休息中的平静气象了，在这里面，偶尔有一只雄鸡的啼声从家禽馆的地下室里升上来。他们时常走了去看那些空了的篓子筐子如何装上运货的马车，这类的马车，每天午后都来取这些空东西，再向发货人运回去。这些标着字母和号数的篓子筐子，在牧人街的交易经纪货栈前面堆积如山。一垛一垛，用对称的形式，被许多人安置停当。但是，在车上若是堆得太高，堆得超过一个二层楼那样的高度，那么在下面的人就得用平衡轻重的手腕托起这垛儿，再使劲一下把它抛给他那栖在车上伸手向前的伙计。克罗德是欢喜气力和矫捷的，好几点钟等着去看这些柳条物体的飞腾，有时候，一股使得太猛的劲儿托起了这些东西，把这些东西抛过了垛儿顶上面落到街心，他就笑了。他也最欢喜朗布多街的人行道和新桥街的人行道，在水果馆的角儿上，在那个有许多人把货物摆成小堆儿做买卖的地方。许多当着露天摆在铺着湿的黑色破布上面的蔬菜使他心花怒发了。一到四点钟，太阳照燃了这整个绿的角儿。他跟着其间的小径来来往往，好奇地端详女贩子们的五色缤纷的脑袋：年轻的呢，头发包在一张网子里，都已经被自己艰苦的生活灼焦，年老的呢，衰颓了，干皱了，脸儿是红的了，头上包着黄的围颈。伽汀和马尔若林拒绝跟着他走了，他们远远地认识尚德梅司老娘正对着他们扬起了拳头，这老妇人瞧见他们一块儿胡闹已经是怒气冲天了。他又在另一条人行道上连合了他们。那地方，穿过街心的时候，找着了一个好得了不得的图画题材：那些做小堆儿买卖的女贩子，张开她们种种褪了颜色的阳伞，有红的，有蓝的，也有紫的，都绑在木桩儿上，从市场的平地上凸出来，把她们强有力的圆圆儿的体积，搁在渐渐从白萝卜和胡萝卜上面消失的夕阳火焰里。某一个女贩子，一个百来岁的老丑妇人，用一柄破烂得令人伤心的玫瑰色阳伞遮着她三棵枯瘦的生菜。

在这个期间,伽汀和马尔若林认识了来雍,葛吕-格拉台勒熏腊店的那个学徒。那一天,来雍正在附近一带输送一份点心。他们看见他在曲山街的一只黑暗角儿里托起了那只锅子的盖子,用指头轻巧地取了一个肉团子吃。他们相视而笑了,这使他们想起了野孩子。伽汀怀了个满足自己种种最热的欲望之一的计划了。到了她后来又撞见来雍的时候,就做出了很和蔼的样子来,使他送一个肉团子给她,她满面笑容,吮着自己的指头儿。但是她得到的却是幻灭,以前她以为这点心的味道要好得多。然而来雍在她眼前是很怪的,他满身穿的白衣裳,像是一个去受洗的女孩子,那副嘴却又馋又狡猾。她邀了他到奶油叫卖处的那些空篓子墙里去吃一顿由她预备的怪午餐。他们三个人,她、马尔若林和来雍,都关在四片用柳条砌成的墙圈子里和世界远隔了。食品都摆在一只扁扁的大篓子上面。有梨子,有核桃,有白的乳酪,有虾子,有油炸马铃薯条和小个儿的胡萝卜。那白的干酪是从弓索内李街一家水果店里来的,这是一份礼物。大乞丐街一家油货店赊给她两个铜苏的油炸马铃薯条。此外,那些梨子、核桃、虾子、小个儿的胡萝卜,都是从菜市场四只角儿上偷来的。这真是一桌丰盛的筵席。来雍不肯待在不讲交谊的地位,于是用顿宵夜来报答这顿午餐,时间,午前一点钟,地点,他的卧房里。他端正了一点儿冷的血香肠,一些儿腊肠片,一块儿小咸肉,许多酸黄瓜和肥鹅油。葛吕-格拉台勒熏腊店早供给了一切。于是这种应酬无法结束了,一顿顿的精美宵夜,在一顿顿的细腻午餐之后接续而来,无数次的东道追随无数次的东道。每星期三次在篓子窟窿里和阁楼上都有过许多亲密的盛会,以至于弗洛兰在那些失眠的夜里,听见了一些儿不甚痛快的咀嚼声和一些使得肢体颠动的笑声,一直延长到东方发白的时候。

伽汀和马尔若林的爱情,在这时代依然是互相展开的。他们都充分地快乐。他表示殷勤,引她到地窖子的角儿里,当作是特别雅座,去咬一些儿不熟的苹果和一些芹菜心。某一天,他偷了一条腌了的海青鱼,两个人同在海鲜馆的屋顶上靠着檐溜管的边头从容领略这种美味。菜市场那些晦暗窟窿,没有一个不被他们用过去掩蔽那些情人式的旖旎华筵了。这个区域,这些敞着门的成行的店铺,满是水果、点心和罐头食物,不过是一座关好了门的天堂了,他们两个的饕餮式的饥饿,带着了无声息的欲望,在这天堂前面徘徊。他们沿着那些货架子跟前经过,一面伸手去摸一个梅子干,抓一把樱桃,给一块儿鳖鱼的零段。在菜市场里,他们也同样地采集材料,监视其中那些小径,拾起一切落下了的东西,甚或用肩头一撞去帮助装货的筐子、篓子落下来。不过,虽然有这种毛手毛脚的事儿,然而种种可怕的欠数却在大乞丐街那家油货铺里上升了。这铺子的木头房子正靠着一栋摇摇动动的大房子,仗着几块生了绿苔的粗而厚的木板支持,铺里摆着一些浸在许多大陶器盆子清水里的熟淡菜,一些掩在浓浆下面的黄而硬的蜗牛,一些搁在火炉底边慢慢煨好的牛肚片,一些黑得像炭、硬得可以当作木头去敲打的火烤海青鱼。伽汀,某几周,竟欠到了二十个铜苏,这笔账压倒她了,应当卖出去无量数的紫罗兰花球才还得清,因为她绝不能够从马尔若林身上打算什么。并且,她真的不能回答来雍的厚意，乃至于因为从来没有办过一点肉竟感到有点羞惭。他呢，终于去摸整只整只的火腿了。照例，他什么全是藏在衬衣里面的。每逢走到熏腊店的楼上，他就从胸前抽出一段段的腊肠，一块块鹅肝冻，一扎扎熏过的熟肉皮。面包是缺少的，并且也不喝酒。某天夜里，马尔若林发现来雍在两次吃菜的空隙之间吻了伽汀。这件事教他笑了。他可以一拳打得那小子发晕，但是他不为伽汀而起醋兴，他把她看作到手多时的情妇了。

这类的盛筵，克罗德却没有参加过。在从前看破了这卖花女孩子从一只垫着干草的小篓子里摸了一个甜萝卜，他就拧过她那双耳朵，同时把她当作无赖看待，他曾经说过这件事把她变成十足的了。然而他却免不了感到一种类乎赞赏的情感，来对付这些只求肉感、爱做扒儿手而又馋嘴的众生，来对付这些被弃在随遇而安的享受里去拾掇一个巨灵的残肴余屑的只求肉感、爱做扒儿手而又馋嘴的众生。

马尔若林已经早进了伽瓦尔的店了，满意于除了静听他店东那些说不完的故事以外什么也不用做。伽汀贩卖她那些花球，听惯了尚德梅司老娘的叱骂。他们毫不羞愧地继续过他们的童年生活，带着一些天真的弱点去接受食欲的指挥。简直是菜市场这区域里那片即令在晴天也依然乌黑而有黏性的肥土所生的草木了。伽汀十六岁了，马尔若林十八岁了，都保存那种钻到界墙角落里去躲藏的孩子式的可爱的顽钝性。然而，伽汀的心里为他起了许多不安的梦想了，每逢她把紫罗兰的长茎当作纺纱锭子旋动而一面在人行道上前进的时候。马尔若林呢，他也有一种不能自解的不自在。偶尔，他竟离开这女孩子,从一场漫步徘徊之中逃出来,放弃一席盛筵,而为的却是从熏腊店的玻璃外面去看葛吕夫人。她是那样美貌的,那样胖的,那样滚圆的,她真教他感到快活。在她跟前,他感到一种满足,如同他吃过了或者喝过了一点儿好东西。若是走开,他就带着一种想和她再见的饥渴了。这样状况延长到好几个月。开始,他对她有种种带敬意的注视,那都是他在调味用品店的楼上和咸货店的楼上发生的。后来过着那些毛手毛脚的大日子到了,他看见了她,就梦想伸长自己的手,去触她的肥腴的腰肢了,去触她的丰腴的胳膊了,如同他伸起手来探到盐水橄榄的木桶里和烘干苹果的木箱里一样。

自从不多的时候以来,马尔若林每天早上总看得见荔莎了。她在伽瓦尔店前经过,停住一会儿,和这个家禽贩子谈话。她是亲自上街的,她说这样可以教自己少被人家剥削。而真相却是她想试着引起伽瓦尔的信仰心:在熏腊店里,他不大放心;在他自己的店里,他高谈阔论,说尽他所肯说的。她认为可以从他的嘴里晓得勒毕格尔先生的店里究竟有些什么事情;因为她不很信任萨盖姑娘,她的特务警察,她如此从骇人的饶舌之中,明白了许多很教她惊愕的模糊事儿。在她从前和葛吕争论过之后的第三天,她带着很灰白的脸色从市场上回到了家里。她用手势要丈夫跟着她到饭厅里。在那里,关好了门:

"你的哥真要送我们上断头台!……为什么你对我瞒着你晓得的事?"

葛吕发誓说他不晓得一点。他发了一个大誓,肯定自己

久不到勒毕格尔先生店里去,并且永远不去。她耸着双肩,一面接着说道:

"你很可以去干,除了你不想在那里面丢下你这副骨头……弗洛兰是个出坏主意的人,我明白。我刚才探听了一些儿,够得猜想他向那儿走……他又向监狱走,你可听见!"

后来,在沉寂了一会儿以后,她用一种比较宁静的声音继续说道:

"唉!倒霉的人!……他在这里是吃得饱,穿得暖,睡得好的,他能够变成安分守己的,他看见的全是好榜样。竟尔不能,这是天生的;他一定为着他的政治打断自己的脖子……我愿意这件事立刻结束,你可听见,葛吕:我早已通知了你。"

她斩切地着重于最后这几个字。葛吕低下了脑袋,等候她的命令。

"第一层,"她说,"他不能再在这儿吃饭。他在这儿住,这就够了。他现在挣得了钱,应当自己养活自己。"

葛吕做出了抗议的脸儿,但是她封了他的嘴,使劲再说:

"那么,你就他和我们之间选择一边吧。我向你发誓我带着我的女孩子走开,倘若他依然待着不走。你愿意我彻底向你说:这个什么都干得出的人,他妨害了我们的家庭。但是我在这上面将要极力制止。我对你保证……你已经听明白了:到底行不行。"

她丢开了她的哑口无言的丈夫,重新走到了店房里,在那里,她用美貌的熏腊店女掌柜的和蔼微笑,伺候了一件半磅鹅肝冻的交易。伽瓦尔当初在一场被她轻轻巧巧引出的政治讨论之中，彼时的发热程度竟已至于对她说过她将来一定看得明白，对她说过一切全会被人打倒，对她说过只需两个果敢的人，如同她的大伯子和他本人，就够得造成导火线。这就是她所谓的坏主意，被伽瓦尔在小心态度之下，带着许多故意使她多费猜想的冷笑，用连篇隐语衬出来的空泛的反叛阴谋。她看见一大群警察冲进熏腊店里来了，用刑具塞住她和葛吕以及菠林的嘴了，并且把他们三个人一齐扔到地牢里了。

傍晚，在晚餐桌上，她是冷冰冰的，她没有照顾弗洛兰的食物，她一连好几次说道：

"这是怪事，我们真会吃面包，自从某一些时候起。"

弗洛兰终于懂得了。他觉得自己被人当作推出门外的亲丁待遇了。荔莎在最近的两个月里，把葛吕的种种旧衣旧裤给他穿；因为他过于干瘦而葛吕过于滚圆，所以这些成了破布条儿的衣服格外出乎意料之外地不合他的尺寸。她并且又给了他许多属于葛吕的旧的换洗内衣，许多补了二十回的手帕，许多粉破的饭巾，许多只好用作抹布的单子，许多被他兄弟大肚子胀宽又短得可以给他做外褂的旧衬衣。此外，弗洛兰在自己的四周找不着初期那些柔和的关注了。全家的人看见了美貌的荔莎的举动都耸起肩头：沃巨斯德和沃巨斯汀都时常用背对着他，而小菠林看见他外衣上的斑点和内衣上的窟窿，就使用许多怕人的孩子式的刻毒字眼。最后的那些日子，他更在餐桌上感到痛苦了。在他为自己而切面包的时候，瞧见这母女二人都注视他，他竟不敢再吃了。葛吕一直把鼻子低在自己的盘子里，不肯抬起眼光，免得自身卷入正在经过的事件之内。末了,使他痛苦的,就是不晓得如何离开这场面了。他在脑袋里反复推敲,快要经过一周,竟不敢说出那句话,一句表明他从此就到外面吃饭的话。

这种委婉的念头,在那样多的幻想里活着,使他害怕因为不在店里吃饭而得罪他兄弟和弟妇了。他花了两个多月的时间去窥探荔莎的潜伏的敌视;有时候,他还害怕自己错误,觉得根据他的观点,她是很好的。他心里克己观念竟发展到了忘记自己一切的需要了;这已经不是一种德行,而是一种极端的冷淡态度,一种人格上的绝对缺乏。他从没有想过,就是在他已经看见自己渐渐被撵走的时候,也没有想过格拉台勒老翁的遗产,他弟妇早愿交还他的款项。并且他早在事前成立了一份整个的预算了:连着韦尔辣克夫人在他薪水上留下的数目,再加上美貌的诺曼底女人从前替他介绍的一份补课修金三十法郎,他算出自己每天可以花十八个铜苏吃午饭和二十六个铜苏吃夜饭。这很够用了。末了,某天早上,他冒险了,他利用自己新近得到的给人补课的机会,托词以后没有办法在吃饭的钟点回到熏腊店里来。这段苦心孤诣的谎语教他脸红了。于是他自己辩白道:

"不应当见怪我,那孩子只在这种钟点才闲空……这没有关系,我可以在外面吃一块儿肉,我可以在夜间和你们道晚安。"

美貌的荔莎依然是冷冰冰的,这可更扰乱了他的心情。原来她不肯辞退他,使自己这方面不担负任何错误,而宁愿等候他自行感到心烦。他走,这是一个好的解决,她所以避免任何能够挽留他的交谊上的表现了。但是有点儿受到感动的葛吕高声说道：

"你不必拘泥，到外边儿去吃吧，倘若这样于你合适点儿……你晓得我们并不打发你走开，自然！你将来要来和我们吃点儿，有时候，譬如星期日。"

弗洛兰匆匆走出来了。他心里十分难受。当他不在那里的时候，荔莎没有敢于责备她丈夫的弱点，为星期日而下的邀请。她怡然处于胜利地位了，她的呼吸，随心所欲地在这个用浅黄橡木家具陈设的饭厅里舒展自如了，真急于想烧点儿白糖，来驱除她在这里嗅到的那种恶性枯瘦病症的气味了。此外她还保留了防御力。竟至于在一周之末，她起了种种更为活跃的不安。她只很稀少地看见弗洛兰。夜晚，她冥想到许多可怕的事儿，一件在楼上，在沃巨斯汀卧房里，制造的杀人机器，或者许多从露台上传下来的信号使本区成立许多巷战工事。伽瓦尔显过种种心情不快的姿态，只用摇头的动作答复她，而且把自己小店常常整天整天交给马尔若林。于是美貌的荔莎决然从他身上讨个彻底的明白了。她晓得弗洛兰有一天的例假，以及他要同克罗德到佛朗朔瓦夫人的家里南代尔那地方去消磨光阴。因为他要在傍晚就回来，所以应当一天明就走，于是她盘算邀伽瓦尔吃夜饭了；他若是在挺起肚子靠着桌子的时候，稳可以谈天。但是这天整个儿早上，她竟撞不着这个家禽贩子。午后，她又到菜市场去找。

马尔若林独自坐在店里。打了好几点钟瞌睡，因为长期漫步而自行休养。通常，他坐着，伸长了腿子搁在另一把椅子上面，脑袋靠着那张盛酒杯的小橱，在店底。冬天，野味的陈列最教他开心：挂着的麂子，脑袋向下，前腿在打折之后缚在脖子一块儿；云雀排成一串，绕着店房，像是野人的项圈；大的红毛野兔，斑纹竟体的竹鸡，青铜色的水鸟，杂在干草和炭屑里面运来的俄国鹩鸪和雉鸡，那些红冠、绿颈、锦衣，而宫装长裙样的灿烂大尾的艳丽雉鸡。这一切羽毛使他想起了伽汀在地窖子里的篓子的柔软世界里头过了的那些长夜。

这一天，荔莎在家禽的中央找着了马尔若林。午后是温和的，微风从馆里的小街上拂过来。她低着身子望见他正在店底那些生肉食的陈列下面打瞌睡。上面呢，那条狼齿杠子上，用铁钩挂着许多肥大的鹅，铁钩钩入鹅颈的浸血伤口里，长而硬的鹅颈连着腹部那个在羽绒底下发赤的体积，在尾巴和翅膀的洁白外衣之间，凸起一个球样裸体。也有几只灰色脊梁而倒卷的尾巴缀着一簇白毛的兔子，从杠子上垂下来，伸长几条腿子像是预备远跳，垂下耳朵，头部露出尖的牙齿，睁开混的眼睛，显出死牲口的笑容。在陈列货品的架子上，许多拔了毛的子鸡挺着肥硕而被刀形骨绷开的胸部；许多夹在柳条格子上的鸽子露着天性坦白者式的精赤粉嫩的皮；许多皮肤比较结实的鸭子展开脚上的蹼；三只丰腴之至的火鸡，满身像是新剃了胡子的腮帮儿一样地浮出青色，仰着脊梁，缝好脖子，躺在自己的乌黑的大翅膀里。在旁边，许多碟子上面，搁了许多什件儿，肝、肫子、脖子、爪子、翅膀尖子；另外一只椭圆形大盘子，躺着一只剥了皮又开了膛的兔子，四只脚张开，脑袋血红的，腹部洞开的皮腔里露出那对腰子，一线鲜血早已沿着脊梁流到尾端，一滴一滴在盘子的浅颜色上染出些儿斑点。马尔若林连那方砧板还没有擦过,砧板的侧边,还留着兔子的脚爪儿。他半合着眼睛,四周呢,在那三个在内部装饰店房的架子上,许多堆的宰了的家禽,许多包在尖角纸包像是一束花球的家禽,许多缠着绳子的肥胸和折弯的腿,乱七八糟地可以隐约望得见。在这些食品的最靠里面的地方,马尔若林那个浅黄头发的身躯,腮帮儿、手、黄毛蒙茸的肥脖子,都像那些肥硕火鸡的肉一样细嫩,和那些肥鹅腹部一样的滚圆。

望见了美貌的荔莎,他匆匆忙忙立起来了,因为在这样情形之下打瞌睡而被人窥破不免脸红。他素来是很羞怯的,很拘束的,在她的跟前。末了,她向他问起伽瓦尔先生是否在这儿的时候,他支支吾吾说道:

"不,我不晓得,刚刚他还在这儿,不过现在他已经出去了。"

她带着微笑瞧着他,她对他本身有一种深的友谊。她刚巧任凭自己一只手骅下来,就感到一种温暖的触觉,于是轻轻叫了一声。原来,那张陈列货物的架子下面,一只笼子的里边,许多活的兔子伸长脖子来舐她的裙子。

"哈!"她笑着说,"是这些兔子弄得我发痒。"

她俯下身躯,想去抚弄一只逃在角落里的白兔子。后来她重新抬起头来:

"不久会回来吗,伽瓦尔先生?"

马尔若林重新又回答说自己不晓得。他那双手有点发抖了。接着用一种矜持的声音说道:

"也许他是到总笼子那边去了。他对我说过,我相信他已经下去了。"

"我要等他,那么,"荔莎接着说,"可以教他晓得我在这儿……除非我也下去。不错呀!这是一个意思。五年之前,我就答应了自己要去看看那些总笼子……你来替我引路吧,行吗?你等会儿可以给我说明。"

他变成很脸红的了,连忙从店房出来,在她的前面走着,丢开了陈列的货物,重复地说道:

"那是一定的……您要怎样就怎样,葛吕夫人。"

但是,在地面底下,地窖子的黑空气,教这位美貌的熏腊店女掌柜呼吸迫促了。她在最低一级的石级上立住不走,抬起眼睛端详那座穹顶,那是用红砖和白砖砌成的条形,做成扁扁的穹顶,夹在许多铸铁的凸条里,用许多小柱子托起来。她立住不走的原因,除了黑暗以外,还因为一阵热的而且刺鼻的气味,一阵属于活牲口的发散物,它的酸性刺激了她的鼻子和喉头。

"这很臭,"她喃喃地说,"大概是不清洁的,在这儿过活。"

"我呢,身体倒好,"受了惊诧的马尔若林说,"气味就不臭了,到了惯了的时候。并且,在冬天是和暖的,在这儿很舒服。"

她跟着他走动了,一面说这阵强烈的气味教她讨厌,说她一定有两个月不想吃鸡。这时候,那总笼子,那些窄窄儿的小屋子,贩子们保存那些活牲口的地方,展开了它们那些用直角相切的有规律的小街道了。煤气灯是稀疏的,小街道是睡熟了的,寂静无声的,活像是村落里一只角儿,到了外省的人已经上了床的时候。马尔若林使得荔莎接触那些绷在铸铁框边上的细密的丝网了。后来,沿着一条小路走着的时候,荔莎看清楚了租客的姓名,都一个一个写在许多小的蓝牌子上面。

"伽瓦尔先生在顶头的那一段。"那个始终没有停步的少年说。

他们向左转了,走到一条巷子里了,一个黑穹窿里了,那里看不出一线儿光。伽瓦尔不在那里。

"这没有关系,"马尔若林接着说,"我一样能把我们那些牲口指给您看。我有总笼子的钥匙。"

美貌的荔莎跟在他的后面走进这漆黑的夜色里了。这里,她忽然觉得他就在她的裙子的前头,她以为自己前进得和他相距太近,于是退下来,后来她笑了,她说道:

"你可是以为我会在这种光线之下看得见它们,看得见那些牲口。"

他没有立刻答复,后来他吞吞吐吐说是总笼子里向来有一支蜡烛。但是他没有说完,他找不着锁门了。她帮着他,她觉得她的脖子上撞到了一阵热的鼻息。到了他终于开了那张门并且点燃了那支蜡烛的时候,她看见他是那样战栗的,以至于使她高声喊道:

"大笨货!因为开不开一张门,竟能够变成这样一种神气!你是一位小姐,尽管你有一双大拳头。"

她走进总笼子里了。伽瓦尔从前租了两格,除去了当中的隔板,把它变成了一间鸡埘。在地下,在粪藁里,许多大的牲口,鹅、鸭、火鸡,都用小步儿走着;在顶上,在三行楼样的东西上面，许多用空格子装成的盒子，关着些兔子和鸡。大笼子的铁丝网满是灰尘，满是蜘蛛巢，竟像是装上了灰色的帷子；兔子的尿腐蚀了盒底的木板，家禽的排泄物在木板留下了许多白泥样的斑痕。但是荔莎不肯再表在她的恶心来教马尔若林扫兴。她把指头伸入盒子的格子里，给那些挤得至于站不起的可怜的鸡叫屈。她抚弄一只断了腿子待在一只角落里的鸭子，这时候，那少年告诉她，说当晚就得宰它，怕的是它在半夜会死。

"不过，"她问，"它们怎样吃东西呢？"

于是他解释家禽之类不肯在没有光的地方吃东西。贩子们非得点燃一支蜡烛，并且等候它们吃完为止。

"这叫我乐意。"他接着说，"我点起蜡烛要照好几点钟。应当看着它们的嘴动作。若是我用手遮着蜡烛，它们全体都伸着脖子瞧天了，如同太阳已经下去了似的……这里绝对禁止对它们留下蜡烛走开。一个女贩子，您认识的那个巴来特老娘，几乎连什么都烧了，某一天；因为一只鸡把蜡烛弄倒在干草上。"

"那么，"荔莎说，"它们倒是不客气的，倘若每顿饭都得为它们点起一架大挂灯！"

这句话教他笑了。她走出了总笼子，擦了擦自己的脚，略略提起了自己的裙袍，免得它扫着脏的东西。他呢，吹灭了蜡烛，关好了门。在一个大男孩子身边，这样再走到黑夜里，她害怕了；于是在前边走起来，免得感到自己的裙子再和他相接触。到了他走近她身边的时候，她说道：

"看了这儿我居然满意。在菜市场的下面，有许多从没

有被人怀疑过的东西。谢谢你……我要赶快上去了,旁人,在铺子里,再不应当晓得我到了哪里。倘若伽瓦尔先生回来,你告诉他,说我有事要和他立刻谈话。"

"但是,"马尔若林说,"他无疑地在宰牲口的石头案桌那边去了……我们能够去看他,倘若您愿意。"

她没有回答,被这阵教她的脸儿发烧的温暖空气压住了。她的脸儿成了玫瑰色的了,她的绷紧了的胸部,素来是那样静止的,这时候也微微颤动了。这教她不大安逸了,给了她一阵不自在之感,听见自己的背后,马尔若林的急促步儿像是喘气。她偏开了身子,使他走到自己的前头。这"村落",那些小街道,始终是睡着了的。荔莎发现她这个同伴正选着最长的路线了。到了他们流到和铁轨的相对的地方,他告诉她说他原来想把铁路指给她看;于是他们待了一会儿,从那些钉在木桩上的闸板这一面去端详。他说可以想方法请她参观轨道的路线。她拒绝了他,说这是不值得费事的,说她已经看清楚了。他们回来的时候,遇见了巴来特老娘立在自己租下的大笼子跟前,给一只四方的大篓子解绳子,其中听得见一阵由翅膀和脚爪闹出来的愤怒响声。等到她解完了最后一个疙瘩,陡然,几条长的鹅脖子出现了,如同弹簧似的顶开了篓子的盖子了。这些鹅逃出来了,满腔怒气,伸起脑袋向前飞奔,发出一阵呼啸声,一阵由宽喙造成的噪响,使得这地窖子的晦暗世界充满了一种可怕的音乐。荔莎忍不住笑了,尽管女家禽贩子的怨怒交集的叫唤,她失望了,咒骂得像一个车夫,好容易才抓住了两只被她追上的鹅的脖子。马尔若林开始追那第三只了。大众听见他沿着那些小街道跑去。他四处踪迹，对于这场追逐觉得开心。随后在顶头的处所起了一阵斗争的喧声，末了他回来了，带着这只牲口。巴来特老娘是一个黄脸的老妇人，伸起两只手接着它，抱在肚子上停了一下，俨然是古代神话中的蕾达的姿势。

"哈！真好，"她说，"倘若你没有在这儿！……那一天，我和另一只打了一架；我带了我的刀子，我割了它的脖子。"

马尔若林是呼吸迫促的了。他们走到了宰牲的石案桌跟前的时候，荔莎从煤气灯的强些儿的光线里面，看见他满头是汗，双眼射出一阵还没有被她认识过的亮光。寻常，他在她跟前，向例像一个女孩儿似的低着眼睛皮。她一直觉得他这样是一个很美的少年，宽的肩膀，红里透白的大脸，压在金子般的淡黄的头发鬈儿下面。她现在那样殷殷地瞧着他，用的是一种被我们坦白地对于幼童可以表示而且多表示一次就教他害羞的神气。

"你看见伽瓦尔先生不在这儿了，"她说，"你耽误了我的时间。"

于是，他用一阵急迫的声音，对她解释宰牲的设备，那五条庞大的石凳，都靠着朗布多街那边，排在气窗的和煤气灯的黄光底下。在某一头，一个妇人正宰着一只鸡子，那件教他指点荔莎去看的事，却是那妇人在牲口几乎还是活的时候就拺毛，因为这样是比较容易的。后来，他要她在那些摊在石案桌上的堆儿里去取一撮毛，向她说有人拺毛并且有人卖毛，最高的价钱可以九个铜苏半公斤，全仗着精细。她也向那些满是羽毛的大篓子的底部伸入了她的手。他接着旋动了那些装在每个桩子上的水管子，立刻就是详细的解释：牲口的血沿着案桌流下去,到了地面的石材上就凝着不流;许多清洁夫,每两小时就放开水管子尽量来冲洗,用挺硬的板刷来消灭血痕。到了荔莎低头去瞧那个做疏水之用的水沟口子的时候,那却是整整的一段故事了:他说在那些暴风雨的日子里,水可以从这口子里倒灌到地窖子里来。某一次,并且水涨到了三十公分那样高矮,于是非教家禽躲到地下室另一头有高坡儿的地方不可了。他说来还笑当时那些受了惊骇的牲口的喧闹。然而,他说完了,什么也找不着了,这时候才记起了通风器,引她走到了尽头,教她抬起了眼睛。于是她看见了好些方塔内部的一个出气的大管子,那就是总笼子里恶浊空气的出路。

在这个因为气味蒸腾弄成瘟臭的角儿里,马尔若林不发言了。这是一种秘鲁海鸟肥料式的碱性强烈气味。但是他却像是醒了和受了鞭策的了。他的嗅官向各处活了,极力呼吸了,如同回复了欲望上的种种勇敢性。自从他同着荔莎走到地窖子里这一刻钟以来,这阵臭气,这阵由活的牲口发生的温度醉了他。现在,他没有羞怯态度了,他满腔都是那种在扁扁的穹顶的黑暗之中使鸡坍的粪蘘发热的春情了。

"想想吧,"美貌的荔莎说,"你引我来看这些东西,真是一个有用的孩子……那么你到我店里的时候,我有点儿东西要给你。"

她拧着他的腮帮儿了,如同她时常做的一样,却没有看见他早已长大成人。在实际上,她有点儿恍惚了:被这次在地面下的散步,从一种被她欢喜玩赏的本来通行又无妨害而很温馨的情绪之中,有点儿恍惚了。她也许忘记自己那只手,

在这摸起来很感美妙的少年人腮帮儿下面,比往常多留了些儿时间。这时候,在这个抚弄的当儿,他忍不住一阵本能上的冲动,从斜斜儿的一望之中证明附近没有一个人,蓦地一下纵起自己的身子,带着牛一般的气力向美貌的荔莎身上扑过去。他抱着她的肩膀了,激烈地把她向一只盛羽毛的大筐子里一推,她像一堆什么东西似的跌进去了,裙子已经翻到了膝盖上。末了,他正要像从前之箍住伽汀一般,用一种奋跃以图满足的兽性猛烈行动,去箍荔莎,而这个因为陡然受到袭击以致脸色灰白的她,却在毫不声张之中突地一下跳到了筐子外面。伸起了胳膊,如同她往日在屠宰场里看见过似的,握紧了自己的美人式的拳头,对准马尔若林的眉心椎了一下。他跌倒了,脑袋在石案桌的角儿撞破了皮。这时候,一声长而发抖的雄鸡啼声在黑暗之中上升了。

美貌的荔莎浑身冰凉,她嘴唇是咬住的,脖子仍归恢复那种像是一个肚子的圆滚滚的样儿。她听见了菜市场在她头顶上的隐约的隆隆之声。人行道上的喧噪,从朗布多街旁边的气窗落到了地下室的郁抑的深沉寂静世界里,于是她想起仅仅这双肥大的胳膊竟保护了她。她又拍去黏在裙子上的羽毛。后来,害怕被人窥见,她并不瞧瞧马尔若林就走开了。到了石级上,经过了铁栅栏门,白昼的光辉对她是一个大的安慰。

她回到自己的店里了,很宁静,面色略略儿有点儿发青。

"你去得很久。"葛吕说。

"我没有找着伽瓦尔,我在各处都找过他。"她安安稳稳地说,"我们等会儿吃羊腿,只好不等他了。"

她盛满了那只空了猪油的罐子,斩好了那些留给她的女友达葡罗夫人派人来取的猪排。那阵落在架上的厚背短叶刀的手法,教她想起躺在地下室里的马尔若林了。但是她毫不责备自己。她当初做得真是合规矩。她不因为这野孩子而扰乱自己的平安;在她丈夫和她女孩子之间,她是太舒服的。这时候,他向葛吕端详:他脖子上的皮肤真粗糙得像是一种红红儿的刮过的猪皮,而他的腮帮儿像是一种凹凸不平的多节木料。不应当再想到那地方了,她不再抚弄他了,既然他妄想到许多不可能的事。这是一种使她承认孩子们长得太快因而惋惜的本来通行的小快愉。

淡淡的红晕重新升到她的脸上了,葛吕觉得她的身体"好得出神"。他在账台里面靠着她坐了一会儿,他重复地说道:

"你将来应当时常多到外面走走。这于你有好处……倘若你愿意,我们哪天夜晚到天乐园去看戏吧,达葡罗夫人在那儿看过那本唱得真好的戏……"

她微笑了,说是可以去看具体情况。随后,她又不见了。葛吕想起她像这样去追迹伽瓦尔这家伙,真是性子太好。可是他没有看见她已经上了扶梯。她从厨房里的钉子上拿了钥匙,就上楼进了弗洛兰的卧房。既然自己不能够在家禽贩子身上找着什么,她所以希望在这间卧房里晓得点儿痕迹。她慢慢地巡视了一圈,考察了那张床,那座壁炉台子,四只角落。小露台的窗子是开着的,含着苞子的石榴花在夕阳里浴着金光。于是她觉得她那个女学徒依然没有离开这间屋子,觉得她在上一宿依然睡在这儿,这儿她嗅不着男子的气味。这是可怪的事,因为她一径没有发现什么可疑的箱子,什么锁得结实的木器。她去掂一掂沃巨斯汀那件始终挂在墙上的夏季裙子了。后来,坐到了桌子跟前,看见了在一页开始写动的纸上"革命"这名词来了两次。她受着惊讶了,于是打开了那只眼见得满是纸张的抽斗。但是她的正直观念苏醒了,对着这个被白木粗桌子这样防护得不周详的秘密。她低头对着这些纸张望了一会儿,极力想不必接触就可以明白内容,忽然那只养在笼子里的金丝雀,因为夕阳逼着了笼子而发出的尖锐啼声教她战栗了。她关好抽斗了。这是很丑恶的,她在那里将要做的事。

她正在窗子跟前一心盘算应当请教卢斯当长老,一个哲人,却望见楼下菜市场地下的石板上,有一堆人围着一副干架床。天色快要黑了,但是她充分辨得出伽汀正在人堆儿当中哭。而克罗德和弗洛兰都是满鞋子的尘土,立在人行道边活泼泼地谈话。她因为他们回来吃惊了,匆匆忙忙赶下楼来。刚刚一进账台,萨盖姑娘就进店了,一面说道:

"马尔若林那流氓,打开了脑袋,被人在地下室里寻着了……您不来看吗,葛吕夫人?"

她穿过街面去看马尔若林了。这少年是躺着的,脸色很灰白,眼睛紧闭,金黄色的头发有一绺被血结住并且染脏。在那些人里面,有人说这完全又是这野孩子自己的过错,因为他在地窖子里什么都干;有人揣度他当初一定是想跳过一张案桌,这本是他最爱干的一种,而结果呢,脑撞袋着了石头。萨盖姑娘望着那个正在哭中的伽汀,一面说道:

"也许就是这坏东西推了他。他们素来一同躲在各处角落里。"

马尔若林被街上的清鲜空气恢复了知觉,睁开了那双受惊的眼睛端详了大家;后来,望见了荔莎正低下头来向着他,他带着一种服从性的柔情,用一种谦卑的神气向她从容微笑了。他像是记不得了。宁静了的荔莎,说应当抬他到养济院里去,她会去看他,会带橘子和饼干给他吃。马尔若林的脑袋又向下偏了。到了这间架床被人抬起的时候,伽汀就跟着走,脖子上依然挂着那只盘子,其中许多紫罗兰的花球都插在一层苔草之间,虽然花球上面洒着了她的热泪,她却绝没有顾及这些被她这样用至痛灼坏的鲜花。

荔莎刚刚走回熏腊店,就听见克罗德和弗洛兰握手告别的低声言论:

"唉!这可恶的野孩子!他扫尽了我这一天的兴致……我们居然是决然毅然快活了一天!"

在事实上,克罗德和弗洛兰都是劳顿和满意而回来的。他们带回了一种新鲜空气的好香味。这天早上,天明之前,佛朗朔瓦夫人已经卖完了她那些蔬菜,他们三个人一同到傲山街金规旅馆去找那辆车。这像是在巴黎中心区,欣赏乡村滋味的前奏。在那所金漆木板直达二楼的斐别卜饭馆后面,有一个农家式的天井,乌黑的和有生气的,因为新的干草和热的兽粪的气味而成肥沃的;许多群的鸡,用嘴在这绵软的土里搜索;变成了绿色的木头建筑物,许多扶梯,许多走廊,许多洞穿了的屋顶,紧靠着邻家的旧房子。在靠里边儿那一面,在一座粗木头棚子下面,已经套好了的驮尔扎正在等候，一面吃着它那份装在一只系在辔头上的袋子里的草料。这牲口用小走的步儿从傲山街的下坡路儿走了，神情是因为这样迅速就回南代尔去而满意的。不过它却不能空着走回去。因为这个种园子的妇人本和那个为菜市场担任清洁任务的公司有一种契约：每星期，她应当运走两车的干菜叶子之类，那都是在那些堆塞路面的垃圾当中，用大叉子叉起的。这是最好的肥料。不到十分钟，车子就装满了。克罗德和弗洛兰都躺在这个绿绿的厚床上了，佛朗朔瓦夫人提动了缰绳，于是驮尔大扎用它的从容姿态走动了，脑袋略略低下来些儿，为的是拉得不少。

这场郊游自从多久就计划好了。这种园子的妇人自由自在地笑着，她欢喜这两个人，曾经答应邀他们吃一顿在"巴黎这个坏地方"吃不着的肥膘腊肉煎蛋。他们呢，也一心要领略这个从黎明时候就开始的整天偷闲漫步的滋味。远远地，南代尔是一个将要被他们走进去的纯粹快乐世界。

"您现在是舒服的，至少？"佛朗朔瓦夫人走进了新桥街就这样地问。

克罗德发誓说："这甜美得像是一铺新嫁娘式的褥子。"两个人都仰起躺着，双手交叉在脑袋底下，端详那层渐渐不见星子的青天。沿着整条李伏力街经过的时候，他们始终保持了沉默态度，等候两旁的房屋失踪，静听这个和驮尔大扎闲谈的可敬的妇人正从从容容向它说道：

"照你的意思走吧，老伙计……我们都不匆忙，我们总会到的……"

走到极乐公园，这时候，画师向两旁所望见的，只有大

树顶上的高枝儿,而在尽头之处,杜勒丽公园露出了碧绿的一大簇。他精神焕发了,开始独自说话了。在卢耳街口经过时,他注目于圣厄斯塔什教堂的边门了,那是远远地从菜市场里一条有遮盖的街道的巨灵式的棚子下面就望得见的。他一直想到那地方,想在那上面找一个象征。

"这是一个奇怪的遇合,"他说,"这个教堂的末了一段儿,刚刚嵌在这条由铁柱构成的树丛里……这一件制宰了那一件,铁材宰了石材,而且时候是逼近了……您偶尔也会相信这话吧,弗洛兰?我想从前并不仅仅由于直线排列的需要,把圣厄斯塔什教堂的一套蔷薇科的装点,放在中央菜市场的壮丽环境当中。您可看见,那儿有整整的一个表现:那是现代艺术,写实主义,自然主义,正和您将要愿意这样称呼一样,而事实上它已经在古代艺术的对面长大了……您的高见是不是赞成这个说话?"

弗洛兰保持缄默态度,克罗德继续说道:

"这教堂是一个属于乱杂不合规律的建筑,并且,中古时代的作风在那里面极力挣扎,而文艺复兴又多少点缀其间……您可曾注意过我们今日建造了什么教堂?这简直是想要和什么相像就和什么相像,有些像图书馆,有些像观象台,有些像鸽子笼,有些像营房;但是,实在谁也不相信仁慈的上帝住在那里面。仁慈的上帝的泥瓦匠通通死了,大的智慧大概就是不再建造这些谁也不住的丑陋的石头架子……自从本世纪的初年,我们仅仅建造了唯一有创造意味的大建筑物,一个绝非从别处抄袭而来且系自然而然地在时代地层中萌动而出的建筑物;这就是中央菜市场。您可听见,弗洛兰，一种强毅的作品，好哟，这还不过是二十世纪的一种懦怯性的泄漏吧……所以圣厄斯塔什教堂不走运了！当然，圣厄斯塔什教堂同着蔷薇科的点缀留在那边，信徒却已经空了，而菜市场却在旁边张大起来，满是熙熙攘攘的气象……我眼见的就在这儿，朋友！"

"喂！"佛朗朔瓦夫人笑着说，"您可晓得，克罗德先生，那个剪开了您网子的妇人并没有偷走她五个铜苏？驮尔大扎张起耳朵听您说话……吁，吁，右转弯，驮尔大扎！"

车子慢慢地上坡了。在这样一大早的时间，通衢是不大有人走的，只看见两边人行道上的成行铁靠椅和一段段被灌木之丛切断而深入树荫之下的草地。在交叉路口的大圆周上，一个骑士和一个女骑士用小走的步儿穿过。弗洛兰枕着一束白菜叶子，始终瞧着天空，看见一大阵玫瑰色的微光在天边自行展布。好几次，他闭上眼睛去格外好好儿体验那阵拂到他脸上的清晨凉风，离开菜市场，走到清新空气里，真是那样舒服，以至于他不仅静悄悄地身处其中，而且连旁人在他四周说的什么也不听见。

"他们依然都是好的，那些把艺术放在一只玩具匣子里的人！"克罗德在缄默一会儿之后接着又说，"这是他们的大口吻：旁人不能用科学制造艺术，工业杀了诗歌；而一切低能的人都开始望着花儿哭，仿佛有人想到自身对于花儿行止不好……我太生气了，到末了，狠狠地。我真要用些挑战意味的作品去答复这些哭的腔调。教这些庄重不佻的人物生点了反感，我倒快活……您可愿意我告诉您什么是我从前最好的作品，自从我画起画以来能够教我记得最清楚那一幅？这是一个故事……去年,圣诞节的前一日,我正在我荔莎姑母家里,沃巨斯德,那学徒,那傻子,您晓得的,正在那里摆布那些陈列品。哼!这个贱东西!我被他用的那套组织全局的散漫方法逼到了极端。于是我央求他丢开工作,一面告诉他我可以替他略为像样点儿配合这些东西的颜色。您可明白我当时有了整套儿强烈的色调哟,熏舌子的红,熏肘子的黄,纸星儿的蓝,新切开的各种熏腊品的粉红,灌木叶子的绿,而尤其血香肠的黑,一种永没有被我在调色板上再找得着的至高无上的黑。自然,种种挂着像流苏样的东西,大腊肠、小腊肠、撒上面包屑儿炸过的猪脚,给了我一套非常精美的灰色。这一来,我制造了一件道地的艺术作品。接着,我拿起那些盘子、碟子、瓦缸子、玻璃瓶子,斟酌了色调,构成了一幅惊人的静物,其中射出了种种被巧妙的浓淡层次所支持的颜色刺激性。红的舌子,带着火焰般饕餮性长长地躺着,而黑的血香肠,在大腊肠的清歌里显出种种由于极不易消化而起的暗昧境界。我画出了,可不是,我画出了夜半会餐的狼吞虎咽,会餐时的夜半钟声,被赞美诗唱空的胃脏里的饱食。在高高儿的地方,一只只大的火鸡,挺出皮面雪白而皮里布着黑斑的胸脯。这是具有犷悍性和至美性的,有点儿效是一个在光荣之中被人窥见的肚子,不过带着一种笔意上的残酷性,一种讥讽上的亢进动作,可以使得那种被这些光焰照人的陈列品所惊动的群众聚在橱窗跟前……等到荔莎姑母从厨房里回到店房里的时候,她害怕了,以为我在店房过的各种脂肪里面点燃了火。那只火鸡,尤其显得那样猥亵,所以她在沃巨斯德重新摆布种种物品,表现他的笨事情的时候，竟把我撑到了门外边。这些粗人永远不会明白一个红点儿拦在一个灰色点儿旁边的意义……不打紧，这始终是我的杰作。我从来没有做过什么更好的。"

他不发言了，露着微笑，在这个记忆之中出神。车子已经到了凯旋门了。一阵阵的风，从那些绕着辽阔无边的广场展开的通衢拂到这山巅儿上来。弗洛兰盘脚坐着，深深吸入那些由各处堡垒升上来的野草的清晨香味。他侧转了身躯，不再向巴黎注视，而要眺望远处的乡村了。在长田街的顶上，佛朗朔瓦夫人对他指点从前自己扶起他的那个地方。这件事使他变成完全神往的了。后来他仔细端详她了：那样健康，那样沉静，一双略显紧张的胳膊握着缰绳，她比美貌的荔莎显得更美，额头包着手帕，面色苍劲，神采活泼而又和蔼可亲。有时候，她用舌头轻轻地迸出"哒"的一声，驮尔大扎就竖起耳朵在地上撒开了大步。

走到南代尔，车子向左一拐，进了一条小路，沿着墙壁再向前行，终于在一条小巷的尽头处所停住。那真像这个种园子的老妇人所谓世界的尽头。车子应当卸下那些菜叶子了。克罗德和弗洛兰不肯惊动那个正在栽种生菜工作中的园丁。于是每人拿起一柄大叉子把车上的堆集物叉到了肥料坑里。这使他们感到娱乐了。克罗德对于肥料有一种友谊。各种蔬菜的废料，菜市场的污泥，从那张巨人桌上落下来的脏东西，都仍旧是活着的，都回到了从前使蔬菜萌芽的地方，使白菜萝卜之类的另一些世代可以保持热力。它们可以再度萌芽又成甘美的果实，可以再度回到方形石板上阵列出来。巴黎使一切归于腐烂，永不停止地使一切回到那个补救死亡的土地上。

"看哟！"克罗德举起最后那叉菜叶子，一面说，"那是我认识的一棵白菜根。至少，它在这角儿里，那边，那棵杏子树附近，发了十次芽。"

这句话使得弗洛兰笑了。但是在克罗德对着马房起一张画稿和佛朗朔瓦夫人预备午餐的时候，他变成了庄重的，从从容容在菜土里散步。这菜土形成一条长畦，当中被一条小径隔断。地形是个略向上升的坡儿，在最高的处所，一抬头就望得见伐雷梁山的营房。好几道生篱隔开了这菜土和其他的菜土，这类用野蔷薇编成的间墙是很高的，展开一带绿的屏障来缘饰地面，以至于附近各处，都可以说是伐雷梁山单独好奇地竖在那里来端详佛朗朔瓦夫人的园子了。一片广阔的平静气象从那个不被人看见的乡村里过来了。在四道篱笆之间，沿着菜土，五月的太阳如同有了一种温暖性的沉醉力，一种人声绝响而虫声营营的沉寂境界，一种类乎幸运分娩的沉迷力。对于某些破裂声响，对于某些轻微叹息，像是都听见有些菠菜的萌动和生长。菠菜和羊蹄菜的方畦，各式萝卜的长畦，白菜和马铃薯的高大枝干，都展开了它们的形式规则的褥子，它们荫在绿叶丛底的黑色肥土。在略远的处所，生菜、莴苣的浅坑，洋葱、大葱、芹菜，用绳子约成行列，像是用许多铅兵组成的阅兵仪式。至于豌豆和四季豆，都开始伸张了细而长的枝条攀到了成林的架子上，到了六月应当变成繁密的森林。没有看见一茎杂草。这菜土竟可以看作是两铺平行的毯子，其中图案是有规律的，殷红的底子上起着碧绿的花纹，每天早上都有人仔仔细细地刷一遍。许多小茴香，在小径两旁的界线上，垂下了灰白色的流苏。

弗洛兰在这种流苏被太阳晒出的香味中间来来往往走着。这菜土的平静气象和清洁气象教他深刻地变成有幸福的了。自从将近一年以来，他只认得种种蔬菜之被车子震伤的，从上一天拔起来而依然流血的。他现在快活了，在它们家里找着了它们，都安安宁宁待在畦里，肢体都很健全结实。白菜都有一种蓬勃的面容，胡萝卜都是嬉笑颜开的，生菜、莴苣都带着闲暇自适的姿态显出自身的行列。于是他在早上离开的那座菜市场，在他眼前像是一个堆积残骸的处所了，一个只有种种生命的尸体于其间辗转的死城了，一个臭味和腐物的坟墓了。末了他压缓了步儿，在菜土里休息，如同在声音嘈杂而秽气熏蒸的环境之中走过了一大段路。海鲜馆的刺鼻湿气和震耳喧声，通通和他脱离了，他重新在清新的空气里过活了。克罗德说得不错，在菜市场什么都作最后的挣扎。大地就是生命，不朽的摇篮，世上的健康。

"煎蛋已经停当了！"那个种园子的妇人高声喊着。

到了他们三个都在厨房里的桌子跟前坐好了的时候，他们对着那张在太阳下面敞开的门快快活活吃起来，使得惊奇的佛朗朔瓦夫人瞧着弗洛兰，一面在每次举起叉子的时候重复地说道：

"您现在不是那同一的样儿了，至少年轻了十岁。就是巴黎这穷汉弄黑了您的脸像这样儿。我觉得您的眼眶儿里有了太阳了，现在……您可看见，大城市是毫无益处的，您应当在这儿住。"

克罗德笑了，说巴黎是好得了不得的。他甚至于为巴黎的水沟辩护,而同时对于乡村却保留一种善意的温存。午后,佛朗朔瓦夫人和弗洛兰单独地留在菜土的头儿上,留在一块种了几棵果子树的地方的角落里。他们席地而坐,理智地谈天。她用一种恳挚的交谊,同时兼具母性的和温存的交谊,给了他许多劝导。她在他的生活上,在他为未来而下的盘算上,发了许许多多问题,自愿简单地为他尽力,倘若他某一天为着自己的幸福而需要她。他呢,自己感到很受感动了。从来没有女人这样同他谈过。她在他心上造成了一棵清高坚实如同蔬菜在菜土里那般长成的植物的印象了,而回忆到荔莎那类的女人,诺曼底女人那类的女人,菜市场里那类的美貌女人,认为不过是一些摊在陈列架子上面的可疑的肉类。他在这儿绝对安闲自在地呼吸了好几点钟,免除了种种使他发呆的食物气味,如同克罗德自称见过萌芽到十次以上的那棵白菜一样,重新在乡村的营养液中过活了。

五点钟光景,他们向佛朗朔瓦夫人告了辞。他们都愿意步行回城,这女蔬菜贩子陪着他们走到那条小路的头儿上,末了握着弗洛兰的手立了一会儿,才从容地说道:

"请您来吧,倘若您偶然有什么不快活的事。"

经过十多分钟,弗洛兰缄默地走着,他已经感到抑郁了,自认为没有顾虑自己的健康。曲轨村的公路满是白的灰沙。他们却都欢喜跑远路,粗的皮鞋在硬的地上发出橐橐的响声。每走一步,就有轻烟随着他们的鞋跟后面升上来。斜阳像大绶似的射着近郊的通衢,那样分外地延伸了他们的影子斜拂着路面,使得他们的脑袋触到另一侧的路沿,在对面的人行道上晃动。

克罗德摇着胳膊,提起有规律的大步儿,细心端详这两条影子,在步伐均一的拍子之中感到快乐,感到忘形,以至于还用肩膀来表明这均一的拍子。后来,他如同从一种冥想里突围而出。

"您可晓得胖人国和瘦人国的战斗吗?"他问。

弗洛兰感到惊讶了,说是不晓得。于是克罗德兴致勃发了,用滔滔不绝的口才来谈起这一套情景了。他述起了某些节目:胖国的人,臃肿得要死了,铺排着夜间的丰盛的饮食;而瘦国的人,被饥饿折紧了身躯,带着瘦长汉子的满腔怨望气概瞧着树上出神;后来,胖国的那些填满了腮帮儿坐在餐桌跟前的人,竟撵走了一个鼓起勇气而谦逊地自行闯席的瘦子;这瘦子和那些胖子聚在一处,活像是一条木棒立在一群气球堆中。他在这情景之中看见了整本的人生悲喜剧,结果就把人类分成了瘦族和胖族,分成了两个敌对的部分,其中这一部分吞噬那一部分,装饱自己的肚子,并且享受满意。

"确实地,"他说,"该隐是一个胖国人,而亚伯呢,是一个瘦国人。自从人类的第一次杀人的事件发生以来,素来是种种大的饥饿吸了小食量的人的血……这是一种继续不断的美味,由较弱者推向较强者,每一个吞噬贴近在他身边的另一个,而自己又轮到被人吞噬……您可看见,我的同志,请您提防那些属于胖国的人。"

他沉默了一会儿,眼光始终追随他们那两条被斜阳延伸得更长的影子。末了他喃喃地说道:

"我们都是瘦国的人,我们这样的人,您可懂得……请您说吧,肚子扁得像我们的这样平塌塌的,是不是能够在太阳下面占许多地位。"

弗洛兰带着微笑端详这两条人影子。但是克罗德生气了。他叫唤道：

"您认为这是怪事吗？您错了。我呢，做了一个瘦国人，真伤心。倘若我是一个胖国人，我可以安安稳稳地画画，可以有一个漂亮的工作室，可以按照金子的重量出卖我的作品。然而不能这样，我是一个瘦国人，这意思就是我消磨我的气质而想去找一些使得胖国的人耸起肩膀的机器。将来，我一定死在这上面，那时候，皮包着几根骨头，扁得可以教旁人把我夹在两页书里面去葬我……而您呢！您是一个教人吃惊的瘦国人，瘦国的国王，我的忠告。您现在可记得那次和女鱼贩子们吵嘴的事吗？那真是奇景，那些放肆庞大的胸脯敌对您的瘦小窄狭的身躯，并且她们是根据本能而动作的，她们驱逐瘦国的人，正像猫之驱逐老鼠……从原则上说，您可同意，一个胖国人素来极其害怕一个瘦国人，以至在他感到需要，就要用牙用脚从眼眶里拔去瘦国人。所以，若是在您的地位上，我就非预为之防不可，葛吕一家都是胖国人，梅许丹一家也都是胖国人，结果您的四周只有瘦国人的包围。我呢，这事情会使我不安。"

"而伽瓦尔呢？还有萨盖姑娘呢？还有您的朋友马尔若林呢？"继续在微笑之中的弗洛兰问。

"哈！倘若您要问，"克罗德回答，"我可以把我们的熟人，通通替您分出类来。自从多时，我就把他们的脑瓜，连同这些脑瓜所属的种类的说明，留在我工作室的一个纸夹子里。那简直是一卷自然史……伽瓦尔是个胖国人，不过是一

个以瘦国人自居的胖国人。这是异种了,但也是颇为常见的……萨盖姑娘和勒喀夫人都是瘦国人,尤其,都还是很可怕的异种,失望的瘦国人,为着发胖什么都会干得出的……我的朋友马尔若林以及小伽汀和小沙立叶,三个胖国人,目前还是天真的,仅仅只有青年时代可爱的饥饿。值得注意的事,就是胖国人在没有老的时候,总是一个有风趣的生命……勒毕格尔先生,一个胖国人,可不是?至于您那些政治上的朋友,通常都是瘦国人,譬如沙尔威、克莱曼司、罗革耳、拉伽伊。我只把亚历山大那个胖的笨人和不凡的鲁平列入例外。这一位早就教我很不快活。"

从内伊桥到凯旋门这段路上,克罗德继续在这番论调上展开。现在他又回溯到前文了,用一种表现个性的线条完成某些写照了:罗革耳是一个肚子夹在两肩之间的瘦子;美貌的荔莎全体只是一个肚子;而美貌的诺曼底女人,全体只是一个胸脯;萨盖姑娘在她人生里,当然放走了一个发胖的机会,因为她痛恨胖国人,而同时又看瘦国人不起;伽瓦尔把自己的脂肪置于危险之地,结果大概会扁得像一个臭虫。

"那么佛朗朔瓦夫人呢?"弗洛兰问。

克罗德很被这问题难住了。找了半天才支吾地说道:

"佛朗朔瓦夫人,佛朗朔瓦夫人……不,我没有,我从没有想到要替她分类……这是一个令人敬重的妇人,佛朗朔瓦夫人,只有这个说法。她既不在胖国人之列,也不在瘦国人之列,见鬼!"

他们两个人都笑了。他们正在凯旋门的对面。太阳压着徐雷音那带小山之麓,是那样矮矮地拥着地平,使得他们两个人的长影子,如同两条用木炭画出来的黑纹,对着这建筑物很高的地方,比那些伟大造象更高的地方,点染了它的皎洁色彩。克罗德更其快活了,摇动两条胳膊了,弯着身躯了。后来他一面走,一面说道:

"您可曾看见?太阳落下去的时候,我们的脑袋都要撞到天了。"

但是弗洛兰不再笑了。因为巴黎又擒住了他,巴黎从前教他在卡宴费过多多少少眼泪,现在又教他害怕了。等到他回到了菜市场的时候,天色已经黑下来,气味都是使人窒息的。他低了头,心里回忆白天里的充满了茴香芬馥的百体舒畅境界,一面却又回到了这个食物山积的魔梦里。

第五章

第二天，四点钟光景，荔莎到了圣厄斯塔什教堂。为着须得穿过广场，她着上一套严肃的衣服，披上那条宽幅而且大的围巾，全身都是黑绸子的。美貌的诺曼底女人，在鱼贩子里楞起双眼追着她一直送到教堂门边，因而气得呼吸迫促。

"不错！谢谢吧！"她带着恶意说，"这胖婆娘到教士们的道伴里去委身了，现在……这可以教她安静些儿，这婆娘，到圣水里头去浸自己的屁股。"

她弄错了，原来荔莎绝不是教徒。她不做弥撒，平常只说对于一切极力自求正直，有了这层就已经够了。但是她不爱有人在她跟前对宗教说坏话，伽瓦尔偏偏最爱说神父们和嬷嬷们的故事，神父更衣室里的风流事情，而荔莎时常教他闭嘴。因为这类的话，在她是认为不合宜的。应当听凭各自的信仰心，尊重大家的疑虑。并且，神父们通常是勇敢的人。她深知圣厄斯塔什教堂的堂长卢斯当长老是个善于指导的出众人物，因此他的交谊教她视为很可靠。到末了，她竟承认宗教对于大多数的人是绝对不可少的，她当它是一种帮着维持秩序的巡警，没有它，政府早已不能存在。所以遇着

伽瓦尔把这类的事情拉得过远的时候,说起大众应当把教士们撵到门外并且关上他们的铺子的时候,她总耸起双肩回答道:

"您大概是很前进的!……有人大概会在街上互相屠杀,在一个月以后,而且也许不得不创造另外一个上帝。在九三年,事情就是这样过的……您晓得我素来不和教士们来往,可不是?但是我说却应当要教士,理由就是因为应当要教士。"

所以,荔莎到了教堂里的时候,总显出自己是深思默识的。她早已买了一本很美观的祷告小册子,为的不过是参与葬仪和婚礼之际的手头点缀品,而从没有翻开过。起立跪拜,她总在好的地点,极力保持应有的端正姿态。在她看来,这是一种公认的姿态,凡是正直的人士、商人和地主对于宗教都应当保持的。

这一天,美貌的熏腊店女主人在进了圣厄斯塔什教堂的门以后,就从从容容听凭那两扇被信徒们手掌所磨损而褪了颜色的绿呢双合门合拢来。她在圣水盂沾湿了指头儿,规规矩矩地画了个十字。随后,用静悄悄的步儿走到了圣阿臬司神阁子跟前,在那里,有两个跪下的妇人,双手覆着脸,悄悄地等候,这时候,还有第三个妇人,她的蓝色裙沿露了一点在这悔罪的神阁子的外面。荔莎像是进退维谷了,后来,一个穿着黑色短裤的堂役拖拖沓沓走过来,她向他问道:

"今天是卢斯当长老接受悔罪课的日子吗?"

他的回答是:长老先生只和几个修苦业的谈话,时候不会很长,倘若她肯找张椅子坐下,她的当儿不久就会轮到的。她谢了他,却没有说起她并不是为着悔罪来的。她决计等候了,在地面的铺的石板上面慢慢踱着,一直走到大门口儿边,随即回过身来瞧着堂里的中部,那是完全空洞的,高大的和严肃的,夹在两行粉成热烈颜色的矮屋子当中。她略略抬起了下颏,觉得主要的神座过于简单,她不欣赏这些石材的冷静的伟大气象,而推崇两边那些神阁子的金碧辉煌。靠白日街的那一面,这些神阁子都是灰色的,仅仅仗着那些灰尘竟体的窗子透进点儿微弱的光,靠菜市场的那一面,夕阳照明了那些花玻璃格子,使得种种很浅的颜色格外悦目,尤其那些绿的和黄的,那样透明,使她想起勒毕格尔先生的大玻璃镜子前面的那些盛果子甜酒的瓶子。她从这一边走回来,像是被这种木炭样的火焰烘热了似的,竟费了一点儿极短的时间,去留心那些圣器,那些神座上的装饰品,那些在玻璃柱的反射里所见的油画。这教堂是空洞的,穹顶的沉寂微微波动。女信徒们的裙袍,在那些椅子的黄黄儿的影子里,造成几点儿阴影。末了,从各处关了门的悔罪的神阁子里,传出了一阵切切的语声。她再从圣阿臬司神阁子前面经过时,她瞧见那件蓝色裙袍始终跪在卢斯当长老膝下。

"若是我,我可以在十分钟内外就说完了,倘若我愿意。"她带着安分守己者的自负态度这样想。

她向着靠里的那一头走过去。在主要的神座后面,在两行小柱子的黑影里,圣母的龛子完全埋没在沉寂和黑暗之中。所有嵌花玻璃窗子都很阴晦的,只浮出了圣徒们嵌花肖像的长大法衣,许多或红或紫的大片儿,光亮得像是在默识之中的神秘爱慕的火焰,黑暗之中的无声崇拜。那是一只神秘的角落，一片来自天堂的晚霞远影，其中闪着两支蜡烛的星光，其中悬着四盏从穹顶上垂下来而仅仅可以窥见的金属挂灯，使人想起了那些被天使们在马利亚床边晃动的金香炉。在那些小柱子之间，许多女信徒还没有走，伏在那些反摆着的椅子靠背上边，沉没在乌黑的肉感里。

荔莎，立着，瞧着，很安静地。她绝不焦躁。认为旁人没有点燃那些挂灯实在错误，认为得着了光亮可以较为愉快。并且有一种不端正的气象在这阴影之中，一阵安床暖阁式的日光和动的空气，她认为都是不甚合宜的。在她身旁，许多蜡烛在一架三角形的大烛台上燃着，使她脸上感着焦烘烘的，同时一个老妇人用一柄大的刀子，刮着那些下垂成泪的蜡。末了，在神阁子里的宗教性的颤动里，在这种表示爱慕的无声陶醉里，她很清楚地听见轿车的隆隆之声正从貂山街出来，从那些被花玻璃染红染紫的圣徒影像后面经过。在角儿上，菜市场用一阵不断的声音吼着。

她正预备离开神阁子，忽然看见梅许丹家的小女儿走进来，这就是柯莱儿，淡水鱼的贩子。她在烛台上点燃了一支蜡烛。随后，她跪在一条小柱子的后面，双膝贴在铺地的石板上，脸蛋儿围在蓬松不整的金黄头发的中央，惨白得像是一个死人的脸。在那里，她自以为得了掩藏之所，表示受了百般的委屈，带着种种使她像是在大风之中摇晃的祈祷迫切姿态，带着那种自认无力的妇女激动姿态，哭得热泪交流。荔莎很吃惊了，因为梅许丹一家人几乎不信宗教，而尤其柯莱儿，通常她总用一种使人毛发悚然的方法议论宗教和宗教家。

"她遇见了什么事，究竟？"她重新向着圣阿臬司神阁子走回去，一面向自己说，"她可以药死了什么汉子，这贱货。"

卢斯当长老终于从悔罪阁子里走出来了。这是一个伟丈夫，年纪约莫四十光景，神情和蔼微笑。等到认识了葛吕夫人的时候，他向她握手，称她作"尊贵的夫人"，请她到更衣室去，到了室里，他脱下了他的白色法衣，向她说立刻就来和她谈话。他转来的时候，着的黑道袍，光着脑袋，她呢，披着宽而且大的围巾，两个人沿着那些靠着白日街那边的神阁子散步。他们低声谈着。太阳已经落在花玻璃窗子以外了，堂里渐渐黑下来，最后几个女信徒们的脚步儿，在石板上发动一阵柔和的摩擦。

荔莎向卢斯当长老说明自己的忧虑，虽然在这两人之间从来没有宗教问题。她并没有什么事情要来悔罪，只简单地在困难情形之中向他咨询，认他是个聪明谨慎的人，她曾经说过他远比那些身带牢狱气味的糊涂商人值得尊敬。他呢，对她表现过一种取之不尽用之不竭的殷勤，替她翻阅过法典，替她指点过种种良好的投资之所，替她用机警的力量解决过精神上的困难，向她荐引过许多供给原料者，凡是她的要求，无论如何琐屑复杂，他总有一个预备妥贴的答复，却不因事务而谈到上帝，不想从中为自己或者为宗教企图任何利益。一声致谢和一个微笑就使他满意了。他像是很自如地来礼遇这位美貌的葛吕夫人，因为他的女仆时常带着敬意对他谈起她，承认她是街坊上一个很被敬重的人物。这一天，咨询是特别微妙的。问题是要晓得哪一种安分守己的态度

可以经她允许去用以对付她的大伯子,她是否有权监视他,阻止他去连累他们,她的丈夫、她的女儿和她自己,以及在一个紧急的危险之中她可以走到哪一步。她并不粗率地问起这些事,而用种种选得那样好的启发方式来提出这些问题,使这位长老能够探索资料而不涉及有关的人物。满是互相矛盾的论据了。不过简而言之,他断定一个公正的人有权并且有义务阻止罪恶,哪怕使用为了善的胜利而必需的一切手段。

"这就是我的意见,尊贵的夫人。"他在结束的时候说,"方法上的讨论始终是严重的。因为种种方法都是使平常人物自误的陷阱……不过我认识了您的自觉心。请您度量每一件行动的轻重吧,所以倘若问心无愧,那么放开步儿前进就得了……安分守己的人,随便遇着什么事,总抱着非常的快乐态度去运用自己的安分守己的办法。"

末了,变换了音调,他继续说道:

"请您告诉葛吕先生说我候他。那一天,我走过的时候,我一定进来抱抱我那个小菠林……再会,尊贵的夫人,并且我随时听候您的吩咐。"

他回到更衣室里去了。荔莎临走的时候,抱着好奇心去看柯莱儿是否始终在那儿祷告。但是柯莱儿已经回到她那些鲤鱼和鳗鱼身边去了。所以在圣母台前降下了的夜色之中,只有那些反摆着的椅子,在那些跪在上面的妇人们的虔诚温度之下凌乱地散开了行列。

这美貌的熏腊店女掌柜重新穿过广场了,诺曼底女人本来正在窥伺她怎样从教堂里出来,这时候,她在暮色之中认识了荔莎那个滚圆的裙袍影子。

"得啦！"她高声喊着，"她待了一点多钟。教士们掏空了她种种罪过的时候，唱诗班的孩子们，正连成一大串儿来打扫成桶的脏东西扔到街上。"

第二天早上，荔莎毫不迟疑地上楼进了弗洛兰的卧房，她心安理得地待下来，拿稳了自己不会被人惊动，并且决定来说谎，倘若弗洛兰也走上楼来，她决定要说自己是为着保证卧房的清洁而来的。她早已看见他在下面的海鲜馆当中异常忙碌。她坐在小桌子的前面了，抽出了那只抽斗，搁在自己的膝头上，小心翼翼地出空了里面的东西，又一丝不苟地把那些一扎扎的纸片儿归在原有的地位。她最初看见的，是那些关乎卡宴记载的头几章，随后是种种计划，各式各样的计划，如何使落地税变为买卖税，如何修正菜市场的行政制度，以及其他。这些被她费尽心力来阅读的细密篇幅，非常教她心烦。她预备把抽斗归到原处，相信弗洛兰在旁的处所收藏了他种种坏的玩意儿，在一个信封套儿里面发现了诺曼底女人的照片的时候，她已经想到要去搜查他的被褥了。这照片是略带黑色的。诺曼底女人的姿势是立着的，右边的胳膊靠着一段切断的木桩，身上满是珠宝，配着一件鼓起的簇新丝质裙袍，露着一种傲岸的笑态。荔莎忘了她的大伯子了，忘了她的恐怖制造者了，忘了她到这卧房来的原故了。全副精神，完全被一种为妇女们在能够不被人窥见而安然欣赏另一女人时所具的心情吸收了。她从来没有得过闲暇来这样接近地参详她的竞争者。现在，她审察她的头发，她的鼻梁，她的嘴巴，把照片推到远远的，又引回身边。后来，她闭紧双唇，来看写在后面那几个笔迹恶劣的大字："露绮思送给她的朋友弗洛兰。"这几个字是她的耻辱，是一种自白的供词。怒气从心上起了，教她想拿走这张照片，当一种可以对她的敌人进攻的武器。她从从容容重新把它放在信封套儿里边，一面想起拿走究竟不是好的办法，而况乎她尽可以随时都重新找得着它。

于是，她又再来翻阅活页了，一页页地理得很好，又想起另外去看看顶头的地方，这就是弗洛兰从前推开沃巨斯汀丢下来的那些针和那些线的处所。在那本祈祷文和《迷想之钥》的中间，她发现了她要寻的东西了，许多很带危险性的纪录，仅仅包在一件灰色的纸夹子里头。原来罗革耳某天夜间在勒毕格尔先生店里主张过的那种倚仗实力推翻帝制制成革命的意识，早已慢慢地在弗洛兰的热烈思想里面成熟起来。因此他看见了一个义务，一个使命。这毕竟是他逃出卡宴而重回巴黎所寻着的目的了。相信应当对着这个在防护法律者饿死于充军地点的时候化为肥腴的城市，为自身的赢瘦报仇，为自己主张公道，梦想自己就从菜市场挺身而起去粉碎这种饕餮酩酊的势力。在这个气质柔和者的心中，成见竟不费什么事就获得根据了。于是一切都显出了骇人的放大景象，种种最古怪的故事在不知不觉之中自行构成了，他竟以为自从他到巴黎以后，菜市场就来宰制他，用场里的种种气味来药他，来软化他。后来，那个想使他愚化的就是荔莎，他每每躲避了两三天不和她接近，认为倘若和她接近，就会像是一种溶解剂似的随意来融解他种种意志了。这些幼稚意味的恐怖者的摇动，这些气愤者的激怒，向着许多浓厚的温柔境界,许多被他用儿童式的羞涩所遮掩的求爱的需要,不断地引申。尤其是夜间,弗洛兰的脑子受困于难嗅的烟。白天的光阴已经使他不幸,弄得神经紧张,每每由于一种没来由的隐忧而拒绝瞌睡,他就在勒毕格尔先生店里或者梅许丹家里每每待到夜深。末了,回来之后,他依然是不肯睡的,他写作,他预备那一场卓绝的革命。慢慢地,他寻着了整整一份儿组织计划了。他按照巴黎固有的二十个行政区,每区各设一个首领,一个将军样的人,各自管辖二十个偏将,每一偏将各自指挥一队入会的会友。每周,各首领开会一次,每次的地点各不相同;并且,为着格外慎重起见,会友们仅仅认识本队的偏将,而偏将的本身都只和本区的首领相关联,务须这些队的会友全体自认对于任何秘密使命都负责任,而结果,也许这可以淆乱警察的追踪。至于说到使用这些力量,那却是最简单的。他们等候干部的组织完成,随后就利用最近的政治上的刺激。因为他们大概只有几杆猎枪,所以预备先行包围几个据点,解除救火队的特种兵的,巴黎城区警察的和步兵们的武装,请他们同民众一致行动,借此极力避免开火。以后,他们就可以直扑国会去取市政府了。这个在每天夜间必定回到弗洛兰心上的计划,正像一个给他疏解神经上过分兴奋的热闹戏剧场面的布置计划似的,仅仅在一些涂抹重复的纸条儿上写下来,表示作者的暗中摸索,使人追得着这个幼稚而又具有科学意味的概念的种种变迁。这一次,荔莎浏览了这些记载的时候,虽然不能全部了然,却已经惊讶得口呆目瞪,浑身发抖,不敢再去接触这些纸张,害怕看见这些东西像一支装了弹子的武器似的在她手里爆发。

最后记载中的一件，更比其余那些格外教她惊惶。这是一张对开的纸，在那上面，弗洛兰画了那些区别首领和偏将的徽章模型；旁边，另外有各队的旗号。并且用铅笔加了许多记载来说明二十队的标识颜色。对于荔莎，这是叛乱的立即实现了；于是她已经看见了这些汉子带着这些红布，在她的熏腊店前经过，对着那些玻璃和那些大理石嵌进了许多枪子，抢劫陈列货物架子上的那些腊肠之类。所以她的大伯子的这些可耻的计划，简直都是一种对她而施的，一种对她的幸福而施的暴行。她关好了抽斗，瞧着这卧房出神，想起却是她自己供给这汉子的住宿，他躺在她的被褥里头，他使用她的家具。而特别使她激怒的，就是他竟把他这种狞恶的阴谋藏入这张白木小桌子里，因为她从前结婚之前在格拉台勒舅舅家里住的时候，这东西原是以清白无瑕的资格伺候她的。

她立着不动了，思索自己将要做的事。开始，认为告诉葛吕是没有益处的。于是想和弗洛兰做一次说明，不过却又害怕他会故怀恶意来害他们一家，将来的乱子因此就闹得更大。她略略宁静下来了，认为暂时不如监视他。且到最初的危险发生再作计较。总而言之，她现在得了那个教他重入监狱的工具了。

刚好回到了店房，她看见了沃巨斯汀完全张皇失措。那个小小的菠林有半点多钟不见踪迹了。对着荔莎种种担忧的诘问，她只能够回答：

"我不知道，夫人……刚才，她还在人行道上，和一个男孩子在一块儿……当时,我曾经瞧着他们;后来,我割了一片火腿给一位先生,末了,我就没有看见他们了。"

"我可以打赌说那是呱呱叫,"荔莎高声喊着,"哼!小光棍!"

这确乎是呱呱叫,在事实上。原来菠林这一天正穿上一件簇新的蓝色柳条裙子,因此,想起晾一下儿。她立在铺子跟前,直挺挺的,很安详的,用那种属于一个唯恐弄脏自己的六岁小妇人的庄重姿态咬紧嘴唇了。她的裙子,很短,浆得挺硬,鼓得滚圆,像是歌舞台上女角儿的裙子,露出了她那双绷得很合适的长筒袜子,她那双蔚蓝色的漆皮鞋。而她那件袒出双肩的大围裙,在肩头有一道窄窄儿的绣花卷边,从中露出她那双精赤粉红使人珍爱的孩子胳膊。她耳坠上挂着一双土耳其玉的花苞儿,颈上挂着一条带着十字架的链子,发角儿挽得很好,系着一条蓝绒带子;神韵和她母亲相似,胖胖儿的,嫩嫩儿的,一个巴黎式的新玩偶的娇媚味儿。

呱呱叫从菜市场里望见了她。他正把那些死了的小鱼搁在水沟里听其浮沉,自己沿着人行道走来,一面说它们在水里游泳。但是菠林的影儿,那样漂亮,那样清洁,竟教他光着脑袋,披着破了的罩衫,拖着松弛下垂以致露出衬衣的裤子,在一个七八岁的野孩子的衣衫拓落的情形之下穿过了街面。他母亲早就极力禁止他和这个"快要被父母填杀的胖傻孩子"一同玩耍。所以他彷徨了一会儿,然后才走向前去,心里想的是摸一摸那条漂亮的蓝色柳条裙子。菠林,开始是感到安慰的,脸上却露出一种谨慎的不平之态,退了几步儿，一面用不以为然的姿态低声说道：

"不要动我……妈不愿意。"

这两句话使得小的呱呱叫笑起来，他是很跳脱的和很爱惹事的，说道："哈！你真笨！……你妈就不愿意，也不打紧……我们去推着脊梁耍吧，你可愿意？"

他心里满怀着主意，要把菠林一身弄脏。而她呢，看见他预备动手来推她的脊梁，更向后退了几步，做出要回去的样子。于是他变成很温和的了，提正了自己的裤子，装起上流人物的派头。

"你真笨！这是闹着玩儿的……你很客气，像这样。这可是你妈的，你的十字架？"

她摆出自负的样子，说这是她自己的。于是他，慢慢地，引了她走到了陀螺街角儿上；他摸着了她的裙子了，心里一惊，认为那东西硬得古怪；这却使这小女孩子得了一个说不尽的快乐念头。原来自从她在人行道上标榜自己的漂亮以来，发现谁也不来注意她，因此很感过困苦。不过，呱呱叫的颂扬，却不能教她肯从人行道上走下来。

"好没有骨头的贱货！"他重新摆出倨傲的样子这样喊着，"我要教你连裙子坐到烂泥里头去，你可知道，漂亮的女士？"

她着慌了。他抓着了她的手；后来，他明白了自己的不是，就重新来表示自己的殷勤，连忙在自己衣服的口袋搜索：

"我有一个铜苏。"他说。

这铜苏的影子宁静了菠林。他用指尖儿夹着这铜苏在她前面举起来,她呢,如同为着追随铜苏似的,不知不觉从人行道走到了街面。确然,这个小的呱呱叫走着了好运。

"你爱什么?"他问。

她没有立刻回答;她不知道回答,她爱的东西太多了。于是他报了一大篇糖食的名称:甘草糖、糖蜜、糖胶球、糖屑。糖屑教这女小孩子转念头了,可以用一个指头去蘸,再慢慢地吮起来;那真很好。她好一会儿没有动声色。随后,她决定了:

"不用,我很爱角儿。"

于是,他抓着她的胳膊,引着她走,没有发现她的抵抗。他们越过了朗布多街,沿着菜市场的宽阔人行道,走到弓索内李街一家素以角儿驰名的调味店里。"角儿"是用纸儿卷成的小小的角样的东西,调味店在这东西里面,装上陈列橱里的货滓,压碎的果子糖,跌碎的糖栗子,饼干罐子里的可疑的底子之类。呱呱叫殷勤地料理一切:他听凭菠林去选择角儿,她选了一个蓝纸卷的,他并不从她手里接过来,却拿他那个铜苏付了价。在人行道上,她把一切碎的东西倒在围腰的两只口袋里。这些口袋都是那样狭小的,所以都被塞满了。她慢慢地一点一粒磕起来,心里说不尽的快乐,吮湿自己的指头去蘸起那些过于纤细的糖屑;这样,那些糖类就融化起来,终于两个黄而赤的斑痕已经在她的围腰上留下了痕迹。呱呱叫露着一副狡狯的笑容,挽着她的腰干,随心所欲地揉皱她的裙子,教她从披尔雷司戈街那个靠着依诺桑广场的角儿上拐弯,一面向她说道:

"哈?你可很愿意玩儿吧,现在?……味儿不错,你口袋里那点儿东西。现在你明白我并不想害你了，好笨货。"

后来，他本人，把自己几个指头塞到了口袋里。他们走到十字街口那个围着铁栅栏的小花园里了。大概呱呱叫梦想引导他的征服物到这里来。在他，这是使小花园增光的，他认为这是属于他的一块很可爱的领土，时常整个儿下午，他在那里面跳跃奔驰。可是菠林从没有走得这样远，所以倘若她的口袋里没有那点儿糖，也许早就像一个被人拐走的小姐一般儿号啕痛哭了。那座流水塔，正在镶着几个花畦的草地的中央，流出断断续续的瀑布；几座楠伏女神的雕像，从石材的灰色气象之中显出全体洁白的色调，斜斜地倒托着她们的水瓶，在圣德尼区的黑暗气压当中显出了她们的裸体的娇媚。这两个孩子兜了几个圈子，端详那六座水池里面落下来的水，被青青的草色引起了兴味，当然梦想越过中央的草地，或者溜到四周铁栅栏边的长畦里的冬青和石楠的丛中。然而呱呱叫已经达到了由后面揉皱那条漂亮短裙的目的，就忍着自己的暗笑向她说道：

"我们来对撒沙子玩儿吧，你可愿意？"

菠林受到引诱了。于是他们都闭上了眼睛，相互地对着撒起沙子来。沙子从这小姑娘的袒出肩头的上衣的口儿里溜进去，沿着全身一直落到了长筒袜子和皮鞋里面。呱呱叫瞧见那条雪白的围腰变成了全黄的，不禁乐不可支。但是他大概认为这毕竟还是过于清洁的，所以陡然问道：

"哈？我们来种树吧，好不好？我是造得出漂亮花园的。"

"真的，花园！"菠林带着满腔的赞叹意味喃喃地说。

于是，恰巧看守这小花园的人不在那儿，他就教她在一座长畦里去挖许多窟窿。她在软土的正中跪下来了，仆着身子伏下去了，那双可爱的胳膊连肘弯子都伸到泥里了。他呢，找到了一些儿树枝儿，折断了一些儿枝叶。这就是他种在菠林挖好的那些窟窿里的造花园的树了。但是他从没有找得着什么够深的窟窿，就用主人翁式的强硬态度，把她看作坏工人。等到她立起来的时候，从头到脚全是乌黑的了，连头发里面都是泥土，整个儿一场糊涂，带着那挖煤工人的胳膊，尤其古怪得教呱呱叫拍着手高声喊道：

"现在，我们去浇水吧……你可明白，否则那就不会长了。"

这真到了最高峰了。他们从小花园里走出来，用双手捧着沟里的水，跑着回到花园里去浇那些枝丫儿。在路上，菠林太胖而又不会跑，竟听凭那点捧在手掌掌之间的水，整个儿延着自己的短裙洒下来，以至于走到第六次来回，她竟像是在一条溪里滚过了一样。呱呱叫觉得她是很好的了，等到她已经很脏。他教她靠着他们造好的花园同他在一棵冬青树底坐下来了。对她说这些树已经长了。他抓着她的手，叫她做自己的乖乖。

"你该不后悔到这儿来吧？若是待在人行道上，你像是厌烦得很……你将来看吧，我知道在各处街道上满是好玩儿的。将来真应当再来，你可听见。不过，不要告诉自己的妈。不要做傻瓜……倘若你说了什么，你可知道，我就一定拔你的头发，等到我将来走过你房子跟前。"

菠林的回答始终是"对的"。他呢，用最后的殷勤手段，把泥土塞满了她围腰的两只口袋。现在,他贴近地箍住她了,由于一种野孩子式的残酷性,设法教她吃点儿苦头。而她呢,已经没有糖了,不肯再来玩儿了,并且变成了不放心的了。所以在他开始来捏她的时候,她笑了,一面说自己想走。这却很教这个以骑士自任的呱呱叫快活了。他用不带她回家的话恐吓她。这女孩子完全感到恐怖了,进出一阵咽着嗓子的叹声,俨然是一个落在陌生旅馆密室之中听凭诱惑者随意摆布的美女。他确然终于快要去打她,使得她不敢再动声息。然而这时候,一道尖锐的声音,萨盖姑娘的声音,在旁边喊道:

"真是,上帝得原谅我!菠林在这里……你愿意好好儿放松她吗,光棍!"

这个老姑娘抓着她的手,一面对于她满身衣脏透了的情状进出了种种惊叹。可是呱呱叫并不跑开,他跟在她们后边,因为自己的工作而狡狯地笑着,重复地说这原是她自己要来,并且这原是她自己躺在地下。萨盖姑娘本是这座依诺桑区小花园的长期游客。每天午后,她必定来坐这么一两点钟,使自己不致于和闲杂人等的庞杂议论脱节。在那地方,两边各有许多长凳,接着排成两道长的半圆形。附近各处街上那些在鸽子笼里透不过气来的穷人,都在这地方挤着:那些年老的女人,干瘦,畏寒,戴着皱了的便帽;那些年轻的,敞穿着的汗衣,胡乱系着短裙,光着脑袋,已经都在困苦之中疲劳憔悴;也有几个男子,仪容整洁的老翁,油垢满身的搬运夫,可疑的先生样的人物;至于那些树荫底下,全是孩子们,他们成群地滚着,拖着没有轮子的车子,用小桶装着沙子，哭着，互相咬着，这是一群教人害怕的孩子们，衣服褴褛，面目肮脏，在太阳之下如同一种虫蛹似的数目愈来愈大。萨盖姑娘本是那样瘦小的，所以始终有法子挤在一条长凳上。她静静地听着，再和一个坐在一块儿的妇人开始谈起来，这是一个面色焦黄的缝穷妇人样的人，正从一只小篮子里抽出些手帕和洞穿得像是一个枪靶子的袜子，用些儿粗线来补。此外，她原有许多熟识的人。在那种由成群儿童的不可饶恕的喧噪和那种在圣德尼街不断的隆隆车声构成的环境之中，全是种种是非之谈，种种和店家、调味店、面包房、屠宰商之类有关的故事，这简直是街坊上的一份报纸，被贫穷社会的暗恨和报复加上了苦味。她特别从这些不幸的人当中，得到那些不可公开的消息，那种从出租而有陈设的阴晦小房子里传出来的，那种从看门人的黑暗屋子里放出来的，这些富于讥诮性的污秽资料，竟像是辛辣劲儿似的激起了她种种好奇心的饥渴。此外，在她跟前，对着菜市场的那一面，她又有目的地，那是三大排开了许多窗子的房屋，她设法用眼光钻进那里面去。她像是在升高，沿着各层楼上望过去，不肯放松一片玻璃，直到屋顶阁楼的那些牛眼小窗为止。她详细审识玻璃里面的窗帷，偶尔望见两窗之间简单地显出一个脑袋，她就编造一段有色有声的故事，到末了只需注意这些房屋的门面，她终于明白其中客人们的历史了。巴拉德莱馆尤其引起她的兴趣。这菜馆有一个卖酒的小门面，一座洒金的半截雨棚，组成了门外的月台，任凭几盆花草的绿影子展到外面，馆里的五层高楼都装饰得花花绿绿，她欢喜那浅蓝的背景，那些黄的排柱，那顶着一片介壳的单柱，那个从下到上涂着胶粉的旧门面，向那些用红布条组成的波斯帘子里面，她认清楚了那些美味的早餐，精品的宵夜小食，种种不顾一切的宴乐。并且她公然曾经布散谣言，说就是在这馆子里，弗洛兰和伽瓦尔新近带着梅许丹家里两个脏货来大嚼了一顿，并且在吃完正菜之后，经过了许多不堪的事情。

然而，菠林自从被这老姑娘抓着以来，她哭得更厉害了。这老家伙牵着她走向小花园门边的时候，却变更了主意，她坐在一条长凳的头儿上了，设法教这女孩子不要作声。

"赶快不要再哭了，警察会来捉你……我要送你回去。你和我是很熟识的，可不？我是好朋友，你也知道……赶快笑一下吧。"

但是眼泪咽住了她的嗓子，她要走。于是，萨盖姑娘安安静静地听凭她放声哭起来，专心等候她哭完再说。这可怜的孩子浑身发抖了，短裙和袜子湿了个透。那些被她用脏了的小拳儿擦着眼泪，弄得她连耳朵上全是泥土。等到她略略宁静一点儿之后，那老家伙用一种柔和的态度再向她说道：

"你的妈并不凶恶，对吗？她很欢喜你！"

"是的，是的！"菠林连着这样的回答，可是心里仍旧是不快活的。

"那么你的爹呢，他也并不凶恶，他不打你，他不和你的妈吵嘴吗？……在夜间，快要睡的时候，他们说些什么？"

"哈！我不知道，我，在床上睡得暖暖儿的。"

"他们可谈到你的表伯弗洛兰吗？"

"我不知道。"

萨盖姑娘露出了一副严肃的神情，假装立起身来要走。

"瞧吧，你只算是一个撒谎的孩子……你可知道撒谎是不应该的……我要把你留在这儿，倘若你撒谎，并且呱呱叫要来扭你。"

呱呱叫本来在长凳跟前徘徊，现在他趁此加入谈判了，他用一个小汉子的坚决态度说道：

"得啦，要知道这些，她太笨了……我呢，我知道我的朋友弗洛兰真像是一条小黄瓜，昨天，我的妈笑着对他这样说，他可以拥抱她，倘若这样能够教他快活。"

但是，害怕自己会被人丢开的菠林，又开始哭起来了。

"不要再哭了，不要再哭了，刁嘴的坏东西！"那老家伙低声说着，一面推着她，"看吧，我现在不走，我要买一块麦芽糖给你吃，可听见！一块麦芽糖！……那么，你不欢喜他吗，你的表伯弗洛兰？"

"不欢喜，妈说他不是正经人。"

"哈！你看，你的妈说过一点儿话了。"

"有天夜间，我带着小羊在床上，我素来和它一块儿睡……妈和爹说：'你的哥，他从监里跑出来，不过是要把我们同他一块儿带进监里去。'"

萨盖姑娘进出了一道轻轻的叫声。她起立了，浑身抖得很厉害。因为一线光明正劈面对她冲过来了。她重新牵着菠林的手，教她快快地走向熏腊店跟前，自己一言不发，在一阵暗笑之下闭紧了嘴唇，由一阵锐利的愉快，因此眼光格外明朗了。走到了陀螺街的拐角上，呱呱叫本来始终蹦蹦跳跳跟着她们，因为看见她用那双全是烂泥的袜子跑着而感到快乐，这时他悄悄儿溜走了。荔莎正在着急得要命，陡然看见她的女儿弄成一条抹布样地现出来，不禁得了一种那样的意外惊讶，以至于教她从各方面旋转了一周，而竟没有想到要打她。那老家伙用恶意的腔调说道：

"这是呱呱叫那小子……我牵她到您这里来，您可明白……我刚才在小花园的一棵树下，发现他们在一块。却没有知道他们干了些什么……若是在您的地位，我是要留心他的。他什么事不会干？那个小叫花崽子。"

荔莎找不出一句话了。她不知道要从哪一处来给她着手了，鞋子全是烂泥，袜子全是斑斑点点，手和脸全是黑的，这情形真教她感到作恶。那条蓝绒带子，这双耳坠子，那条链子，都埋没在一层污垢之下。但是那件终于教她大发雷霆的事，却是两只满是泥土的口袋，她俯下了身躯，顾不得素来对于店房里那些雪白和粉红石板而施以敬意，把口袋出空。随后，她只能吐出一句话，牵着菠林，一面向她说道：

"请您来，脏东西。"

萨盖姑娘压在自己那顶黑帽子底下，被这个场面弄得很快乐了，于是活泼泼地穿过了朗布多街。那双瘦小的脚几乎没有触到地面，一种享乐的滋味抬起了她，像是一阵满是使人痒不可支的感触力的和风。她终于明白了！她之热衷的日月将近有一年，而现在，她给住弗洛兰了，整个儿，陡然一下；这是一件意料不到的满意，从病症之中医好了她；因为她确然觉得这汉子设若更长期地拂逆她的好奇心的热烈性，竟可以因此而使她像一点儿微火似的慢慢地死下来。现在，菜市场整个区域是属于她的了，在她脑子里没有遗憾了，她可以在每条街上向每个店铺说出来。末了，她在刚刚走进水果馆的时候,迸出了一阵笑不出声的微叹。

"喂!萨盖姑娘,"小沙立叶从她的铺子的边儿上高声喊着,"您究竟有了什么事情来独自一个儿在笑?……是不是您中了头彩?"

"不是,不是!我的孩子,倘若您知道!……"

小沙立叶杂在她那些水果当中,带着美女式的乱头粗服的姿态,真是值得珍爱的。鬈曲的头发覆着额头,如同有些儿葡萄蔓。赤着的胳膊,赤着的项颈,一切从她显出来的精赤的和玫瑰色的,都有一种桃子和樱桃样的鲜润。由于顽皮女孩子的花样,她在自己耳垂上挂着些儿蜜味樱桃,黑黑儿的蜜味樱桃,她从放声大笑之中低下头来,这些樱桃就在她腮帮儿上跳跃。那些教她那样很快乐的事,却是吃着覆盆子,她吃得嘴上、腮骨上甚或鼻子上,都染上了覆盆子的汁;于是嘴是红的了,嘴是化妆过的了,因为覆盆子的汁而更鲜润了,像是被什么土耳其宫禁中的化妆品使得她色香俱备。她的裙子上腾出李子的香。她那件半扣半开的上衣像是有草莓的气息。

并且,在这小铺子里,她的四周,种种的水果堆积得非常之多。在后面,沿着那些货架子,种种的甘瓜排成行列,满身疙瘩的皱甘瓜,灰色锯齿叶子的沼泽甜瓜,肉峰突起的猴臀甜瓜,都无一不备。在货架子上,种种美不胜收的水果,巧妙地列在筐子里边,都有婴孩般的面庞儿,在一幅由绿叶组成的帷幕之下半显半隐。尤其是那些桃子,蒙特勒伊种是发红的,正像北部的姑娘一样,绷着细嫩清浅的皮肤;南部种,黄黄儿的,被阳光灼过的,显出普罗旺斯省的女儿们的

干燥意趣。杏子摊在苔草上面，都显出琥珀般的风光，俨然是落日的温度暖着蜜色头发女子的后颈窝儿的短发蒙茸之处。樱桃，一种一种排着，活像是微笑之中的中国女子的小口：蒙摩郎西种，是丰腴的妇人短而肥的嘴唇；英国种，较为长些儿，较为厚些儿；蜜味种，肌肉停匀，黑黑儿的，像是被人啮得过分的；两色种，红白斑驳，像是在半嗔半喜之中微笑的。苹果和梨子，都是用营造术的规则方式堆积的，构成种种金字塔，显出种种像是正在发育之中的乳房的红影儿，种种带金光而隆起的肌肉，衬着垫在四周的蕨菜芽儿，形成了一种难于用言语述说的裸像：它们都是皮色各异的，这些小摇篮苹果、变形的郎堡苹果、加尔城的白皮苹果、加拿大的血红苹果、栗色苹果、带着红斑的金黄王后苹果。以后，就是各种梨子了：葡萄白梨、英伦梨、奶油梨、约翰爵爷梨、公爵夫人梨，都是鼓形似的，长长的，带着天鹅般的项颈，或者宽的肩膀，黄肚梨和绿肚梨，都竖起一个殷红的尖头。在旁边，各种透明的李子都显出清癯的处女雍容风度，王后李，先生李，都有纯洁而静宁的浅色，姜黄李圆得像是一串被人连着短枝香草久藏在盒子里面的念珠上的黄金珠子。各种草莓，它们也一样吐出一种清新的香气，一种青春的香气，尤其那些小小儿的，那些从树林子里采来的，此外还有那些带水气的在园子里培植出来的大草莓。刺茎草莓在这种纯洁的气息上增加一种花球。小覆盆子、黑覆盆子、榛子，都吐出娴雅的笑容；而许多筐的葡萄，一簇簇肥而多并且富有醉意的，拥在筐子的边儿上，任凭自己那些被日光热力灼红的颗粒下垂。

小沙立叶在这地方过活，正像是在一所果园里，尝遍了醉人的气息。那些代价不高的水果、樱桃、李子、草莓，堆在她跟前那些扁平的筐子里边，衬着些儿纸，已经有了些儿伤痕，都在货架子上浸出些儿果汁，浸出些儿在气温里蒸发的浓汁。在七月里，在各种甜瓜用一种强烈的麝香味儿绕着她的时候，她又觉得午后的高温度教她头昏。于是，醉了，任凭汗衣里面露出多部分的肌肤，刚巧成熟而完全像春光一般鲜润的肌肤，她张着嘴，觉得有偷尝水果的需要。就是她本人，就是她那双胳膊，她的项颈，对她这些水果给予了这种恋人式的生活，这种缎子样的女性温柔。在隔壁小摊儿的长凳边，一个做买卖的老妇人，一个可怕的醉鬼，不过陈列许多皱了的苹果，许多像空乳房一般下垂的梨子，许多黄得讨厌而灰黯无光的杏子。但是，小沙立叶，她把她的货架子造成了一种毫不掩蔽的洋洋大观的肉感。她的嘴唇儿在那些樱桃上面，一粒一粒地留下了殷红的吻；她听凭那些丝样绵软的桃子从她的身躯上滑下来；她对那些李子供给了她最娇嫩的肌肤，她鬓下的肌肤，腮上的肌肤，口角边儿的肌肤，她听凭自己的血液留了点儿在那些覆盆子的经络里。她的种种美女式的热情教这些水果，这一切种种植物，都得到了青春的心情，它们的热恋，在一层铺在许多小筐子的苔草装潢里的绿叶垫子上面披露无余。在她的小店后面，就是鲜花廊，因为接近这种由她那些层累的筐子里和宽弛的衣襟里布散出来的生命的芬芳，鲜花廊竟只有一种平淡的气息了。

　　然而这一天，小沙立叶本来完全被那种充塞了菜市场的姜黄李的新近上市现象所陶醉了。看见了萨盖姑娘，就明白了她一定有点儿重大消息，于是决然想教她说起来；但是那个老妇人，焦躁地跺着脚说：

"不行，不行，我没有时候……我现在赶着去看勒喀夫人。哼！我晓得点儿好听的哟！……来吧，倘若您愿意。"

就实际而言，她之穿过水果馆，为的不过是来拉小沙立叶吧。这女子谢绝不了这种诱惑力。而舒尔先生正在一张转了背的椅子上面摇晃，脸上剃得新鲜光润，像是一个安琪儿。

"铺子归你照看一会儿，行吗？"她向他说，"我立刻就回来。"

但是他呢，在她正走到拐弯的时候，他立起来了，用他那种发腻的声音喊道：

"喂！这不行，小立儿！你晓得，我正要走，我……我不肯像那天一样等你一点钟……等起你来，你这些李子真教我头痛。"

他终于双手插在袋子里安安静静地走了。那铺子竟空无一人。而萨盖姑娘却教小沙立叶快快儿走。在奶油馆，一个女邻居告诉她们说勒喀夫人正在地窖子里。小沙立叶走下去寻她，这时候，那老姑娘就在干酪的堆儿中间坐下来。

在地窖子里是很阴晦的：沿着那些小街，窖里那些收藏货物的总笼子上，为着提防火灾都张着一层细密的铁纱布；几盏很稀的煤气灯，在那阵被穹顶压成重浊而使人作恶的潮气里，显出了几个昏黄而没有光线的点儿。但是勒喀夫人却在一张靠着牧人街那边摆着的小桌子上配合奶油。那些气窗透进了一种发弱的阳光。那些桌子继续不断地帮了自来水的

洗濯，白得全像是新的。背靠着墙角边的水管，这女贩子在一只橡木桶里，配制那种称为"吗呢噢特"的奶油。她从自己的身边取了各种奶油的样品，一齐混合起来，分别次第加加减减，如同配制甜酒似的使得它恰到好处。她弯着身躯，露着鳞峋的肩头，伸长那双瘦得像是枯藤而袖子卷齐肩头的胳膊，咬着牙关，把双拳伸入那桶白白儿的像是石灰似的脂肪质的混合物里边。她流着汗，每逢使劲一次就迸出一次叹声。

"萨盖姑娘想和您说话，阿姨。"小沙立叶说。

勒喀夫人停止工作了，在头发上拉正了自己的便帽，满手全是奶油，像是并不害怕什么痕迹。

"我做完了，她务必等我一会儿。"她说。

"她有点很重要的事告诉您。"

"只需一分钟，孩子。"

她重新把那双胳膊伸到木桶里面了。奶油一直没到她肘弯儿那样深。事前曾经在温水里面温溶了些儿，它这时在她的皮肤上面油了淡淡的一层，衬出了她皮肤下面突起的那些紫色的粗大静脉管，突起得像是一大串开裂的静脉瘤。小沙立叶被这双在这溶融了的物体之中激动的丑胳膊弄得心头作恶了，但是她回忆到职业：从前，她也曾一样，整个儿午后把那双值得爱慕的小手没入奶油里边儿，而且同样地配制她的杏酪奶油，这种油膏能保存她的洁白的肌肤和粉红的指甲，并且使那些舒展自如的指头儿像是保存了弹性。在静寂了一会儿之后，她继续这样发言：

"这东西一定不是出色的，您的'吗呢噢特'，阿姨……

您搁多了硬奶油。"

"我很晓得你说得不错。"勒喀夫人在两声叹息之间这样说,"不过你教我怎样?什么都应当教它行销……有些人只愿意出廉价,旁人就为他们造廉价的货……不必谈了,为着顾客,这始终是太好了。"

而小沙立叶想起自己不会愿意吃这东西,这点被她阿姨的胳膊配制的奶油。她向着一只装满了一种红色染料的罐子注视了。

"这太淡了,您这点儿'洛古'粉。"她低声慢慢地说。

"洛古"粉是为"吗呢噢特"染成一种漂亮的黄颜色用的。做贩子的妇女们,都自以为用宗教诚虔的态虔保留了这种简单地来自"洛古树"的子儿的染料的秘密;而实际上,她们却用胡萝卜和金盏花去制造它。

"到末了,您来吗!"这个忍耐不住并且已经不和地窖子里难闻的味儿相习的少妇说,"萨盖姑娘也许已经走了……她应当是晓得了许多和伽瓦尔姨夫有关的紧要事情。"

勒喀夫人登时不继续工作了,她扔下了"吗呢噢特"和"洛古"粉,连胳膊都没有揩,举起手轻轻儿一下重新再拉好了自己的便帽,跟着她姨侄女儿的脚后跟走上了楼梯,一面用放心不下的态度重复地说道:

"你相信她竟没有等我们吗?"

但是望见了萨盖姑娘坐在乳酪的堆儿中间,她放心了。她本没有要走的心思。这三个妇人在这窄狭的店房后段儿坐下了。她们就此交头接耳地互相谈起来。萨盖姑娘很有两三分钟保持了沉默态度,后来,到了看明白这另外两个完全被

好奇心烧得辣火火的,才用尖锐的声音说道:

"您两位可晓得那个弗洛兰?……哼,我可以告诉您两位他是从哪儿来的,现在。"

说完,她仍旧把她们在她的嘴唇角儿上悬空一会儿。

"他是从监里来的。"她终于用可怕的样子抖着嗓子说。

在她们的四周,干酪正腾出刺鼻的气息。在店房后段那两座货架子上,成行地排着许多大块大块的奶油。布列塔尼出产的奶油,都搁在许多筐子里的,超出了筐子的边儿以外;诺曼底出产的奶油,用布裹着的,都像是雕刻工厂里的肚子草胚,使得一个雕刻师可以误认,其余的许多大块,被宽叶的刀子削成了壁立而满是凹窟和裂纹的悬崖,都像是被秋季夕阳染成淡金色的断岸。在那张陈列货品的红底子白花纹的大理石桌子底下,许多筐鸡蛋摊出了一种石灰意味的白光;在许多盒子里的草荐上面,那些名叫"蓬同"的瓶塞般的干酪,一个接着一个竖起,许多名叫"古尔乃"的软干酪,如同奖章似的平平地排开,造成了许多幅的黯淡而带绿斑的图案。但是桌子上面的干酪堆得更多了。这地方,靠着那些每块一磅的奶油旁边,一个硕大无朋的沃韦尔业出产的"堪大尔",如同被一柄斧头劈开似的在许多菜叶子里面摊开来;再过去,是一个英国出产的"彻司特",黄金般的颜色;是一个在瑞士出产的"葛吕乙儿",活像是从什么蛮族车上落下来的轮子;是许多在荷兰出产的"荷兰德"了,圆滚滚的像是一些斩下来的人头,满染着干了的血,坚硬得像是空了的脑袋,因此被人叫作"骷髅头"。在这些烘熟过的调和物的凝重姿态的中央,一个在意大利出产的"泊尔姆",

添加它的芬芳气息。在许多圆形木板上面，三个很被社会珍视的"巴力"，显出落月的惨淡神情：两个是很干的，都在圆满无缺的情状；第三个却在下弦，它溢出了一种白浆，摊成了湖沼式的轮廓，使那些防止它溃溢的小木片儿都变为徒然设置的。许多很像希腊时代供运动器具之用的铁饼的"礼港"，印出了制造人的商标。一个裹着银纸的"罗曼都"，教人联想到一条核桃软糖，一条被人错列在这些具有刺激性的发酵物中间的甜味干酪。那些"洛克伏儿"也罩在玻璃钟里面，神气活像王公们一般儿尊严，满脸斑点油腻，夹着黄黄绿绿的条纹，又像是吃多了菌子那类东西的富人惹上了不名誉的病。在旁边另一个盘子里，有许多用羊乳做的干酪，那都是小孩子的拳头那样大小的东西，坚硬的，灰白的，使人想起牡羊领着它的那群小羔子在石径的拐角之处所触的那些鹅卵石。再望过去，那么都是臭烘烘的东西了："金山"，浅黄的，带着一种甜甜儿的臭味的；"托洛伊人"，很浓厚的，边儿破裂的，已经有较浓的酸味和阴湿地窖子的臭味的；"伽曼贝"，像一种封藏过久的野味那样臭的；新堡出产的，林堡出产的，马洛尔城出产的，主教桥出产的，方方儿的，各自显出尖锐的和个别的风味而至于教人掩住鼻孔；"力瓦洛"，染红了的，像硫黄烟一样刺喉的；最后，在这一切之上的，就是用核桃叶子包的"橄榄"，味儿和乡下人在田园的边儿上用树枝掩住而对着阳光熏蒸的尸体一般无二的。午后的炎热，逼软了种种干酪；外皮溶了，添上了发光的紫铜色调和铜绿色调，活像是收闭得不完全的伤口；偶尔一阵微风吹起了"橄榄"的皮，它就像一个睡熟者的缓而有力的呼吸鼓动自己胸部一般地起落；一道生命之流洞穿了一件"力瓦洛"，这窟窿里就分娩一族小虫。并且，在那架天平后边，在一个小盒子里面，一件和了茴香的"惹洛美"，布散一种不洁的气息，使得无数的苍蝇都在那张红底子白花纹的大理石桌子上面，团团地围着这盒子落下来。

这件"惹洛美"几乎就在萨盖姑娘的鼻子边。她后退了，脑袋靠着那些挂在店房后段一只墙角边的大张儿黄纸和白纸了。

"对呀。"她装出一副表示难堪的鬼脸重复地说，"他是从监狱里来的……哼！他不必摆架子了，葛吕-格拉台勒那一家子！"

但是勒喀夫人和小沙立叶进出了种种诧异的叫声。这不是可能的。他从前究竟犯了什么事去坐监呢？旁人偶然也疑心过这个葛吕夫人，这个街坊上的光荣，竟至于在监狱里选择情夫吗？

"唉！您两位还没懂得，"那老妇人焦躁地喊起来，"您两位听我说吧……我本晓得我早就在什么地方看见过这个长个儿强盗。"

她对她们谈到弗洛兰的历史了。现在，她记起了有一段在当初曾经风传的谣言，说是格拉台勒老翁有一个外甥因为在巷战之中杀死了六个保安队，被人发配到卡宴去：她并且在陀螺街远远地望见他一回。这一定是他，这就是那假的表弟兄。并且她为自己伤心了，说自己失掉记忆力，说自己简直是完了，说自己不久一定什么也不会晓得了。她为自己记忆力的丧失而哭了，如同一个博学之士看见那些由自己毕生苦学集来的札记在风中吹散一样。

"六个保安队！"小沙立叶用赞叹的意味低声说，"他应当很有一双结结实实的拳头，这个汉子。"

"并且他还另外干了许许多多，"萨盖姑娘接着说，"我劝您不要在半夜里遇见他。"

"究竟是什么凶手！"完全被人吓坏的勒喀夫人吞吞吐吐地说。

斜晖射入馆里了，干酪的臭烘烘的味儿更加强了。在这时会里，尤其是"马洛尔"竟盖住了一切，它在成块奶油的淡味儿之中，腾起许多强烈的气息，一阵陈旧褥薹式的气息。随后，风像是转了，陡然间，"林堡"的干喘，酸而且苦的，如同从许多垂死者的喉管里呼出来的味儿似的，传到了这三个妇人身边。

"不过，"勒喀夫人接着说，"他是胖荔莎的大伯子了，那么：他并没有睡到……"

被这件和弗洛兰有关的新公案所惊讶，她们面面相觑了。这免不得教她们放松她们最初的谈话资料了。那个老姑娘耸起双肩勉强说道：

"这也不至于有妨碍；然而，认真说来，这件事在我是觉得真的结实的……总而言之，我决不会替它担保。"

"并且，"小沙立叶用提醒的口吻说，"那大概是从前的话，他大概不会再去睡了，既然您已经看见他和梅许丹两姊妹在一块儿。"

"确确实实，如同我现在看见您一样，好孩子。"萨盖姑娘以为有人怀疑所以愤然高声叫起来。"每天夜间他必在那儿，钻到她们的裙子里……并且，这和我们没有关系。他应当要谁就睡谁，可不是？我们都是安分守己的女人，我们……那家伙是个骄傲的光棍！"

"那还用多说？"另外那两个妇人下了结论，"这是个最可恶的坏蛋。"

总而言之，这故事转到悲剧了，她们都乐于顾全荔莎，而认定弗洛兰必然要带来什么可怕的祸事。显然，他有许多坏主意，这些人免不得到四处放起火来；并且，这样一个家伙既然进了菜市场断不会不干几下。于是，推测愈来愈奇异了。这两个做买卖的女人，都声言就去买把结实的锁去防护她们的总笼子；而小沙立叶竟回忆到某一周曾经有人偷了她一筐桃子。可是，萨盖姑娘来教她们着慌了，说"赤党"不干这样的事，他们真瞧不起一筐桃子，他们聚集二三百人去杀尽全城，去随意抢劫。这干法就是政治，萨盖姑娘摆出一个有智识的人的高岸样子说了这些话。勒喀夫人弄得吓昏了，她看见菜市场的各馆都着了火，某天深夜，弗洛兰和他的同党都躲在地窖子里，预备从那里去扑巴黎。

"喂！我想到一件事了，"那老妇人陡然说，"格拉台勒老翁不是留下了产业吗？……哈！哈！葛吕一家子真不应当快活了。"

她这时很快活了。话箱子换了方向了。她谈到她所深悉而毫无遗漏的腌肉池里的藏金故事的时候，她们都集中在葛吕一家子身上了。她并且说出八万五千法郎那个数目，虽然荔莎和她的丈夫都记得并没有把这话告诉哪个活着的人。不用多说，葛吕两夫妇决没有把这个瘦的大个儿应得的份儿分出去。要到这一笔，他的衣服穿得太坏了。也许他绝不晓得腌肉池的故事。全是小偷儿，这班人。随后，她们的脑袋互相接近起来，声音压低下来，肯定倘若攻击荔莎也许是危险的事，但是应当和"赤党"干一下，使得他不再去吃那可怜的伽瓦尔先生的钱。

提到伽瓦尔的姓，却发生一个沉寂现象了。她们三个人都用谨慎的态度彼此互相瞧着。末了，她们有点呼吸迫促了，她们尤其觉得了"伽曼贝"的气息。"伽曼贝"用它那种野味式的臭烘烘的气息，制服了"马洛尔"的和"林堡"的最微弱的了：它扩张了它的臭味，把其余的气息窒塞在一种蓬勃得可惊的腐化呼吸之下了。然而，在这种强劲的音调中间，"泊尔姆"有时飞出一声微弱的牧笛，而"巴力"扬出来的却是润湿的小鼓的平淡音符。"力瓦洛"也反复叠奏一两回呜咽的低调。这样的交响曲，有时也在"惹洛美"的风琴样的长而锐的音符上面静止一会儿。

"我看见了来央司夫人。"萨盖姑娘使了一个具有意义的手势，一面这样说。

于是另外那两个变成很注意的了。来央司夫人是伽瓦尔在弓索内李街住宅里的管门妇人。他住在一所旧式房子里，略带隐遁的意味，楼下的房客是个屯积橘子、橙子的商人，他把临街的墙壁漆成蓝的直到三楼为止。来央司夫人替他做家里的零星事情，收管各种柜子的钥匙，遇着他伤风的时候，还得替他把热的饮料送上楼。这是一个严气正性的妇人，年纪五十多岁，说话是慢吞吞的，断断续续的；某一天她生了气，因为伽瓦尔捏了她的腰；然而他在某一次摔了一跤之后，她竟不拒绝替他把许多吸血的蚂蝗放在他身上的微妙之处。萨盖姑娘每逢星期三傍晚，必到她屋子里喝咖啡，在伽瓦尔搬到那地方住的时候，她和她已经在一种更其密切的交谊之下发生联系了。她们谈到这位可敬的人动辄就是好几点钟，她们很爱他，她们羡慕他的幸福。

"对呀！我看见了来央司夫人。"这老姑娘重复地说，"我们喝了咖啡，昨天……我觉得她很不快活。仿佛伽瓦尔先生在半夜一点钟之前总不回家。星期天，她送了一碗肉汤上楼给他喝，因为她早就看见他的脸儿完全变了样子。"

"她很明白她自己做的事，不必说了吧。"勒喀夫人被这管门妇人的贴心之处弄得不大放心就这么说。

萨盖姑娘认为应当替她这个女朋友辩护了：

"绝对没有这样的事，您弄错了……来央司夫人的人品比她的位置高。这是个很懂规矩的：倘若她想在伽瓦尔先生家里抓钱，那么她久已只需降低自己就行了。好像他自己什么都不照管……这正是我想对您们谈的。不过，不要多说，行吗？我现在对您们说件很秘密的事。"

于是她们举出她们的伟大的神明来发誓，说她们一定什么也不说出来。接着就都伸长了脖子。这时候，那另一个，端庄郑重地：

"您两位现在可以晓得麦薜伽瓦尔自从不久以来竟完全是另外一个人了……他买了军器，买了一支大手枪，转得动的，您们可晓得。来央司夫人说这真是教人害怕的东西，那枝手枪始终放在炉台上或者桌子上，使得她不敢去打扫……这还不算什么。他的钱……"

"他的钱。"勒喀夫人说,一面她的脸已经发烧了。

"现在,他没有股票了,他什么都卖了,他现在某一张柜子里有一堆儿金的现货……"

"一堆儿金的现货。"小沙立叶心花怒发地说。

"对呀,一大堆金的现货,把一块板子全摆满了,那真耀眼。来央司夫人曾经向我说过:某一天早上他当她面打开了那柜子,那些东西照得她眼睛发花,宝光真足。"

又来了一个沉静气象。这三个妇人的眼睑都眨个不停,如同她们已经看见了那堆金的现货。后来,小沙立叶开始先笑起来,一面低声喃喃地说道:

"我呢,倘若我的姨夫给了我这些钱,我同着舒尔可真快活了……早上我们可以不必起床,可以叫菜馆子里把好东西送上楼来吃。"

勒喀夫人处在不言不动之中,如同压在这种启示的下面,如同压在这一笔被她不能从眼界里扫除的金的现货下面。热望从四周箍住她了。末了,她伸起了那双枯瘦的胳膊,那双在指甲缝里凝满了乳油的干手,可是她仅仅能够用一种充塞了烦闷的声调说道:

"不必去想这件事,这太教人难受。"

"唉!这大概是您的财产吧,倘若来了一种意外的事。"萨盖姑娘说,"我若是在您的位置,我就要监视我的利益……您总明白这支手枪是说不出什么好话的。伽瓦尔先生受了不良的指使。这一切结果一定也不良。"

她们又回到弗洛兰身上了。她们用更厉害的愤怒来毁他。随后她们谨谨慎慎地推敲这些不良的经过究竟能够把他们引到什么地方，把弗洛兰和伽瓦尔引到什么地方。很远哟，必然，倘若旁人有那种过分的长舌。于是她们发誓了，就是她们本人也再不开口说话，这并非弗洛兰这光棍值得教人替他留什么地步，而因为应当极力为这位可敬的伽瓦尔先生避免麻烦。她们都立起来，后来在萨盖姑娘临走的时候，那个贩卖奶油的妇人问道：

"不过，倘若真有什么意外，您认为旁人可以放心来央司夫人吗？也许抓着那张柜子的钥匙的就是她吧？"

"您把这话问得我太长了。"那老姑娘回答，"我相信她是很安分守己的妇人；不过无论如何，我不晓得；因为情形是不一律的……总而言之，我已经通知了您两位，这是您两位的事儿。"

她们仍旧是立着的，互相道别了，在那些干酪的最后的芳丛之中。全体，这时候，都一齐蒸发起来了。这真是一部不调和的噪响，它的构成的基点，就是种种难闻的气息从种种烘熟过的调和物，譬如"葛吕乙儿"和"荷兰德"，所具有的软性的重浊气息，数到"橄榄"的碱性辛辣气息，全在那儿。自然也有"堪大尔"的、"彻司特"的、羊乳干酪的低微鼻息之声，俨然都是一种低音的合唱，而在这些鼻息之气的上层，"新堡"的、"托洛伊人"的和"金山"的陡起的细微蒸发，用尖锐的音符的姿态散开。随后，这些气息互相慑伏了，互相驱逐了，因为"礼港"的、"林堡"的、"惹洛美"的、"马洛尔"的、"力瓦洛"的和"主教桥"的突然而来的袭击，变成了浓厚的了，渐渐混和了，发展而成唯一的臭味爆发现象了。这东西四溢了，不灭了，在普遍激动的中间，没有可以分辨的芬芳，只觉得一种使人心头作恶的不断昏眩和一种使人窒息的可怕力量。然而，臭得那样厉害的，却像是萨盖姑娘的和勒喀夫人的恶意论调。

"我多多道谢您。"那贩奶油的妇人说，"不必谈了！倘若我有发财的那一天，我一定报酬您。"

但是那个老姑娘却不走。她拿起一个"蓬同"，翻来覆去看了一回，再把它搁在大理石桌子上。随后，就问这东西值多少钱。

"卖给我？"她带着微笑又添上这一句。

"卖给您，不算钱，"勒喀夫人回答，"我送给您。"

后来她重复地说道：

"唉！倘若我发了财！"

于是，萨盖姑娘对她说有一天这总会来的。这个"蓬同"都已经在她手里提的那个袋子里不见了。勒喀夫人到地窖子里去了，这个老姑娘陪着小沙立叶回到了她的店里。在那里，她们谈了一会儿舒尔。她们四周的水果都有青春意味的清香。

"您店里的味儿比您阿姨那儿的好闻多了。"那老姑娘说，"我心里真难受，刚才。她在那里面怎样过活？至少，这儿，是甜的，是香的。这些东西教您完全变成玫瑰色了，我的美人儿。"

小沙立叶开始笑了。她爱的是这恭维。这时候，她卖了一磅姜黄李给一个女顾客，一面说这东西简直是一种糖。

"我也可以买点儿，这种姜黄。"那女顾客走了之后，萨盖姑娘喃喃地说，"不过我要不了多少……一个单身女人，您可明白？……"

"那么请您抓些儿吧。"这个漂亮的红发女郎说,"这断不会教我蚀完本钱……请您教舒尔回来,行吗?倘若您看见他。他应当在大街口儿右边儿第一张长凳上吸着雪茄。"

萨盖姑娘张开她的五指抓了一把姜黄李,这些水果就在那个袋子里和"蓬同"会合了。她假装想出菜市场,但是她从一条有覆盖的街上绕着一个圈子,慢慢地前进,想起几个姜黄李和一个"蓬同"竟合成了一项并不过于菲薄的晚餐。通常,她在兜过了午后那个圈子,却没有从那些被她献尽了奉承谈够了故事的女贩子跟前装满手里那只袋子的时候,总偷着跑到那些出卖残菜的地方。现在,她狡猾地在奶油馆前拐了弯。这地方,靠牧人街那边,在牡蛎经纪人办公室后面,有许多摆着热肉的长凳。每天早上,许多箱子式的小马车钉着锌板做夹层而且开着气窗的,在那规模宏大的厨房门口停下来,五花八门地运出那些从饭庄里、大使馆里和各部院里撤下的残菜。然后到地窖子里去配搭,去选择。一到九点钟,许多盘子就摆出来了,装得有条不紊,价值由三个铜苏到五个铜苏,其中有肉块,有野味的肋骨,有鱼头鱼尾,有蔬菜,有腊味,并且有餐末的甜食,略略切动的糕饼和几乎完整的糖果之类。那些饿鬼,那些小公务人员,那些病得发抖的妇人,排成单行在那里等候;许多脸色灰白的吝啬鬼也来买东西,他们使出狡猾的顾盼去侦察是否有人看见他们,而有时候,顽童们偏偏向他们吆喝。萨盖姑娘溜到一家小铺子前面了,根据这铺子的老板的广告,是仅仅出卖杜勒丽宫里撤出来的残菜。某一天,他并且曾经教她买一块烤羊腿,肯定地说那是从皇上的盘子里撤下来的。这块被她带着点儿自负之态吃掉的烤羊腿,始终像是一种虚荣上的安慰似的留在这个老姑娘的心里了。倘若她没有声张,这为的是使自己在街坊上的那些店铺的门口,留下余地,因为她尽管常常在那些门口徘徊而从来不买一点什么。她的战术,原来是一经晓得了老板们的历史就和他们生起气来,于是再另外找其他的,离开了他们,又重新再修旧好,绕着菜市场兜圈子;结果她竟至于在一切店铺都可以坐下来了。旁人也许早就相信她有惊人数量的储藏,而实际上她由于失望,不过倚赖那些用自己的零钱买来的点心和残菜维持生命。

这一天傍晚,只有一个老翁立在那小铺子的门口。他嗅着一盘鱼肉混杂的残菜。萨盖姑娘在她这一头嗅着一份冷了的油炸食品。那是三个铜苏一份的。她还了价,花两个铜苏得着了它。这点儿冷的炸品落到她的袋子里了。但是其他的买主纷纷来了,所有的鼻子都用均一的动作和盘子相接了。陈列品的气息是使人呕吐的,一种从油腻了的盘碟的和洗得不干净的水盆的气息。

"请您明天来看我吧。"那老板向老妇人说,"我一定替您留点儿好东西下来……今天,杜勒丽宫里有一场丰盛的夜宴。"

萨盖姑娘允诺她明天必来,在转身上街的时候,望见了伽瓦尔先生正听着她并且瞧着她。她脸红了,缩紧了那副瘦干的肩头,装着没有看清楚伽瓦尔就走了。但是他跟着她走了一会儿,嘴里含糊地念念有词,说这只长舌喜鹊的恶意再也不教他诧异了,既然她甘心拿杜勒丽宫里的唾余之物教她自身中毒。

一到第二天,一种静悄悄的风声传遍了各馆。勒喀夫人和小沙立叶固然都确守了她们的小心谨慎的誓词。而在这情形之下,萨盖姑娘表示得特别巧妙:她不发言,任凭另外那两个去担负布散弗洛兰历史的任务。在开始,是一种短故事,许多悄悄地在街上自行转贩的简单的言辞;随后,种种不同的转述自行混合了,附带的枝节自行延长了,一种传说自行构成了,在那里面,弗洛兰担任了使小孩害怕的稻草人的角色。他曾经杀死了十个保安队,在格勒内达街的巷战之中;他曾经趁了一只在海面屠杀一切的海盗黑船回来;自从他到了巴黎,就有人看见他率领了许多可疑的人在黑夜里四处溜达,他当然是他们的头子。在这一点,这两个女贩子的想象自由地奔驰了,梦想了种种更有戏剧性的东西,一群在巴黎城里的走私党,或者一个能够集中菜市场里面所出的各种窃案的大团体。旁人很替葛吕-格拉台勒叫屈,而同时,却恶意地谈到他们的遗产。这遗产问题发热了。普遍的观念,认为弗洛兰之回来为的是收受他在藏金里应得的份儿。不过,因为不甚明白何以分产的事始终还没有实行,于是旁人又用编造的手腕说他正等候一个好的机会来整个装到自己的袋儿里了,某一天,大家一定会发现葛吕-格拉台勒一家子会被人屠杀。每天傍晚,有人说是在这两兄弟和美貌荔莎之间,已经有了许多教人害怕的吵闹了。

等到这些话传到美貌的诺曼底女人的耳朵里的时候,她耸起双肩笑了,说道:

"哪儿的话,您不认识他……他温和得像是一只绵羊,这个可敬的人。"

她新近干脆地拒绝了勒毕格尔先生的求婚,他曾经进行过一次公开的请求。自从两个月以来,每到星期日,他必定送梅许丹那家人一瓶甜酒,这是由络斯低声下气送去的。她始终受了一道殷勤地致意诺曼底女人的任务,一篇由她忠实地反复重述的和蔼语言,而她绝不因为这种异样的使命表示厌恶。到了他看见被人谢绝了,于是为了表示并不生气和保留点希望,又在次一星期日派了络斯去送两瓶香槟酒和一大束鲜花。撞巧她把这一切交给了美貌的女鱼贩子,一面爽直地向她转述这个酒店老板的相思曲:

"勒毕格尔先生请您喝这点儿酒,庆祝他的健康,以前,他的健康是很被您晓得的那件事打搅过的。在他心里,您像这些儿花一样好看,一样可爱,他希望您有一天很愿意医好他。"

这诺曼底女人瞧着这女仆的和颜悦色,不觉快乐起来。她借着对她谈起这位被旁人认为很难于满足的老板来逗她开心了。她问她是否很疼爱他,他是否系着背带,他夜间是不是抽鼾。后来,她教她把香槟酒和鲜花都带回去。

"请您告诉勒毕格尔先生不用再派您来……您是脾气太好了,孩子。看见您这样一个温和的人把酒瓶儿抱在胳膊底下,真教我生气。您真的不能够抓他几爪吗,您那位先生?"

"这个!他教我非来不可。"络斯在临逃的时候说,"您使他伤心是做错了,您……他确实是个美男子。"

原来这诺曼底女人早被弗洛兰的柔和性格征服了。她继续学习呱呱叫的功课,夜间,在灯下,梦想和这个对她儿子如此和悦的单身汉子结婚和保存她的鱼摊子,他在菜市场的行政机构里取得高级的职务。但是这梦想却和这位教师对她而怀的敬意相冲突了,遇着她想和他嬉笑,向他挑逗,引他如同她晓得爱恋一般儿来爱恋的时候,始终出以"敬而远之"的神情。然而这种无言的抵抗,恰巧是随时教她振起结婚意识的势力。她想象到真情的种种至乐了。此外,弗洛兰生活在别的地方,更高也更远,倘若他没有和呱呱叫产生感情,也许已经让步了,而且,想到在这个人家里,在母亲和妹子的旁边,得着一个情妇,他感到厌恶。

这诺曼底女人听见了她恋人的历史不免大为惊讶。他是从来没有在这些事情上面张过嘴的。她责备他了。因为这些非常的遇合,在她对他而施的种种柔情里加上了一种辣火火的味道。于是他只得花了好多次夜话时间,来重述他从前遇过的一切。她想起警察终于会发现他,不禁发抖了;但是他呢,安慰她,说这已经是太陈旧的事,警察在目下不至于再来费事了。某天夜间,他对她谈到了貂山大街的那个妇人,那个身披粉红短褂而胸前伤口教他双手染血的上流妇人。他现在依然时常念着她。从前在卡宴的月明之夜,他神游于这个伤心的回忆,回到了法国,痴想在一个风和日暖的天气里,从一条人行道上再找着她,尽管他两腿之间,始终觉得她尸体的沉重分量。也许她是被人扶起了的,然而,偶尔在各处街道上,他以为认出了她,心头就受到了一下打击。每每带着心惊肉跳的感觉,去追随那些粉红短褂,那些垂到肩头上的长围巾。他合上了眼睑的时候,就看见她走着,看见她向自己走过来,但是她任凭围巾滑下来,显出她汗衣上面的那两个红窟窿,在他眼里,她脸色像蜡一样儿白,她眼睛无光,她嘴唇表示很痛苦。他的大憾事,就是多久不晓得她的姓名,只从她身上得着一个被他以惋惜观念而定名的影子。当他想起女人的时候,这影子总自行显出来,如同是唯一尽善的,唯一最纯洁的。好几次,他惶惶于梦到在她于焉陈尸的大街上找他,梦到她也许给了他一个快乐的人生,倘若她在较早的几分钟就和他相遇。末了,他不再想其余的妇女了,世上没有能够合他意思的了。谈到她,他的声音那样地发抖,以至于这个诺曼底女人从钟情女子的本能上明白了他,并且因而动了嫉妒。

"见鬼,"她恶意地低声说,"最好是您不必再看见她。她应当是并不美貌的了,在这时候。"

弗洛兰的脸色发青了,这个女鱼贩子追引出来的影像的可怕意味竟影响了他。他的爱情上的回忆落到坟墓里了。她这种无情的粗暴手段,从此在那件值得留恋的丝质短褂里面,搁下了一副枯骨的隆起的腮骨和空洞的眼眶,这是他对她不能原谅的。所以到了这诺曼底女人拿着这个"从前在维维艾因街角儿上和他躺下的"妇人来闹着玩儿的时候,他变成粗暴的了,他用一句几乎无礼的话教她不发言了。

但是在这次泄露真情之中,最教美貌的诺曼底女人受到打击的事,就是她明白自己并没有夺走美貌荔莎的一个情人。这减少她的胜利了,以至于她有七八天之久不甚恋恋于弗洛兰了。幸而遗产的历史安慰了她。美貌的荔莎不过是一个伪君子,一个矫装道貌欺骗世人而霸占夫兄财产的窃盗。每天黄昏以后,现在,到了呱呱叫练习写字帖的时候,谈话的资料总移到格拉台勒老翁的藏金上了。

"偶然也有人瞧见这老翁的意识吗!"她带着笑声说,"他原是想腌咸他那笔现款,所以才把它放在一个腌肉池里!……八万五千法郎,这是一个好看的数目,因为葛吕两口子也许撒了谎,也许本有两倍,三倍……好吧。就算我想要我的份儿,并且赶快吧!"

"我一点也没有需要,"弗洛兰重复地说,"我将来简直不晓得在哪儿去搁它,这笔钱。"

于是她不禁生气了:

"请留心,您简直不是一个男儿汉。这教人可怜。您不明白葛吕两口子瞧您不起。那个胖妇人把她丈夫的旧的外衣和旧的里衣都转给您。我不是要得罪您才说这些话,不过到末了,大家都看穿了这一层……您有一条裤子被油腻凝得挺硬,那是街坊上看见您的兄弟拖了三年之久的东西……若是我在您的地位,我一定要把他们这些破布头儿扔到他们脸上,并且要算清楚我的钱。那不是四万二千五百法郎吗?得不着我这四万二千五百法郎,我是决不出门的。"

弗洛兰徒然说明他的弟妇早把他的份儿送给他,专心等候他的支配,而不要这东西的却是他本人。他述及种种最细微的详情了,极力想教她信服葛吕的安分守己的态度。

"你去看看他们是不是都来了,约翰!"她用一道反嘲的声音唱着,"我认识那件东西,他的安分守己的态度。那个胖妇人每天早上把这件东西折好放在衣柜里,免得弄脏了它……真的,我可怜的朋友,您教我难过。总而言之,愚弄您会使人快乐。在这一点,您的看法并不比一个五岁小孩子的清楚一些……她可以在某一天把您的钱放在您的袋子里,以后再从您手里收回。把戏玩起来并不必要更狡猾的手段。您愿意我去讨您的债权,借此看看情形吗?做起来一定是奇怪的,我给您负责。我不是收得着存款,就要捣烂他们家里的一切,这是我的真心话。"

"不必,不必,您也许没有认明白立场,"着了慌的弗洛兰匆匆地说,"我要看看情形,将来我也许要钱用,不久。"

她不甚相信,耸了耸肩头,一面低声说他太软弱了。她的不断的偏见,就是这样向着葛吕-格拉台勒把他扔过去,用了种种武器,譬如愤怒、嘲笑、温存。随后,她贮蓄了另一个计划。到了她将来和弗洛兰结了婚之后,倘若美貌的荔莎不把遗产归出来,当然她就去给她几个耳巴子。夜间,在床上,她张着眼梦想:自己走到了熏腊店里,坐在店房的中央,趁着做买卖的时间,和她有声有色地吵闹一阵。她异常珍视这计划,终于这计划之诱惑她竟到了这样一点:她将来之嫁给他,唯一的目的,就是跑去讨回格拉台勒老翁的四万二千五百法郎了。

梅许丹老娘,由于对勒毕格尔先生而下的拒绝行动竟异常生气了,向各处高声说自己的女儿是愚人,说那瘦的大个儿给她吃了什么迷药。等到她明白卡宴的历史的时候,她竟成了可怕的了,她看待他作囚犯,作凶手,说那是毫不足怪的,他依然如此行为卑劣。在街坊上,把弗洛兰的历史播弄得最残酷的也就是她。而在家里,弗洛兰一进来,她也只敢于唠叨,关上那一只搁银器的抽斗。有一天,和她的女儿闹了一场之后,她高声喊道:

"这是待不下去的,可不就是这光棍离间我们吗?你不要把我逼到尽头吧，因为我可以到厅里举发他，决不骗你。"

"您可以去举发他。"诺曼底女人抖着身躯握着拳头重述了一遍。"请您不要这样造孽吧……嗨！倘若您不是我的妈……"

柯莱儿目击这场吵闹，用一种撕破嗓子的神经式的笑声笑起来。自从好些时以来，她是更其幽郁的了，更其乖僻的了，眼球发红，脸色整个儿发白。

"喂，什么了！"她问，"你想打她……你也想打我吗，我呢，是你的妹子？你可晓得，结局一定是在那里。我一定要替家里解围。我一定到厅里去，免得母亲又去跑。"

这时候，这诺曼底女人气得几乎窒息了，结结巴巴地说了许多恫吓之词，于是她又加上了这句话：

"你一定不用费事来打我，我呢……我一定去投水，在过桥回来的时候。"

热的眼泪从她的眼眶里流出来了。她逃到自己的卧房里，使劲儿关上了房门。从此梅许丹老娘不再谈到举发弗洛兰了。仅仅，呱呱叫报告他的母亲，说他撞见她和勒毕格尔先生在本街的各处角儿里谈话。

美貌的诺曼底女人和美貌的荔莎的竞争，这时候取得一种更为缄默的和更为使人不放心的特性了。到了午后，熏腊店里那方缘着粉红边儿的浅灰布篷放下来的时候，女鱼贩子就高声说那个胖妇人心里害怕所以躲起来。在临街的橱窗的玻璃后面也有窗帷，倘若拉开来，就教她愤怒；这窗帷上面画的是一幅在树林里边的空地中央的午餐图，其中的男客们身着黑色礼服，女客都是袒半胸的盛装，他们在枯草上边共吃一枚和他们一般大小的红饼。确实说来，美貌的荔莎何尝害怕。所以太阳去了之后，她立刻收了窗帷，安安静静地在柜台上编着绒线活计，一面瞧着菜市场外栽着法国梧桐的便道。便道上全是沿着铁栅栏刨着泥土的野小子；树荫下的长凳上，坐着许多嘴衔烟斗的搬运夫；人行道的两端，两座广告高牌上满是戏园的广告，一方方红的、绿黄的、蓝的、黄的，像是着了一件丑角式的花衣。她装着一心注意于来来往往的车子，而实际却周周到到地监视那个诺曼底女人。有时候，她故意伸长了脖子，装着去瞧那件从巴士底广场开赴瓦格郎广场的公共马车，目光一直送它到圣厄斯塔什教堂的尖儿上。这为的是看女鱼贩子。这时候，她为着报复那幅窗帷，拿许多大张儿的灰色纸，遮着自己的头和自己那些货物，借口于遮盖夕阳。但是便利却留给美貌荔莎了。她在接近了决定性的攻势的时候，表示得非常镇定，至于另一个，虽然费尽劲儿摆出那种出众的高尚精神，但是始终不免任性地走入什么使她后悔的倨傲境界。这诺曼底女人的野心是在乎显出"懂规矩"的样子。最伤心的事就是听见有人称赞她的对方的态度良好。梅许丹老娘看明这弱点了。因此只由这条路线来攻击她的女儿。

"我看见了葛吕夫人立在她的门口，"她偶然这样说，"傍晚边。教人吃惊的，就是她真保养得好。并且干干净净一个真正的上流妇人的样儿！……就仗着那个柜台呀，你可看见。柜台，为你们保持了一个主妇的地位，教你们显得出众。"

这里面有一种转到勒毕格尔先生的要求的双关意义。美貌的诺曼底女人并没有回答她，心里有一阵儿挂虑。她设想自己已经坐在陀螺街那一头的酒店的柜台里边模仿美貌的荔莎的态度了。这是她对于弗洛兰而施的柔情里的第一次动摇。

弗洛兰呢，就真相而言，成了很难于受辩护的了。整个儿的街坊都向他取了攻势，仿佛一个人都有直接的利害去考察他。在菜市场里，现在，这一些人骂他受了警察的收买，另一些人肯定在奶油馆地窖子里看见他，他正想在总笼子所蒙的铁丝布上弄些窟窿再去扔些燃了的火柴。这竟成了一种扩大性的诬蔑，一种侮辱的急流，虽然谁也不晓得源头究竟在什么地方，可是它已经扩大了。海鲜馆是到最后才开始叛变的。那些贩鱼的妇女素来因为弗洛兰为人和善都爱戴他，替他辩护过一些时候；后来，经过了一些从奶油馆和水果馆走过来的女贩子们的工作，她们才被说服了。于是，开始攻击这个瘦子了，那些大肚子的和高嗓子的奋斗。他重新又失败了，在那些绕着他那副瘦骨嶙峋的肩头四周来扰攘的胀得快要开裂的汗衣和短裙队里。然而他本人什么也没有看见，直挺挺向着他那种已经确定的意识进行。

现在，随时随地，萨盖姑娘的黑帽子在这种怒气的中央出现了。她那副灰白小脸儿像是增加了化身。她痛恨那个在勒毕格尔先生的玻璃雅座里聚会的团体。归咎那些先生们张扬了残菜的故事。而真相却是伽瓦尔在某天夜间，说起"这匹老的劣马"，刚才来侦察他们的这一匹，仗着拿破仑派的党羽所不要的脏东西充饥。克莱曼司，当时，哇了一下。鲁平如同去洗干净自己的嗓子似的，赶快吞了一口儿啤酒。然而这个家禽贩子重新把自己的话述了一遍：

"杜勒丽宫的党羽哇了些东西在那上面。"

他带着难看的鬼脸说了这句话。那些从皇上盘子里拾出来的肉在他看来都是无可称呼的脏东西，一种政治上的排泄物，一种属于皇室全部秽德的腐化残余。于是，在勒毕格尔先生店里，大众都鄙视着萨盖姑娘了，她成了一堆有生命的兽粪，一头依赖种种狗龀不食的腐臭之物充饥的肮脏畜牲。克莱曼司和伽瓦尔把这故事转贩到菜市场里，厉害得使这个老姑娘在她那些和女贩子们的好关系之中感到不少的痛苦。遇着她计较锱铢费尽唇舌而什么也不买的时候，旁人就教她去看出卖残菜的地方了。这情形切断了她种种情报的来源。在某些日子她竟不晓得菜市场发生过一些什么事情。她因此气得流泪。就是在这种际遇之中，她强硬地向小沙立叶和勒喀夫人说道：

"你们用不着排挤我，什么话，孩子们……我一定向他算账，向你们的伽瓦尔算账。"

这两个呆呆地有点儿惊骇了，但是却都没有抗议。第二天，萨盖姑娘反而重新替这个可怜的伽瓦尔先生叫屈，说他是那样误信人言，说他是毅然决然向着失败之路飞跑。

在事实上，伽瓦尔深深地自履危境。自从起事的阴谋成熟之后，他无论到那里，总在衣袋里带着曾经那样吓过来央司夫人的手枪。这是一支大得可怕的手枪，他从前带着神秘的姿态在巴黎一家最好的军器店里买来的。第二天，他如同一个中学生藏着一本被禁的小说在讲桌里似的，故意教家禽馆里那些妇女们瞧见这东西。最初，他任凭手枪的管子在他的衣袋的口儿边露出来，接着眨一眨自己的眼睛使她们看见它。随后他说几句歇后语,几句半认半否的话,整套儿属于一个巧于假装害怕的汉子的喜剧。这手枪替他增加了一种很大的重要性,确确切切地列入危险人物之中了。偶尔,在他的店房后段,他也肯把这东西从衣袋里整个儿拿出来给两三个妇女们看看。他要她们排在他的前面,据他说,这样就可以利用她们的身躯遮住他。于是,他装好手枪就运用起来,向着一只挂在店里的鹅或者火鸡瞄准。她们这时的惊惶教他乐不可支。末了,为着教她们安心,他向她们说那支手枪原是没有装子弹的。不过,他本来也把子弹装在一只盒子里带在身上,每次用无限的小心去打开它。到了有人仔细掂过了那些子弹的时候,他终于决然收起了他的"军火仓库"。末了他在胸前交叉着自己的胳膊,嬉笑颜开地唠叨了好些时。

"有了这东西,一个男子毕竟是一个男子。"他用一种傲慢的神情说,"现在,我看不起什么牢头禁子了……星期天,我同着一个朋友,在圣德尼的空坪上试过了它。你们总明白,谁也不告诉旁人,说自己有这些玩意儿……哈!我可怜的女儿们,我们对一棵树放了许多枪,每回,'吧'地一下,那棵树就被射着了……你们将来一定会看见,你们将来一定会看见;几天之后,你们一定会听见有人谈起阿那多尔来。"

阿那多尔是他给自己的手枪题下的名字。他这种劲儿闹到了八天之后,馆里都认识了他的手枪和子弹。此外他和弗洛兰的弟兄式的交谊,像是令人怀疑的。他是过于富了,过于胖了,教人对他们同样地怀恨。但是,他失掉了那些聪明人的敬佩心,到达了吓服胆怯者的目的。从此,他高兴了。

"这是不谨慎哟,把军器带在身上,"萨盖姑娘说,"这

样的干法，一定会替他惹出乱子来。"

在勒毕格尔先生店里，伽瓦尔是占上风的。弗洛兰自从不在葛吕家里吃饭以来，就在这酒店的那间玻璃雅座里过活。午饭、夜饭，以及每逢静坐的时候全在那地方。这算是属于他的一种卧房样的地点了，一间听凭他堆积旧的衣服和纸张书籍的办公室了。勒毕格尔先生同情这种占有，他甚至于把两张小桌子搬走了一张，在这窄狭的座儿里添置了一条软垫子长凳，使得弗洛兰偶尔可以躺下来。后来，这一个感到一些疑虑了，那老板央求他绝不必客气，并且把全店交给他去支配。罗革耳对他同样表示一种恳挚的交谊，自任了他的勇将。他不断地和他谈到"买卖"，使他明白他的进行和一些新入党的名姓。在职务之中，他担任了组织部门；他应当推动党员，创立区分部，准备这铺非常之大的鱼网的每个网目，好使巴黎见到了信号就落到里边。弗洛兰的地位是大首领，阴谋的中枢。此外，那驼背像是也有汗血般的勤劳，不过没有什么达到值得重视的成绩；固然，他曾经声言在每区之中认识两三组可靠的人，和这个勒毕格尔先生店里集合的团体一样，而到现在他还没有供给任何切实的情报，只凭空提出许多姓名，和述及许多在民众狂热之中没有结局的奔走。他报告的最明晰的，是一些私交：某一个，被他用"你"字称呼的和他握过了手，同时向他说过了"就会加入"；大石区有一个大个儿，将来可以做个极好极好的区首领，曾经攀住他的胳膊不让他走开；在波斑古区，整个一群工人和他拥抱。据说不日可以集合十万来人。然而等得到场的时候，他精神委顿了，随着自己的身躯在雅座里的长凳上倒下来，转变了他的报告，弗洛兰做了种种记录，这就是相信他的报告，留到日后实施。不久，阴谋就在这一个的衣袋里过活了，这些记录变成种种现实了，变成不容讨论的具体情况了，而计划就整个地在这上面准备起来，只需等候一个好的机会。罗革耳使着热烈的劲儿说一切都会像滑车儿一般顺利。

在这时代，弗洛兰是感到完全美满的。他不在地上行走了，像是被托起了，被那使自己身任一切目睹的罪恶的法官的热望托起了。他是个具有儿童式的轻信心和英雄式的确信心的人。罗革耳可以向他说起七月纪念碑的神灵会下降人寰来给他们领队，他也不诧异了。在勒毕格尔先生的店里，夜间，他有了种种乐观，谈起了最近要起的战役如同是谈起一场使正人君子都来参加的盛节。但是，这时候，伽瓦尔固然带着他的手枪而兴高采烈起来，而沙尔威却成了更尖刻的，耸起肩头冷笑的。他对方所采取的阴谋领袖的态度教他不能忍耐了，教他厌恶政治了。以至于某天夜间，他到得早些，单独和罗革耳以及勒毕格尔先生相对的时候，竟打开了他的话匣子。

"一个男子在政治上面没有两种观念，"他说，"最好是到教会女学里去做习字教师……那可真是一种灾害，倘若他居然成功，因为那样他会把他那些神圣的工人压在我们的胳膊上了，同着他种种社会性的梦想。您两位可看得见正是这些使他失败。现在，什么假惺惺掉眼泪的人，什么人道主义的诗人，什么触到一点轻伤就感到没有办法的人，都用不着了……他将来简直不能成功。不过是自投罗网罢了。"

罗革耳和这酒店主人都没有动弹。任凭他继续前进。

"并且在多久以前,"他接着又说,"他早已那样了,进了罗网了,倘若他真是危险得和他想教人相信的样子一般儿真。您两位晓得哟,像他摆出的种种从卡宴回国的神气……那教人可怜。我告诉两位,自从他回到巴黎的头几天,警察就晓得了。其所以听其自由自在,不过看不起他罢了。"

罗革耳微微地动弹了一下。

"以我个人而论,自从十五年以来,就有人追踪我。"那埃贝尔派的少年用一种尖刻的骄傲态度接着说,"然而我并不跑到屋顶上去喊起这句话……仅仅我决不是他那种叫嚣。我不想如同一个傻子似的任凭旁人给住我……也许他的身边就有五六个侦探,他们一定要抓住他的衣领,到了厅里用得着他的那一天……"

"啊!不对吧,这是什么意识!"那个从不说话的勒毕格尔先生说。

他的脸色有点儿灰白了,瞧着罗革耳,这一个的驼背慢慢地靠着玻璃格扇动起来。

"这都是揣测之词。"那驼背喃喃地说。

"揣测之词,也未尝不可这样看。"沙尔威说,"我晓得这些事是怎样实行的……无论如何,这一次还不是牢头禁子们来捉我。您各位能够要干什么就干什么,您各位,不过倘若您各位,信了我的话,尤其勒毕格尔先生,不至于把您这所将要有人教您关门的铺子放到危险的境界里。"

罗革耳忍不住微笑了一下。沙尔威用这样的意思向他们谈了好几次,他应当是蓄谋来用恐吓手段把他们两个人从弗洛兰那方面拉出来,现在他始终觉得他们抱着一种宁静的和一种坚信的态度,这不免很教他惊讶了。不过到了夜间,他仍旧颇为有规则地同着克莱曼司一块儿来。这个高大的蜜色头发妇人已经不是鱼市场的职员了,马努里先生辞退了她。

"这些经纪人,全体都是光棍。"罗革耳愤恨地说。

克莱曼司斜斜地靠着玻璃格扇,正用两只长瘦的指头卷着一支烟卷儿,用她的干脆的声音回答道:

"唉!这也算是恶战吧……我们本来绝没有相同的政治见解,可不?马努里这家伙,挣着一笔胖得和他一般儿的钱,自然会去舐皇帝的靴子。倘若我抓着一个办公室在手里,决不会留他当二十四点钟的职员。"

真相原是她开了个很笨的玩笑,某一天,她在各种货名牌子上,写了许多最被宫里认识的先生们的和女士们的姓名,搁在那些列入拍卖的无斑比目鱼、方板鱼、春南鱼的对面。这些派给位高望重之流的混名,这些由每条价值三十铜苏的爵爷爵夫人构成的拍卖,深刻地吓坏了马努里先生。伽瓦尔依然因此笑个不停。

"有什么关系?"他拍着克莱曼司的胳膊说,"您是一个男儿汉,您!"

克莱曼司曾经发明过一个配合格洛格酒的新法子。开始,先在杯子里装满了热水;随后,又加了糖,再对着那片浮在水面上的柠檬,一滴一滴地斟了些朗姆酒,使得它不和热水混在一块儿;最后,她点燃了它,神情很严肃地瞧着它烧起来,一面慢慢地吸烟,脸色被酒醇的高焰照成了浅绿色。但是这是一种高价的消费品,到了她失业之后,不能继续去尝。沙尔威用一种倨傲的笑声,教她注意她现在已经不是富有的。她的生活，倚赖自己在米洛枚尼街教法文补习的收入，每天去得很早，学生是一个悄悄自动追求知识的女青年，所以连她的女佣人都不晓得这件事。她只叫了一杯啤酒，这一晚。她喝着啤酒，泰然自若。

玻璃雅座的历次夜谈，近来不像从前有声有色了。心怀积愤而脸色灰白的沙尔威，自从大家对他冷落而专心静听他的竞争者的言论以后，陡然不发言了。想到他在弗洛兰回来之前他所居的君临地位，他以专治者作风所抚治的团体，心里竟长成了不可治疗的恶癌。其所以仍旧再来，却由于留恋这个角落，由于忘不了从前在这地方所过的那些因对伽瓦尔和鲁平而施暴政的美满光阴。驼背的罗革耳当时原是他的人，胖胳膊的亚历山大和灰色脸儿的拉伽伊，亦复是同样的。从前，只需一两句话，他可以折服他们，可以向他们的嗓子里注入自己的见解，可以在他们肩头上敲断自己的指挥杖。但是，现在，太痛苦了，终于不说话了，忍着一肚子的气，用一种轻蔑的态度吹着口哨，不愿意当面攻击那些糊涂主张。而最教他失望的，就是自己在不知不觉之中，已经被人废黜。他并不专心考究弗洛兰的不可及之点。时常在听见他用和蔼而略带愁苦的声音谈了好两点钟之后，便说道：

"这到底是一个教士，这单身汉子。他所缺少的只是一顶小圆帽。"

而其余的那些人却都似乎怀着钦佩的心情听他说话。沙尔威在各处的衣钩上碰见了弗洛兰的衣裳，假装不晓得应当在哪里来挂自己的帽子，实则是害怕弄脏了它。他推开了那些散在四处的纸头，说是旁人不觉得是在自己家里，自从

"这位先生"在雅座里无所不为。他竟至于向酒店的老板诉苦，问他这雅座是否属于一个顾客或者属于这团体。本来它的会员们的侵入原是受了优待。而世上的人都是粗鲁的。所以沙尔威到了看见罗革耳和勒毕格尔先生都用全副精神专注于弗洛兰的时候，他真蔑视人类了。伽瓦尔带着那支手枪激怒了他。鲁平始终待在那杯啤酒后面默不发言，在他看来是这班人之中最为强有力的，这一个就各人的价值来审查各人，却不用言辞发表代价。至于拉伽伊和亚历山大，他们在他的意识里教他承认民众原是糊涂东西，因而非有一种革命性的专政以十年期间去训练自立的功夫不可。

然而这时期，罗革耳肯定各区的组织不久都可以完成了。于是弗洛兰开始分配任务。某一天夜间，在经过最后一次由他掌握了秘密的讨论之后，沙尔威立起身来，拿起帽子，一面说道：

"好，大家晚安，并且请大家想空脑袋吧，倘若这件事情大家都认为有意思……我本人呢，从此不过问了，请听明白。我从来没有为着谁的野心而工作过。"

克莱曼司已经披上了围巾，冷冰冰地接着说道：

"计划是无用的。"

后来，鲁平正用一种很温和的眼光瞧着他们向外走，沙尔威问他是否愿意和他们同行。这时候鲁平杯子里的啤酒还有三个指头那么高，他只欣然和他们握了一握手。从此沙尔威不再来了。某一天，拉伽伊向团体中报告，说沙尔威和克莱曼司现在在蛇形街的一家啤酒馆里往来，他从一块玻璃外面看见他们在一群很年轻的人当中指手画脚地谈论。

弗洛兰从来没有能够收编克罗德。他念念不忘于找一点光阴把自己的政治意识传给他，把他造成一个能在革命工作之中辅佐他的门人。为着启迪他，他在某一天夜间引他到了勒毕格尔先生的酒店里。但是克罗德在那里的光阴，都消磨于一幅为鲁平而画的速写：戴着帽子，披着栗色外套，一部长髯倚在手杖的球形头儿上。后来，他同着弗洛兰出来的时候向他说道：

"不成，您可看见，您在里面说的那些话，教我感不起兴趣。这也许是很有力的，但是我抓不住……嗨！您真有一位妙极了的先生，那个神秘的鲁平。他深沉得像是一口井，那汉子……我以后一定再来，不过为的不是政治。将来一定要替罗革耳和伽瓦尔每人各画一幅速写，再和鲁平的搁在一幅妙品的画片里边儿，当初您各位讨论问题的时候，我就想到这一层……您现在说这事儿怎样？那问题是关于两院制的吧，对吗？嗨！您可曾想象伽瓦尔、罗革耳和鲁平这三个人躲在啤酒杯子后面谈政治的情形吗？这可以算是沙龙里的一件好成绩，老朋友，一件打倒一切的好成绩，一件真的现代画，那一幅。"

弗洛兰伤心于他这种政治上的怀疑主义了。他邀他到了自己的楼上，在那窄狭的露台上，对着菜市场的慢慢转青的天色，抓住他谈到了午前两点钟。他开导他，对他说他不是一个男儿汉，倘若他对于国家幸福表示得如此漠不关心。这画师掐着脑袋回答道：

"您也许有理由。我是个自私自利者。我甚至于不能说我之画画为的是国家。因为，第一层，我的画稿子教大家害怕；而第二层，就是我在画画的时候，完全在个人的娱乐上着想。我在画画的时候，就像胳肢自己一样：使我笑得全身都动……您要怎样，生性是这样的，然而又不能去投河……此外，法国用不着我，正同荔莎表姑说的一样……您允许我做坦白的人吗？既然如此！那么我之和您要好，正因为我觉得您干政治的态度绝对和我之干油画的相同。您在胳肢您自己，老朋友。"

后来因为那一个的反驳，他又说道：

"不谈吧！您是一个属于您的款式的艺术家。您醉心政治。我敢于赛赌，说您偶尔坐在这看天上的星来消磨夜间的时刻，一面却把这些星宿当作无穷尽空间里的投票报告单……总而言之，您用您种种公理上的和真理上的意识来胳肢您自己。这事情的真实性，竟至于使您种种意识，正和我种种画稿子一样，教那些有产阶级害怕非常……并且，在我们之间，倘若您是鲁平，您可相信我会以结交您为快……唉！大诗人，您是！"

以后，他说的是闹着玩儿的话了，他说政治并不教他受窘，终于可以在啤酒店里和画室里教他习惯起来。说到这层，他又议论浮维烈街一家咖啡馆了，那家开在小沙立叶住的那栋房子楼下的咖啡店了。这间大名鼎鼎的厅子，满排着幂了开裂的绒垫子的长凳和被烧酒咖啡的溢汁染出黄斑的大理石桌子，素来是菜市场里的美妙青年集会的地方。舒尔先生在那里领着一班搬运夫、小店的学徒和身着白罩衫头戴便帽的先生。他那点儿初生的闹腮胡子，如同鬓脚似的靠着腮部卷成两撮绒样的毫毛。每逢星期六，他为着教自己的脖子显出光而且白，一定到两金钱街一家包月的理发店里把发根修得圆圆儿的。这样，到了他打起台球的时候，带着种种费过研究的飘逸姿态，把款式显给这些先生们看。他胯部伸开，双臂和两腿弯成圆形，在台毡上半躺着，弯成弓形的姿势突出了他的整个腰部。打完了球，大众谈话。这班人全是很反动的，很上流的。舒尔先生读种种可爱的报纸，认识各处小戏园的人物，和当时的有名人物尔汝相称，明白头一天演过的剧本的成功和败绩。但是对于政治有一个弱点，他的理想人物是摩尔尼公爷，他简短干脆地直呼他的姓氏。他读到立法院的开会纪录，看见摩尔尼一点点儿言论也泰然笑起来。轻视那些共和乞丐者就是摩尔尼，并且他从这一点出发去指出只有这班下流分子唾骂皇上，因为皇上指望一切明白规矩的人都是快乐的。

"我有时候也到他们的咖啡馆去，"克罗德对弗洛兰说，"他们也是一班怪人，咬着他们的烟斗，在谈到宫里的跳舞会的时候，竟像是他们也一样受了邀请的……在另一天夜间，和小沙立叶一块儿的那个矮个儿，您可晓得他真看不起伽瓦尔。他喊他作'姨夫'……后来小沙立叶走下楼来找他的时候，她非惠钞不可；她竟花了六个法郎，因为他在台球上输了几杯酒……一个漂亮女子，嗨！那个小沙立叶。"

"您过一种有趣味的生活，"弗洛兰在叹息之中说，"伽汀，小沙立叶，以及其他，对吗？"

这画师耸了耸肩头。

"哈！您弄错了，"他回答道，"我并不需要女人，这太麻烦我了。我竟不晓得那究竟有何用处，一个女人；我始终

不敢尝试……晚安,请您好好儿睡。倘若您入了内阁,某一天,我一定向您发表意见来使巴黎受到种种美化。"

弗洛兰不想使他变成一个心悦诚服的信徒了。这件事伤了他的心,因为,尽管他的热衷性的盲目行为,他终于感到了自身四周那种日见增加的仇视。甚至于在梅许丹家里,他也发现了一种较为冷淡的款待:那老妇人衔着种种暗笑,呱呱叫不再表示服从,美貌的诺曼底女人带着种种匆促的焦躁态度瞧着他,在她移动自己的椅子去接近他的而不能把他从冷落空气拉出来的时候。有一次,她并且曾经向他说过他像是因为她而有点儿厌烦,他只报以一种不知所措的微笑,这时候她已经将要粗鲁地坐到桌子的另一边了。他也失掉了沃巨斯德的交谊。这学徒在独自上楼去睡的时候,不进他的卧房。从前他敢于陪着这汉子关上门谈到半夜,现在他被种种关于这汉子的谣传吓坏了。而且沃巨斯汀教他发誓不再去冒犯一种如此的危险了。但是荔莎结果弄得他们生了气:她央求他们在表兄没有退还楼上那间屋子之前,暂行把他们的结婚日期展缓,理由是她不肯把二楼那间小屋子让店里新招的女学徒住。从此,沃巨斯德希望有人"来捆这个囚徒"了。他早已寻着了被他梦想的熏腊店,地点不在普莱桑斯,在略远一点儿的红山。肥膘腊肉变为有利润的了,沃巨斯汀说她已经预备停当,一面用她那种胖女孩子的幼稚的笑容笑起来。他因此每天夜间在那种惊醒他的细微声响之中,以为是警察给着了弗洛兰,不禁感到了一阵空欢喜。

在葛吕-格拉台勒店里,绝没有人谈起这些事情。熏腊店店员们的一种潜伏协商早已在葛吕的四周造成了沉默。这

一个因为他哥哥和他妻子之间的误会有了点儿忧愁,只好以扎缚腊肠和腌制腊肉消遣。有时候他走到店门口去晾着白里透红的皮肤,他正在他绷着肚子的白围裙里笑,而他没有疑到这种露面在菜市场内部引起了两层饶舌议论了。有人为他叫屈,觉得他比较瘦了些,虽然他是庞大的;另一些人则不然,指摘他有了那样一个阿哥实在可羞,而竟没有退瘦。他呢,活像被人欺骗的有妇之夫必到最后才明白自己的岔子一样,待在一种全然聋聩的境界里边,显出一种被人怜悯的快乐,遇着他在人行道抓住一个女邻居,去探听意大利干酪的或者冻猪头的消息的时候。那女邻居显出一副怜悯的脸儿,如同熏腊店里的猪肉都因为"耗"了而变成黄的一样,因此像是慰唁他。

"她们全体究竟有些什么事,全体都用一副送葬的脸儿瞧着我?"某一天他问着荔莎,"你是不是觉得我的脸色不好看?"

她稳住了他,说他的鲜润像是一朵玫瑰,因为他非常害怕生病,偶尔有点儿不舒服的时候,就哼起来,就把家里的一切置之度外。不过,真相却是葛吕-格拉台勒这家大熏腊店变成黯淡无光的:玻璃发暗了,大理石起了霜样的白粉了,柜台上种种熟肉都躺在发黄的猪油里面和浑浊的膏冻里面了。某一天,克罗德甚至于跑到店里,向荔莎来说她的陈列橱窗像是"烦闷"。这原是真的。在橱窗的铺着蓝纸屑儿的底层上,那些斯特拉司堡的熏舌子,显出病人舌苔般的不顺眼的白东西,而那些熏肘子的黄黄儿圆脸,毫无精彩,并且起了许多愁人的绿斑。并且,在店房里,那些善于打算的人，只买点儿血腊肠，十个铜苏的猪肉，半磅猪油，如同在一个垂危的人的卧房里似的，绝不压低他们的悲怨声音。始终有两三个哭丧脸儿的女人立在那个关了的熏笼跟前。而荔莎却用缄默的郑重态度来对付熏腊店的凄惨景象。她用一种更为合规矩的方式把洁白的围裙罩在黑裙袍的外边。她那双被紧口大袖子箍着脉节的手，她那个因为一种恰到好处的忧愁而更见美化的脸蛋儿，正都简捷地向着街坊，向着那些从早到晚不断排队的好奇者，说明了她一家人受着一种并非应得的不幸，而她自己很明白了其中的原因和一定晓得从中取胜。并且有时候，她俯着脑袋，展开愉快日子所有的眼光去注视那两条红鱼，它们也像是不安，一同在橱窗中的水池里边无力地游泳。

美貌的荔莎只以一种安慰自许了。她毫不疑惧地在马尔若林的缎子样的下颏底下拍了几下子。他是新近从医院里出来的，脑袋医好了，和从前一般儿肥胖，一般儿快活，但是愚蠢，更其愚蠢，简直是傻子了。从前脑袋上那条伤口应当伤着他的脑子了。这本是一个粗家伙。他在一个魁梧的躯壳之中装着一种属于五六岁儿童的稚气。他傻笑，说起话来是个"大舌头"，不能清清楚楚吐出字眼，而服从性却像是一只绵羊。伽汀重新整个儿握住他了，开始她有些儿惊讶，随后，因为这个由她支配的美妙动物而很感幸福了。她让他躺在那些盛家禽羽毛的筐子里，引他跳跃，随意使用他，当作狗儿看，当作玩偶看，当作爱神看。他是属于她的了，活像一件美味，一只在菜市场里的肥腴角落，一块可以由她用美妙手腕去享用的金黄头发的肉。但是，尽管这女孩子整个儿管领了他,并且把他像一个被征服的巨人似的拖在鞋跟儿后面,然而却不能阻止他不到葛吕夫人家里来。从前,荔莎用神经质的拳头打翻了他,而他似乎竟没有觉得。所以遇着伽汀把那只摆花的扇形盘子挂在项颈上边带着那些紫罗兰到新桥街或者杜尔皮葛街去漫步的时候,他就在熏腊店前徘徊了。

"你快进来吧!"荔莎对他喊着。

她给了他一些儿醋泡小黄瓜,在那些最常见的当儿里。他酷爱这东西,立在柜台跟前露出坦白的笑容吃着。美貌的女掌柜的影子教他快乐极了,教他因为快乐而拍手了。随后,他跳跃了,迸出许多小小的叫声了,活像是一个顽童面对着一件美味的食物。荔莎在最初的那些日子里,曾经害怕他记起从前的事来。

"你的脑袋始终还教你疼吗?"她向他问。

他用全身的一种摇摇晃晃的动作来回答不疼,用一种更为活泼喜悦的态度笑起来。于是她继续说道:

"那么,你当时曾经跌了一跤?"

"是的,跌了一跤,跌了一跤,跌了一跤。"他用一种完全满意的口气开始唱起来,一面敲着自己的脑袋。

接着,严肃地,在感慨系之之神态中,瞧着她,一面用一种较为延缓的音调重复地说着"美貌,美貌,美貌"。这很感动荔莎了。她早已强求伽瓦尔收留他。正是在他对她唱出谦退的温柔音调的时候,她抚弄他的下颏,一面向他说他是个好孩子。她那只因为一种小心的愉快而温暖的手儿在那地方忘机了。这温存重新变成了一种不受禁止的乐事,一种

被这个大个儿在孩童境界里接受的友谊记认。他略略胀起了项颈,闭上了表示享受的眼睛,俨然是一只被人抚弄的动物。这个美貌的熏腊店女掌柜,为着她和他而采用的正当乐事向自己的双眼作自解之词,曾经告诉自己说这原是补偿她从前在家禽馆地窖子里打他发晕的那当头一击。

然而,熏腊店仍旧是凄惨的。弗洛兰有时候还来晃一下,在荔莎的冰凉的缄默状态之下和他的兄弟握手。并且遇着星期日他偶尔也来吃一顿早饭,不过是次数愈弄愈稀疏。葛吕在这种早饭的当儿里费着种种的大事鼓动乐趣,却无法教这种饮食热闹起来。他吃得不如意,终于发愁了。有一天夜间,从这样冷落的家庭聚会之一抽身出来之后,他几乎哭着向他的老婆说道:

"我究竟真的有点儿什么!很确实地,我并没有生病,你不觉得我变了样子?……这正像我在那一个地方坠着一个重的东西。这情形是教人发愁的,我真莫名其妙,说句实在话……你不知道吗,你?"

"一点儿小小的不舒服吧,大概。"荔莎回答。

"不对,不对,这已经闹了很久了,太久了,这教我透不过气来……然而,买卖却不坏,我没有大不了的伤心事情,我始终照常不快不慢地过着……你呢,你一样,好人,你也不如意,像是被愁苦缠住了……倘若这样再继续下去,我一定要请医生来。"

美貌的熏腊店女掌柜庄重地向他注目了。

"用不着请医生,"她说,"这就要过去的……你看见吗,现在正有一阵不好的风吹着。大家都生病,在街坊上。"

随后，如同忍不住一阵母性温存的催促似的：

"你不用着急，胖子……我不愿意你生病。这大概是顶点了。"

通常，她打发他到厨房里去，深知其中剁肉机的声响，猪油的歌唱，锅子的沸腾喧闹，都教他感到快乐。并且，这样她避免了萨盖姑娘的窥伺，现在，这老姑娘整个儿午前的光阴都在熏腊店消磨。她的目的原在于吓服荔莎，把她逼到一个极端的坚决境界。开始，她装作神秘的样子。

"唉！世上的坏人真多！"她说，"这些人最好是管点儿自己的事……倘若您晓得，我的葛吕夫人……不成，我永远不敢把那些话述给您听。"

因为这店里的女掌柜肯定地向她说这些事惹不上她，说她自己不害怕多嘴的人，于是萨盖姑娘就伸长了项颈，越过柜台上的那些肉食，在她耳朵边低声说道：

"可晓得！有人说弗洛兰先生不是您的表弟兄……"

于是，一点儿一点儿地，她说出自己知道的一切。这不过是一种使荔莎俯首听命的方法。荔莎本也因为战术关系想在手下弄一个对她供给本区种种情报的人，所以就招认了真相。这时候，那个老姑娘发誓说自己一定可以缄默得像是一条鱼，说自己即令项颈已经俯在断头台的砧木上面也会否认这件事情。于是，她因为这本悲喜交集剧而深刻地感到快乐了。她每天扩大种种使人不放心的新消息了。

"您应当采取预防手段吧。"她喃喃地说，"我曾经又听见有两个妇人在兽肠馆里谈到了您晓得的那件事。我不能对人来说他们对那件事造了谣言，您可明白。否则我会像怪人了。这句话四面传播,四面传播。旁人决不会止住它了。然而却应当结束才好"。

几天之后,她终于采取真正的冲锋行动了,她张皇失措地走了来,显出种种焦躁样子,等到熏腊店里没有人的时候,才用呼啸般的声音说道:

"您可晓得他们说的事儿……那些在勒毕格尔先生店里开会的人,现在!他们都有了枪,正等候像'四八年'一样来动手。照着伽瓦尔先生这样一个可敬的人,他,又有钱,又舒服,则竟和这些乞丐混在一块儿,是不是不幸!……我早想通知您,因为您的大伯子。"

"这是一些痴话,这不是严重的。"荔莎存心刺激她故意这样说。

"不是严重的,谢谢!夜间,若是从陀螺街经过的时候,就听得见他们喊出种种怕人的事情。他们真胆大,不用说!您总很记得他们从前极力引您的掌柜胡干吧……并且那些被我从窗口边望见他们制造的装枪的火药卷儿,是不是严重的?……总而言之,我现在告诉您这点儿东西,原是为您的好处。"

"很对,我谢谢您,不过,有人捏造了多少话。"

"哦!没有,这不是捏造,不幸得很……街坊上谁都谈论这件事。有人说是倘若警察发现了他们,将来受连累的一定不少。譬如,伽瓦尔先生……"

但是这女掌柜耸着双肩,如同是说伽瓦尔先生原是一个老糊涂和那样一来就是办得很不错。

"我现在谈到伽瓦尔先生,正和要谈到其余那些人一样,譬如您的大伯子。"那老家伙狡猾地回答,"他是头儿,您的大伯子,照情形看来……为您,这是很可怕的。我很替您叫屈,因为到末了,倘若警察进这里来搜查,很可能也带着葛吕先生同走。两兄弟,正同一只手上的两个指头!"

美貌的荔莎叫了一声表示抗辩。但是她脸色完全发白了。因为萨盖姑娘刚才正恶狠狠地触着了她的放心不下之虑。从这一天起,她只对她述起许多无罪者被人投入监狱的历史,而缘由不过是收容了那些元恶大憨。夜间,走到那家酒店里去买她那点儿甜酒的时候,她就编纂了她那份到明天早上等用的卷宗。络斯固然是不肯饶舌的。然而这个老家伙却依赖她的耳朵和眼睛。她早已注意了勒毕格尔先生对于弗洛兰而施的体贴,他为着使他在店里勾留而尽的细心,他种种被这单身人在店里的耗费那样报酬得菲薄的优待。愈使她了然于这两个汉子在美貌的诺曼底女人跟前所处的对立地位,这件事愈教她惊奇。

"旁人竟可以说是,"她向自己说,"他用喂鸟儿的方法养着他……那么他究竟把她卖给谁呢?"

从前某一天夜间,她正在那酒店里,看见了罗革耳向雅座里的长凳上躺下来,口里却说起自己到了附郭各市镇里如何奔走,说起自己真疲乏得要命。她连忙望着他那双皮鞋。罗革耳的脚上没有一丝儿尘土。于是她暗地笑了一下,接着闭紧了嘴唇,带着自己的甜酒走了。

以后,她就在自己的窗口边来编纂她的卷宗了。那窗口,很高,控制邻近各处的房屋,替她招致许多无穷尽的享受。每日白天里,她待在那地方,如同在一座瞭望所里去侦察整个的街坊。最初，对面，在左，在右，那些屋子连其中种种极细微的器具，对她都是那样熟识的；她可以毫不遗漏一点儿详情来述屋子里房客们的种种习惯，他们家庭生活是好的或者坏的，他们如何梳洗，他们午餐吃些什么；甚至于那些来看他们的人客她都认识。此外，在整个儿菜市场上面，她有一幅远景，使得街坊上的妇女们没有一个能够逃过她的视线而穿过朗布多街；她毫不错误地说出这女人从哪地方来，到哪地方去，以及她篮子里装的什么，她的历史，她的丈夫，她的装饰，她的儿女，她的产业。这个，是洛雷夫人，她教她的儿子受到一种好的教育；那个，是许且夫人，一个被丈夫冷落的可怜小妇人；另一个，是薛西尔姑娘，本街屠户的女儿，一个因为脾气冷僻难于结婚的女孩子。并且她可以继续说好多天，摆出种种没有内容的闲谈，异常醉心于一些没有兴趣的琐琐屑屑的消息。但是，一到夜间八点钟，她的眼光就只注意于那个磨砂玻璃的窗子了，因为那玻璃上面映出了雅座里那些顾客们的黑影子。自从她在这片乳白色的间隔物上面找不出沙尔威和克莱曼司两个人的干瘦剪影以后，就证明了他们和雅座的分离。没有一件变化在雅座里发生而不是终于被她猜着的，某些在毫无声息之中显出来的胳膊的和脑袋的陡然启示，都是她的猜度资料。她变成很敏锐的了，因为那些长长儿的鼻梁，那些撒开的手指儿，那些张着的嘴，那些表示傲慢的肩头，她有了附会的依傍了，这样一步一步儿追踪阴谋了，终于因此她竟能够每天说种种事情成熟到了什么地步。某一天夜间，不智慧的结局在她眼里泄漏了。她望见伽瓦尔的手枪的影子，一支又粗又大的手枪剪影，在玻璃的浅颜色上面映出一条伸长了的乌黑的枪管子。这支手枪，晃来晃去，成了好多支。这就是她对葛吕夫人谈起的那些军器了。后来，另一天夜间，她没有法儿明白了，在瞧见许多无从限量的布条子被人拉长的时候，就揣测他们制造装枪的火药卷儿了。第二天，她在十一点钟光景走下楼来，借口向络斯去借一支蜡烛就到了酒店里；后来，她用着眼角，居然窥见了雅座里的桌子上头有一堆教她觉得很可骇的红布。于是她一天的卷宗，就有了一个具有决定性的严重意味。

"我不愿意教您吃惊，葛吕夫人，"她说，"不过这成了太可骇的了……我害怕，我的真心话！无论对谁，请您不要说起我预备告诉您的事情。否则，倘若他们晓得，他们难免要斩断我的脖子。"

在荔莎对她发誓说自己决不教她吃亏之后，她才对她谈起那些红布了。

"我不晓得这可以是件什么事。那儿有那么一大堆。旁人竟可以说是一些儿在血里染过的破布……罗革耳，您可晓得，那个驼背，把那东西披在自己的肩头上。他俨然像一个刽子手了……说句靠得住的话，这还是一件什么秘密的小玩意儿吧。"

荔莎没有回答，像是在思索之中，低着眼睛，拿着一把叉子的把子耍着，整理那些搁在盘子里的咸肉件儿。萨盖姑娘从容地接着说道：

"我呢，倘若是您，我就不会安安稳稳待着了，我会想去晓得了……为什么您不到楼上去瞧瞧您大伯子的卧房呢？"

这一来,荔莎轻轻地掣了一下。她放下了那把叉子,用一种不放心的眼光瞧着这个老家伙,认为她已经看破了她的意思。但是这一个却继续又说道:

"这是做得的,无论如何……您的大伯子可以把您拖累得太远,倘若您随他去干……昨天,有人谈到了您,在达葡罗夫人家里。那里,您有一个很忠心的朋友。她说您从前太仁厚了,又说倘若她在您的地位,也许早就把这一切都照着秩序铺排好了。"

"达葡罗夫人说过这些话?"在冥想中的女掌柜这样说。

"真的,并且达葡罗夫人是个可以请教的人……请您先探听明白那些红布究竟是什么吧。以后您再告诉我,成吗?"

但是荔莎不听她的议论了。她的眼睛穿过橱窗里那些成串的小腊肠,泛泛地望着那油煎田螺之类。她像是在那阵在她脸上折出两条细微皱纹的内心斗争之中迷路了。然而,这个老姑娘已经在柜台上的那些盘子上边去嗅了。她如同对自己谈话似的喃喃地说道:

"看呀,有些切开了的腊肠……这是会吹干的,凡是在事前先切开的腊肠……这点儿血香肠是破了的。它被叉子叉过一下,很显然。须得拿开它,它弄脏了盘子。"

荔莎依旧是心不在焉的,她给了她这段血香肠和那些腊肠片儿,一面向她说道:

"这是送您的,倘若这可以教您欢喜。"

东西都放进了袋子。萨盖姑娘原是和这些礼物那样相习的,所以她竟没有表示谢意。每天早上,她搜刮了熏腊店里的一切在刀下撞下来的肉屑儿。接着她就走开,心里正指望到小沙立叶和勒喀夫人店里去谈论伽瓦尔先生的时候，找得着一些儿做饭后甜食的材料。

那女掌柜独自一人在店里了，她如同为着取得一种最好的决定似的，在柜台边的长凳上教自己舒展地坐下来。自从七八天以来，她是很担忧的了。因为某天夜间，弗洛兰向葛吕要五百法郎，自然这是以一个有活期存款者的资格。葛吕要他去找他的妻子了。这事儿教他觉得有些儿麻烦，后来他和美貌的荔莎谈起来竟有点儿发抖。但是，这妇人没有说一句话，没有探问这数目的用途，走到了自己的卧房里，交了五百法郎给他。只告诉他说自己已经把这数目写在遗产的账目上。三天之后，他又取了一千法郎。

"真不必做公正无私的人了。"当天夜间荔莎在睡觉的时候向葛吕说，"你看见我从前把这笔数目保留下来并没有办错……等一会儿吧，我还没有记下今天这一千法郎。"

她坐到书桌跟前了，重新看着账目。随后，她接着说道：

"我从前留下的空白真办得不错。将来我再在账簿的头儿上记出屡次的零付数目吧……他就要这样由零星支取把全部乱花完了……多久我就等候这件事情。"

葛吕一个字也没有说，很不高兴就睡熟了。她妻子每次打开书桌的时候，桌前的木板总发出一道教他伤心的幽怨叫声。他甚至于决定向他的哥哥去进忠告之言，去阻止他因为梅许丹的女儿而倾家荡产；但是他终于不敢开口。弗洛兰，在两天之中，又要了一千五百法郎。罗革耳某天夜间曾经说过倘若找着了钱，事情都可以进行得更快。第二天，他看见自己这点儿毫无踪影的空说竟变成一个纸卷儿卷好的金币落在自己的手里，真是乐不可支了，他带好了这个纸卷儿，忍住了笑，那驼的背峰因为快活竟耸起来。于是，继续而来的需要层见叠出了：某区要求租一间办公室；另外某区应当贴补许多贫苦的爱国志士；而此外还要采办军器和子弹以及雇人工资和警察等等费用。弗洛兰几乎可以全部给他。他想到了诺曼底女人提起过的遗产了。他向荔莎的书桌里面去汲取了，不过由于他从她那副拉长了的面孔所感到的不自安，他始终保持谨慎态度。从他的立场看来，他从来没有因为一个更其神圣的原因而花费过他的款子。罗革耳兴高采烈，系着惊人的玫瑰色的领结，穿着刷亮的漆皮鞋，这种情形教拉伽伊感到了不快。

"在七天之中，这一共是三千法郎了。"荔莎向葛吕说，"你对于这件事怎么说？这是可观的，可不？……倘若他这样干下去，那么他那五万法郎至多四个月一定是要花光的……然而格拉台勒老翁，从前却费了四十年才积起他这笔数目！"

"活该你倒运！"葛吕高声说，"你从前本来不必谈起什么遗产。"

但是她严厉地瞧着他，一面说道：

"这是他的东西，他有权会拿着走……并不是把这笔钱给他就和我意见相反，而是因为晓得他拿了这笔钱一定去胡花……多久我就对你说道：这件事真应当收束。"

"你要怎样做就怎样做吧。并不是我想来阻挠。"这个被悭吝之心所痛苦的熏腊店掌柜终于这样宣言了。

他固然爱他的哥哥，但是想起那笔可以在四个月中吃完的五万法郎，自己真受不住了。荔莎呢，根据了萨盖姑娘的种种饶舌，猜着了他这几千法郎的用途。这个老家伙既然敢于在遗产上面有过影射之词，她竟利用机会教街坊晓得弗洛兰已经取了自己的那一份，并且已经照着他自以为好的样子用着。到了第二天，红布的故事教她决定了主意。她待了好一会儿，依旧挣扎了好一会儿，向自己的周遭端详店的凄惨景象：那些大块的猪肉在一种可厌的空气之中挂着，小羊呢，坐在一只猪油罐子旁边，满身凌乱不整的毛，一双黯淡无光的眼，表示是一只已经不在太太平平的情形之下消化食物的猫。于是她叫了沃巨斯汀来照顾柜台，自己登楼到弗洛兰的卧房里去。

在楼上，走进他的卧房她立刻受了一种惊讶。那张床的儿童意味的温和色相，已经完全被一包拖到地下的红布条子所点染，在炉台上，在许多金纸盒子和许多旧的生发油盒子之间，有许多红袖章同着许多像是大得可怕的血点似的红帽章都混乱地摊着。此外，在所有的钉子上，和那层糊壁花纸的模糊灰暗之色相映的全是种种挂着的布块儿，方方儿的旗子，有黄的，有蓝的，有绿的，也有黑的，在这些分别之中，女掌柜认出了整个二十区的记号。这屋子的幼稚意味，完全像是被这种革命装饰吓昏了。那套被女学徒从前留在那里的天真而粗率的笨玩意儿，那些窗帷和家具的白空气，现在染上了一种火光熊熊般的反射了，至于沃巨斯汀和沃巨斯德共摄的照片，竟完全像是因为恐慌而成灰白的了。荔莎团团地走了一周，细看了那些信号旗、袖章、胸带，不过什么都没有抚摸，如同她害怕这些狞恶的布片儿会灼伤她似的。

她想到自己并没有弄错,那些钱都跑到了这些东西上头。这一层,在她看来,是件很可恶的事,是件使她全身起反感而不大令人肯相信的事。他的钱,那笔在从前用那样安分守己的方法赚来的钱,竟作了组织逆谋和供应作乱的费用!她停住了脚步立着,看见露台上那盆石榴的盛开的花,像是另外许多血样的帽章,听见笼子里那只金丝雀的歌唱,简直是排枪从远处传来的回声,这时候,她意识到叛乱应当在明天,甚或在当晚,就要爆发了。信号旗飘动了,胸带展开了,一阵陡起的鼓声在她耳朵里爆发了。她终于没有费一点时候去看留在卧房里桌上那些纸张而立即迅速地下楼了。她走到二楼就停下来,着手给自身打扮。

在这严重的光阴里,美貌的荔莎用一种宁静的手法梳好了自己的头发。她是很坚决的了,毫没有一种惊慌,而眼光里显出一种极大的严肃。她用自己那双胖手尽力绷开了衣裳,扣好了那件黑绸裙袍,一面默记着卢斯当长老的议论。她询问自己了,她的自觉心告诉她说她快要完成一件义务。等到她在肩头上披好了那条宽而且大的围巾的时候,自以为正在实践一个高度的安分守己的行为。她套了深紫色的手套,在帽子上罩了一副厚的面网。在没有离开卧房之前,用一种充满希望的神情结结实实锁好了书桌,如同向着书桌说它终于快要能够安安稳稳睡起来。

葛吕正腆起那件包着大肚子的白罩衫立在熏腊店的门限边。看见她在午前十点钟这样盛装出去不免吃惊了。

"怎么,你到哪里去?"他问她。

她编造了一件事由,说要和达葡罗夫人到外面走一躺。

并且又加上了一句，说自己还要到欢乐戏院去定位子。葛吕赶上前去，叫她停下来，叮嘱她务须去选正面的座位，使得可以好好儿看。随后，他回店了，她呢，沿着圣厄斯塔什教堂对着停马车的地点走过去，跳进了一辆轿车里，放下了车里的窗帷，教车夫送她到欢乐戏院。她害怕有人盯她，等到买好了戏票，又教车子送她到法院大楼。她在那儿的栅栏边开了钱打发车子走。末了，从从容容穿过了许多厅子、许多过道，她走到了警察厅了。

她在许多警士和许多身着礼服的先生们的混杂环境中间竟摸不着门路了，于是拿了十个铜苏给一个人，他引了她直到厅长办公室，但是要进办公室去见厅长，须得填一份谒见请求书。以后，有人引她走进了一间很像华贵旅馆的窄小的屋子，其中坐着一个肥胖的秃顶大人物。他全身都是黑的，用一种厌倦的冷淡态度接待她。她能够发言了。于是，她揭开了自己的面网，报过了姓名，就一口气毅然决然述完一切。那个秃顶大人物懒洋洋地静听，没有岔断她。等到她说完，他才简单地问道：

"您是这个人的弟妇，对吗？"

"是的，"荔莎斩切地回答，"我们原是安分守己的良民……我不愿意我的丈夫受连累。"

他耸了耸肩头，如同说这件事整个儿是很讨厌似的。随后用一种不耐烦的态度说道：

"您看一年多以来，有人就把这件事搅昏了我。举发的报告，一件跟着一件送到我这儿来，有人始终催促我。您可以懂得我之所以没有动作，无非是认为宜乎等候一下。我们原有我们的理由……请您拿着吧,卷宗在这里。我可以指给您看。"

他在她跟前搁下了一大堆包在蓝色卷夹子里的纸片儿。她翻阅这些文件了。这像是一些从她刚刚述过的那本历史书里抽下来的篇章。勒阿弗尔、鲁昂和韦尔农各市的警察局长都报告弗洛兰已经回来。以后又来过一件报告,证实他在葛吕-格拉台勒店里居住。随后,他到菜市场的职务,他的生活,他在勒毕格尔先生店里的夜会,都没有遗漏一点纤细的详情。荔莎这时候茫然自失了,她注意到这些报告都是双份儿,于是明白了这些报告的来源应当有两个。末了,她找着了一大堆的信件,许多具有一切品章和一切字体的匿名信件。全部内容都在这里了。她认出了一种猫脚爪式的字体——萨盖姑娘的字体,举发了玻璃雅座的团体。她认出了一张油迹显然的大张信笺,满涂着勒喀夫人的粗劣树杆叉。她又认出了一张印着一朵黄色相思花做角花的有光纸,满盖着小沙立叶和舒尔先生的法书;两封信通知政府注意伽瓦尔先生。她又认出了梅许丹老娘的芜秽文体,用四页几乎不可卒读的篇幅重三复四地来述那些在菜市场所传有关弗洛兰侵蚀公款的谣言。但是最教她吃惊的却是店里的一张空白发货票头儿上印着的几个字儿是"格拉台勒先生熏腊店"。而在这发货票的反面,沃巨斯德出卖了那个被他视为婚姻障碍的人。

这警务人员出于一种隐秘的意图,才把这卷宗搁在她的眼底。

"您在这些字体之中竟认不出一个吗?"这时他问她了。

她支吾地说了个"不"。她立起身子了。被自己刚才弄明白的那件事情惊得透不过气来,于是重新放下面网,遮掩她感到自己脸上所起的那种空泛羞惭。她的绸子袍裙率率地响了,她的手套隐到宽而且大的围巾下面了。那个秃顶的汉子微笑一下,同时向她说道:

"您看见,女士,您种种消息来得迟了些儿……但是将来有人尊重您的措置,我现在答应了您。而尤其,请您叮嘱您的丈夫一点儿也不要动作……某些情状是可以发生的……"

他并没有说完,从座位上站起了半个身躯,略略向她致敬。这算是送客了。她退出办公室了。在办公室外的前厢里经过时,她望见了罗革耳和勒毕格尔先生都正忙着侧转各自的身躯。但是她比他们更为不自在了。她穿过了许多厅子,溜过了许多过道,情形是如同受了警界人员的慑服,她确信在这时候,那地方有人看见了她,有人晓得了一切。末了,她从太子广场走出来。到了时钟河沿,她被塞纳河上面的清风吹醒了头脑,才从从容容前进。

她所感到较为明晰的,就是自己措置的徒劳。他丈夫可以毫无危险。所以这件事虽然留下了一点后悔,却教她放了心。可是她愤愤然攻击那些新近教她陷入一种可笑的境界的妇女们和那个沃巨斯德。她更压缓她的脚步了,瞧着塞纳河流动。许多被煤屑染黑了的板艇,在绿水上游放下来,沿着河岸,许多钓鱼人垂钓。总而言之,断送弗洛兰的并不是她。这个陡然在她心上发生的念头教她惊讶了。倘若她断送了他,那么她是不是真的犯了一个恶意的行为呢?她陷入迷惑境界了,因为竟能被欺于自己的自觉心而吃惊了。那些匿名信件,在她看来确然是些太不高明的东西。她呢,就不然了,爽爽直直地报了自己的姓名,救了一家。陡然她想到格拉台勒老翁的遗产,就向自己询问起来,认为倘若在必要之时,她可以预备把这笔钱扔到河里,去从不自在的心境之中来医治他们熏腊店,不必,她不是悭吝的。这笔钱并没有推动她。走过交易所桥时,她完全心安理得了,重新取得她的平衡了。这究竟比其他那些先她而到警察厅去的人值价得多。她不会弄坏她丈夫的事,她因此可以睡得好一些儿。

"你找着了座位吗?"葛吕在她回到家里之后这样问她。

他要看座位的号头,来说明这些座位究竟在包厢的哪一段。荔莎本以为警察当局一经得到了她的通知,就会迅速派人来,所以她的看戏的计划,不过是用一种巧妙的方法,使她丈夫在警察逮捕弗洛兰的时候恰巧不在家中。她本来又计算到午后就怂恿他去散步,去照他们偶然消遣的法子玩一回:他们曾经坐着轿车到布格臬森林公园游玩过,在饭馆子里吃过晚餐,在音乐咖啡馆里坐着忘记过要回去。但是现在她认为无须乎外出了。她如同往常一样坐在柜台里消磨白天的光阴,脸色是白里透红的,格外快乐,格外和蔼,像是从一场病后新愈的境界里走出来。

"你可记得我对你说空气于你是有益的时候吧!"葛吕对她重复地说,"你瞧,你早上跑的那一趟教你完全变成快乐的了。"

"不见得!"他终于重新派出严肃的神情来答复她,"巴黎的街道,于健康都是那样不合适的。"

夜间,在欢乐戏院里,他们看了《天恩记》。葛吕着上方襟大礼服，套上灰色手套儿，头发梳得整整齐齐，一心只在说明书上寻找演员的名姓。荔莎依然是壮丽无伦的，半袒着胸部，一双束缚在过于窄小的白手套里面的手掌倚在包厢的红绒上边。他两夫妇都很被玛利的不幸所感动；剧里的长官真是一个恶棍，而小丑比艾乐自从上场就教他们笑起来。女掌柜流泪了。孩子的起程，在贞女卧房里的祷告，可怜的疯女人的回来，都教她那双光彩射人的眼睛含着些儿被她用手帕轻轻拭去的热泪。但是这场夜戏为她竟成了一次真正的胜利了，到了她抬起头来望见诺曼底女人和她母亲坐在三等座位里的时候。她更其得意了，打发了葛吕到酒食间里去买一盒糖果，自己摇动了扇子，一柄金碧辉煌的螺钿扇子。女鱼贩子战败了，她低下了脑袋，静听她母亲和她说话。等到她们走出来的时候，美貌的荔莎和美貌的诺曼底女人在走廊里相遇了，彼此都空泛地微笑了一下。

这一天，弗洛兰提前了时间在勒毕格尔先生店里吃夜饭。他等候罗革耳给他介绍一个曾任警察长之职的能干人，预备和这能干人谈论夺取旧王宫和市政府的计划。天色黑了，一场从午后落起的细雨，用灰暗的空气淹没了菜市场。菜市场的房屋，在天空的红色微光上面托出了黑的体积，这时候，灰色的低云奔驰，几乎拂着了屋顶，如同在避雷针的尖儿上散开划开。弗洛兰被地上的泥浆，被那种仿佛在污泥里运输日暮的回光并且使之熄灭的黄色小溪流，弄成发愁的了。他瞧着那些集在有遮盖的街上的人行道上躲雨的人，那些在雨点下走着的雨伞，那些在空旷的街心走得更快和更响的轿车。一道光线出来了。一道红的微光在西边升上来了。

这时候,一群扫街的清道夫在貂山街的口儿上出现了,用长柄的扫帚推开一个泥荡。

罗革耳没有引那个前任警长过来。伽瓦尔到巴第虐尔区里一个朋友家里吃夜饭。弗洛兰因此只好和鲁平面对面地来消磨这个夜会里的光阴。他不住地发言,结果弄得自己很感寂寞;而另一个却从容地晃着自己的长须,每过十五六分钟才伸长胳膊去端起啤酒喝一口儿。弗洛兰厌倦了之后,就回到楼上去睡了。但是独自待着的鲁平却没有走,堕入沉思的脑袋,压在帽子下边儿,瞧着那只啤酒杯子。络斯和店里的堂倌,以为那个团体既然不在雅座里,本来指望可以早点儿关起店门,然而他们竟费了半点钟以上的工夫等候他兴尽而退。

弗洛兰在自己的卧房里,竟有点儿害怕到床上去。他受到了一种焦躁不自在的状态所扰乱,有时候竟因此使他整夜坠入无穷尽的恶梦之中。上一天,在克拉马村,他安葬了那个在一场可怕的垂危境界之后而死的韦尔辣克先生。到现在,他觉得自己依然还因为那口落到土里的薄棺材而伤心。他尤其不能够摒除韦尔辣克夫人的印象,那种带着哭味而不见眼泪的声音。她当时追着他,说起棺材还没有付价,说起她不晓得怎样去应付那些抬柩的人,自己身上没有一个铜苏,因为上一天,药店的掌柜在听见病人已经死了的时候,就逼她付清了账单。于是弗洛兰垫了棺材和抬柩的人的钱,并且又给了小费。到了他正要走开的时候,韦尔辣克夫人又用一副哭丧脸儿瞧着他,终于他只得留了二十法郎给她才走。

而在这时候,这次的死亡竟妨害了他。因为它使他的视察员地位发生问题了。旁人也许要他让位，旁人也许要正式委派他。许多可以惹起警察注意的恼人复杂性就都在这事情上面了。他竟想暴动动作在明天就爆发起来，好把那顶围着金线的制帽扔到街上。脑子里满装着这类的不安，他走到露台上了，因为滚烫的额头，需要一点儿清凉空气。密雨固然带来了风，但是一阵雷雨性的闷热，依然满布在暗褐无云的天空。洗净了的菜市场的房屋，映着天色在脚下摊开了庞大体积，许多煤气灯的强烈火焰点缀在房屋上头，活像是天空中悬着的那些黄澄澄的星宿。

斜靠在铁栏杆上，弗洛兰想到自己迟早也许会因为接受了视察员的位置而被制裁。这是如同他人生里的一个污点，他已经在警察厅的俸给收据册子里因收款而签名了，违背自己的誓词而替帝制服务了，尽管从前在充军时代发过了那么多的誓。求取悦于荔莎而生的心理，领到了的俸给的慈善用途，力求尽职的安分守己状态，这一切现在在他看来，都不像是什么有力的论据使他的惴怯处所因此见饶。所以倘若他因为这个肥腻而且过于营养的环境感到痛苦，那么他正是咎有应得。并且他重新看见了他刚刚过着的难堪年月了，女鱼贩子们刻薄待人，阴湿天气里的作恶气味，自己病态胃脏的不断失调，自己觉得从四周日见扩大的潜伏敌视。这一切事情，他都看作是制裁而全盘接受了。这种没有被他找到缘由的怨恨谴责，预报有点儿广泛的灾祸会来，所以他预先在这灾祸之下，带着一种有罪待赎的羞惭心理缩紧了双肩了。此外，他想到了自己亲身筹备的民众运动竟奋激起来，他自己对于成功已经不是很纯洁的了。

他当时的梦想真多，身在这样高的楼上，眼光对着各馆的展开的屋顶上出神！而最常见事，就是他把这些屋顶看作雾气迷蒙的大海，这大海向他谈起那些辽远的地方。在没有月光的夜里，这些屋顶都是晦暗的，都成了死气慑人的湖，一片臭而静止的黑水。明净的夜色使这些屋顶化为光明喷泉池，无数的光线在三层楼阁上交流，弥漫了屋顶上的那些面积广阔的锌板，又从这些相叠的巨型承水盘的边儿上满出来并且坠下来。严寒却使它们硬化了，冻结了，如同挪威的海湾似的，其中容得滑冰的人，到了六月，酷暑又用一种昏沉的瞌睡教它们睡熟了。十二月的某一天夜里，他打开了窗子，看见了这些屋顶全是一片白茫茫的雪光，一种处女式的白色明澈了天空里的锈黄色；它们一尘不染地铺开，俨然是北欧平原，是可以容得冰床来往的严肃的萧索气象；它们表示一种壮丽的沉默，一种坦白的巨人式的安宁境界。后来他对着这种视界里的每一变化，自身总坠入种种温柔或残酷的沉思里。雪光使他宁静了，那幅漫无边际的白毛毯，像是一幅摊在菜市场种种脏东西上面的纯洁幕布；明净的夜，月的光流，把他引到了故事传说里的仙国。他所苦的只是晦暗的黑夜，六月里的那些使得沼泽里死水臭味蒸腾的炎夏黑夜。并且来的总是那种同样的噩梦了。

这些屋顶是绵延不断的。他推开窗子靠着栏杆去远眺，不能不看见它们挡住他前面的视界。他在傍晚时，为着在就寝之前和这些无穷尽的屋顶相晤就离开了各馆。而它们却对他拦住了巴黎，对他摆出了庞大形状，时时刻刻地袭入了他的生活。在这天夜里，他的噩梦更因为种种扰乱他的潜伏挂虑增加了恐怖性。午后的雨使一种污秽的湿度充满了菜市场。它对他迎面吹过来种种由它吐出的臭气息，这气息在城里反复盘旋正像一个喝完最后一瓶倒在桌子底下的滥醉者。他仿佛觉得每一座馆里蒸出一种重浊蒸汽。在较远的处所，鲜肉馆和兽肠馆蒸出一种血腥。接着，蔬菜馆和水果馆蒸出生白菜、烂苹果和扔在垃圾堆里的腐叶子的气息。奶油馆发臭，海鲜馆刺鼻。而尤其他脚边的家禽馆，从通风塔里腾出一种热空气，一种如同从工厂腾出的煤烟一般旋转的污秽味儿。这一切气息所成的云烟都集在屋顶上，罩住附近的房子，展开而成重浊的雾气压住整个的巴黎。这就是菜市场在它那过于窄狭的铸铁的围圈之中发胀，用夜间的过于饱胀的不消化症使得这喉头咽满食物的都市的瞌睡。

在楼下，在人行道上，他听见了一阵人声，一阵快活人的笑声。那小巷子的门被人匆促地重新关上了。这正是葛吕和荔莎从戏院里回来。这时候，如同被自己呼吸的空气醉得茫然自失的弗洛兰，带着自己头上感到的那阵暴风雨的神经性的苦闷，离开了露台。他的不幸就在那地方，就在这座在白天晒热了的菜市场里。他激烈地推好了窗子，任凭菜市场挺着依然流汗的裸露胸部，在晦暗的背景跟前挣扎，露着它的气球般的肚子在星光下面自寻安慰。

第六章

又过了八天,弗洛兰认为终于能够转入行动了。一个因民怨而起的机会,已经够得教巴黎城里涌出许多群的暴动分子。因为立法院早被一件有关岁费的条例分成了两派,这时候正讨论一种很不合民意的直接税使得各处的市镇怨气沸腾。内阁害怕引起倒阁的风潮,正在极力奋斗。自从多久以来,大概没有遇着过一种更好的借口了。

某一天早上,在黎明时候,弗洛兰就绕着旧王宫四周徘徊。他在那地方忘了视察员的任务了,勘查各处地点一直弄到八点钟,竟没有想起他的迟到可以引起海鲜馆的紊乱。他勘查了里勒街、大学街、勃艮第街、圣它来尼克街,一直深入伤兵院的空地,在沿路的某些十字街口勾留,跨着大步去度量种种距离的大小。随后,回到沃尔塞河沿,坐在堤边,决定了攻势应当由各方面同时并举:大石区的队伍可以从阅兵场过来;巴黎北部各区可以从马德莱因堂下来;西南各区可以沿着各处河沿或者在圣日耳曼那个市镇的街道上分成许多小组动手。但是另一岸,极乐公园一带,全是毫无掩蔽的通衢,这不免教他担忧了;于是他已经预先看见了有人可以在那里安置几尊小炮来扫荡这些河沿。因此他变更了计划书中的好些小节目，在手边捏着的一本小册子里记明了各区的阵地。真性的攻势决定可以从勃艮第街和大学街发生，同时一种佯攻可以从塞纳河这边动手。使他后颈感到热力的八点钟的太阳，在宽廊的人行道上展开了金黄色快活气象，并且在他对面的那座大建筑物的那排长柱子上面敷上了金光。于是他已经看见那场战斗了，许多成串的人都缢死在这些长柱子上面了，铁栅栏都被打穿了，回廊都被占领了，随后屋顶上，陡然，许多植起一面大旗的干瘦胳膊。

他拖着慢步走回来，脑袋是低着的。一阵咕咕之声又教他竖起了脑袋。他发现那是从杜勒丽宫的园子里穿过来的。在一片草地上，一群项颈上满是斑点的异种鸽子正摇项颈走过来。他背靠着一枝盆景橘子站了一会儿，瞧着日光里的鸽子和草地。对面，栗树的阴影是幽暗的。一种沉默气象，一种被远远的，从李伏力街方面铁栅栏后面传过来的隆隆不断的声音割断的沉默气象下坠了。绿野的气息教他想起了佛朗朔瓦夫人，因而很教他怅然。一个经过的小女孩子赶着一个铁环，惊骇了那些鸽子。它们都起飞了，都到草地中央那座古代斗士石像的胳膊上成行地集下了，用一种更为温和的方式抬起脑袋咕咕地叫起来。

弗洛兰正从淳维烈街走回了菜市场，忽然听见克罗德·郎洁的声音叫他。这位画家已经走到山谷馆的地窖子里了。

"喂！同我一块儿来吧，"他喊着，"我正找马尔若林那个粗胚子。"

为着教自己再逍遥一会儿，为着再延缓回到鱼市的时刻，弗洛兰跟他走了。郎洁说是到目下他的朋友马尔若林毫没有什么希望了,他是一个愚人。他极想教马尔若林带着天真笑容做个四足伏地的姿式。到了自己为着一张草稿而几乎气死了的时候,就来和这傻子一块儿混几点钟,不过一句话也不说,极力想捉住他的笑。

"他这时候应当正填他那些鸽子。"他喃喃地说,"不过,我不晓得伽瓦尔先生的总笼子在什么地方。"

他们在整个地窖子里搜索了。当中,在淡淡的阴影里,两道自来水管子正流着水。全部的总笼子都是为鸽子而设的。沿着那些铁栅栏,是一片不断的切切诉苦声音,一种在日暮时藏入叶子下面的啁啾鸟语。克罗德听到这种音乐开始笑了。他向他的伴侣说道:

"谁能保证巴黎的所有爱人不都在这里边儿彼此互相拥抱呢!"

然而,没有一个总笼子是开着的,他渐渐相信马尔若林是不在地窖子里了,这时候,一阵接吻声音,清脆的接吻声音,教他在一张半开半掩的门跟前停住了脚步。他打开了这张门,看见了马尔若林那只鸟儿,正被伽汀教他跪在地下的麦藁上面,使得这孩子的脸儿恰巧达到她的嘴唇那样儿高。她从从容容地亲了他一个遍。她拨开他那些淡黄长发,亲到他的耳朵后边儿,腮骨下边儿,又沿着他的颈窝儿,转到了眼睛上边儿和嘴巴上边儿,毫不匆忙,用一点一滴的温存态度吃着这副脸儿,如同这是她的一件可以随她支配的美味。他呢,殷勤地照着她指给他的方式跪着不动。他毫无知觉了。伸起自己的肌肉,竟至于不害怕发痒了。

"喂!不错,"克罗德说,"不用害臊!……你不惭愧,大丫头，教他在这脏东西堆儿里边吃苦。他膝头上满是脏东西了。"

"瞧吧！"她毫无顾忌地说，"这并不教他吃苦。他欢喜有人亲他，因为在全没有阳光的地方，他害怕……你害怕，是不是？"

她教他站起来。他用手在自己的脸上摸了一遍，活像是寻觅那女孩子刚才在那上面留下的吻一般。他吞吞吐吐地说自己害怕，而同时伽汀又接着说道：

"并且，我是到了这儿来帮他的，我替他填了几只鸽子。"

弗洛兰瞧着这些可怜的牲口了。在许多木板上面，绕着这间总笼子的四周，排着许多没有盖子的木桶，其中的鸽子都挺着脚紧紧地互相挤着，由它们的毛羽排出了一幅黑白相杂的色彩。有时候，这幅活动的毯子上面起了一层波纹。接着，这些牲口的身子互相堆起来，于是听见一阵不清楚的咕噜之声了。伽汀有一只小锅子在身边，其中盛满了清水和谷子。她喝满了自己的嘴，把鸽子一只一只抓起来，对着鸽子的喙里把自己嘴里的东西吹进去。那些鸽子，挣扎，打噎，重新落到了桶里，翻着眼睛，都因为这种强迫咽下的食料而醉了。

"这些无辜的！"克罗德喃喃地说。

"活该它们倒运！"结束了工作的伽汀说，"它们都是最好的，在好好儿填了之后，您看吧，两点钟以后，再给这一些填些盐水。这样，使得肉又白又嫩。再过两点钟，就给它们放血……不过，倘若您想去看放血，那边儿很近的处所，正有一些儿等着马尔若林去干。"

马尔若林在那些木桶之一的里面运走了半百鸽子。克罗德和弗洛兰都跟着他。他在一座自来水管子跟前停下来,在地上贴身放下了那只木桶,另外在一只锌桶样的东西上面盖着一块木头格子。随后,他开始放血的工作了。迅速地,刀子在手指之间闪着,他已经抓住了鸽子的翅膀,在它的脑袋上用刀柄一敲就打晕了它,立即用刀尖插进它的喉管里。这时候鸽子短促地抽掣一两下,浑身的羽毛都散开,他已经把它按着行列排在锌桶上面,脑袋搁在木格子里边儿,一点一滴的血都落到了锌桶里。并且这动作是同着打碎脑盖的刀柄的"嗒嗒"声音而来的一种有规律的动作,他的手一来一往从这一边抓住了一只活的牲口,向另一边搁下了一只宰了的。渐渐地,马尔若林来得快一些了,他对于这种屠杀感到快活了,双眼发光,活像是一头蹲在地上兴高采烈的大狗,末了竟笑起来,竟唱起来:"踢达,踢达,踢达。"舌头触着前颚的声音和刀柄的拍子相和,造成了那种使得脑子发炸的咖啡铁磨子样的响声。那些摊着的鸽子像是一幅锦缎了。

"哼,你开心,大傻子。"伽汀说时也笑了,"它们真怪,鸽子,在它们缩起脑袋,这样,夹在双肩当中,教人找不着脖子的时候……得了吧,不是好东西,这些牲口,它可以哄人,倘若做得到。"

后来,因为马尔若林的匆忙样子愈来愈是神经性的,她高声笑起来,接着再说道:

"我曾经试过,我来得没有他这样快……某一天,他在十分钟光景,放了一百鸽子的血。"

那块木头格子没有空的了,他们听得见血点儿滴在桶里的声音。这时候，克罗德转过身来，看见了弗洛兰脸色发白，于是连忙引着他走开。到了地面上，他教他坐在楼梯的一道石级上。

"喂，究竟有点儿什么！"他双手拍着他说，"现在你像一个妇人似的发晕呀！"

"这因为地窖子里的味儿。"略带羞惭的弗洛兰支吾地说。

这些被人填食灌水敲脑袋并且开脖子的鸽子，教他记起了杜勒丽宫的那些异种鸽子了，它们不是带着缎子样的闪闪灼灼的羽毛，在那种被日光照成金黄的浅草上面行走吗？他并且看见过它们在那园子里的寂静之至的环境之中集在古代斗士石像的胳膊上咕噜，而当时在栗树的浓荫下面，许多小女孩子正赶着铁圈子游戏。而现在，这个浅黄头发的肥胖粗野的小子，在这个教弗洛兰冷得彻骨的臭气熏人的地窖子里干屠杀勾当，用刀柄儿敲，用刀尖儿戳；因此他自己觉得双腿发软，眼睑睁不开，快要跌倒了。

"怪事！"在他恢复原状之后，克罗德接着道，"你大概不能做一名好军人……既然如此！可见得从前那些打发你到卡宴的人，见着你竟会害怕，都还是一些漂亮的先生们吧。不过，好汉，倘若你偶尔加入一场暴动，一定是不敢放一枪的；你过于害怕杀人哟。"

弗洛兰立起了，没有答话。他变成了很忧郁的，满脸全是表现失望的皱纹。他走了，听着克罗德仍旧走下了地窖子。末了，在向着鱼市回去的时候，他重新又想起了进攻的计划，想起了侵入旧王宫的武装之群。在极乐公园，大炮也许怒吼起来；铁栅栏也许全被捣毁；也许有血在石级上流，也许有迸射出来的脑浆涂在那些长柱上面。这是一种属于战斗的迅疾幻视。他呢，立在中央，脸色灰白，不能注视，用双手蒙着自己的脸儿。

正穿过新桥街的时候，他相信望见伸长了项颈的沃巨斯德的灰色脸儿正在水果馆的角儿上。这小子应当是窥探一个人，双眼被一种傻子式的异样惊慌定成滚圆的。陡然他失踪了，跑着回到熏腊店里去了。

"他心里有什么事？"弗洛兰想道，"可是我教他害怕？"

在这天早晨，葛吕－格拉台勒店里出了一些儿很严重的事变。天刚明，沃巨斯德非常张皇地跑着去叫醒了女掌柜，对她说是警察来捉弗洛兰先生。随后，重复地支支吾吾，向她含糊地说是弗洛兰先生早已出了门，大概已经逃走了。美貌的荔莎披上短衫，来不及系上腰甲，不顾一切，连忙上楼走到了她大伯子的卧房里边，在仔细瞧着没有一点什么可以连累他们两夫妇之后，随手在那里拿了诺曼底女人的照片。她又下来了，走到第三层的时候，她遇见了许多警务人员。那位警官央求她陪着他们同上去。他低声和她谈了一下，就和他的弟兄们守在弗洛兰的卧房里，吩咐她如同往常一样打开店门，务须绝不引起谁的注意。一个捉老鼠的笼子已经绷起了。

美貌的荔莎对于这次事变所起的唯一顾虑，就是可怜的葛吕所将接受的打击。此外，倘若他晓得警察守在家，她更害怕他因为眼泪而贻误一切。所以她强迫沃巨斯德发誓，绝对不许走漏一点风声。她回到自己卧房里系好自己的腰甲，向着躺在被盖里的葛吕说一件故事。半点钟以后,她已经梳洗好了,扎扮好了,膏沐好了,带着一副玫瑰般的脸儿,立在熏腊店的门口了。沃巨斯德安安稳稳地整理那些陈设物品。葛吕在人行道上待了一会儿,轻轻地呵欠,在早晨的新鲜空气里惺忪起来。没有一点什么标出了那出在楼上结束的悲喜交集剧。

但是那位警官却亲身对街坊上作了戒备,当他走进梅许丹家里,陀螺街,去实行搜检之时。他早已有了各种最详确的报告。在那些被警察厅接到的匿名信里,有人早肯定弗洛兰和美貌的诺曼底女人同宿的日子最多。他也许正躲在那地方。警官率领两个弟兄以法律名义来敲门了。梅许丹一家子刚刚正起床。那老婆子怒气冲天地开了门,她明白了问题,随后,陡然心平气和了,并且苦笑了。她自己坐下来,着好了衣服,向这些先生们说道:

"我们都是安分守己的良民,我们什么也不着慌,各位可以搜检。"

因为诺曼底女人没有十分迅速来开自己卧房的门,警官就教人撞破了它。她正在着衣裳,胸部是没有遮掩的,露出了丰腴的肩膀,齿缝里咬着一条短裙。这种粗鲁的闯入,在她是莫名其所以然的,因此竟激怒了她。她放松了齿缝里的短裙,打算向这些弟兄们扑过去,她只披着一件汗衣,由于愤怒超于羞辱,变成了绯红的。警官对着这个裸体的大个儿妇人走过去,防护他的弟兄们,用冷静的声音重复地说道:

"这是根据法律的名义!这是根据法律的名义!"

于是,她倒在一张围椅上面了,放声大哭,浑身抽掣起来，虽然感到自己过于弱小，却又不明白这些人要怎样处置她。头发散了，汗衣遮不到她的膝头了，两个警察的眼光正从旁边看着她。警官找着了一幅挂在墙上的宽而大的围巾扔给她。她竟不用它裹住自己，瞧着这两个警察粗鲁地搜检自己的床，颠簸自己的枕头，查考自己的被褥，不禁哭得更厉害了。

"我究竟做了什么事?"她终于结结巴巴地说,"你们在我的床上找什么?"

警官提出了弗洛兰的名字,同时又因为梅许丹老婆儿立在卧房的门口:

"哈!女光棍,这是她!"这青年妇人喊着,一面又打算去扑她的母亲。

她几乎打着她了。有人拉住了她,使劲用那围巾裹住了她。她极力挣扎,用一种呜咽的声音说道:

"旁人究竟把我当作谁!……这个弗洛兰从来没有走进这里,你们可听见!在我和他之间哪儿有过一点关系?在街坊上,有人故意和我为难,不过将来应当有人和我当面对质,你们一定看得见。以后再把我送到监牢里,在我,这毫不在乎……弗洛兰吗,我瞧他不起!我能够嫁给我愿意的,我定要气死那班教你们到这里来的女人。"

这一篇话教她归于宁静了。她的愤怒转了方向,对着身为祸根的弗洛兰下攻击了。她向警官发言,给自己辩护道:

"从前我不晓得,先生。他的神气是很温和的,他愚弄了我们。我从前没有肯听旁人说的话,因为旁人是那样不怀好意……他走这儿来给我小孩子教过课,随后,他就走

了。我给他东西吃，时常送他一条像样子的鱼。事情都在这儿……哼！那可不行，旁人可以不必再以为我有这样好说话！"

"不过，"那警官问，"他应当有些什么纸头托您保管吧？"

"没有，我向您发誓说没有……在我，这毫不在乎，我可以都交给您，那些纸头。我已经够受了，可不是？瞧着您什么都搜检一遍，真不快活……得啦吧，这是很枉然的。"

那两个警察已经搜检她所有的家具，这时候又要走到呱呱叫睡的那间小屋子里边。一会儿以前，有人听见了那孩子被这阵扰乱惊醒，正在大声啼哭之中，大概他以为旁人要来割他的嗓子。

"这是小孩子的卧房。"诺曼底女人打开了那张门，一面说。

呱呱叫，赤条条的，跑过来箍着她的项颈了。她抚慰他，把他睡她自己的床上。那些警察立刻从他那间小屋子里退出来，于是那警官决定下楼去，这时候，那孩子依然在泣涕之中，凑到他母亲的耳朵边喃喃地说道：

"他们就要去拿走我那些练习本子……你不要把那些练习本子给他们……"

"哈！真的。"诺曼底女人高声说，"有许多练习本子……请等着吧，先生们，我就拿这东西给各位。我愿意对各位表示我看不起这东西……注意哟，各位找得着他的笔迹，那里边儿。很可以吊死他，我决不会替他解绳子。"

她交出了他那些练习本子和那些模范字型，但是那孩子气极了，重新爬起来，对着他母亲乱抓乱咬，她轻轻在他头上打一下就教他又躺下了。于是，他开始狂叫起来。在这屋子的门口，萨盖姑娘从人声扰扰之中伸长了项颈；她进来了，看见一切的门都是打开的，挺身替梅许丹老婆子帮忙。她静观着静听着，极力替这两母子叫屈，说她们孤立无援。这时候，那警官板着脸儿读那些模范字型。"残暴地""妨害自由""违背宪法的""革命的"这些字眼教他皱起了眉头。等到他读到"在时间将到之际罪人必倒"这两句话的时候，他在这些纸上轻轻拍了几下，同时说道：

"这是很严重的，这是很严重的。"

他把这包纸头交给一个警察，他随即走了。柯莱儿本来一直没有出面，这时候才打开自己的房门，瞧着这班人下去。随后，她走进了她姐姐的房里，自从一年多以来这还是第一次。萨盖姑娘表现得极力和诺曼底女人张罗，对她的事情表现惊讶，替她结起那幅围巾的两端使她格外好好儿得着遮盖，带着可怜的神情接受她愤怨所生的种种最初的自白。

"你真是很没有骨气。"柯莱儿立在她姐姐跟前这么说。

这一个女人站起来了，神情是恶狠狠的，任凭身上那幅围巾滑到了地下。

"你真的要探听消息！"她高声叫唤起来，"把你刚才说的话再述一遍吧。"

"你真是很没有骨气。"这青年女子用一种更为侮辱的声音又说了一声。

这一来，诺曼底女人在使人措手不及的姿势之下打了柯莱儿一个耳巴子，柯莱儿面无人色了，向她身上扑过去，接着就来扼她的嗓子。她们角了一会儿气力，互相揪着头发，互相寻觅对方的嗓子来扼。小的这一个带着超人的腕力，尽管素来体力不强，却那样猛烈地去推大的那一个，结果她们快要倒在衣柜里了，柜门上的镜子撞穿了。呱呱叫大哭起来，梅许丹老婆子向萨盖姑娘狂叫起来，要她帮她来隔开这两个。但是柯莱儿突出了包围，一面说道：

"没有骨气，没有骨气……我就去通知他，就去通知这个被你出卖了的倒运的。"

她母亲拦住了房门。诺曼底女人从后面向她上身扑过去。末了，萨盖姑娘来帮忙了，尽管柯莱儿用了发狂的抵抗，她们三个人终于共同推着她回到了她自己的卧房里，把这间卧房门的暗锁旋了两周。她在这门上踢了好几脚，打坏了卧房里的一切东西。随后，门外的人只听见一阵怒气冲天的刮削动作，一阵用铁器刮着墙上石膏的声响。她用剪刀尖子去掘房门的铰链了。

"她几乎可以杀了我，倘若她有一把刀子。"诺曼底女人一面替自己找衣裳来穿，一面这样说，"您将来一定看得见她因为妒忌心弄得自己的结局不好……尤其是现在不能给她开门。她可以闹得街坊上对我们起反感。"

萨盖姑娘匆匆下楼了。走到了陀螺街的角儿上，恰巧正是那警官重新回到葛吕-格拉台勒店旁边那条巷子的当儿。她明白了，睁起一双那样有光的眼睛走进了熏腊店，使得荔莎用一个手势教她不要发言，一面又指着那个正在悬挂咸肉条儿的葛吕。等得他回到卧房里去的时候，这老家伙才低声述起刚刚在梅许丹家里演过的那幕热闹戏。那女掌柜在柜台上面俯着身躯,双眼盯着那罐牛仔肉末,脸上显出一个胜利妇人的满意神情专心细听。随后,一个顾客恰巧要一对猪脚,她用心不在焉的样子包给了他。

"我呢,我并不埋怨诺曼底女人,"她终于向萨盖姑娘说,在店房里已经又只她们俩的时候,"本来我很爱她,从前有人教我们互相生气,我认为可惜……您看吧,我并无恶意的证据,就是我从警察的手里保存了这东西,并且我诚心预备还给她,倘若她肯亲身来向我讨回去。"

她从口袋里取出那张印在邮片上的照相了。萨盖姑娘嗅着,冷笑着,一面念道:"露绮思送给她的朋友弗洛兰。"接着她用她的尖锐声音说道:

"您也许想背了。应当留下这东西吧。"

"不必,不必,"荔莎岔着说,"我愿意一切口舌就此结束。今天是讲和的日子。事情真闹够了,街坊上应当能够和往年一样安静才好。"

"这样!您可愿意我去通知诺曼底女人说您等着她吗?"这老家伙问。

"愿意,您一定教我快活。"

萨盖姑娘回到陀螺街了,很教那女鱼贩子着慌了,在向她说起自己刚刚看见了她的照片落在荔莎的口袋里之后。但是她无法教她对于她的竞争者所苛求的办法立刻得到决定。这诺曼底女人提出种种条件了,她将来可以去,不过那女掌柜须得走到店门口来迎接她。于是这老家伙又跑了两趟,从这一个身边到另一个身边,来好好儿规定有关相见的各点。

总而言之，她是很乐于磋商这种将要动人听闻的和解的。当她最后一次在柯莱儿卧房门口经过的时候，始终听得见剪刀刮着墙上石膏的声响。

后来，在向着那女掌柜送了一个确定的回音之后，她就匆匆地去找勒喀夫人和小沙立叶了。于是，她们三个人待在海鲜馆角儿边人行道上，熏腊店的对门。在这地方，她们能够毫无遗漏地参观这种相见的情形，都有些不耐烦了，故意装作互相谈话的样子，用心来窥伺陀螺街：诺曼底女人须得从那里出外。讲和的消息已经传遍菜市场了。女贩子们，直挺挺地立在摊子边，踮起了脚尖，寻觅看的法子；另外许多，更为好奇一些儿的，离开了自己的岗位，爽性立在有遮盖的街心上。菜市场的眼睛全向着这熏腊店转过来了。街坊上的人全在等候之中了。

那真是庄严隆重的。在诺曼底女人从陀螺街走出来的时候，所有的呼吸全被切断了。

"她带了许多钻石。"小沙立叶喃喃地说。

"看哟，她那么走着。"勒喀夫人接着说，"她太不害臊了。"

就真相而言，美貌的诺曼底女人正用一个愿意接受和平的女王姿态在街上走着，她扎扮得一点没有草率的意味，挽着烫好的头发，撩起围裙的一只角儿使她那条细花呢裙子可以露在外面，并且系着一个用簇新的贵重栏杆编的花结子。因为觉得全个儿菜市场都注视她，所以走近了熏腊店跟前格外昂起了脑袋。走到门前，她停住了。

"现在要轮到美貌的荔莎了，"萨盖姑娘说，"大家仔细看吧。"

美貌的荔莎含着微笑离开柜台了。她从容不迫地穿过了店房,走出来向美貌的诺曼底女人伸着手。她也是同样很得体的,雪白的衣衫,因清洁而显得伟大的气概。鱼市上起了一阵喁喁之声了,所有的脑袋,在人行道上,都互相交接起来了,活泼泼地谈话了。这两个妇人都在店房里了,橱窗的流苏遮在前面,教外面的人不大能够看个仔细了。她们仿佛亲热地谈着,无疑地彼此互道寒暄,互道殷勤。

"留心!"萨盖姑娘说,"美貌的诺曼底女人买东西了……她究竟买点什么?是一个腊肠球儿,我想……啊!正是!您们全没有看见?美貌的荔莎交还她那张照片了,同时把腊肠球儿放在她的手里。"

后来,又有许多表示礼貌的行动。美貌的荔莎竟超越了种种早在事前规定的客气条文,陪着美貌的诺曼底女人走到了人行道上。在那地方,她们两个都是有说有笑的,当着街坊表示她们彼此都是好朋友,对于整个菜市场,这是一个真正的快乐了。女贩子们都回到自己的摊子跟前,说这一切经过得很好。

但是萨盖姑娘却留住了勒喀夫人和小沙立叶。这出悲喜交集剧算是结束了。她们三个人都怀着一种没法透过石头去看的强烈好奇心向对面那所房子渴望。为着教自己忍耐,她们又谈起美貌的诺曼底女人来。

"她现在是寡居的。"勒喀夫人说。

"她有勒毕格尔先生。"小沙立叶这样主张,同时开始笑起来。

"哈！勒毕格尔先生，他一定不再愿意了。"

萨盖姑娘耸着肩头，一面喃喃地说道：

"您们真不认识他。他哪儿管这些事。这是一个晓得盘算的人，而诺曼底女人是有钱的。两个月之内，他们一定会待在一块儿，您们将来看吧。梅许丹老娘多久就在这婚姻上头下了功夫哟。"

"这没有关系。"女奶油贩子说，"那位巡官并非没有发现她和那个弗洛兰睡在一块儿。"

"可真不对，我并没有对您们说过这句话……那个瘦大个儿刚刚走出去。他们搜检那张床的时候，我正在那里。巡官用手按过一番床上有两个热烘烘的地位……"

这老家伙喘息了一下，末了用一种生气的声音说道：

"哈！您们可看见，那件我最恨的事，这是听见这光棍教给小呱呱叫的一切吓坏人的东西。不行，您们哪儿想得到……那足有一大包。"

"什么吓坏人的东西？"小沙立叶受引逗了，这样问了一声。

"谁晓得！许多不干不净的话，许多村话。那巡官说过这已经够得吊死他……这是一个恶煞，这汉子。引坏一个小孩子，这是干得的吗！小呱呱叫固然算不了什么，不过却不能因此就可以把他塞在革命党里，对吗？"

"很对。"另外两个妇人齐声回答。

"总而言之，现在正有人把这种诡计好好儿整顿。我从前对您们说过，可记得？'有一个臭的诡计在葛吕家里。'现在看得见我的鼻子从前管事不管事……上帝谢谢，街坊上可以透点儿气了。这真要结结实实扫荡一下,因为,我敢说句实在话,以前真可以弄得大家害怕白天被人刺死。那可是大家活不成了。那都是一些胡闹,一些叫人生气的事,一些捅刀子的干法。而这,为的不过是个人,为的不过是那个弗洛兰……现在,美貌的荔莎和美貌的诺曼底女人已经讲了和了。在她们真做得很对,大家的安静日子真得靠她们这一着。现在,剩下的事一定都会要好起来,您们将来看吧……怪事,可怜的葛吕先生还在那边儿笑。"

在事实上,葛吕重新又立在人行道上了,浑身在那件雪白的围裙里面胀得快要出来,正和达葡罗夫人的小女佣人闹着玩笑。他是很高兴的,这天早上。他紧抓着这小女佣人的两只手,用熏腊店掌柜的高兴样子抓着她那双小拳儿使她叫起来。荔莎极其想教他回到厨房里去。她焦躁地在店房里走着,害怕弗洛兰回来,因此把他叫到了店里,免得弟兄相遇。

"她心里很不舒展吧。"萨盖姑娘说,"这可怜的葛吕先生一点儿也不晓得。他不是像一个天真的孩子一般儿笑着吗!……您们可晓得达葡罗夫人说过她将要不和葛吕一家子表示好感,倘若他们因为窝藏了弗洛兰而至于更失人望。"

"暂时,他们不妨窝藏那份遗产。"勒喀夫人用挑拨的口吻发言了。

"唉!不是这样的,好人……那一个得过了他的份儿。"

"真的……您怎样晓得这件事情?"

"上帝!这是看得见的。"那老家伙在迟疑一下之后这样回答,不过提不出什么其他的证据。"他并且拿到份儿外边去了。葛吕快要多给好几千法郎……嗜好多了,钱自然花得快了……哈!您们不晓得!也许,他本来还有另外一个女人……"

"这是我料到的,"小沙立叶岔着说,"这些瘦瘦儿的全是大胆的汉子。"

"对啦,而且并不年轻,那个女人。您们晓得,一个男人在要那东西的时候,就要那东西,甚至于可以在地上拾起那东西……韦尔辣克夫人,前任视察员的老婆,您们都认得她,那个脸色完全发黄的贵妇人……"

但是另外那两个听到这里都叫起来。这本不是可能的事。韦尔辣克夫人原是令人讨厌的。于是萨盖姑娘生气了。

"到了我对您们说这话的时候!您们怪我造谣言,行吗?……旁人有种种证据,旁人找到了这女人的许多信,整整儿一大包信,在那里边儿,她问他要钱,十个二十个法郎不等。这是明明白白的,总而言之,由他俩的意思,早已一定弄死了本夫。"

小沙立叶和勒喀夫人都被说服了。但是她们都焦躁了,她们在人行道上候了一点多钟了。她们都说在这时候,也许有人在她们的摊子上偷她们的东西。于是萨盖姑娘又用一件新的故事留住了她们。弗洛兰是逃走不了的,他就要回来,那一定是很有兴味的,看见有人给住他。末了她说明种种有关那只老鼠笼子的细微末节了,这时候,那另外两个,正继续把对面那栋房屋细细地从上看到下,窥探每一个门户,指望从那些口儿里看得见警察们的制帽。可是那栋房子安静而且沉默,在午前的阳光里张着嘴沐浴。

"是不是可以说那里面满是警察！"勒喀夫人吞吞吐吐说。

"他们都在阁楼上，屋顶边儿。"那老家伙说，"您们可看见他们仍旧把那扇窗子照老样子开着吗……哈！留心，他们有一个，我相信，躲在露台上那盆石榴花后边儿。"

她们都伸长了颈项，她们都没有看见什么东西。

"不对，那是影子，"小沙立叶这样解释，"连窗帷的本身都没有动一下。他们大概都坐在窗子里边儿，并且再也不动。"

在这当儿里，她们看见了伽瓦尔匆匆忙忙从海鲜馆里走出来。她们都睁大了眼睛瞧着他，却不对他说话。她们都直挺挺地彼此互相靠近了些儿。这家禽商人对她们走过来了。

"您们是不是看见弗洛兰走过？"他问。

她们都没有答复他。

"我有话要立刻和他谈。"伽瓦尔继续说，"他没有在鱼市上。大概是回家上楼去了……您们也许看见了他，然而。"

这三个妇人都不免有点儿变色了。她们用一种深沉的神气始终互相注目，嘴角边儿都略略有些儿抽掣。因为她的姊夫矜持起来：

"我们在这儿还不到五分钟。"勒喀夫人干脆地说，"也许他已经先走过了。"

"那么，我上楼去，我到五层楼去试试看。"伽瓦尔笑着，一面说。

如同阻拦他似的，小沙立叶动作了一下。但是她的阿姨抓住了她的胳膊，引她到自己身边，一面在她耳门儿边轻轻说道：

"快快让他去吧，大傻子！对于他，这办得对的。他时常看不起我们，这很可以教训他一下。"

"他将来再不说我吃什么变了味的肉了。"萨盖姑娘用更低的声音吞吞吐吐地说。

以后，她们什么也不多说了。小沙立叶满面绯红，另外两个脸色全是蜡黄。她们都侧转了脑袋了，现在，都因为自己的眼光而感到不自在，都因为自己藏在围裙里边的手而感到尴尬。她们的眼睛终于由本能作用向着对面那栋房子抬起来，穿透墙壁似的跟着伽瓦尔追上去，瞧见他上了五层楼。等到她们以为他已经进了弗洛兰的卧房，她们都用眼角从侧面互相端详了。小沙立叶神经质地笑了一下。她似乎觉得有一刹那间那窗口的帷子轻轻动着，这使他们认为起了一次角力的事情。但是房屋的正面却保留它的带温暖气息的安静姿态。一刻钟过了，从一片绝对太平景象中间，一种时见增长的情绪咽住了她们的嗓子。她们竟支持不住了，等到一个从那小巷子里走出来的人跑着去找一辆轿车的时候。五分钟之后，伽瓦尔下来了，后面跟着两个警察。荔莎本来到了人行道上，望见了那辆轿车就连忙退到了熏腊店里。

伽瓦尔是面无人色的。在楼上，有人搜过了他，在他身上搜着了他的手枪和他的弹药盒子。在那警官的粗硬态度之下，在那警官听见他的名姓立即露出的动作之下，他自认已经失败了。这是一个从没有被他清清楚楚想象过的可怕的结局。杜勒丽宫里大概不会原谅他了。他双腿立不直了，俨然那队执行的枪手已经等着他。然而在他看见了街道的时候，他却在自己的夸大性格之中，找着了足以使自己挺起脊梁前进的气力。并且，在想到菜市场正望着他以及他将要勇敢而死的时候，他竟露了一个最后的微笑。

这时候，勒喀夫人和小沙立叶都跑过来了。等到她们问过了缘由，这个女奶油贩子开始号啕大哭，而她的姨侄女，很受感动的，拥抱她的姨夫。他用胳膊箍住她，给了她一把钥匙，并且在她的耳边儿轻轻地说道：

"你什么都拿着走，并且烧掉所有的纸头。"

他用一种上断头台的神情上了车子。这车子在披尔雷司戈街拐角上失踪的时候，勒喀夫人望见小沙立叶正预备拿那把钥匙藏在口袋里边。

"这可以不必。"她咬着牙齿向她说，"我早已看见他把钥匙搁在你手里……我发誓非到监牢里把一切都告诉他不可，倘若你对我不客气。"

"阿姨，哪儿的话，我是客气的。"小沙立叶带着一种无可奈何的微笑说。

"我们立刻到他家里去，那么。真不必教那些牢头禁子们有工夫到他那些柜子里伸手。"

萨盖姑娘已经听清楚了，张着那双冒火的眼跟着她们，尽量伸长那双短而小的腿子在她们后边追着，她真不着重于等候弗洛兰了，现在。她显出很卑躬折节的样子从朗布多街走到弓索内李街；满身的恳切意味，自告奋勇愿意先去和那看门的来央司夫人谈起来。

"我们将来看情形，我们将来看情形。"勒喀夫人简短地重复了两遍。

在事实上，本应当商量。来央司夫人不愿意让这些女客到她房客的那几间屋子里去。她望着小沙立叶那件系得不严密的围巾感到了不悦服，露出了很严正的态度来。但是这位老姑娘向她很低地说了几句话并且又向她亮了那把钥匙以后，她才决定了。到了楼上，她只肯把那几间屋子分别一间一间交出来，气愤愤地，心里感到沉痛，如同由她亲手把自己收藏银钱的处所指给小偷儿一般。

"赶快，什么都拿着走吧。"她高声喊着，一面随着自己的身躯向一把围椅上躺下去。

小沙立叶已经在所有的柜子门上试过了那把钥匙，勒喀夫人摆出一阵放心不下的神情紧紧地跟后面，那样切近地压着她，她只得说道：

"怎么，阿姨，您碍着我不好做事。请您等我一双胳膊自由一点儿，至少。"

到末了，某一张柜子终于打开了，正对着窗子，介于炉台和床之间。这四个妇人齐声叹了一口气。在柜子当中那层隔板上，有一万多法郎的金币，行列井然地排成许多小垛儿。伽瓦尔本把财产谨慎地存在一个会计师手里，留下这笔数目预备"开火"的用途。正和他从前堂而皇之说过的一样，他准备了他对于革命的补助金。他曾经卖掉了几种有价证券，每天夜里对着这一万法郎来领略一种特殊的享受，用眼光盖住这些钱，对着它们显出目空一切的气概。到深夜，他梦见有人在他的柜子里打架，听见有人在里面开枪，听见有人从街面上掘起石块乱掷，听见喧嚷和胜利的呼声：这正是他这一笔钱发动反抗。

小沙立叶在一声欢呼之中伸长她那双手了。

"不许乱抓！孩子。"勒喀夫人用一种发嘎的声音说。

在金币的反光之下，她更其是蜡黄的了，脸上因为胆病满是斑斑点点，眼睛因为肝病久已不知不觉受了损伤。萨盖姑娘立在她后面踮起了脚尖儿，感慨系之地向着柜子里注视。来央司夫人也从围椅上立起身来，嘴里咕噜不止。

"我姨夫对我说过什么都拿着走。"那青年妇人干脆地说。

"我呢，是曾经服侍过他生病的，这汉子，那么我一点也得不着了。"那管门妇人高声说。

勒喀夫人气得说不出话了，推开了她们，自己拦在柜子门口，一面口吃地说道：

"这是我的财产，我是他最近的亲族，你们都是强盗，可听见……我宁愿什么都从窗子里扔到外面去。"

沉寂了好一会儿，这时候她们四个人都斜着眼互相注视。小沙立叶的围巾完全散了，她露出了那段在人生里值得倾倒的脖子，那合鲜润的嘴，那双玫瑰般的鼻孔。勒喀夫人瞧着她这样美貌得动人，自己更成了颓丧的了。

"你听我说吧。"她用一道更其低微的声音说，"我们彼此不要冲突……你是我的姨侄女，我很愿意平分……我们各人拿一垛儿，彼此轮着去取。"

于是，她们推开了另外那两个。开始动手去取的是那个女奶油贩子。那一垛儿金币落在她的裙子的口袋里了。接着，小沙立叶也照着样子取了一垛儿。她们彼此先后互相监视起来，都抱着摩拳擦掌的神气。她们的指头儿合乎规则地张开来，有些是怕人的和露骨的指头儿，另一些是雪白的和像缎子一般儿柔滑的指头儿。她们彼此填着自己的口袋。到了只剩下一垛儿的时候，这青年妇人不愿意教它落到她阿姨手里，因为开始动手的原是她，她再拿一回就是多得一垛儿了。所以她突然把这一垛儿派给萨盖姑娘和来央司夫人均分，这两个瞧着她们装起了这些金币，眼里正出火。

"谢谢。"那管门的妇人用生气的口吻说，"五十个法郎，这是我伺候他煎药炖汤的报答！他从前说过他没有亲戚本家，这个老骗子。"

勒喀夫人在关好柜门之前，又把那里面上上下下看了一遍。它装着全是不许从外国运入境的政治书籍，布鲁塞尔来的小册子，拿破仑一家人的丑史，讥诮皇上的古怪漫画。原来伽瓦尔的大乐趣之一，就是偶尔和一个朋友关起门坐在房子里，教他来看这些惹乱子的东西。

"他曾经好好儿吩咐我烧掉些纸头。"小沙立叶提了这样一句。

"得啦，我们这儿没有生火，那不免太费事……我觉得警察会来。应当趁早躲避。"

她们四个人终于都走了。还没有走到楼梯下面，警察已经进了门。于是来央司夫人只得再上去给这些先生们引路了。另外这三个都悄悄地溜到了街上。她们快快地提着脚步，那娘儿两个不免被口袋的重量感到累赘些儿，所以她们三个人走成了一条直线。小沙立叶走在头里，踏上了朗布多街的人行道，转过头来带着娇滴滴的笑声说道：

"这东西撞着我的大腿。"

勒喀夫人说了一句教她们开心的村话。她们因为觉得这种重量拉着她们的裙子,而且垂在她们身上,真像是什么温存和暖的手儿,竟体味一阵享乐了。萨盖姑娘紧紧地握住她那五十法郎。她的神情是严肃的,心里正计划如何从那两只被她追随的丰满的口袋里,再去拔点儿东西出来。在她们重新回到了鱼市场的角上,那老家伙说道:

"真的!我们来得时候正好,看哟,弗洛兰在这儿了,他马上就会教人给住了。"

弗洛兰,在事实上,正从他这次长的奔走回来。到他办公室里去换外套,开始他的日行工作,监视那些石板石器的洗濯,沿着鱼市的四周慢慢儿散步。他觉得大家像是都用异样的眼光瞧着他。女鱼贩子们在他经过的时候,都低着鼻梁露着狡猾的眼光轻轻地说话。他认为又有什么新的困难了。自从好些时候以来,这些可怕而肥腯的妇人没有哪天早晨让他安静过。但是这一次,他在梅许丹的摊子跟前经过的时候,却很吃惊地听见那老婆子用一种颇为和悦的声音向他说道:

"弗洛兰先生,刚才有人到这儿来找过您。那是一位有点儿年纪的先生。他已经上楼到您的屋子里等您去了。"

这个堆在一把椅子上的贩鱼老婆子说到这些事情,竟体味了一阵使她那庞大的体积发生颤动的复仇巧计。弗洛兰还不免怀疑,向着诺曼底女人注视。这时候,她已经完全和她的母亲讲了和,只开自来水管子,管理她那些鱼,像是没有听见什么。

"您的确晓得他在那里?"他问。

"哈!的确的确,毫不含糊,不是吗,露绮思?"那老妇人用一道比较尖锐的声音回答。

他想起这大概是为着大事情，于是决计上楼去看。将要走出海鲜馆的时候，他不知不觉回转身来一瞧，就望见了诺曼底女人的眼光正追着他，脸色却是板着的。他在那三个爱管闲事的妇人旁边经过了。

"您们可看见，"萨盖姑娘喃喃地说，"熏腊店是空闲的。美貌的荔莎不是一个自找麻烦的妇人。"

熏腊店真是空着的，晾着它那种当阳的门面，它那种正经商店的张开大嘴的神情，正安分守己地在早晨的太阳里晒热自己的肚子。在楼顶上，露台边的那盆石榴完全开了花。弗洛兰在街面上穿过时，向着罗革耳先生和勒毕格尔先生友谊地点头招呼，这两个仿佛在那酒店门限边儿呼吸空气。他们向他微笑了。他快要走进那条小巷子的当儿，仿佛望见了沃巨斯德陡然面无人色在那阴晦窄狭的过道那一头晕倒下来。于是，他缩住脚步，退回来对着熏腊店望一回，去看清楚那位有点儿年纪的先生是否在那里面等。但是他只看见那只小羊蹲在一座木磴上边儿，夹下巴式的脖子，放心不下似的倒竖的胡须，睁起黄澄澄的大眼瞧着他。等到弗洛兰决计由巷子里进去的时候，美貌的荔莎的脸儿，在巷底的一扇小玻璃门的帷子后面露出来。

在鱼市里仿佛宁静了一下。那些肥胖的肚子和胸脯都忍住了呼吸，静候他的消灭。随后，一切都等得过久，所有的胸脯都凸了，所有的肚子都胀痛了，因为一阵幸灾乐祸的愉快。本来，那种玩弄的手段居然成了功，世上没有比这更古怪的事情了。梅许丹老婆子带着轻而哑的抽掣笑起来，俨然是一只正被人着手倒空其中蕴藏的皮口袋。她编造的那个有点儿年纪的先生的故事已经在鱼市里兜了个圈子,教那些"贵妇人"认为是极端的奇闻。简而言之,那个瘦长个儿毕竟被人捆住了,大家将要不能在这儿天天看见他那副穷相和他那双贼眼了。并且全体都预贺他的快活旅行,同时估量一个新的视察员大概是一个漂亮汉子。她们从这个摊子跑到那个摊子,几乎快要像什么私逃的女人一样绕着她们的石头桌子跳舞起来。可是美貌的诺曼底女人却不轻于表示这种愉快,直挺挺地不敢动弹,害怕自己流泪,双手摸着一尾大的方板鱼,借着它宁静自己身上的热。

"您们可看见梅许丹母女们和他谈不好了,到了他没有钱的时候。"勒喀夫人说。

"怎样!她们都做得对。"萨盖姑娘回答,"此外,好朋友,现在是结束了,对吗?不应当自己吃自己了……您现在是满意的,您。请您等旁人各自料理各自的买卖吧。"

"只有那些老的才笑。"小沙立叶提出了异议,"那诺曼底女人的神气是不快活的。"

这时候,在卧房里,弗洛兰如同一条绵羊似的让旁人来捉了。警察们用强硬手段扑到他身边,无疑地以为会有一阵拼命的抵抗。他温和地央求他们不要绑住他。后来,他坐下了,等候他们捆好那些纸张,那些红带子、袖章和旗子。这结局不像教他吃了惊,虽然他没有肯干脆说出来,而它在他的心里是一种安慰。不过想到了刚才催促他回到卧房里的这种怨恨,他伤心了。于是他又看见了沃巨斯德的灰白脸儿,女鱼贩子们的低着的鼻梁,记起了梅许丹老娘那几句话,美貌的诺曼底女人的默默无言,空不见人的熏腊店。于是他告诉自己整个菜市场全是通谋的了,简直是整个街坊断送了他。在他的四周,那些肥腻肮脏街道上的污泥漫上来了。

到了他在这些像一道电光似的闪过的滚圆脸儿的中央,忽然想起葛吕的影儿的时候,他心上受了一阵摧残生命的悲恸的打击了。

"快走,下楼去。"一个警察粗暴地说。

他立起了,下楼了。走到了四楼,他要求再上去一趟,说是忘了一点儿事情。警察们没有肯答应,推着他。他极力央求。竟至于把身上留着的零钱送给他们。这两个终于都同意带他回到卧房去,一面却用威吓的口吻说是要打碎他的头,倘若他想对他们玩什么手段。他们从口袋里拔出了他们的手枪。到了卧房里,他一直走到金丝雀的笼子跟前,抓住那只鸟儿,在它的两只翅膀之间吻了一回,放了它向空中飞去。后来,他瞧见它在日光之中如同茫然似的集在鱼市的屋顶上,随后,它又飞起了,从菜市场的空中靠着依诺桑广场那边失踪了。他面向着天空,自由的天空,看了一下,冥想到杜勒丽公园的咕咕不休的异种鸽子和总笼子里被马尔若林戳开脖子的鸽子。这时候,什么希望都在他心上破碎了,他跟着那两个耸着双肩把手枪收入口袋的警察走了。

下完了楼梯,弗洛兰在那张和熏腊店厨房相通的小门跟前立住,那位警官正等在那儿,几乎受了弗洛兰的服从态度的感动力,就向他问道:

"您愿意和您的兄弟话别吗?"

他迟疑了一下,瞧着那张门。一阵由剁肉机和锅子发出来的怕人声响从厨房传过来。原来荔莎为着使她的丈夫不闲，就订了计划，教他在早晨来包扎那些向例要在夜间才包扎的血香肠，洋葱头在火上歌唱了。弗洛兰听见了葛吕那阵盖住一切声响的快乐声音，他说的是：

"哈！了不得，这血香肠味道一定不错……沃巨斯德，给我把肥肉送过来！"

于是弗洛兰不敢走进这间火热而且满是煎熟的洋葱味儿的厨房，谢绝了警官的盛意。他走过了厨房的门外，相信他兄弟毫不晓得，因而觉得欣欣然，于是加快了脚步，来避免在熏腊店里留下一个最后的伤感。但是，他脸上受到了街道上的晴光，竟不免羞惭了，他佝着身躯，面无人色，到了轿车里。觉得在他的对面，鱼市摆出了胜利的容颜，仿佛整个儿街坊都是快乐的。

"哼！倒霉的样子。"萨盖姑娘说。

"手插在袋子里，一副真正的被人给着的犯人样子。"勒喀夫人接着说。

"我呢，"小沙立叶露着雪白的牙齿说，"我曾经看见过斩一个人，那副脸儿简直完全是这样的。"

她们彼此互相走拢来，伸长了项颈想再看看轿车里面。在这轿车正在摇摇摆摆的当儿，那个老姑娘连忙拉着另外两个的裙子，对她们指点那个正从陀螺街冲出来的柯莱儿，她发了狂了，头发是散开的，手指头儿是流血的。她在撬开了自己的房门之后，明白了自己来得已经太迟，弗洛兰已经被人带走，于是在轿车后方直追，接着几乎立刻在一种弱者的愤怒之中停住了脚步，向着那些跑着的轮子扬起自己的拳头。后来，她那副满是石膏屑儿的脸整个儿绯红的了，她向陀螺街跑着回去了。

"是不是他曾经答应和她结婚！"小沙立叶笑着高声说，"她发狂了，这个大宝贝！"

街坊上是宁静的了。一群群的人把这些意外的事情一直谈到各馆关门的时候。大家好奇地向着熏腊店注目。荔莎避免自己露面。让沃巨斯德守着柜台。到了午后，她害怕什么饶舌的人会过于粗鲁地把这事情教葛吕伤心，认为应当整个儿对他说一遍。她晓得他欢喜那间厨房，他在厨房里可以少流点儿眼泪，于是她等候他们在厨房里单独相对的时机。并且她用种种属于母性的导诱方法来着手。但是等到明白了真相的时候，他竟倒在肉案上了，在泪泉之中毫无动作，像是一条小牛。

"仔细想想吧，可怜的胖子，你不要失望到这样的地步，你要教自己吃苦。"荔莎抱着他，一面向他说。

他双眼润湿了那条白围裙，他那个不动作的身躯因为痛苦起了许多波动。他默默无声，像是失了知觉。等到能够说话的时候，才断断续续说道：

"不行，你不晓得从前我们住在罗叶可拉尔街的时候，他待我是怎样好的。那时候，扫地是他，做饭也是他……他把我当作一个孩子似的疼爱着，你可看见：他拖泥带水走回来，疲倦得不能动弹；我呢，吃得好，穿得暖，待在家里……现在，眼见了有人就要枪毙他。"

荔莎叫起来了，说是不会有人枪毙他。但是他摇着脑袋，继续说道：

"这毫不相干,我没有充分地疼爱他。我很能够说这句话,到这时候。我从前没有良心,我从前延宕了和他分析遗产的事……"

"唉!我曾经把他应得的遗产送给他十多回。"她高声说,"我们毫不应该责备我们自己。"

"嗨,说到你,我很晓得,你始终是好的,你也许早已整个儿都给了他;我呢,这件事总教我不大舒服,你教我怎样!这一定是我毕生的伤心事。我一定会常常想起倘若我早和他分了遗产,他就不至于再闹第二回乱子……这是我的过错。这是我断送了他。"

她的态度更显得温和了,告诉他不应当弄得自己精神错乱。她竟至于为弗洛兰叫屈。此外,他原是很有罪的,倘若他从前有了更多的钱也许会闹出更大的乱子。慢慢地,她居然使他明白这件事不能另有其他的结局,以及大众今后可以比较平安些。不过葛吕始终哭着,用围裙来擦自己的脸儿,咽住痛哭的声音来静听,随后,立即更为放肆地声泪同时迸发了。他本已在不知不觉之中,把自己的手指头儿放在一堆堆在案桌上头预备做腊肠的肉臊子里面,现在他在那堆臊子上戳了许多窟窿,使劲地去揉它。

"你现在总还记得从前觉得自己不舒服吧。"荔莎接着说,"这正因为我们从前违反了我们的习惯。当时我很不放心,不过没有对你说起,我早已看明白你身体衰了。"

"可不是吗?"他略略停住了痛哭,一面低声说。

"就是以店里而论,也不行,今年的买卖没有好过。这像是一种运气……得啦,不用哭了,你一定看得见一切将来都要复原。然而你却应当为着我和我的女儿而保养你自己。因为你对于我们也有许多要尽的义务。"

他较为和缓地揉着那堆臊子了。情绪重新又支配他,不过这是一种温柔的情绪,已经在他那副哭丧脸儿上面,搁下了一层广泛的微笑了。荔莎觉得他已经被自己说服了,连忙叫了那个正在店房里玩耍的菠林进来,抱着她放在葛吕的膝头上,一面说道:

"菠林,你父亲可不是应当放合理些儿吗?你得乖乖地请他不要再教我们难受。"

这孩子乖乖地向他要求了。他们互相注视,互相紧紧地拥抱,这拥抱真是美满的,真是美满得过度的,是刚刚从一年以来的不自在之中得了解脱的。后来,他们团团儿的胖脸上都盖着微笑了,这时候,熏腊店的女掌柜重复地说道:

"总而言之,我们在世上只有三个人,胖子,我们在世上只有三个人。"

两个月以后,弗洛兰又判了充军的罪名了。案子在当时真闹得满城风雨。各种日报都载满了种种极细微的情节,印出了各被告人的照片,各项旗号、袖章和带子,以及各区队伍联合地点的形势。在某半个月之中,巴黎所谈的仅仅就是菜市场的阴谋问题。警察厅发出了许多越来越教人不安的公文。终于有人说是整个儿貂山区都埋了地雷。在立法院,情绪大得真可观,以至于右派和中间派都忘了那个使他们暂时分裂的招灾惹祸的岁费条例,彼此言归于好地用具有压倒力的多数通过那个不合民意的直接税议案了,而有关的各市镇在京城里传来的惊人消息之下已经不敢再有叫屈的主张。弗洛兰案子的辩论，延长到一个星期。由于旁人派在他名下的同谋者的人数众多，他深刻地受了惊讶。在二十多个坐在被告席上的人中间，他只认识六七个。经过了宣读判决主文之后，他像是望见了鲁平的帽子和他那坦白的脊梁慢慢在人群之中走开。罗革耳宣告无罪，拉伽伊也宣告无罪。亚历山大以未成军者犯罪，宣告两年徒刑。而伽瓦尔，他的罪名和弗洛兰一样，也是充军。在他的种种最后的享受之中，在他借以达到自增身价的长期政治讨论之末，这毕竟是一种压碎了他的迎头痛击了。他花了高的代价才买得他这种巴黎小店主式的反动新奇意趣。两行热泪在他那副白发皓然顽童式的张皇失措的脸儿上流动了。

末了，八月里的某天早晨，在菜市场的惺忪环境中间，克罗德正对着各种蔬菜的纷纷运到的状况来展开他的嗅觉，可是他的肚子是被那条红漆皮裤带束紧的，走到了圣厄斯塔什教堂的尖角儿上，他和佛朗朔瓦夫人握了手。她正摆着一副忧愁的大脸儿，坐在她那些堆在尖角儿边的萝卜白菜的堆儿上。尽管日色已经渲染了白菜堆儿的浓绿，而画师的神情依然是黯淡的。

"有什么可说！这简直完了，"他说，"他们又把他送到那边……我相信他们已经把他解到布雷斯特了。"

这个贩蔬菜的妇人做了一个表示隐痛的手势，从容地举起一只手在她的四周画了一个圈儿，用一道没劲儿的声音喃喃地说道：

"这是巴黎市干的好事，卑污的巴黎市干的好事！"

"不对，我晓得这是谁干的，就是那些混账人哟。"克罗德握紧着双拳说,"请您揣想一下吧,佛朗朔瓦夫人呀,在法院里,他们说的全是糊涂话……难道他们不是连一个孩子的习字本儿都搜了去吗!那个大混蛋的检察官就在这上面加了作料,从这一方面说是尊重儿童,从另一方面又说是暴民教育……我真因此弄得头疼了。"

他身上起了一个寒噤,他把肩头缩在那件绿而且黄的外套里边儿,一面继续说道:

"一个温和得像是姑娘的单身人,我亲眼看见他瞧着旁人宰鸽子也会生病的……所以等到我望见他被两个武装警察押着,真教我忍不住苦笑,不用说了,我们将来看不见他了,他将来就待在那里了,这一次。"

"他早应当听我的话,"那贩蔬菜的妇人在沉寂了一会儿之后说,"到南代尔来,在那儿过活,同着我那些鸡和我那些兔子……我很疼爱他,您可看见,因为我早已懂得他原是好人。旁人可以变成有幸福的……这是一件很伤心的事……您能够宽心吗,克罗德先生?我现在等候您随便哪天早晨到我家里吃一顿炒鸡子儿。"

她的眼眶里边已经含着眼泪了。但是她显出能够咬着牙关忍痛的,富于勇气的妇人身份站起来。

"留心!"她接着说,"尚德梅司夫人来找我买萝卜了。永远快活,尚德梅司老娘这个胖子……"

克罗德走开了,在人行道石板上徘徊。天明的光线早已从朗布多街那一端的头儿上升上来。太阳平射着屋顶,显出玫瑰般的光线,显出已经拂到地上的下坠光泉。于是克罗德感到了这个有声有色的菜市场之中,这个堆着滋养料的充实区域之中，有一种快乐世界的苏醒。这正像一种因病愈而生的愉悦，一种由那些从妨害胃囊的重量之下得了解脱的居民而发的更高喧嚣。他看见了小沙立叶，挂着一只金表，在那些李子和草莓堆里唱歌，揪着那个身着丝绒上次的舒尔先生的短胡子。他望见了勒喀夫人和萨盖姑娘同在一条有遮盖的街道上经过，他们都不是从前那样黄瘦，脸色几乎有点儿像玫瑰花瓣儿，过着那种因什么故事而快乐的密友生活。在鱼市里，梅许丹老娘已经重新照顾她的摊子了，这时候，正整理她那些鱼，和旁人吵架，封住了新任视察员的嘴巴，这视察员是一个少年人，她曾经发誓要抽他几鞭子。柯莱儿呢，不大有劲儿了，比较懒洋洋的了，用她那双在鱼池里浸得发青的手，弄着一大堆壳儿上全是银线样的涎条的江螺。在兽肠馆，沃巨斯德和沃巨斯汀正买了许多猪脚，带着新婚夫妇的和悦容颜坐上了两轮马车，向他们在红山村新开的熏腊店里出发。随后，时候已经是八点了，气候已经热起来了，他回到了朗布多街，遇见了呱呱叫和菠林正扮着骑马的游戏：呱呱叫四肢撑在地上走着，菠林跨着他的脊梁，手里抓着他的头发使自己不至于跌下来。末了，在菜市场的屋顶上，靠着屋雷管的边儿，一道走过的人影儿教他抬起了脑袋：这个伽汀和马尔若林笑着并且互相吻着，他们在太阳里晒着，用他们这种幸福动物式的爱情居高临下地对着街坊。

这时候，克罗德举起一只拳头对着他们。他已经因为这个从地下又从天上表出的盛节而动了激怒了。他痛骂这些属于胖国的人，他说这些属于胖国的人得了胜利。在他的四周，只看见许多属于胖国的人，他们都成了滚圆的，茁壮得快要裂开来，欣欣然对着一个消化良好的日子致敬。他正在陀螺街对面停住脚步的时候，那阵在他的左右两边显出的景象对他造成了最后的打击。

在他的右边，美貌的诺曼底女人，美貌的勒毕格尔夫人，照大众现在对她的称呼，正站在她的小店的门限边，他丈夫已经能够在他的卖酒生意上加了一个烟草公卖所，这是久已教他心痒的梦想，而仗着对于皇室尽了大忠的恩惠终于得了实现。美貌的勒毕格尔夫人在克罗德眼里像是仪态万方的，缎子的裙袍，烫了的头发，打扮得端端正正预备去坐自己的柜台，整个儿街坊上的先生们都要到她跟前来买他们的雪茄和烟丝。她成了出众的了，完全是贵妇人了。在她的背后，那座重新油漆了的小厅子，在娇嫩的底子上面画着许多鲜润的葡萄藤，柜台上的锌板是亮晶晶的，而那些盛甜酒的玻璃瓶子在大镜子里射出更耀眼的光。她对着早上的晴天笑着。

在他的左边，美貌的荔莎站在熏腊店的门限边，拦住了那张门的出入。她的衣衫从来没有显过一种这样的雪白，她的停匀的肌肉，玫瑰色的脸儿，从来没有被什么更为光滑的发髻包围过。她显出一种由饮食丰盛而生的异常沉静的风仪，一种绝不被什么所扰乱的——甚至于连微笑也不能扰乱的——伟大的安定态度。这竟是绝对的抚慰了，一种美满的幸福了，没有动摇，没有生活，浴着发热的空气。她的绷得紧紧的胸部依然消化着上一天的好享受；她那双插在围腰里的肥腴的手，即令接受好运也不伸出来，因为确然晓得好运是会向他们走过来的。并且，在她的身旁，橱窗也有一种

同样的幸福。它的病已经治好了,那些腊舌子挺着更其鲜红和更其洁净的色调,那些肘子恢复了它们的滚圆而金黄的脸儿,那些小腊肠串儿都去掉了那种教葛吕伤心的失望气象。一阵大笑杂着锅子的叮叮当当的快乐声音从店房后面的厨房里传出来。熏腊店重新又得了健康了,得了一种肥胖的健康了。那些可以隐约看得见的肥膘腊肉,那些靠着大理石墙边挂着的半只头的咸猪,在店里摆出圆滚滚的肚子,这全是肚子的胜利,这时候,荔莎挺着可敬的强劲躯干,绝不动弹,用那双食量宏大的妇人的大眼睛向着菜市场道早安。

后来,这两个妇人互相点头了。美貌的勒毕格尔夫人和美貌的葛吕夫人交换了一个表示友谊的敬礼了。

末了,克罗德,他当然早已忘了昨天的晚餐,瞧见她们这样极其强健,这样极其合乎规矩,都挺着她们的肥胖的胸部,他就拉紧了自己的皮裤带,一面用一种生气的声音骂着:

"什么贱骨头,这些安分守己的良民!"

新旧译名对照表

今译	李译	原文
阿尔及利亚	阿尔及里	Algérie
埃贝尔派	海贝尔派	hébertiste
奥弗涅	沃威臬	Auvergnate
百里香	茴香菊	thym
波希米亚	波西米	bohémienne
勃艮第	蒲洛业	Bourgogne
布雷斯特	布来司特	Brest
布列塔尼	不列达业	Bretagne
查理十世	沙尔十世	Charles X
德拉克洛瓦	德拉可瓦	Delacroix
法郎	佛郎	franc
夫人/女士	马丹	madame
咖啡	加非	café
卡宴	圭亚纳	Cayenne
克拉马	客拉麻尔	Clamart
克里米亚	克利米亚	Crimée
苦艾酒	威尔木忒酒/阿白三特酒	vermouth/absinthe
朗姆酒	鲁姆酒	rhum

勒阿弗尔	哈弗尔	(Le) Havre
鲁昂	卢昂	Rouen
鲁本斯	吕本斯	Rubens
路易-菲利普	鲁意斐里伯	Louis-Philippe
路易-拿破仑	鲁意拿破仑	Louis-Napoléon
罗曼维尔	罗曼威	Romainville
蒙特勒伊	孟勒伊	Montreuil
牟利罗	慕里约	Murillo
挪威	诺威	Norvège
诺曼底	诺尔莽第	Normandie
潘趣（酒）	斑诗	punch
普莱桑斯	白来桑斯	Plaisance
普罗旺斯	卜罗汪斯	Provence
塞纳河	塞因河	Seine
塞纳省	塞因州	Seine
沙丁鱼	沙汀鱼	sardine
圣厄斯塔什教堂	圣欧司大诗堂	Saint-Eustache
围脖	围鼻	cache-nez
先生	麦薛	monsieur
雨果	禹戈	Hugo
专政	狄克推多制	dictature